DESEO

BJ JAMES
DULCE
RETORNO

Editado por Harlequin Ibérica.
Una división de HarperCollins Ibérica, S.A.
Avenida de Burgos, 8B - Planta 18
28036 Madrid
www.harlequiniberica.com

Prólogo

–Sí señor, yo soy el mayor accionista de la empresa. No, señor, no está en venta.

La primera parte fue dicha con suavidad; la negación con cortesía y respeto.

Pero ni uno solo de los poderosos veteranos de la empresa interpretó equivocadamente el trato respetuoso, la suavidad o la cortesía. Hombres como los que estaban sentados en el discreto pero impecablemente decorado despacho solían ir siempre preparados. Cada ejecutivo que tenía delante sabía que aquel hombre, mucho más joven, era un sureño de buena familia, nacido y criado en una histórica plantación en la costa de Carolina del Sur. Cada uno de ellos sabía que era un excelente analista e ingeniero de plataformas petrolíferas; un innovador, un intuitivo inventor, un astuto inversor, un cuidadoso hombre de negocios.

Era Adams Cade. A sus treinta y siete años era el intelecto joven más prometedor del mundo de los negocios. Un exiliado de su tierra y su familia. Un ex presidiario.

Lo primero era el motivo por el cual ese consejo de empresa se había presentado allí. Lo segundo la razón por la que nadie confundía su cortesía con debilidad.

–Adams... ¿Puedo llamarte Adams? –Jacob Helms se levantó confiadamente de su silla; era un hombre alto y delgado, vestido impecablemente, de ademanes señoriales y palabra concisa–. Me doy cuenta que las Empresas Cade no están ni estarán nunca en venta.

Hizo una pausa y su mirada se topó con otra mirada llena de determinación. Al recordar a un osado joven desafiando a la vieja guardia muchos años atrás, Helms sonrió para sus adentros.

–Por esa razón hemos venido a ofrecerte una oportunidad distinta –Jacob Helms miró un momento a su alrededor–. Te proponemos un consenso, una alianza, por decirlo de otro modo –Helms arqueó una ceja y miró a Cade significativamente–. ¡A que es la primera vez que oyes algo así!

La expresión de Adams no delató sus pensamientos.

–¿Por qué?

La pregunta dejó helado a Jacob Helms.

–¿Que por qué no has oído esta proposición antes?

–No, señor. Quiero decir que por qué la estoy oyendo ahora –le echó una mirada a los demás hombres que esperaban, atentos a la destreza de su jefe–. ¿Por qué con el consejo de Helms, Helms y Helms a la zaga?

Helms avanzó unos pasos y se volvió con la gracia de un maestro de ballet dando una lección magistral.

–Cierto.

Adams se recostó en el asiento y esperó a que se levantara el telón y empezara el espectáculo.

–La respuesta es sencilla. Porque podemos ofrecerte el pacto perfecto. Una alianza con una empresa que ofrece unos servicios que concuerdan con los tuyos –vaciló–. Y porque hemos venido a ofrecerte millones. Cientos de millones.

–¿Por qué? –la expresión de Adams no cambió–. ¿Para qué?

–Para quién –Helms le corrigió en tono teatral mientras se acercaba al momento cumbre–. Para John Quincy Adams Cade, hijo mayor de César Augusto Cade. Descendiente de una selecta familia procedente de las tierras bajas de Carolina del Sur. Para ti, Adams Cade, y para tu talento.

–Hasta que me chupe la sangre para después olvidarse de la superioridad de Adams Cade.

El maestro de inventores, el caballero sureño, el exiliado de su hogar y ex presidiario también estuvo a punto de sonreír.

Entre el murmullo horrorizado de los miembros del consejo se levantó la voz estentórea de Jacob Helms.

–Jamás. Ahí reside la belleza de la alianza. En la seguridad.

–Entonces... –Adams cruzó las manos sobre el estómago– ...¿Qué saco yo de ello aparte del dinero?

–¿Qué más podrías querer? –Jacob Helms y su grupo de adeptos se sintieron frustrados–. No lo entiendo.

–No –dijo Adams en tono suave–. Ya veo que no.

–¿Pero considerarías nuestra oferta?

Adams tardó en responder, mientras pasaba por la criba toda la información acerca de Helms, Helms y Helms que había recabado a lo largo de los años. La cual comprendía un consorcio de confianza, que ensalzaba los valores; una empresa honorable, dirigida por hombres de honor.

–Sí.

La respuesta apenas fue un suspiro. Del susto, a Jacob Helms estuvieron a punto de caérsele al suelo las gafas de montura de oro.

–¿Has dicho que sí?

Adams asintió.

–Sí, señor, consideraré su oferta.

Jacob Helms estaba acostumbrado a jugar en su propio territorio. En aquella, una batalla que no estaba seguro de poder ganar, se había llevado a su distinguida junta directiva como una demostración de fuerza. Y de pronto parecía haber ganado la contienda a la primera escaramuza. Se reprendió a sí mismo para sus adentros por haber aumentado los millones a cientos de millones, y seguidamente se dispuso a cerrar el trato.

–¿Quieres que cerremos el trato con un apretón de manos?

–¿Aceptaría la palabra de un ex presidiario? –le respondió Adams.

–Aceptaría la palabra de Adams Cade sin importarme que haya estado en prisión –el hombre hizo una pausa–. No. Aceptaría la palabra de Adams Cade porque ha sobrevivido a cinco años en prisión y la experiencia le ha hecho mejorar.

–En ese caso, dependiendo del acuerdo sobre mi personal y otros...

El teléfono que había junto a Adams empezó a sonar, y finalmente lo descolgó.

–¿Sí, Janet? –arrugó el entrecejo–. ¡Jefferson! –exclamó–. ¡Pásamelo!

Todos se quedaron en silencio, con los ojos fijos en Adams Cade.

–¿Jefferson? –Adams no se movió ni respiró durante unos segundos–. ¿Jeffi? –murmuró entonces suavemente.

El nombre de la infancia escapó de los labios de un hombre que llevaba en su corazón el dolor de muchos años.

–¿Cómo estás? ¿Lincoln? ¿Jackson? –tartamudeó y bajó la voz–. ¿Cómo está él? ¿Cómo está Gus?

La expresión agradable de minutos atrás se había convertido en una mueca de dolor. El apuesto rostro había palidecido. Adams escuchaba totalmente inmóvil. Entonces, su cuerpo se estremeció al escuchar la noticia, e instintivamente se puso derecho.

–Voy para allá –dicho esto se dispuso a colgar, pero a mitad de camino cambió de parecer–. ¿Jeffi? –Adams vaciló mientras temía la respuesta a la pregunta que debía formular–. ¿Ha preguntado por mí?

El silencio reinaba en la habitación. Nadie se movió. Entonces Adams suspiró y se estremeció de nuevo.

–No pasa nada –susurró–. No esperaba que lo hiciera. No, no lo sientas –se apresuró a añadir–. Nada de esto es culpa tuya —suspiró de nuevo con voz ronca—. De todos modos iré, en cuanto el avión esté listo —Adams escuchó de nuevo, ajeno a su público—. Allí no —dijo en tono irrevocable—. Iré a Belle Terre. No... No a la plantación... A Belle Reve no.

Los hombres de Helms escuchaban con atención, pero a Adams no le importó.

—Desde las afueras de Belle Terre a Belle Reve hay menos de ocho kilómetros. Apenas suficiente para tomar un taxi... ¿Dónde me voy a hospedar? —Adams sacudió la cabeza muy pensativo—. Llevo tanto tiempo fuera que no conozco ningún sitio ya. Sugiéreme algo... Le diré a Janet que se ocupe del resto —tomó un rotulador y en un cuaderno que tenía delante garabateó los nombres de algunos sitios donde poder hospedarse en la pintoresca ciudad—. Con estos me valen. Janet elegirá por mí.

Dejó el rotulador a un lado y se retiró el puño de la camisa para ver la hora que era. Adams colgó el teléfono y se puso de pie. Solo entonces recordó que tenía visita.

—Caballeros, me temo que tendremos que continuar esta reunión en otro momento. Mi padre está enfermo. Voy a abandonar Atlanta de inmediato.

—No puedes irte —le soltó Jacob Helms con dureza.

Esa era la voz de mando, la que sus subalternos obedecían instantáneamente.

Pero Adams Cade jamás había sido un subalterno.

—Se equivoca, señor. Me puedo marchar. Y voy a hacerlo.

—Teníamos un trato.

—No, señor —Adams le corrigió—. Estábamos a punto de hacer un trato.

Helms se puso rojo de rabia. Miró a los miembros de su junta directiva y de nuevo a Adams, que lo había desafiado tan elegantemente.

—Habíamos hecho un trato.

—Habíamos accedido a hacer un trato, si todas las

piezas encajaban en su sitio. De momento, no puede ser –Adams apoyó las manos en la brillante y diáfana superficie de madera de su mesa de despacho–. Esta reunión fue idea suya, las condiciones las de su elección. Escuchar y aceptar o no aceptar su proposición era cosa mía.

–¿Era? –Jacob Helms, a pesar de su arrogancia, no había construido su imperio siendo torpe.

–Sí, señor –Adams se puso derecho–. «Era» es la palabra clave. Ahora no tengo la posibilidad de elegir.

Jacob Helms se apoyó sobre la mesa y se inclinó hacia Adams.

–¿Tu hermano te llama para decirte que tu padre está enfermo y tú retrasas un trato multimillonario?

Adams se limitó a asentir, sin mostrarse sorprendido de que Helms supiera que había estado hablando de su padre y de la salud de este con su hermano Jefferson.

–¿Por un hombre que te desheredó, un hombre que ni siquiera desea mirarte a la cara, vas a arriesgarte a perder nuestra oferta?

–Por mi padre arriesgaría cualquier cosa. Y por él debo marcharme –se volvió hacia los directivos y les habló con amabilidad–. Caballeros, deben disculparme. Debo tomar un avión –dicho eso y sin preocuparse más de Helms o de su trato multimillonario, Adams abandonó el despacho.

Después de una larga ausencia, Adams Cade iba a volver a las tierras bajas de Carolina del Sur, la tierra y las islas de su juventud.

A la tierra, las islas y al padre que amaba.

Capítulo Uno

–Esta aquí, señora Claibourne. ¡Y es peligroso!

Eden Claibourne, dueña de La Hostería de River Walk, colocó la última de las flores en el enorme centro que pronto adornaría el porche de la casita del río, y retrocedió. Inspeccionó su obra cuidadosamente, asintió con gesto de aprobación y se volvió hacia la joven que estaba allí, con la lengua fuera.

–¿Dónde está, Merrie? –tenía la voz suave y musical, con tan solo un ligero acento de las tierras bajas de Carolina del Sur.

Merrie, la más joven, más bonita y más impresionable de todo el personal, se agarró las manos para tranquilizarse.

–Lo llevé a la biblioteca y Cullen le aseguró que estaría allí enseguida.

–Gracias.

Eden Claibourne estudió el rostro de la joven, cuya mirada de ojos oscuros embellecía. Merrie era la hija de una amiga de una amiga, una estudiante en la facultad local y una nueva vecina de Belle Terre. Sin embargo, la reputación del nuevo huésped lo había precedido incluso hasta la tranquila posada.

–Te das cuenta que no es peligroso, ¿verdad, Merrie?

–No quiero decir peligroso, señora Claibourne. ¡Peligroso con mayúscula, por lo guapo que es! –Merrie se echó a reír–. Así es cómo lo describirían mis compañeras de clase.

–¿Ah, entonces ahora estáis estudiando lenguaje coloquial? –Eden se echó a reír, puesto que normalmente Merrie no se fijaba en los miembros del sexo opuesto, fueran o no guapos; la chica estaba enamorada de los caballos, y punto–. ¿A todo esto, le has ofrecido a nuestro huésped algo de beber? ¿O tal vez una copa de vino bien fresco?

Merrie asintió con la cabeza y al hacerlo su larga melena rizada y negra se bamboleó suavemente.

–El señor Cade prefiere tomar vino más tarde, en su habitación.

–Excelente.

Eden le puso la mano suavemente en el hombro mientras pensaba en la época en la que Adams Cade ejercía sobre ella el mismo efecto. La manera de expresarse había sido distinta años atrás, pero el efecto era el mismo.

Dejando a un lado recuerdos que era mejor no menear, Eden se dirigió a Merrie en su tono razonable de siempre.

–Haz el favor de decirle a Cullen que le pida al sumiller que escoja varias botellas de vino de la bodega, y luego que Cullen lleve estas flores junto con el vino a la casita del río. Yo mientras iré a recibir a nuestro nuevo huésped.

Segura de que sus instrucciones serían cumplidas al pie de la letra bajo el ojo crítico de su administrador Cullen Pavaouau, Eden Roberts Claibourne corrió a la biblioteca.

A través de los años, muchos huéspedes de influencia y muchas celebridades habían escogido hospedarse en la elegante casa construida antes de la Guerra Civil Americana que Eden había trasformado en hotel. Pero incluso antes de volver a Belle Terre para reclamar y rescatar la bella e histórica mansión de las ruinas, en calidad de esposa de Nicholas Claibourne, había experimentado lo que era vivir y relacionarse con los ricos, con los famosos y con los aspirantes a ambas cosas. Sin embargo, durante todas esas ocasiones, a todos los sitios donde los viajes de los Claibourne la habían llevado, en todos los círculos profesionales y sociales donde habían sido bien recibidos, nada ni nadie había provocado la emoción en el corazón de la señora de River Walk que Adams Cade.

−¡Santo cielo! ¡Soy peor que Merrie!

Apoyó la mano sobre la puerta de madera tallada y respiró hondo para tranquilizarse. Se retiró el cabello castaño claro de la frente y se estiró la blusa.

−¡Peligroso con mayúscula! −murmuró entre dientes.

Eden se puso derecha y entró en la habitación.

Allí estaba él, de espaldas a la puerta, mirando hacia las praderas y el ancho río. De tan ensimismado que estaba, Adams no la oyó acercarse, regalándole así unos valiosos instantes en los que aprovechó para mirarlo, para buscar los cambios que los años, la vida y la cárcel le habían causado.

Parecía más corpulento. No más alto, sino más voluminoso. Pero ese aumento estaba más en consonancia con la anchura de sus hombros que la delgadez de su juventud. Era el resultado del tiempo y la madurez. Tal y como lo eran las hebras plateadas que se entrelazaban entre sus cabellos.

Eden no sabría decir qué le distrajo de sus pensamientos. ¿Sería el alocado revoloteo de su corazón?

Como si no hubieran trascurrido trece años desde que se habían visto, Adams Cade se volvió y la miró con solemnidad.

Bajo el aire de sofisticación que presentaba Eden Claibourne, los recuerdos de una joven se sucedieron temblorosos. Imágenes del joven y apuesto hombre que había conocido bailaron en su pensamiento y en su corazón. Pero cuando su mirada brillante se cruzó con la de él, buscó en el sombrío y apuesto rostro algún indicio del pícaro y risueño joven.

El pilluelo al que ella había amado en su juventud. En la época en la que todos los que la conocían la llamaban Robbie y en la que había sido como una sombra de Adams y sus hermanos, arriesgándose cada vez que lo hacía él, siguiendo sus pasos. Todo por una sonrisa y para que le acariciara los rebeldes cabellos rizados que su abuela solía cortarle.

En ese momento, en la penumbra de la biblioteca, buscó a Adams, el amigo que había creído perder para siempre por culpa de la tragedia que lo había enviado a prisión. Adams, su primer y tierno amor.

Pero en su mirada profunda de ojos marrones no vio ningún pilluelo, no vio risas, ni recuerdos. Solamente un riguroso y sereno control.

Vestido con aquel traje inmaculado, Adams era el esplendor personificado. La camisa apropiada, la corbata apropiada, los impecables zapatos, le recordaron a otra noche en la que había estado espléndido, si bien no demasiado apropiado. Una noche absolutamente maravillosa.

Trece años habían trascurrido desde la noche de la presentación de Eden en sociedad. Ella tenía entonces diecinueve y estaba en su primer año de facultad. Él tenía veinticuatro y, a sus ojos era un hombre de mundo. Pero a pesar de esa sofisticación, Adams había accedido a ser su acompañante durante la temporada. Había tolerado, por la pesada de Robbie Roberts, las formalidades y las interminables galas que tan aburridas y molestas le resultaban. La noche del baile fue tan galante y estaba tan guapo que Eden sintió tanto amor por él que le dolía el corazón.

Después de la presentación y de la fiesta, caminaron por la playa con los pies descalzos y agarrados de la mano, y Eden deseó que aquella noche no terminara jamás. Cuando Adams la besó a la luz de la luna y la tumbó en la arena, ella se echó a sus brazos con avidez.

Cuando perdieron la cabeza, los metros y metros de raso blanco de su traje largo fueron su refugio de enamorados. Y en ese momento de arrebato, cuando Adams pronunció el nombre de Eden una y otra vez, ella descubrió que el dolor del amor podía ser también su gran dicha.

Fue una noche mágica; Adams fue mágico. Y cuando la despidió con un beso a la puerta de su casa, jamás pensó que pasarían trece años antes de volverlo a ver.

Trece años y toda una vida recordando.

En un silencio que tan solo duró unos segundos pero que a ella se le hizo eterno, Eden lo miró a los ojos y se dio cuenta que él no había olvidado. Pero también se preguntó si alguna vez recordaba.

Adams dio un paso adelante y extendió el brazo con la palma de la mano hacia arriba. Entonces esperó con la paciencia aprendida a base de pasar tiempo en la cárcel.

No habría rechazado a aquel hombre cauto y silencioso aunque hubiera sido esa su intención. No hubiera podido de haberlo intentado. En silencio, como él, le colocó la mano sobre la suya y sintió el calor y la firmeza de sus dedos.

–Eden.

El nombre que se escapó de sus labios fue un leve susurro. No la llamó Robbie, sino Eden. El mismo nombre que había dicho una vez anteriormente en una playa bañada por la luz de la luna. Entonces se dio cuenta de su error y comprendió que por muchas cosas horribles que le hubieran pasado, Adams Cade jamás había olvidado, y jamás había dejado de recordar.

–Tienes el pelo más oscuro –tenía la voz grave y vibrante, madurada por los años–. Recuerdo tus rizos rubios.

Eden asintió y él la miró de arriba abajo, despacio.

–Eres más alta, y más esbelta –murmuró mientras su oscura mirada retrocedía por la misma ruta hasta toparse con la mirada de ella.

–Solo un poco –le aseguró Eden.

Aunque aún no había cumplido los treinta y dos, sabía que las suaves curvas de su juventud se habían estilizado.

–Jamás pensé que volvería a Belle Terre. Ni que me encontraría a Robbie Roberts convertida en la bella y elegante Eden Claibourne, dueña de esta extraordinaria hostería.

–Yo tampoco –admitió Eden, recuperando un poco la compostura–. Pero estás aquí, y yo soy quién soy y lo que soy. Así que, bienvenido a River Walk y a mi casa en Belle Terre –Eden, que seguía agarrada a él, le sonrió–. Como pensé que vendrías cansado del viaje, te he preparado la casita del río.

–¿Casita? –la miró con menos cautela, aunque aún con alguna reserva–. ¿No me voy a quedar en la posada?

–Por supuesto que puedes quedarte aquí si quieres. Pero primero, échale un vistazo.

Lo condujo hasta la ventana desde donde se veían la finca y el río, y señaló un edificio. Situada al borde del río, el edificio de un solo piso estaba casi oculto tras los árboles y la vegetación.

La casita, pequeña en comparación con el edificio principal y muy pintoresca, aparecía moteada por las sombras del atardecer mientras los rayos del sol que se ocultaba se filtraban a través de los robles cubiertos de musgo. Dentro de esa sombra, enormes arbustos de azaleas, camelias y adelfas se entremezclaban con altas palmeras. Como se agrupaban tan densamente alrededor del patio de la casa, las cuidadas plantas ofrecían más intimidad.

–Hay porches a ambos lados, con un camino privado en la ribera –le explicó Eden mientras él estudiaba la casita con mirada de aprobación–. Pensé que preferirías la intimidad, al menos al principio.

Adams asintió, agradeciendo su consideración. Volver a las tierras bajas y a los recuerdos de aquellos días dolorosos ya era en sí bastante difícil, sin tener que añadirle las miradas de los curiosos. Un día o dos de tranquilidad para aclimatarse y habituarse al pulso de la ciudad le allanarían un poco el camino.

–Gracias, Eden, por tu amabilidad.

–Ha sido más consideración que amabilidad, Adams.

Se encogió de hombros y con ese gesto Eden le quitó importancia al apresurado pero preciso cuidado que habían puesto en cada detallada preparación de la estancia de Adams en la hostería. Esperaba que jamás conociera el furor que el conocimiento de su inesperada llegada había inspirado.

–Parte del encanto de la hostería reside en que equiparamos nuestro servicio a las necesidades especiales de nuestros huéspedes –añadió.

–Entonces os doy las gracias a ti y a tus empleados.

Percibió algo en el tono de voz de Adams que le hizo arrepentirse de haber rechazado, aunque cortésmente, su gratitud, y también de haberse dirigido a él como si fuera cualquier otro huésped. Adams se había convertido en un hombre notable, en una celebridad del mundo de los negocios. Estaba segura de que por esa misma razón se había convertido en objeto de consideración y deseo, y por ello de que no sería ajeno a una atención especial. ¿Pero con qué frecuencia por una causa noble? ¿O porque alguien se preocupara de Adams de verdad, no para obtener de él algún favor?

–Adams –empezó a decir y como no sabía cómo explicarse, decidió hablarle con el corazón en la mano; le rozó la mejilla, como queriendo borrar los años de dolor–. Me alegro de que hayas venido, y quiero que te sientas bien y cómodo en mi casa –Eden sintió que se estaba comportando con presunción y le retiró la mano de la mejilla–. Bueno pero, dejemos esto –dobló los dedos que seguían sobre la palma de su mano y sonrió–. Debes de estar cansado y hambriento después del vuelo.

–Ha sido un día muy largo –Adams reconoció mientras se esforzaba en recordar el tiempo que hacía desde que una preciosa mujer lo acariciaba con tanta delicadeza y sonreía solo para él.

–Entonces, como desee, señor... –Eden inclinó la

cabeza– esta noche, y en cualquier momento –añadió, con la consideración y el respeto que merecía un viejo amigo–. Puedes tener lo que desees durante tu estancia aquí. Cualquier cosa que se ajuste a tus necesidades: intimidad, retiro, compañía, enredos; las comidas en el comedor de la hostería o en la casita. Lo que más se ajuste a tus planes o a estado de ánimo se llevará a cabo con la mayor habilidad de la que es capaz el servicio. Lo único que tienes que hacer es pedir, Adams.

En ese momento una cena tranquila, alejada de las miradas de curiosos, y en compañía de alguien que no quisiera hablar de negocios era lo que más apetecía a Adams.

–Me encantaría cenar en la casita, pero no quiero molestar a tus empleados.

Eden se echó a reír, recordando las amigables disputas entre sus empleados para ver quién podía escaparse un momento del atestado comedor de la hostería. A veces eso significaba poder echarse un cigarrillo; otras, tomar un poco el aire.

–Jamás lo considerarían una inconveniencia. En realidad, hay más de un voluntario dispuesto a servirte esta noche.

–Entonces, me gustaría cenar allí, Eden; como sospecho que ya habrías adivinado y planeado –se volvió y le acarició la cara y los cabellos con la mirada–. Me gustaría todavía más si quisieras acompañarme.

Adams tenía una voz profunda y vibrante, tierna como una caricia. Cada delicada tonalidad despertaba en ella un recuerdo que mejor sería dejar dormido.

–Normalmente estoy todas las noches en el comedor –objetó–. Saludando a los huéspedes, por si hay algo fuera de sitio.

–Lo cual ocurre...

La mirada confiada que Adams le dedicó le hizo sonreír.

16

–Lo cual, sinceramente, ocurre muy raramente, dado que tengo un eficiente mayordomo y un personal muy leal.

–Ah, justo lo que pensé cuando llegué. Una operación comercial bien pensada y dirigida –le tomó de la mano y se la colocó sobre el brazo–. Así que –dijo en tono persuasivo mientras con el pulgar le acariciaba los dedos–, aunque te van a echar en falta, ningún huésped se echará a llorar sobre su crema de puerros o sus melocotones al Grand Marnier, si tienen que soportar una noche sin ver tu encantadora sonrisa, ¿verdad?

Al ver la sorpresa en su rostro, Adams se echó a reír. Su risa pícara despertó en Eden otra tanda de recuerdos que le aceleraron en pulso.

–Pareces saber muchas cosas sobre la hostería. Incluso nuestras especialidades favoritas de primavera.

–Gracias a Janet, no a mí.

–¿Janet? –Eden no consiguió ocultar la curiosidad; le sorprendió que mencionara el nombre de una mujer porque, aunque no podía explicar su certeza, Adams Cade parecía un hombre sin ataduras.

–Mi secretaria –Adams dejó de acariciarle la mano que descansaba sobre su brazo, pero no la soltó–. Mi muy eficiente secretaria que leyó muchas cosas sobre La Hostería de River Walk, pero nada sobre el lujo y la intimidad de la casita del río.

–La casita no está anunciada. La alquilamos muy de vez en cuando, a huéspedes con necesidades especiales.

–¿Como Adams Cade, la oveja negra que ha vuelto al hogar? –Adams hizo una mueca, y la picardía no impregnó sus palabras esa vez–. Adams Cade, cuya reputación estoy seguro de que lo precede. Al menos si los rumores circulan tal y como yo recuerdo.

De nuevo estaba allí el dolor. Un dolor que luchaba por ocultar tras bruscas deducciones. Pero ni el tiempo ni la tragedia habían conseguido cambiar el timbre de los tonos que Eden había aprendido a entreoír, y a amar más que nada en el mundo, durante días, meses y años.

Eden lo miró a los ojos con solemnidad.

–Sí –dijo–. Para huéspedes como Adams Cade, porque Adams Cade, «es» una persona muy especial.

–Un criminal condenado, un ex presidiario, un camorrista, la oveja negra de la familia, el desheredado –dijo, mencionando tan solo unos cuantos de sus pecados–. ¿Cómo puedo ser especial?

–Para mí no eres ninguna de esas cosas –protestó Eden–. Ninguna. Y malditas sean las personas de miras estrechas, con sus feos rumores hacia los demás.

Se volvió hacia ella, la agarró ambas manos y la miró a la cara con expresión interrogante; buscó en su rostro la bravuconada, una mentira consoladora. Pero tan solo vio una franqueza serena e inquebrantable.

–¿Qué fui yo para ti? ¿Qué soy ahora, mi bella Eden?

Eden. El nombre de una mujer, no el de una niña de cabellos cortos y poco femenina. Un nombre que hacía que su corazón rebosara de gozo.

–¿Qué eres tú? –Eden lo miró pensativa y sonrió–. Tantas cosas...

–¿Tales como?

–Cuando era tímida y reservada, y no tenía ni idea de cómo formar parte del grupo, tú fuiste mi mentor, mi héroe. Me hiciste sentir como una princesa, aunque era una niña flacucha y desgarbada.

Cuando ella vaciló un instante, Adams aprovechó para hablar.

–Eras demasiado bonita y demasiado lista para el resto de nosotros. Jamás flacucha o desgarbada, excepto en tu imaginación.

Cuando estaba con él, era eso lo que él le había hecho experimentar. Con Adams siempre se sentía más importante, mejor; siempre más feliz.

–Cuando mi abuelo me trajo con él a Belle Reve...

18

–Sigue –la animó Adams–. El nombre no me molesta. Lo que ocurrió esa última noche quizá me hizo perder a mi familia y mi hogar, pero no me arrebató los buenos recuerdos ni los buenos ratos. Soy capaz de oír el nombre y pensar en Belle Reve y en todo lo que representaba sin sentir amargura. Así que, cuéntame Eden.

Sin embargo, a Eden le costaba continuar. Por mucho que él la animara, sabía que hablar de la familia y del hogar que le había sido negado solo conseguiría abrir viejas heridas.

–Cuando mi abuelo me llevó a Belle Reve a darle un paseo a los caballos, me sentí cautivada al ver la casa, las tierras y las manadas. Pero, sobre todo, me quedé cautivada contigo. Aunque digas que no, Adams, era una niña desgarbada y larguirucha, y me pegué a ti como una lapa. Sin embargo tú siempre fuiste increíblemente paciente y bueno conmigo. Eras mayor que yo, pero nunca me trataste como si fuera un estorbo –Eden sonrió sin dejar de mirarlo–. Cuando vuelvo la vista atrás, te considero mi primer y mejor amigo.

–¿Y ahora, Eden? –le dijo.

En su mirada había una necesidad primitiva; una necesidad de amistad.

Eden quería borrar el dolor, silenciar el rechazo. Y como se preocupaba por él, deseó poder liberarlo del rigor que dominaba su vida. Deseó reemplazar a aquel cauto y solemne extraño por el pícaro de antaño. Quería consolarlo, abrazarlo. Y si él la amara...

–Solías ser mi amigo, espero que vuelvas a serlo.

Tal vez si quisiera serlo, esa vez podría devolverle el trato bondadoso que tanto la había ayudado a convertirse en la mujer confiada que era en el presente.

Todo el mundo en Belle Terre sabía que el irascible de Gus Cade había caído enfermo. Todos conocían las desavenencias de la familia Cade. En los años desde que Adams había sido condenado por agresión con agravantes, Gus no había mantenido en secreto su amargo resentimiento por la desgracia que su hijo mayor había llevado a su apellido. Una opinión que algunos de los habitantes de Belle Terre compartirían; pero que otros, la mayoría, no. Mientras Adams estuviera hospedado en River Walk, ella sería su heroína tal y como él lo había sido para ella. Y qué Dios se apiadara del que hablara mal de Adams Cade delante de ella.

—Seremos amigos ¿vale?

Adams la miró y la tensión pareció ceder. Con los pulgares seguía acariciándole los nudillos con suavidad.

—Entonces puedes empezar cenando conmigo en la casita.

—Has dicho que estabas cansado —protestó Eden—. Y supongo que querrás hablar con tus hermanos.

—Si estoy cansado, tu compañía es el mayor consuelo que he tenido en mucho tiempo. Hablé con mis hermanos desde el aeropuerto, poco después de aterrizar. Si Gus empeora, Lincoln, Jefferson y Jackson saben que estoy aquí. Ninguno de ellos dudaría en llamar. Y estoy seguro de que tu eficiente personal se encargará de pasarme la llamada. Así que, de momento, está todo controlado. Mientras tanto, mi dulce Eden, me agarro a tu promesa.

—¿Mi promesa? —Eden no recordaba haber prometido nada.

—Puedes tener lo que desees, esta noche y en cualquier momento, durante tu estancia aquí —repitió lo que Eden le había dicho, palabra por palabra.

—Oh —Eden enrojeció por la implicación de las palabras.

—Sí. Y mi placer esta noche sería cenar tranquilamente en la casita, en compañía tuya —su risa la provocó, casi tanto como en el pasado—. Ríndete, cariño. Te tengo acorralada. Has caído en tu propia trampa. Me lo dijiste, y algo me dice que eres una mujer de palabra.

–Esto es un chantaje –lo acusó Eden.

Protestó, aunque sabía que cuando hablaba así, igual que el joven que había conocido y amado, no podía negarle nada.

–Quizá lo sea, pero no te negarás.

Eden vio que la vieja confianza volvía a él. La misma confianza que lo había encumbrado a las más altas cimas del mundo de los negocios. El coraje que tan solo había flaqueado en la tierra de Belle Terre y en Belle Reve, donde su padre estaba enfermo de gravedad.

La confianza que habitaba y continuaría habitando entre las paredes y tierras de River Walk. Eden estaba empeñada en que así fuera.

–No –reconoció tras una pausa–. No me negaré. Cenaré contigo en la casita.

Pero no así. No acudiría junto al hombre al que había amado sudorosa y cansada tras un día de trabajo.

–¿Por qué no nos refrescamos un poco los dos? Merrie, la joven que viste antes, te acompañará a la casita y tomará nota de lo que quieras cenar.

–Preferiría que escogieras tú. Mis gustos no han cambiado tanto.

–De acuerdo, me ocuparé primero de eso, y dentro de unos cuarenta y cinco minutos más o menos estaré en la casita.

–¿Irás a la casita? –le preguntó–. ¿Me das tu palabra, Eden?

–Palabra de honor, Adams.

–Entonces esperaré a Merrie aquí.

Satisfecho, se apartó de ella y, con una galante inclinación, se sentó en una butaca junto a la ventana.

Seguía allí sentado, ensimismado, cuando Eden pasó de vuelta de la cocina. Al pie de la escalera, se detuvo, miró hacia la puerta entreabierta de la biblioteca y recordó.

–Adams en mi casa –murmuró y entonces sonrió

mientras subía las escaleras hasta sus habitaciones en el tercer piso.

–¿Te has preguntado qué mente simple pudo darle a un río tan bello el nombre tan poco imaginativo de Río Ancho? –Eden se apoyó sobre una columna mientras el día desaparecía del cielo y del río. La cena que había compartido con Adams hacía tiempo que había acabado, al igual que la cuidadosa selección de vinos de Cullen.

–Es maravilloso –concedió Adams–. Atardeceres como estos son algunas de las cosas que más echo de menos.

–La tranquilidad. El ver las distintas tonalidades reflejadas en el agua –Eden hablaba en susurros, como si temiera romper el sereno encantamiento que había caído sobre la noche–. Y por último el negro.

–Mejor aún para poder ver el plateado trazado de la luna sobre las aguas –la voz masculina, igualmente tenue, salió de la oscuridad.

Adams estaba escondido en la oscuridad. Pero al oír el ruido del columpio y los pasos de Adams, Eden adivinó que iba hacia ella, que estaba apoyada sobre la barandilla. Antes, Adams solía oler a sol, a mar y a jabón. En ese momento, cuando se acercó, Eden pensó en despachos, papeles y perfume caro. Pero todo eso podría cambiar.

–Podrías volver, Adams –estaba cerca, tan cerca, que podría tocarlo si se atreviera–. Podrías volver a casa. Si no a la plantación, a Belle Terre.

Adams sacudió la cabeza. No quería hablar del pasado ni tampoco del futuro; no quería pensar en nada que no fuera Eden. Le acarició el brazo con la punta de los dedos a través del fino tejido de su vestido, y se acercó un poco más a ella.

–Gracias por esta bienvenida, por la casita, por la cena y el vino. Y sobre todo por tu compañía –Adams se echó a reír–. Incluso por el espectáculo.

–Nuestro objetivo es complacer al huésped –Eden sonrió–. El espectáculo es obra de la Madre Naturaleza.

–Es una dama muy bella. Igual que tú.

Eden volvió la cabeza y vio una figura alta y oscura irguiéndose a su lado, con voz de terciopelo y caricias suaves y candentes.

–En realidad no soy bella, Adams. Quizá la luz o el reflejo rosado del cielo esté engañando. O tal vez sea el vino. Tan solo soy Eden, antes Robbie, uno de los muchachos.

–Eres muy bella. No es mi imaginación, ni el brillo de la luna, ni el vino. Y, cariño, hace tiempo que dejaste de ser uno de los muchachos –le dijo con voz seductora.

Al ver la sorpresa de Eden, lo primero que se le ocurrió a Adams fue estrecharla entre sus brazos, demostrarle de un modo en que las palabras no podían que era muy bella. Tan bella que su recuerdo lo había ayudado a soportar la soledad durante los días más negros en prisión.

Entonces había soñado con acariciarla. Y en ese momento deseaba tocarla como un amante, tal y como lo había hecho una sola vez en el pasado. Demasiadas cosas habían ocurrido desde entonces. El Adams Cade con quien había hecho el amor en la playa no era el hombre que estaba a su lado en esos momentos.

Había conocido a mujeres bellas, pero jamás se había enamorado; jamás había sido tierno. Y por mucho que buscara, no encontraría a ninguna como Eden.

En ese momento la tenía entre sus brazos, a pocos centímetros de él. La misma dulce Eden, inmaculada bajo la sofisticada elegancia. Pero con el rigor que dominaba su vida, él no era la persona adecuada para ella.

Quizá podrían ser amigos, como ella le había pedido; pero jamás amantes, como deseaba él.

–Es tarde –declaró Adams con firmeza–. Ha sido un día muy largo para los dos.

Adams agarró el chal que le cubría los hombros y la abrazó. Le posó los labios en la frente y saboreó la fragancia de Eden. Pero sabiendo que eso era todo lo que podría disfrutar de ella, todo a lo que se atrevía a disfrutar, la soltó.

Le acarició la mejilla con el dorso de la mano y le susurró:

–Estás cansada. Hoy te he exigido demasiado.

–No...

–Venga –insistió, tomándole de la mano–. Te acompañaré a casa.

Ella no volvió a protestar. Ni siquiera cuando él le besó en la muñeca mientras le daba las gracias con suma galantería por la estupenda velada y por la compañía. Tampoco le dijo nada cuando la dejó en el porche trasero de River Walk.

Eden lo observó hasta que fue engullido por la oscuridad. Se quedó allí mirando y esperó, pero él no se dio la vuelta, no volvió la cabeza.

Entonces, con voz entrecortada por la emoción, momentos antes de que Cullen saliera de entre las sombras, Eden susurró:

–Buenas noches, Adams, mi amor.

Capítulo Dos

–Señora Claibourne.

Eden apartó la vista de la cesta de flores aún cubiertas de rocío que estaba recogiendo. Se puso la mano sobre los ojos para ver quién la llamaba y vio a Merrie corriendo en dirección a ella. Al acercarse la joven, Eden vio que tenía las mejillas sonrosadas y los ojos brillantes.

Algo iba mal. Eden se quitó los suaves guantes de cuero que utilizaba para el jardín, se los metió en un bolsillo y esperó.

–¡Hay más! –Merrie se detuvo y estuvo a punto de caerse sobre ella.

–¡Eh! –Eden la agarró para que la chica no perdiera el equilibrio–. Cálmate y dime por qué estás tan nerviosa. ¿Dices que hay más? ¿Más de qué?

–Han venido más –dijo Merrie sin aliento.

–¿Han venido más? ¿Quiénes? –Eden arqueó una ceja, totalmente confundida con la explicación de Merrie.

–Los Cade –Merrie respiró hondo y seguidamente respondió con más tranquilidad–. Están en la biblioteca, por todo el hotel. Cuantos más vienen, más peligrosos son. Excepto el primero.

–Ah, los hermanos de Adams –interpretó Eden–. Y, como con Adams, supongo que peligroso significa apuesto... O aún mejor.

–Son los hermanos del señor Adams –Merrie le confirmó–. Pero son totalmente distintos, y tremendamente apuestos.

–¿Y están en la biblioteca? –Eden se echó a reír a pesar de saber que no debería animar a su personal a mostrar aquella desbocada exuberancia.

–Como allí es donde me pidió que llevara al señor Adams cuando llegó, pensé que serviría también para el resto de la familia.

–Por supuesto que sí –concedió Eden–. Has hecho bien. Pero la próxima vez intenta anunciarlos con algo más de compostura.

–Lo siento –dijo Merrie con pesar–. Solo es que nadie me había avisado de que los hombres del sur de América del Norte eran tan... –sin saber cómo describirlos, se agarró a lo redundante–. Peligrosos.

Eden se preguntó si debería explicarle que los Cade eran una raza aparte, y desde luego unos hombres difícilmente comparables con otros. Pero decidió que algunas cosas eran mejor no explicarlas y no dijo nada.

–Dijeron que querían ver al señor Adams –continuó la chica–. Como nos dio órdenes estrictas de que no recibiera invitados inesperados sin antes decírselo a usted, pensé que lo mejor era llevarlos a la biblioteca. Señora Claibourne, espero haber hecho bien al pedirle a Cullen que les sirviera café y bollos.

–Perfecto, Merrie. Lo que has hecho ha sido lo correcto.

–¿Voy a avisar al señor Adams? ¿O quiere que acompañe a los señores a la casita?

–No –dijo Eden pensativamente–. Creo que aún no.

Dada la descripción de Merrie, no dudó de que fueran los hermanos de Adams los que esperaban en la biblioteca. Aun así, prefirió comprobarlo ella misma y juzgar el talante de aquella visita antes de molestar a Adams.

–Estas flores son para la suite del ala oeste –le dijo a Merrie con la serenidad habitual en ella–. Los Rhetts llegarán justo después de la comida. ¿Si acaso me retrasara con los Cade, podrías encargarte de recibirlos y acompañarlos a la suite?

Anticipando la respuesta, Eden le pasó las flores cargadas de rocío.

–Por supuesto –Merrie tomó el cesto–. Mi madre a menudo me pedía que me ocupara de las flores cuando ella recibía a gente.

–Lo sé. Hazlo lo mejor que puedas, Merrie. Eso es todo lo que te pido.

–Lo haré, señora Claibourne.

–Lo sé –repitió Eden.

Eden se había esforzado para asegurar que las condiciones de trabajo de sus empleados fueran agradables y gratificantes. A cambio, el personal era tremendamente eficiente. Tan eficiente que Eden sabía que, incluso en su ausencia, el negocio marcharía como siempre.

Agradecida por su buena fortuna y pensando en que volvería a ver a sus viejos amigos, se apresuró hacia la casa. Al cerrar la puerta trasera del vestíbulo, Eden oyó sus voces. Unas voces masculinas, profundas; voces que conocía de toda la vida.

La puerta de la biblioteca estaba entreabierta e Eden entró silenciosamente. Pero su presencia no pasó desapercibida y uno por uno los apuestos hermanos Cade se pusieron de pie para abrazarla y besarla.

Los Cade eran desde luego diferentes a los demás hombres, y también entre ellos. Pero a pesar de esas diferencias antes habían constituido una familia unida. Eden esperaba que pudiera volver a ser así.

–Lincoln –le dijo al más alto de los tres, y segundo hermano mayor de la familia, mientras él casi la levantaba del suelo.

Antes de terminar de besarla, Jackson, el más apasionado, se la arrebató. Su enorme abrazo la dejó casi sin aliento.

–Eh, hermano, no la partas por la mitad o tendrás que enfrentarte con nuestro hermano mayor –dijo Jefferson mientras la rescataba de los musculosos brazos de Jackson.

Jefferson, el más callado de los cuatro, la agarró de los hombros, y la miró de arriba abajo como esperando encontrarla magullada. Entonces se echó a reír, murmuró algo de ser indestructible y bellísima, y la abrazó.

–¿Cómo estás, Robbie? –le dijo mientras la abrazaba–. ¿Cómo está él? –se apartó de ella pero no la soltó–. ¿Cómo está Adams? –le preguntó con cierta desesperación.

–Estaba cansado cuando llegó, y muy preocupado por Gus. Pero uno de mis empleados me ha informado de que ha desayunado temprano, aunque no demasiado. Con lo cual espero que haya descansado.

Fue con Jefferson hacia el sofá y se sentó en el asiento que él le ofrecía.

A pesar de carecer de compasión, Gus Cade había enseñado a sus hijos a tener modales. Quizá fueran pícaros y demasiado juerguistas en su juventud, pero pocas personas en la convencional y correcta población de Belle Terre podrían igualarse a Jefferson, Jackson o Lincoln en galantería. Y solo había uno que los superaba, pensó Eden. Solo el primero de ellos. Solo Adams.

Eden aceptó el café que le había servido Jefferson y dio un sorbo antes de continuar.

–Adams está hospedado en la casita del río. Pensé que sería un lugar más adecuado para vuestra reunión.

Eden sabía que, desafiando las instrucciones de Gus Cade, los hermanos se habían visto esporádicamente a lo largo de esos años. Pero jamás en Belle Terre. Nunca tan cerca de casa ni de Gus.

Ninguno de ellos quería molestar a Gus, pero tampoco estaban dispuestos a abandonar a su hermano como lo había hecho su padre. Sin embargo, cuando Eden se enteró de que Adams iría a River Walk, supo que también lo harían Jefferson, Jackson y Lincoln.

Eden miró a los tres hermanos y se preguntó por qué estaban todos tan ocupados en sus vidas que se veían tan poco. Aun así, se dio cuenta que no debía entretenerlos más. Ninguno de ellos le metería prisa, pero Eden sabía que, tras la caballerosidad, estaban deseosos de estar con Adams.

–Cuando salí al jardín esta mañana, el jardinero me dijo que había visto a Adams junto al muelle de la casita. Supongo que seguirá allí.

–He venido –les llegó la voz de Adams desde la puerta–. Para traer algo de pescado para cenar.

Eden agarró la taza que tenía en la mano con fuerza para evitar que se le cayera. Antes de que sus hermanos lo rodearan, notó que había sustituido el traje sastre por una camisa y unos vaqueros, y los elegantes y brillantes zapatos por unas zapatillas de tenis. Pero lo mejor de todo fue que en la sonrisa que le dedicó a ella vio el espíritu del joven que había amado.

Lincoln fue el primero en hablar mientras se saludaban.

–Llevo tanto tiempo esperando este día; el día en que regresaras a casa.

–No regreso a casa, Linc, aunque bastante cerca, supongo –aunque la alegría de Adams por ver a sus hermanos era sincera, no pudo ocultar la tristeza de su mirada–. Pero, sea como sea, me alegro mucho de veros. A todos.

–Adams –Jackson le agarró del otro brazo.

Eden los observaba discretamente, preguntándose cuántas veces había visto a esos fuertes y orgullosos hombres mostrar su afecto los unos por los otros. Que los hermanos se querían y también a su padre, siempre había sido evidente. Solo Gus, que había tratado a sus hijos sin piedad, y juzgado sin compasión, jamás les había dado una pizca de cariño.

Solo Jefferson, el más pequeño, parecía haberle importado al intransigente viejo. Siendo el favorito de Gus, Jefferson podría haberlo tenido más fácil en algunas cosas. Pero, como pocos comprendían, Eden sabía que en las cosas que importaban, el ser su favorito se lo ponía más difícil.

Quizá existiera algún tipo de vínculo entre Adams, el chivo expiatorio, y Jefferson, el hijo favorito. Sencillamente era un lazo que tan solo los Cade entendían.

Cuando Lincoln y Jackson se apartaron de Adams, Jefferson estaba allí, delante de él. No lo tocó ni le habló, solo lo miró. No había dos hermanos que se parecieran menos. Pero con una sola mirada, hasta un tonto se daría cuenta del parentesco que los unía.

A pesar de que uno tenía los cabellos y los ojos negros, y que el otro era rubio con los ojos azules, existían entre ellos similitudes inexplicables: el gesto, la sonrisa, la curiosa forma de reír.

Todos eran hijos de Caesar Augustus Cade, pero de madres distintas. Solo se parecían a Gus en la determinación y en el orgullo. En el físico, cada uno de ellos se parecía a su madre.

La madre de Adams era de ascendencia francesa. La de Lincoln, escocesa. La de Jackson, irlandesa. Y la de Jefferson, danesa. Y la única cosa que tenían en común esas mujeres era la belleza y la falta de paciencia. Y aunque no tenían nada de su padre, el denominador común durante todas sus vidas, existía en ellos un elemento difícil de definir que demostraba que eran hermanos, de la misma sangre.

Eden no había podido explicar el fenómeno en el pasado. Tampoco en el presente. Pero al ver a Adams y a Jefferson frente a frente en el silencio de la biblioteca, pensó que jamás había sido tan consciente de ello.

Tras las ventanas, el jardín era un hervidero de trinos. Al compás de la suave brisa, las ramas de los imponentes robles se mecían y susurraban, y la casa crujía.

Entonces Adams sonrió y le echó el brazo a su hermano por los hombros para abrazarlo.

–Jeffi.

El nombre infantil suavizó la creciente tensión. Al momento los cuatro reían y hablaban al unísono. Eden dejó su taza, pensando en salir discretamente; los rodeó y fue hacia la puerta. Cuando estaba a punto de salir, sintió un brazo que le rodeaba la cintura y tiraba de ella.

Adams. Lo reconocería aun de espaldas.

–¿Adónde crees que vas? –se acercó tanto que su aliento le rozó la mejilla–. No te vas a escapar de nosotros tan fácilmente.

Eden se echó a reír y se volvió, esperando que la soltara. Pero en lugar de eso la agarró con fuerza y la estrechó contra su cuerpo.

–No estaba escapando, Adams –se complació de poder hablar con naturalidad, a pesar de la manera íntima en que él la tenía agarrada–. Solo quería dejarte solo con tu familia.

–Quédate, Eden –insistió Adams–. Mis hermanos y yo tendremos tiempo de sobra después para hablar en privado. Así todos juntos, es como en los viejos tiempos. Recordemos durante un rato cómo solían ser las cosas en el pasado.

–¡Escucha! ¡Escucha! –dijo Lincoln en voz baja, pero mirando a su hermano con su penetrante mirada de ojos grises.

–Sí –intervino Jackson.

Cazó al vuelo el espíritu de los deseos de Adams, agarró la taza de café y la alzó, como si se tratara de una copa de champán.

–Por los viejos tiempos.

Por un instante nadie se movió. Entonces, uno por uno, Eden, Adams, Lincoln y Jefferson levantaron sus tazas de café, y brindaron.

–Un Cade para todos, y todos los Cade para uno –dijo Adams, recordando uno de los ritos del pasado.

Seguidamente se volvió hacia Eden y, sin apartar la mirada de la de ella, añadió, al igual que lo había hecho en el pasado:

–Y por Robbie.

–Por Robbie –repitieron los otros tres, para seguidamente volverse hacia ella e inclinarse con una naturalidad propia de los mosqueteros de Dumas.

Ella aceptó su homenaje con gracia. En ese momento miró a Jefferson y se preguntó casi con tristeza si los cambios operados por unas preferencias y unos hechos imposibles ya de deshacer, serían lo que impediría recuperar aquella inocente lealtad.

—Por Eden.

La voz de Adams la distrajo de unos pensamientos que rallaban en la nostalgia; pensamientos que no debía permitir que estropearan su vuelta a casa. Alzó la vista y se encontró con aquella mirada llena de fascinación.

—Nuestra Robbie —dijo, alzando más la taza—. Convertida ahora en la bella y exquisita Eden Claibourne.

—Bueno, es suficiente —dijo Jackson, guiñándole un ojo a Eden—. Si bebo más café de River Walk no voy a poder dormir en una semana.

—De todos modos, desde que has conocido a Inga la infatigable, no has dormido en toda la semana.

El comentario de Lincoln hizo reír a Jefferson.

—¿Por cierto, Lincoln, qué ha pasado con las noches en vela en Belle Terre? Fue con Alice, ¿no?

Con esas tonterías, empezaron las riñas familiares.

Para Eden era como volver al pasado. Miró a Adams y vio que, aunque sabía muy poco de las vidas de sus hermanos en el presente, estaba disfrutando de las bromas.

Durante un rato los recuerdos de su exilio y de la mala salud de su padre podrían dejarse a un lado. Pero muy pronto, como Eden sabía que ocurriría, las bromas perdieron fuerza y los cuatro hermanos se quedaron callados.

Eden se levantó del sofá, consciente de que había llegado el momento de hablar de cosas serias, y fue hacia la ventana. Acababa de sentarse en una silla cuando Adams empezó a hablar.

—Esta mañana llamé al hospital.

—Entonces lo sabes —Jefferson alzó la vista del suelo.

—¿Que Gus será dado de alta mañana con un equipo de enfermeras para cuidarlo? —Adams asintió y se frotó debajo de la nuca—. Sí, lo sé —miró a su hermano con gravedad–. Al principio pensé que Gus sabía que iba a venir y que habría ordenado que se me negara la información. ¿Por cierto, se ha jubilado el doctor Wilson?

–Hace tres años –dijo Jackson con pesar–. Deberíamos habernos acordado de decírtelo.

–Con todo lo que ha pasado, no importa.

Adams sabía que en trece años que había estado ausente, habría habido muchos cambios de los que no tenía noticia.

–Por lo que me ha dicho el médico, Gus no ha mejorado mucho, y no hay nada más que se pueda hacer por él en el hospital que no puedan hacer las enfermeras en... en Belle Reve.

Eden vio en los rostros de sus hermanos el reconocimiento de la reticencia de Adams por llamar casa a Belle Reve. La pena que vio le hizo recordar que era el mayor de los hijos de Gus Cade el que más amaba a su padre y su hogar.

Adams, el chivo expiatorio de Gus. El hijo devoto que soportaba la ira de su padre sin comentarios ni rencor. El caballero, que había saldado tantas batallas con buen talante y sin una queja. Adams, el inesperado y tierno amante que, en la noche de su puesta de largo, había abandonado su arenoso nido de amor para ir a Rabb Town, la remota población de los Rabb, los rivales más encarnizados de los Cade. Adams, el hermano querido y amigo que inexplicablemente había golpeado a Junior Rabb hasta casi matarlo, y luego soportado en silencio cinco años de cárcel, la eterna maldición de su padre y el exilio de su familia y su hogar.

Nada de ello tenía sentido y Adams jamás había ofrecido ninguna explicación, ni reclamado ninguna defensa. Por una noche de extraña represalia, había perdido a sus seres queridos y todo lo importante para él.

–Entonces no me lo creí –Eden murmuró en voz baja–. Ahora tampoco me lo creo –sacudió la cabeza con vehemencia–. No me lo creeré, jamás.

–¿Estás hablando sola, querida Eden? –Lincoln estaba junto a ella y la miraba con curiosidad–. ¿Tanto te aburrimos con nuestros recuerdos?

Eden le sonrió, asegurándole que estaba equivocado.

–No me aburrís. Una mujer tendría que estar muerta para aburrirse con los ilustres Cade. Especialmente con los cuatro juntos en la misma habitación.

–¿Ilustres, eh? –Lincoln se sentó junto a ella y le tomó la mano–. ¿Eso era lo que murmurabas?

–Quizá.

–¿O tal vez recordabas al Adams que tenía tu corazón en sus manos? –al ver que ella lo miraba significativamente, él esbozó una sonrisa bondadosa–. ¿Pensaste que nadie se había dado cuenta? ¿Que, como éramos jóvenes, no nos enterábamos? Cariño, todos nosotros lo sabíamos, incluso Jefferson, que tenía trece años. Todos excepto Adams; es decir... hasta que fue demasiado tarde.

–¿Por qué fue allí, Lincoln? ¿Por qué a Rabb Town?

Eden le formuló la pregunta que se había hecho a sí misma tantas y tantas veces. Una pregunta para la que no parecía haber respuesta.

–¿Por qué cabalgó todos esos kilómetros a través de peligrosos pantanos e intrincados caminos? Adams no le guardaba ningún rencor a los Rabb. Ellos eran los que odiaban a todos; en especial Junior. No lo entiendo. Nada de ello tuvo sentido hace trece años. Claro que, tampoco ahora.

–Lo sé, Eden –Lincoln se encogió de hombros, pero Eden sabía que no era por falta de verdadero interés.

–¿A ti que te parece, Lincoln?

Era un hombre intuitivo, un veterinario de increíble talento, igual que el abuelo de Eden. Desde que había vuelto a Belle Terre, Eden había oído a los lugareños hablar de sus técnicas de diagnóstico. Entre aquellos que criaban caballos, era el tema favorito de conversación durante las cenas en River Walk. Eden no podía creer que la perspicacia de Lincoln se limitara solo a los animales que trataba.

–Dímelo –le rogó–. Debes tener una teoría, alguna idea de lo que ocurrió aquella noche.

Lincoln se sentó junto a ella. Tenía las manos apoyadas en las rodillas y la cabeza agachada, pensando en las preguntas que Eden le estaba haciendo.

–¿Qué me parece a mí? –le preguntó por fin–. ¿O qué sé yo?

A Eden le dio un vuelvo el corazón al pensar que podría haber alguna prueba más a favor de Adams. Pero sabía que eso era una locura. Si Lincoln supiera algo para desacreditar las afirmaciones de Rabb, algo que desmintiera la investigación del sheriff, lo habría dicho hacía ya tiempo. Aun así, deseaba escuchar lo que el hermano más sabio de Adams pudiera decir.

–Por favor, dímelo.

–No es mucho, querida Eden –Lincoln le cubrió la mano con la suya–. Como mucho son conjeturas y porque conozco a mi hermano.

–No me importan los porqués, Lincoln –exclamó Eden en voz baja pero irregular–. Solo quiero saber lo que tú piensas, lo que crees –bajó tanto la voz que Lincoln apenas podía oírla–. No necesito saber cómo ni por qué llegaste a creerlo.

–Calla –le apretó la mano suavemente–. Calla.

Lincoln esperó hasta que respiró normalmente y el rubor desapareció de sus mejillas. En las pocas ocasiones en las que había vuelto a Belle Terre, jamás había visto a la tranquila y elegante Eden Claibourne tan agitada, tan llena de vida.

Y, sobre todo, jamás había visto a una mujer tan enamorada. La vida de su hermano había sido dura y trágica, pero no había otro hombre tan afortunado como Adams lo era con Eden.

–Lo que creo es que mi hermano es inocente –Eden lo miraba fijamente y Lincoln sonrió–. Pienso que ha estado ocultando algo; quizá para proteger a alguien.

–Para proteger... –empezó a decir Eden–. ¿Pero a quién? ¿Y por qué? ¿Qué persona o personas le inspirarían tanta lealtad y amor como para sacrificar su propia vida para ampararlos?

–Yo mismo me he hecho esa pregunta multitud de veces. Y la respuesta es siempre la misma. No lo sé, Eden. La noche de tu puesta de largo fue una noche extraña, en la que todos estábamos en casa menos Adams. Gus, Jackson y yo estuvimos levantados toda la noche ayudando a parir a una yegua. Jefferson estaba dormido, y tú estabas en casa antes de la una. Todas las personas a las que amaba lo suficiente para poder sacrificarse por alguna de ellas, estaban sanas y salvas. ¿A quién deja eso? Llevo años estrujándome el cerebro, y la respuesta es a nadie.

–Sin embargo piensas que esa es la explicación.

–¿Se te ocurre otra?

Eden miró a Adams, que charlaba con sus dos hermanos pequeños

–No –dijo en voz baja–. Ninguna.

La teoría de Lincoln explicaba de algún modo una situación sin sentido. Pero era una teoría que la devolvió a la eterna pregunta sin respuesta.

–¿A quién?

Una figura alta y corpulenta se irguió en la puerta, llenando todo el espacio abierto. Un inmaculado uniforme color caqui a juego con un sombrero del mismo color aprisionado entre los dedos de una mano grande y fuerte. Un par de ojos gris oscuro se pasearon por la habitación, estudiando a cada uno, absorbiendo cada detalle, antes de posarse en Adams.

Como si hubiera estado esperando ese momento, Adams alzó la cabeza y lo miró fijamente.

–Hola, Jericho, me preguntaba cuándo pasarías por aquí.

–Adams –Jericho Rivers asintió, y la estrella que

llevaba prendida al pecho lanzó un destello con el movimiento; se volvió a mirar a cada uno de los ocupantes de la habitación y los saludó del mismo modo–. Jackson, Jefferson, Lincoln –la voz profunda se suavizó–. Eden. Espero que no te importe que le insistiera a Cullen para que me dejara pasar.

–Por supuesto que no. Pasa, Jericho –Eden se puso de pie y fue a recibirlo–. ¿Puedo hacer algo por ti?

–No, gracias, Eden –la mano que había estrechado la suya volvió a agarrar el sombrero, y empezó a darle vueltas con parsimonia–. Solo he pasado para charlar con Adams –miró hacia él–. Se me ocurrió que deberías saber que Rabb sabe que estás aquí... Junior te guarda rencor. Si yo estuviera en tu lugar, tendría cuidado.

–Gracias, Jericho, lo tendré.

–Bien –dijo el sheriff en tono bajo–. Y cuando puedas, pásate por mi oficina, tengo algunas preguntas.

–El caso se cerró mucho antes de que tú tomaras posesión del cargo, Jericho –le recordó Adams.

–Lo sé –dijo Jericho–. Pero sígueme la corriente con esto.

–Si insistes. No tengo ninguna respuesta, sheriff –dijo Adams en tono afable–. Pero puedes preguntarme lo que quieras.

–Lo haré –le aseguró Jericho, en tono aún más agradable.

Entonces se volvió hacia Eden, se despidió de ella cortésmente, y se marchó. Y en ese momento, todos los que estaban en la biblioteca se quedaron mirando a Adams con mucha curiosidad.

Capítulo Tres

–Buenos días.

Eden alzó la cabeza de los papeles que cubrían su mesa de desayuno y se encontró cara a cara con un hombre que parecía más un oso pardo que un huésped dándole los buenos días.

–Buenos días, Adams –le contestó en tono alegre, como si su saludo hubiera sido también agradable–. Vaya sorpresa. No esperaba verte aquí.

–¿No? ¿hay alguna razón por la que no debiera estar aquí? –dijo, arrugando la frente.

Paseó su mirada tormentosa por los empleados que se afanaban de un lado a otro con los preparativos del mediodía, se topó brevemente con el rostro imperturbable de Cullen, y continuó, sin preocuparle la mirada de advertencia que había visto en el hombre.

Lo siguiente que le llamó la atención fue la ecléctica mezcla de huéspedes, que charlaban al tiempo que tomaban café. Todos ellos, pensó Eden, estaban más en sintonía con la encantadora y soleada grandeza del comedor de River Walk que él.

–Eres mi huésped, Adams. No hay razón para que no seas bienvenido aquí –le aseguró con forzado entusiasmo mientras intentaba ignorar su mal humor–. Lo he dicho por hablar de algo. Después te habría preguntando si habías dormido bien –sacudió la cabeza con pesar y levantó los hombros de modo significativo–. Pero a juzgar por cómo vienes, buscando pelea, supongo que debo pensar que no has pasado buena noche.

–Entonces supondrías mal –le dijo con la misma

38

actitud–. He dormido bien. Estoy bien. Y no he venido aquí buscando pelea.

–¿No? –Eden murmuró–. Pues me habías engañado.

Esa vez Adams la ignoró.

–He venido buscando un cambio de aires.

–Bueno, entonces la hostería y su recinto pueden desde luego ofrecerte eso –tras años de experiencia con huéspedes temperamentales, Eden le sugirió plácidamente–. Si eso no es suficiente, mis empleados y yo haremos todo lo posible para que tu estancia aquí sea de lo más agradable. Si nos hemos dejado algo en el tintero, Adams, lo corregiremos. Si tienes alguna necesidad especial, intentaremos satisfacerla.

–Corta el rollo, Señora Posadera –gruñó–. Sabes de más que al servicio no le ocurre nada. Ni al recinto, ni a la vista, ni a la casita, ni a mi cama, ni a nada.

Cuando Adams terminó de enumerar todas esas cosas con irritabilidad, se calló de repente y apretó los dientes. Entonces, como si ese gesto le hubiera hecho entrar en razón, sonrió y bajó la cabeza con desagrado.

–Ah, maldita sea, Eden, la verdad es que estoy harto de estar solo.

Eden se arrellanó en el asiento y colocó las manos sobre el regazo

–Así que has venido a buscar compañía.

–No –la negativa de Adams fue decisiva, abrupta.

–¿No?

–¡No! –exclamó en otro arrebato de rabia–. ¿Maldita sea, Eden, acaso hay eco aquí?

–No lo creo, Adams –dijo en voz baja, casi musical, tranquilizadora–. Al menos no me he dado cuenta hasta ahora.

–¡Ya basta!

Se acercó más a la pequeña mesa y apoyó una mano en cada brazo de la silla, a cada lado de Eden. Se inclinó y habló despacio, dando rienda suelta a su frustración.

–No he venido a buscar compañía, ni a discutir sobre cómo he dormido o dejado de dormir. Ni a hablar del maldito eco. He venido a por ti, Eden Claibourne.

–¿Por qué?

Estaba tan cera que el refinado aroma que a Eden le recordaba a despachos y a montañas de papel la asaltó. El corazón le empezó a latir a mil por hora. De no haber apoyado las manos sobre el regazo, sin duda le temblarían. Aun así, mantuvo la mirada serena y fija.

–¿Por qué? –repitió–. ¿Por qué? –volvió a decir, esa vez acompañado de una mirada acalorada.

–Sí, Adams. ¿Por qué?

Él alzó las manos y murmuró:

–Ah, maldita sea, ahí está ese condenado eco otra vez.

Eden se echó a reír con naturalidad.

–Lo siento. Es cierto que parecemos ecos, ¿verdad? –se inclinó hacia delante y preguntó–. ¿Bueno, qué puedo hacer por ti en esta preciosa mañana?

Su disculpa no pareció calmarlo y Adams se apartó bruscamente de la mesa y avanzó unos pasos.

Pero al poco se volvió y la miró fijamente.

–Lo que puedes hacer por mí es dejar de evitarme.

–Pero no te evito, de verdad –dijo Eden, aunque sabía que era una mentira; una mentira que no podía soportar.

Apoyó las manos sobre la mesa, cubierta por un mantel de lino blanco, y reconoció su pecado.

–De acuerdo, es cierto. He estado evitándote. Pero solo porque sé que esta es una situación difícil para ti y sentí que necesitabas estar a solas.

–No necesito estar a solas. Dios sabe que he estado bastante solo durante esta última semana. Más de lo que puedo soportar, créeme.

Podría haberle hablado de la incomunicación de sus cinco años en prisión; de la vomitiva sensación de estar solo, incluso entre los demás reclusos. Podría haber dicho muchas cosas, pero no lo hizo. Adams jamás había hablado de ese agujero negro de desesperación y tormento a nadie. Y no se creía capaz de hacerlo nunca.

Se pasó la mano por la brillante mata de pelo castaño, e intentó sonreír.

–Lo que necesito ahora es un amigo –Adams, dinámico hombre de negocios, endurecido tras los años en prisión, había hecho una confesión que jamás pensó que podría hacer–. Maldita sea, te necesito, Eden. Necesito recordar que en el mundo aún existen la dulzura y la gentileza.

–¿Y quieres que sea yo la que te proporcione dulzura y gentileza?

Tenía la boca seca y la voz ronca y temblorosa, pero Adams no pareció darse cuenta, de nervioso que estaba. Cosa que Eden agradeció.

–¿Y a quién iba a querer?

Estaba dolido. Eden se dio cuenta que su frustración no nacía del dolor o de la pena, sino de un sentimiento de desconsuelo total. Los hombres como Adams Cade, hombres audaces y vencedores, no podían soportar estar desvalidos. Y como no podía, quizá necesitara compañía.

Tal vez incluso la necesitara a ella, una vieja amiga del pasado. Pero aunque necesitado, Eden sabía por instinto que no toleraría su compasión.

–Ah –murmuró, como si se le hubiera ocurrido una solución–. Ya lo tengo.

–¿Qué tienes aparte de la voluntad de ponerme nervioso?

Adams la miraba con dureza; seguía de mal humor. Pero podría intentarlo; lo intentaría.

–Se me ha ocurrido que podría pedirle a Cullen que llamara a una señorita de vida alegre –se encogió de hombros con delicadeza, mientras lo miraba con cara de inocente–. Sé que es por la mañana, y que no es un momento muy adecuado para ese tipo de cosas, pero estoy segura de que podrá dar con una a la que no le importe la hora. Además, no sería la primera vez que un hombre se refugiara en...

–¡Maldita sea, Eden! ¡Deja de decir bobadas! –había hablado en voz baja para no molestar a los comensales que había en el comedor, pero de pronto levantó la voz–. No necesito sexo. Pero cuando lo necesite, sé buscarlo yo solo. A quien necesito ahora mismo es a «ti».

Eden ignoró las miradas sorprendidas de los huéspedes. Le echó una mirada a Cullen, que había abandonado sus tareas para observar a Adams con cuidado, y le preguntó con delicadeza:

–Me necesitas... como amiga.

–Sí –le soltó Adams.

–Por mi dulce y gentil sensatez.

–Sí otra vez.

–¿Estás seguro de que no prefieres la compañía de una señorita?

No debería provocarlo. Sabía que no debía, pero no se pudo contener.

–Tú eres una señorita.

–Vaya, gracias, Adams. No creí que te dieras cuenta.

La ignoró y se dio la vuelta. Se puso a mirar por la ventana hacia el río, visible tras los cristales rodeados de centenarios robles.

–¿Vienes?

Eden no podía apartar los ojos de él. Incluso irritado y frustrado, y todavía vestido con demasiada formalidad, estaba espléndido.

–¿Ir a dónde?

–Conmigo.

Se volvió un poco y miró a su alrededor con gravedad, como si no pudiera soportar ni un minuto más entre aquellas paredes. A punto de salir del enorme salón abovedado que con tanto acierto Eden había convertido en comedor, Adams murmuró tristemente, en voz muy baja:

–Por favor, Eden.

Aquel era Adams, el pacificador, el paciente, el que no guardaba rencor. Adams, que había sufrido tanto y había perdido la sonrisa fácil y la risa contagiosa que tanto gustaban a Eden. Adams, que la necesitaba.

–Sí.

–Siento haber sido grosero; siento haberme enfadado. Si te he ofendido... ¿Qué? –Adams se interrumpió–. ¿Qué has dicho?

–He dicho que sí –repitió ella en voz baja–. Que voy contigo –mientras se preguntaba adónde habría ido a parar su precaución, se oyó a sí misma decir–. ¿Dónde te gustaría ir, Adams? ¿Al río? ¿A la playa? ¿A navegar?

–Elije tú.

Adams no estaba de humor para estar con extraños, ni en sitios concurridos, ni dispuesto a encontrarse con viejos conocidos. Ni siquiera estaba de humor para escoger. Eden se dio cuenta inmediatamente. Pero también sabía que, con todo lo vulnerable que era ella, lo último que necesitaba era estar a solas con Adams Cade. Ni ese día ni ningún otro. Y no porque le temiera; ella no temería jamás a Adams Cade. ¡Jamás! A la que debía temer era a sí misma.

–Hay un lugar en Isla Verano donde un afluente del río desemboca en el mar –dijo de repente.

Segura de que había perdido el juicio, se esforzó por volver a ser la sensata y equilibrada mujer de negocios que llevaba siendo tantos años.

Pero incluso mientras su parte sensata le decía que la isla estaría casi vacía y sería peligrosa, la Eden aventurera de antaño salió victoriosa.

–Con tan solo seis casas repartidas por casi cinco kilómetros de playa y la mayoría vacías en esta época, no es muy probable que nos encontremos con un montón de gente.

–Suena bien –dijo él.

–Podríamos ir en lancha o navegar. Lo que más te apetezca, Adams.

–Bien.

Ya que había accedido a pasar tiempo con él, no le importaba adónde fueran o cómo llegaran allí. Cualquier sitio le parecería bien, con tal de cambiar de paisaje y de estar con Eden.

–¿Has comido? –le preguntó Eden.

–Merrie me llevó el desayuno a la casita –con el

ceño fruncido se encogió de hombros, como si ese tema no le interesara–. Pero no, no he comido, no tenía hambre –lo cual significaba que no podía soportar otra comida en soledad.

A Eden no le sorprendió su inapetencia. Estaba demasiado intranquilo para sentir otra cosa que no fuera frustración.

–Tal vez te apetezca comer algo después de navegar y de pasear por la playa. Le pediré a Cullen que nos prepare una cesta de comida mientras me cambio –miró su reloj y calculó el tiempo–. Tanto el cesto como yo estaremos listos dentro de quince minutos –añadió un par de minutos para tranquilizar también a Cullen–. ¿Te parece bien?

–Muy bien.

Eden sonrió. Recogió los documentos que más falta le hacía mirar y se dirigió al vestíbulo y seguidamente hacia las escaleras.

–¿Eden? ¿Vas a volver?

El corazón le dio un vuelco al percibir la cruda necesidad en su voz. Se detuvo, pero no se atrevió a mirar atrás por miedo echarse a sus brazos.

–Voy a volver.

–Prométemelo.

–Te lo prometo, Adams.

La Dama del Río, un balandro de un solo mástil, estaba listo. Adams se había puesto unos pantalones cortos caqui y un jersey de algodón de cuello redondo, y paseaba por el muelle cuando la vio corriendo hacia allí.

–Siento haberme retrasado. Ha habido un pequeño problema en las cocinas. Un pedido que se ha perdido, lo cual significa que no hay pistachos para el pagro al horno de esta noche.

–Así que improvisaste, me imagino –le dijo Adams mientras le quitaba el pesado cesto de las manos. Lo colocó dentro del balandro y fue a ayudarla.

44

—Con almendras —dijo Eden.

—Bien hecho; las almendras siempre quedan bien —la agarró del hombro, pensando que no le importaba que hubiera o no pistachos, almendras o pagro para cenar; Adams le dio la mano—. ¿Lista?

Eden asintió y subió a bordo. Lo había hecho sola un montón de veces, pero no quería herir a Adams. Si el aceptar aquella cortesía por su parte iba a servir para que Adams se sintiera menos frustrado, ¿qué había de malo en hacer el papel de dama con aquel galante caballero?

Una vez dentro, Eden asumió los deberes rutinarios de un marino y dejó de analizar la situación con Adams. Le volvió la espalda mientras manejaba con habilidad y maestría las cuerdas y las jarcias, porque no se atrevía a volverse y admirar su atlético y bronceado cuerpo.

Cuando el balandro estuvo listo, Eden le ofreció el timón. Primero de niño, luego de adolescente y después de joven, Adams había navegado por aquel río a menudo. Tan a menudo que podría haberlo hecho dormido. Pero a través de los años, azotado por el tiempo y las mareas, el lecho del río se había alterado.

Así, con todo en orden y las velas en jarcia, Eden no podía hacer nada más que sentarse y dejar que Adams navegara. Eden se acomodó y observó el río y a Adams, esperando que los cambios en el canal le ofrecieran los desafíos que él necesitaba.

Al principio había en él un sentimiento feroz, una intensidad que le convertía en un ser impaciente y extraño. Una rabia silenciosa que le agarrotaba los hombros y le hacía apretar los dientes con fuerza. En ese momento era un hombre en conflicto, no un amante del mar.

Eden lo observó y sintió pena por él. Había momentos en los que anhelaba ayudarlo, aconsejarlo o hacerle sugerencias. Pero incluso al borde de la desesperación, no le dijo nada.

Permaneció un buen rato dejándose llevar por

una amarga impaciencia. Pero al rato la fiereza cedió, dejó de apretar los dientes y los músculos comenzaron a relajarse y a fluir en perfecta coordinación bajo la piel, oscura y aterciopelada.

Poco a poco, tras hacerse con el control del balandro, el río y la sutil tranquilidad de los alrededores empezaron a hacerle efecto. La impaciencia se convirtió en firmeza, la extrañeza en agilidad. El amor de Adams por las praderas, las mareas y el mar había renacido.

Para Eden, el observar la trasformación era como volver atrás en el tiempo. Aunque solo fuera durante un rato; aunque solo por un día.

Él estaba callado; los dos estaban callados. Pero era aquel un silencio de paz, de viejos amigos que reviven momentos atesorados en la memoria.

Adams le señaló un águila que volaba alto sobre el río, por la parte más tranquila del canal. Eden recordó que antes, cuando le habían arrebatado a Adams, no había habido águilas por esa parte de las tierras bajas. Pero temiendo romper el encantamiento, decidió esperar a otro momento para explicarle que, en el presente, al menos una docena de aquellas majestuosas aves vivían allí y comían de lo que pescaban en el río.

Vieron otras cosas interesantes por el camino: una cierva con dos cervatillos casi recién nacidos, tortugas tomando el sol sobre la superficie del río; lagartos, como de piedra tallada, esperando la llegada de una presa descuidada.

Con cada descubrimiento, Eden vio que estaba cada vez más embelesado, cada vez más distante de los problemas que lo abrumaban. Y Eden supo que, le esperara lo que le esperara, jamás se arrepentiría de haber hecho aquella excursión.

Pronto el canal se ensanchó al cruzarse con el estuario. En aquellas aguas más profundas, y mientras las ondeantes velas se hinchaban con la brisa marina, La Dama del Río avanzó velozmente, y Adams se relajó por primera vez desde hacía años.

Nada había cambiado. Su padre seguía muy enfermo, él seguía siendo un ex presidiario, una desgracia para la familia, y lo más probable sería que no volviera a ver Belle Reve nunca más. Sabía que no podía olvidar, pero podía ignorar el dolor mientras navegaba.

Sonrió y se quitó la camisa, se puso una gorra que sacó del bolsillo trasero de los pantalones y se la caló hasta los ojos. Desafiando al viento, agarró el timón y puso rumbo a Isla Verano.

Una por una el balandro pasó paralelo a las costas de las islas anteriores, con sus arenas blancas y cegadoras, hasta que quedaron atrás como una hilera de esmeraldas.

Adams recordó que habría unas sesenta islas desperdigadas a lo largo de la costa que rodeaba las afueras de Belle Terre. Algunas estaban habitadas. La mayoría no. Si la marea y las tormentas habían sido benévolas, Isla Verano seguiría estando entre las más grandes.

Adams se dio cuenta que en las tierras bajas, la primavera había empezado a dejar paso al verano. En el espacio de una semana, el sol calentaba más y los días eran más cálidos. El mar estaba más azul y los colores de la tierra más intensos. En la brisa cargada de salitre, le llegó la promesa de los perezosos días de verano aún por llegar.

–Ojalá... –murmuró, y seguidamente decidió no ponerse nostálgico.

No estaría allí ese verano, cuando los días se deslizaran dulcemente, como un chorro de miel caliente, y las noches fueran de un mágico añil. No podría estar allí. Pero no dejaría que la desazón por lo que no tenía estropeara lo que ya tenía.

Y lo que tenía era aquel día. Un día junto a Eden y la promesa de la primavera.

Todo lo que sentía lo expresó en la sonrisa que le dedicó a Eden. Y en la silenciosa invitación cuando le tendió la mano.

Hipnotizada, Eden lo había estado observando

durante el recorrido. La transformación se había completado por fin. Había salido del cascarón que lo rodeaba, como un espléndido animal emergiendo de un tortuoso sueño. Y, que Dios se apiadara de ella, seguía siendo tan endiabladamente encantador que no creyó que su pobre corazón pudiera resistirse a él.

Ver a Adams así era más de lo que se había atrevido a esperar y todo lo que había temido durante años. Sin embargo, cuando la agarró de la mano y tiró de ella, Eden deseó desesperadamente que aquel día no tuviera fin, que siempre pudiera ser así con ella.

–¿Te acuerdas? –le preguntó, y su aliento le rozó la mejilla mientras la estrechaba contra su cuerpo.

–¿El verano que me enseñaste a navegar?

–Sí –se echó a reír suavemente–. De todos los mosqueteros, tú fuiste mi mejor alumna.

–Eso es porque era la mayor de todos.

–En aquella época eras menuda y pequeña. Pero ya no.

–Crecí.

–Yo diría que sí –Adams dijo riendo–. Además en los sitios adecuados.

–Muy bien, listillo –le dijo Eden–. Estoy hablando de centímetros.

–Yo también, cariño. Yo también.

Eden se estrujó el cerebro para darle una respuesta ingeniosa, pero antes de ocurrírsele una, Isla Verano apareció ante ellos.

Los minutos siguientes los pasaron virando a lo largo de las orillas de la isla hasta el primero de una serie de embarcaderos que moteaban la costa. Adams ató el balandro al muelle y saltó; seguidamente se volvió hacia Eden para ayudarla a salir con la galantería de siempre.

–Isla Verano no ha cambiado mucho –Adams observó mientras caminaban juntos por el paseo entarimado, pasando delante de la casa y hasta la orilla–. Vigía –Adams leyó el nombre–. ¿Quién vive ahí ahora?

–Amigos. Amigos recientes... No los conoces. Devlin O'Hara compró esta casa hace algunos años. Fue un regalo de bodas para su esposa Kate.

–La ama –aseguró Adams, mientras observaba la maciza estructura de Vigía. Era una casa perfecta por el lugar donde estaba construida; la casa más maravillosa que había visto en todo el mundo.

–Les costó un tiempo reconocerlo, pero jamás he visto a dos personas más enamoradas. Me gustaría que los conocieras, pero no volverán hasta dentro de un tiempo. Su hija, Tessa, es sorda, pero quizá haya esperanza de que vuelva a oír.

–¿La han mirado en el extranjero? –le preguntó Adams, aunque ya sabía la respuesta.

–Devlin removería cielo y tierra por Tessa.

–Me gustaría conocerlos algún día.

Mucho antes de que terminaran de hablar, antes de que llegaran a la arena, el rumor de las olas los rodeó. La marea estaba baja y el mar en calma. Nadar en el agua salada no sería más difícil que en un lago.

Eden se quitó el vestido de felpa que llevaba sobre el bañador.

–Te echo una carrera –lo desafió, y se metió en el agua–. El primero en llegar a China gana.

Y desapareció de su vista, avanzando por el agua como un delfín. Adams se entretuvo un momento en apartar su vestido de la orilla para que no se mojara. No se había llevado bañador, pero no sería la primera vez que se bañaba vestido. O desnudo.

Eden salió a la superficie y con un gesto de la cabeza lo invitó a unirse a ella. Pero no tuvo que insistirle mucho, porque Adams se tiró al agua y en cuatro brazadas llegó hasta donde estaba Eden. Pero antes de que pudiera tomar aliento, ella se había ido.

Durante un rato jugaron tal como lo habían hecho de niños. Bucearon, nadaron pegados al fondo arenoso, jugaron con las olas.

Finalmente, en lugar de perseguirla, Adams la abrazó. Entonces se acercó a ella, como si fuera a revelarle un secreto, y le susurró:

–¿Todavía quieres intentar llegar a China?

–¿China? –Eden vio un brillo en sus ojos y se echó a reír–. O sea que de eso se trataba. Querías cansarme para poder llegar el primero. No es justo.

–¿Quiere decir eso que te rindes?

Adams sonrió, con la misma sonrisa que Eden recordaba de siempre. La misma que siempre la dejaba sin aliento.

–Esto lo habías planeado –lo acusó–. Querías cansarme para que terminara rindiéndome.

–¿Quién empezó con el juego? –le respondió–. Fuiste tú, cariño. ¿Entonces cómo puedes llamarme tramposo?

–De acuerdo, de acuerdo. ¿Qué quieres, entonces? –le dijo, mirándolo con enfado fingido.

–Un beso.

Adams se quedó tan sorprendido como ella. Hasta ese momento no se había dado cuenta que deseaba besarla. Pero, para ser sincero consigo mismo, hacía días que lo deseaba y necesitaba.

–Solo uno –lo avisó Eden, con el corazón latiéndole al ritmo de las olas.

–Solo uno –le prometió.

Pero cuando estrechó su cuerpo esbelto entre sus fuertes brazos, ambos supieron que la promesa de Adams se la llevaría el viento. Un beso entre dos amantes separados durante tanto tiempo jamás sería suficiente.

–Adams... –balbució Eden.

Le echó los brazos al cuello y apoyó la frente sobre el pecho desnudo de Adams.

–No pasa nada, amor. Solo es un juego de niños, una tontería. No tienes por qué...

–Quiero. Que Dios me ayude, Adams.

–¿Estás segura, querida Eden? –le susurró con voz ronca–. Por favor, quiero que estés segura.

Dejó que el oleaje la empujara hacia él. Le rozó el pecho con los senos y los labios con los de Adams. Él gimió y al momento la estrechó con fuerza y empezó a besarla. Eden separó los labios y con su lengua buscó la de él, igualando sus caricias a las de Adams. Lo acarició por todas partes, como él a ella. Y en ese momento sintió que lo necesitaba, que lo deseaba. Que lo amaba.

Y durante todo ese tiempo, mientras se perdían el uno en el otro, la corriente los empujó suavemente hacia la orilla.

Cuando Adams tocó la arena con los pies, la levantó en brazos, pero no volvió a preguntarle nada más. Todas sus preguntas habían sido respondidas.

Había un cenador en la arena, donde comenzaban las dunas, y Adams recordó haber visto una terraza con una hamaca, sin duda utilizada por otros amantes para una urgencia. Adams caminó por el paseo entarimado y bajó las escaleras con Eden en brazos, pero ella era ligera como una pluma. Al llegar a la terraza del cenador, él la tumbó, dispuesto a desnudarla. Pero Eden se le adelantó. Como por arte de magia, se desabrochó la parte de arriba del bikini y tiró del escaso pedazo de tela; seguidamente se desabrochó la parte de abajo por un lado e hizo lo mismo.

Era tan bella, incluso a la clara luz del mediodía; tan bella que no podía pasarse el tiempo que había deseado adorándola; tan bella que lo único que pudo hacer fue tumbarla junto a él en la hamaca.

A partir de ese momento todo a su alrededor se difuminó. Adams no sabría decir cómo lo desnudó ella. Desde el momento en que Eden le tendió la mano para que volviera junto a ella, solo recordaba haberle preguntado:

–¿Estás protegida?

–N... Sí –dijo de modo vacilante.

Y seguidamente olvidó todo lo demás mientras la penetraba ardientemente. Entonces solo le importó el bálsamo curativo de su calor, de su suavidad. Y, finalmente, los dulces estremecimientos que sacudieron sus cuerpos al unísono.

Capítulo Cuatro

Sus caricias la despertaron de un sueño profundo.

–Será mejor que te despiertes, cariño.

Tenía los ojos cerrados y estaba demasiado cómoda como para moverse. Suspiró y se movió, y la risa que Adams vertió sobre ella fue tan cautivadora como sus caricias.

–Ronroneas como un gatito –murmuró con voz ronca, mientras el recuerdo de sus gemidos mientras le hacía el amor se le quedaba grabado en el corazón y en la memoria.

La miró, allí cubierta con la toalla que había sacado del balandro, y le costó Dios y ayuda no volver a tomarla entre sus brazos. A pesar de qué todo el sentido común que siempre había creído tener le decía que no debía volver a hacer el amor con ella, la deseaba tanto que apenas si podía refrenarse.

Adams supo entonces que, contra todo razonamiento, la habría amado de nuevo de no haber sido porque se estaba haciendo tarde, y el ángulo del sol había invadido el pequeño círculo de sombra que le proporcionaba la sombrilla que había colocado allí para ella.

Mientras la observaba dormir, observó que aparte de las finas líneas blancas que le había dejado la prenda, tan reducida como un tanga, en su cuerpo no había otras marcas. Eden tenía la piel dorada, perfecta. Se veía que solía tomar el sol desnuda o semi desnuda en la playa. Adams se la imaginó jugueteando en alguna playa de arena blanca, sin otra cubierta que el sol, el viento y aquellas finas tiras de tela, y de nuevo estuvo a punto de perder la razón.

¿Qué solitaria costa habría agraciado con su espléndida desnudez? ¿Y habría sido de verdad un lugar solitario?

La rabia se apoderó de él. Rabia de que otro la hubiera visto como lo había hecho él, la hubiera acariciado como él. La hubiera amado como él.

¿Tendría un amante? ¿Se despertaría así con él, lánguida y satisfecha?

Adams apretó los puños. No tenía derecho a enfadarse, ni tampoco a preguntar. ¿Qué sabía de Eden? ¿Quién habría sido? ¿Quién era en el presente? Quién más que Eden Claibourne, viuda, dueña de una hostería, y una vieja amiga.

Tenía que saberlo. Aunque no tuviera ningún derecho, necesitaba saberlo.

—Eden —le dijo suavemente—. Es hora de levantarse. Si no te quitas del sol te vas a carbonizar.

—No... —como un minino, ronroneó y se estiró de nuevo.

Aleteó las pestañas, revelando una mirada adormilada. La toalla se le resbaló y dejó al descubierto sus pechos, pero a Eden no le importó. Ese día había tirado el decoro por la borda. No deseaba ser tímida; era demasiado sincera como para fingir.

—Pero me estoy muriendo de hambre.

—Tienes hambre —Adams también, pero no de comida.

—Un hambre de lobo.

—He traído el cesto del balandro. Podríamos comer en el cenador a la sombra.

—Podríamos entrar en la casa —le respondió Eden—. Tengo una llave. Cuando Kate y Devlin están fuera, me encargo de echarle un vistazo a la casa.

—¿Lo hacen a menudo?

—No. Antes Devlin O'Hara era un trotamundos, pero el amor por Kate y Tessa le ha hecho sentirse a gusto sin tener que ir de un lado a otro. Ahora tanto él como Kate están estudiando en la universidad. Y ambos realizan trabajos voluntarios con niños que tienen problemas de audición.

–¿Por su hija, Tessa?

–Sí –Eden se puso de pie y se envolvió en la toalla–. ¿El cenador o la casa?

–El cenador –dijo Adams tras vacilar un momento.

Y vaciló no por que no estuviera seguro, sino porque seguía pensando en Eden y en playas desiertas. ¿En qué playa? ¿Dónde? ¿Con quién?

De tanto pensar, se estaba obsesionando.

–¿Lo detestas, verdad? –le preguntó Eden en tono bajo.

Adams aspiró entrecortadamente, creyendo que Eden le había leído el pensamiento.

–Necesitas estar al aire libre porque detestas estar encerrado –sugirió Eden antes de que pudiera responder–. Por eso estabas tan inquieto esta mañana, ¿verdad?

–En parte sí.

En parte era verdad. Odiaba estar encerrado. Después de pasar años en prisión Adams había llegado a aceptar que siempre sería así.

Satisfecha con su superficial comentario, Eden se dispuso a levantar el cesto. Cuando su mano chocó con la de Adams, se miraron. Eden interpretó equivocadamente la turbación de su mirada, y le acarició la mejilla diciéndole:

–Entiendo lo que significa sentirse encerrado, Adams. Sé que incluso las paredes de una casa pueden hacerle sentir a uno que está recluido. Después de morir mi esposo y volver yo a Belle Terre, pasó mucho tiempo hasta que me vi libre de esa sensación de encierro.

–No estabas en prisión –afirmó.

–No en el sentido que dices tú. No había ni barrotes ni guardias. En realidad, era más bien lo opuesto. Pero eso ya es agua pasada; una historia que estoy segura no te interesará. De momento debemos pensar solo en el presente. Y eso es en Adams Cade, en Eden Claibourne, en Isla Verano y en la cesta de Cullen –se echó a reír con una risa sensual–. El cenador nos espera, y me muero de hambre.

–Como supervisor jefe, Cullen es el mejor –Adams terminó su última fresa y seguidamente dio un trago de champán–. ¿Dónde lo encontraste?

–Podríamos decir que lo heredé –le explicó Eden–. La familia de Cullen ha estado con la familia de mi marido durante más de cien años. Nicholas y él eran los últimos de sus respectivos linajes. Cuando Nicholas murió, Cullen sintió que pasaba a ser de mi propiedad.

–El honor de las tradiciones de familia, sostenidas por el cariño –Adams había conocido a hombres como Cullen–. Sin nadie a quien cuidar, Cullen se moriría.

Eden puso cara de tristeza.

–Tras la muerte de Nicholas, no podía quedarme en Fatu Hiva. Me pareció una obscenidad quedarme en su paradisíaca isla del Pacífico. Pero la isla era el hogar de Cullen. Pensé que sería más feliz allí, pero él se empeñó en que no. Finalmente me di cuenta que Cullen tampoco podría quedarse allí si no estaba Nicholas.

–¿Se ha acostumbrado a las diferencias culturales?

–Perfectamente. Pero en realidad tampoco fue un cambio tan fuerte. Cullen siempre había viajado con Nicholas. Y aunque aquí los vinos han pasado a ser su pasión y su especialidad, hace de todo. Incluso supervisa el trabajo en los jardines –Eden sonrió–. Aunque se queja de que no halla orquídeas.

–Nicholas Claibourne de Fatu Hiva –Adams dijo en voz alta–. El archipiélago de Las Marquesas y el Océano Pacífico están muy lejos del Atlántico y de Belle Terre.

–Te estás preguntando cómo nos conocimos Nicholas y yo.

–Un hombre que llevaba una vida tan exótica... ¿No es natural que me lo pregunte?

–No fue tan emocionante como crees tú. Éramos compañeros de clase en la universidad. Nicholas vino a estudiar arte y diseño con un catedrático invitado. Yo estaba en su misma clase. Él era mayor, y la enfermedad había retrasado su formación. Nos sentimos atraídos el uno por el otro. Pero cuando terminaron las clases, Nicholas volvió a Fatu Hiva.

–Pero después volvió a por ti –Adams la observó en las sombras del cenador, imaginándose a la mujer joven y radiante que habría sido. ¿Acaso era de extrañar que un hombre con el alma de un artista la hubiera deseado?

–No lo vi ni supe nada de él durante un año. En ese año mi abuela y mi abuelo murieron con tan solo unos meses de diferencia. Cuando me gradué, pensé que a nadie le importaba. Entonces alcé la vista y Nicholas estaba allí.

–Había venido por ti.

A Adams le pesó no haber podido estar allí con ella cuando perdió a sus abuelos, la única familia que había tenido; o cuando se había graduado con matrícula de honor. Había deseado odiar al acaudalado hombre de mundo que había sido Nicholas Claibourne. Pero en ese momento agradeció la bondad de aquel hombre al que jamás había conocido.

–Me pidió que me casara con él, que me fuera con él a Fatu Hiva. Yo ya no tenía nada que me atara aquí, así que acepté.

Adams había escuchado cada palabra, cada tono. Había afecto en su voz cuando hablaba de su marido y de su exótica isla. Pero Adams percibió otra emoción bajo la superficie.

Eden hablaba como si hubiera sido feliz junto a Nicholas Claibourne, feliz en su isla. Pero no lo suficiente para quedarse. Cuando él murió, ella quiso volver a Belle Terre. Adams se preguntaba por qué.

–¿Lo amabas, Eden? –le preguntó con delicadeza.

Eden habló con tristeza.

—Tanto como él me dejaba.

Antes de que poder cuestionar el enigmático comentario, Eden estaba ya recogiendo los restos de la comida y guardándolo todo en la cesta.

—Si estás listo para dar un paseo, hay alguien a quien me gustaría ver —Eden había empezado la excursión pensando que Adams necesitaba tranquilidad; pero el hombre de quien hablaba no era un extraño—. No está demasiado lejos, y él nunca te juzgaría. Seguramente se sentirá muy solo, con Tessa, Kate y Devlin fuera.

Las viviendas de Isla Verano constituían comunidad privada. Un guarda vigilaba las seis viviendas que se extendían a lo largo de cinco kilómetros de costa. No era un trabajo demasiado cansado, pero sí muy solitario. Casi siempre que iba a la isla, Eden se detenía en la casa del guarda para hacerle una visita.

—¿Vas a decirme quién es esta maravillosa persona? —le preguntó Adams con sospecha.

—No —sacudió la cabeza y sus cabellos cayeron como una cascada sobre sus hombros desnudos.

—¿Vas a ir vestida solo con esa toalla enrollada? —el interés de Adams iba en aumento.

—Él me ha visto con menos aún.

—Sí, ¿verdad?

Lo primero que pensó que aquel era el amante con quien tomaba el sol y jugaba en la arena medio desnuda. Pero después se dijo que eso no podía ser.

Eden no tenía otro amante. Era demasiado honesta, demasiado inocente, para tener más de un amante. Estaba seguro de ello. Sin darse cuenta de cuándo ni cómo, Adams había llegado a confiar en Eden, la mujer, igual que lo había hecho en Robbie, la niña solitaria.

De haber habido otro hombre en su vida, jamás habría hecho el amor con él.

—Desde luego que sí. Y me alegro que fuera él —la tristeza de Eden se había disipado y de nuevo sonreía con naturalidad.

–Uno se pregunta por qué –dijo Adams pensativo.

–Cuando lo veas, lo sabrás.

Según los cálculos de Adams, el paseo hasta la casa del guarda era de unos tres kilómetros. El trayecto estuvo lleno de interrupciones, mientras Adams se entretenía aquí y allá y se maravillaba de los cambios operados en la isla.

–Cuando veníamos aquí de niños, solo había dos casas, y ahora hay seis. Pero dada la tendencia en comprar y vender propiedades en la cosa, supongo que es una suerte que solo haya seis.

–McGregor es el responsable de conservar la isla tal y como está –dijo Eden mientras arrastraba los pies por la arena caliente, disfrutando de la sensación de caminar descalza de nuevo sobre la arena.

–¿MacGregor, el rey del asfalto de las tierras bajas? –Adams la miró mientras paseaban.

Eden se había puesto el vestido de felpa que Adams había rescatado de las olas.

–Quizá sea el rey del asfalto, pero luchó con uñas y dientes para prohibirlo en Isla Verano. En realidad, supervisa el mantenimiento del viejo camino de nácar que serpentea entre las dunas y paralelo a la costa.

–¿Atraviesa el largo de la isla como antes?

El camino de nácar era una de las cosas que habían atraído a Adams y sus hermanos a la isla durante los pocos días ociosos de verano que Gus les dejaba. Aunque la mayoría de las casas eran bastante nuevas, el camino había cruzado las dunas desde tiempos inmemorables.

Los estudiosos lo atribuían a los antiguos nativos de la isla, los Chicora, que solían congregarse en las playas ya desde el siglo XVI, para cazar y pescar de la abundancia de ostras, almejas y mejillones.

–Es el único camino que atraviesa la isla de punta a punta –le explicó Eden–. MacGregor rechazó un plan que hubo para construir una carretera, y cuida del camino con gran esmero. Cuando raramente sube mucho la marea o hay una tormenta muy fuerte, allí está él con sus ayudantes para reparar los daños que haya sufrido el camino.

–¿Quién decidió que habría solo seis casas? –le preguntó Adams mientras le tomaba de la mano–. ¿Podría decir que MacGregor?

Eden se quedó ensimismada mientras se deleitaba con la firme suavidad de su mano. La misma fuerza que la había levantado en brazos en el muelle de Vigía; la misma suavidad que había dominado mientras le hacía el amor.

Cuando Adams le apretó la mano, Eden recordó la pregunta que le había hecho él.

–Cuando un inversor conocido por su proyecto de explotación urbanística empezó a aparecer por la isla, MacGregor intervino y compró todos los terrenos disponibles a ambos lados del río. Entonces, con un plan de conservación para la isla, comenzó a hacer un desarrollo limitado.

–Un desarrollo para la conservación muy bien llevado a cabo –observó Adams–. Tan solo seis casas desperdigadas por poco más de cinco kilómetros de playa, con un guarda misterioso y feroz a la entrada.

Eden se soltó de Adams y fue corriendo hacia la orilla; se agachó y agarró una caracola que rodaba en el oleaje. Después de examinarla con cuidado, se la enseñó a Adams.

–Perfecta.

El hallazgo era una especie difícil de encontrar.

–Una belleza –murmuró Adams, sin apenas mirar la caracola.

Era a Eden a la que se refería. Tenía en el rostro una sonrisa radiante, iluminado por el placer que le proporcionaba su descubrimiento. La brisa le ceñía al cuerpo el vestido de felpa y a Adams le pareció tan provocativo como el raso o la seda. A Adams no le ayudó en absoluto recordar que bajo la prenda que se ajustaba a sus turgentes pechos y a sus muslos y caderas, Eden estaba tan desnuda como la imagen que él tenía de ella.

En Adams habitaban dos hombres en lo referente a Eden. Uno de ellos era el irracional, que solo pensaba en sus propias necesidades; que deseaba arrancarle el vestido para ver cada centímetro de su espléndido cuerpo. El loco que deseaba acariciarla y tumbarla a la orilla del mar, sobre la arena, como si fuera la primera vez.

Y luego estaba el hombre razonable, que luchaba contra el deseo que ardía en su interior como una antorcha. Un hombre que sabía que Eden no tenía futuro con él. Ella era demasiado civilizada para un ex presidiario, para un hombre duro como él; demasiado frágil para mantener un romance con un hombre sin hogar. Un hombre exiliado de todo lo que amaba.

Sin embargo y a pesar de todo, ello no le había impedido hacer el amor con ella; ni tampoco frenaba su deseo por ella en ese momento.

–Maldita sea, Cade, hiciste una vez el amor con ella y la abandonaste. Esta vez no será distinto –las palabras entre dientes fueron ahogadas por el rumor del oleaje–. Piensa en lo que es mejor para ella. Dos veces ya han sido suficientes; no debo dejar que ocurra una tercera vez.

–La dejaré aquí mientras hacemos la visita, y cuando volvamos al balandro la recogeré –Eden dejó la caracola cuidadosamente junto al tronco de una pequeña palmera–. Esta será la mejor de mi colección. Me das suerte, Adams; la he encontrado gracias a ti.

–Yo no le doy buena suerte a nadie –negó Adams–. Especialmente a ti.

–Estás enfadado –la luz que iluminaba la mirada de Eden desapareció.

Él la tomó de nuevo de la mano, deseando poder enmendar tantas cosas; deseando poder ser un hombre distinto, mejor persona. El hombre que Eden creía que era.

–No estoy enfadado. Al menos, no contigo.

–¿Entonces qué ocurre?

¿Se habría acordado que, momentos antes de hacer el amor, cuando él le había preguntado si estaba protegida a ella se le había trabado la lengua? Quería explicarle lo de Nicholas. Necesitaba hablarle de su extraño y trágico matrimonio; y del riesgo sin sentido que ese día había tomado una mujer que quizá fuera estéril, en un momento de éxtasis.

Pero no quería contarle nada en un día en el que todo lo que ella había soñado se había convertido en realidad. La verdad podía esperar.

–No ocurre nada –dijo y se esforzó en sonreír–. De vez en cuando me pongo de un humor extraño. Acuérdate de cómo me puse esta mañana.

–¿Entonces no estás enfadado?

–Contigo, nunca –le echó un brazo por los hombros y se arrimó a ella; entonces le besó los cabellos–. Olvidemos esto, vayamos a visitar a tu amigo y volvamos a casa.

A casa.

Eden pensó que quizá lo hubiera dicho porque se sintiera a gusto con ella en River Walk, y le echó el brazo a la cintura. Así, caminaron hasta el puente.

–La casita del guarda es pequeña, pero bien construida.

–¿Así que el hombre misterioso vive con comodidad?

–Tanto como puede –dejó que Adams interpretara el comentario a su gusto y lo condujo hasta el puente.

En la parte más alta del arco Adams la detuvo. Miró hacia la rápida corriente del río y le preguntó:

–¿Recuerdas cuando nos tirábamos desde el viejo puente de madera que había antes aquí?

–¿Y acabábamos hundidos en el cieno hasta las rodillas? –Eden se apoyó sobre una figura de piedra y miró hacia la isla–. Esa fue la primera vez que me dejaste venir contigo. Saltar desde el puente fue una prueba, para asustarme.

–Nada asustaba a Robbie, ¿verdad?

–Estaba asustada, solo que no te lo demostraba.

–¿Y ahora, Eden?

–Hola –una voz suave pero con un trasfondo de autoridad los interrumpió.

Un hombre mayor se acercó a ellos.

–¿Eden, eres tú?

–Sí, Hobie –se volvió hacia el guarda–. Le he traído una visita.

El hombre dio otro paso y entrecerró los ojos. En ese momento Adams le dijo con cariño:

–Hola, señor Verey.

–¿Adams? –Hobie dio otro paso–. ¿Adams Cade?

–Sí, señor. El mismo.

–Vaya, maldita sea, chico –Hobie le estrechó la mano que Adams le tendía con vigor–. Ya era hora de que volvieras a casa.

–Este ya no es mi hogar, señor Verey. Ya no –dijo Adams mientras Hobie retrocedía un poco–. Solo he venido a hacer una visita.

–Sea lo que sea, este viejo se alegra mucho de verte –dijo Hobie, ignorando la explicación de Adams–. Ven a la casa y será una visita en toda regla. Acabo de preparar una jarra de limonada. Estoy demasiado solo desde que Tessa no está

El viejo no esperó a que aceptaran. Simplemente echó a andar, como si no dudara de que Eden y Adams lo seguirían.

–Nada más hablar, supe que eras tú; lo habría adivinado hasta con los ojos cerrados. Ninguno de los chicos aparte de los Cade me llamaban señor. Todo el mundo sabe que nadie podría confundir a ninguno de los Cade con sus hermanos –Hobie suspiró y apoyó su dolorida espalda sobre el respaldo de tapicería desvaída; respiró hondo y continuó hablando con vigor renovado–. No señor, no creo haber visto jamás cuatro hermanos tan diferentes ni tan parecidos al mismo tiempo. En algunas cosas Gus hizo bien con vosotros; pero en la mayoría de ellas fue un maldito idiota.

Adams y Eden lo escuchaban mientras bebían zumo de limón y comían unas galletas de chocolate que había preparado Kate O'Hara. Apenas abrieron la boca mientras Hobie Verey divagaba y recordaba.

El viejo se sentía solo y le tenía mucho cariño a Adams.

–Siempre supe que había algo sospechoso acerca de la noche en la que a Junior Rabb le partieron la cabeza. No es tu estilo, Adams. En todos tus días de parranda, jamás golpeaste a un hombre por la espalda. Una docena de testigos lo afirmarían. Pero nunca soltaste ni una palabra, ¿verdad? Ni una sola palabra en tu defensa durante el proceso –Hobie hizo una pausa para dar un trago de limonada y después le dio una palmada a Adams en la rodilla–. Acaso, ahora que estás en casa, podrías aprovechar para poner las cosas en su lugar.

–No hay nada que aclarar, señor Verey –dijo Adams–. Ya quedó claro todo lo que había que aclarar hace trece años.

Hobie Verey le echó de pronto una mirada penetrante.

–Querrás decir, tan claro como tú quisiste, ¿verdad?

–No, señor –Adams dejó su vaso sobre una mesa–. Quiere decir exactamente lo que he dicho. Todo lo que pasó esa noche está tan claro como debe estar –su voz se suavizó–. Pero le doy las gracias por su confianza, aunque esté equivocado.

–No se trata de estar equivocado –dijo Hobie con toda la delicadeza posible–. Sino de que eres otro Cade más cabezota de lo que te conviene. Necesitas quedarte, hacer lo que debes para mejorar tu situación y la de esta muchacha.

Por encima de las gafas que se había puesto al entrar en la casita, le echó a Eden una mirada severa.

–Ahora que eres mayor, y supongo que más madura, supongo que elegirás lugares más adecuados que el sitio donde yo pesco para bañarte en cueros.

Eden se echó a reír aunque también se ruborizó.

–Ahora que sé cuál es tu sitio favorito, lo hago.

Hobie arqueó las cejas y las gafas se le resbalaron un poco más.

–Mocosa imprudente. Supongo que eso significa que sigues bañándote en cueros.

–Cada vez que puedo –Eden se había levantado y se inclinó sobre Hobie para darle un beso en la calva–. Cada vez que puedo.

–Entonces te sugiero que tengas cuidado con este pillo.

–Oh, lo haré, Hobie, lo haré –Eden volvió a besarlo–. Aunque no demasiado.

–Eso está bien.

Hobie no intentó levantarse. Tampoco se excusó con Eden por no mostrar la cortesía que tan propia era de él. Ella, mejor que la mayoría, sabía de la artritis de caballo que sufría.

–Solo recuerda que es un buen muchacho. Por mucho que digan los demás que haya hecho, es un buen muchacho –Hobie hizo una mueca de dolor–. Sobre todo por lo que dice haber hecho.

Adams no dijo nada de momento mientras se acercaba y le ponía al viejo la mano en el hombro, tan frágil bajo el inmaculado uniforme.

–Gracias, Hobie. Jamás olvidaré que tú creíste en mí.

–No me des las gracias por la verdad. Vuelve otra vez, Adams, antes de irte. Si es que te vas.

Hicieron en camino de vuelta a la playa en silencio, cada uno ensimismado, pensando en los comentarios de Hobie. Como se estaba haciendo tarde, al llegar ambos recogieron sus cosas, y mientras Eden entraba en la casa a ver si estaba en orden, Adams lo colocó todo a bordo del balandro.

Estaba sentado al timón, cuando Eden llegó corriendo.

—Siempre fuiste su favorito.

—¿De Hobie? —Adams no apartó la vista del canal mientras viraba a la derecha—. Lo sé.

—Jamás te creyó capaz de hacerle daño a Junior Rabb, bien con provocación o sin ella. Y nada le ha hecho cambiar de opinión.

—Cuando un caballero como Hobie tiene debilidad por alguien, nunca se da por vencido.

—Yo tampoco me doy por vencida, Adams —dijo y Adams percibió preguntas sin respuesta en su tono de voz y en su mirada.

Preguntas que Adams sabía que ella no haría.

—Lo sé —murmuró mientras le tendía la mano.

Cuando ella se la tomó, él la acercó de un tirón. Eden olía a mar, a bruma y a sol. Y bajo esos aromas, había algo exquisitamente exótico, algo que no podía definir pero que había llegado a aceptar como otro de sus encantos.

Mientras la abrazaba y aspiraba el misterioso perfume de su cuerpo, el vestido de felpa no era una barrera bajo las caricias de sus manos. El hecho de que se hubiera abrazado a él con tanta naturalidad le hizo rabiar de deseo; le hizo desear el poder encontrar una caleta desierta, anclar el balandro y pasar la noche haciéndole el amor.

Sí, ya le había hecho el amor. Pero esperaba que si se abstenía de hacérselo otra vez, como le dictaba su sentido común, la despedida sería más fácil. Al menos para Eden.

Por favor, rezaba Adams, al menos para Eden.

El resto del viaje lo hicieron así, abrazados y en silencio. El balandro estaba dando el último viraje después del cual podrían ver la hostería, cuando Adams se inclinó hacia Eden.

—Me ocurra lo que me ocurra, vaya donde vaya, jamás te olvidaré, o este día.

Eden supo entonces que no haría lo que Hobie le

había pedido. En cuanto el problema con la salud de Gus Cade se solucionara, fuera cual fuera el desenlace, Adams se marcharía de Belle Terre.

A Eden se le antojó de pronto que el ambiente era húmedo y asfixiante. La amenaza de tormenta estaba de repente en el aire, y todo había cambiado.

Adams había sido un amante cariñoso y considerado, pero consumado. Le dolía todo el cuerpo; pero era un dolor dulce. Un dolor lleno de culpabilidad. Eden no podía creer lo que había hecho, que hubiera sido tan libertina. Lo había provocado y seducido con la atrayente tranquilidad de Isla Verano.

¿Había planeado ella ese día? ¿Habría anhelado en secreto hacerse con otro precioso recuerdo para guardarlo en el corazón? Eden no lo sabía. No podía pensar. La duda le hacía temer la verdad y sentirse culpable por la complicación que podría añadirle a la vida de Adams. Sin embargo a la culpabilidad subyacía la agridulce verdad de que, al menos durante un rato, Adams la había amado.

Nada podría arrebatarle eso. Ni la duda, ni la culpabilidad. Adams le plantaría cara a lo que fuera, como fuera, con la extraordinaria fuerza de un hombre que había pasado una prueba de fuego. Entonces se marcharía, y estaría por fin a salvo. Sería libre.

Pero mientras la Dama del Río avanzaba por el último tramo del canal y Adams la guiaba con pericia hacia el muelle de la hostería, un triste comité de bienvenida los aguardaba.

Estudió los rostros pétreos de Jefferson, Jackson y Lincoln antes de volverse a mirar a Adams, y de pronto tuvo una corazonada.

–Es grave –oyó que decía Jefferson en tono bajo y apremiante mientras se acercaba al borde del muelle a tirar de Adams–. Está preguntando por ti.

Capítulo Cinco

Belle Reve. Un bello sueño.

Adams Cade detuvo su caballo al final de la avenida flanqueada por robles de Virginia, entrelazó los dedos con las riendas y se apoyó en la parte delantera de la silla de montar. Miró a su alrededor y respiró el perfume de las flores. En la brisa, donde se mezclaban el olor familiar de los pantanos que había más allá de la finca y del río, flotaban los recuerdos de historias que había escuchado durante toda su vida.

La plantación tenía un buen nombre. Había sido un sueño, iniciado por el inquieto Jean Cadieu, quien encontró el dominio inglés de las Barbados demasiado agobiante. En busca de un porvenir mejor, el bretón se unió a una expedición liderada por William Hilton y estuvo entre los primeros en explorar aquella tierra. El intrépido aventurero encontró una belleza como la que había soñado en un mundo tan fascinante que abandonó sus expediciones para reclamar una parte del paraíso.

Aún joven, aún desenvuelto, con lo último que le quedaba de la fortuna familiar, Cadieu compró todos los acres de tierra que pudo. Cuando no pudo comprar más hizo trueques. Cuando no pudo hacer más trueques, se lo jugó. Amasó una finca que ya no se medía en áreas, sino en cientos de hectáreas.

A medida que sus posesiones crecían, también lo hizo su riqueza y su influencia. Unos decían que era un sabio inversor; otros, que era un sinvergüenza.

A pesar de lo que la historia contara sobre su moral y sus tratos, una dinastía fue fundada en el nuevo mundo. Y con ella un nuevo linaje, cuando John

Cade, antes Jean Cadieu, engendró su progenie con el mismo dinamismo que había empleado en adquirir la tierra. A través de esa tierra y de sus descendientes el legado de John Cade había sobrevivido a través de los siglos.

–Belle Reve –murmuró Adams.

Un lugar que no había esperado volver a pisar. Al final del estrecho y serpenteante camino, estaba la casa solariega. Y en ella Gus.

El viejo estaba dormido cuando Adams había llegado la noche anterior; un retraso agradecido de lo inevitable, tal y como habían comentado los hermanos durante la noche. Cuando los primeros rayos de sol aparecieron en el horizonte, Adams tomó prestado uno de los pura sangres árabes de Jackson y salió a ver con sus propios ojos lo que había deducido por los comentarios de sus hermanos.

Aunque había visto a sus hermanos esa semana en la hostería, ninguno de ellos lo había avisado de lo que encontraría en Belle Reve. Nada podría haberlo sorprendido más que el anunciado estado de los asuntos de la plantación.

Un estado que apenas podía creer, aunque Jefferson le había asegurado que cuando le decía que la situación era mala, se refería a Belle Reve, no a la condición de Gus. Sin embargo Adams sabía que ninguno de sus hermanos juraría que una cosa no estaba unida a la otra.

Así que, por Gus y por él mismo, Adams salió a cabalgar al amanecer por los vastos terrenos de la finca de los Cade, y vio el deterioro. Aunque eso solo había ocurrido durante los últimos tres años.

Tres años desde que Gus había despedido al servicio y a todos los empleados que mantenían la hacienda en funcionamiento. Muchos de ellos habían nacido en la plantación, y el único hogar que habían conocido o deseado había sido Belle Reve. Algunos se habían ofrecido a quedarse, trabajando tan solo por vivir allí, sin obtener nada extra. Pero Gus se había mostrado inflexible.

Había permitido que una mujer se quedara a limpiar y a cocinar, pero solo porque Gus estaba solo. Lincoln estaba entonces al otro lado del continente, haciendo el doctorado en Veterinaria. Jackson estaba en Irlanda, específicamente en el Condado de Kildaire, aprendiendo el arte de criar los afamados caballos irlandeses.

Eso dejó al más pequeño soportar, de nuevo, el peso de ser el favorito. Jefferson, quien en su necesidad de hacer penitencia había soportado aquella locura durante dos años. El tercer año del deterioro, todos los hijos de Gus, exceptuando el mayor, estaban de vuelta en casa.

Era por Jefferson por quien más lo sentía. En calidad de hijo mayor, Adams había sido cabeza de turco de Gus. Pero, comparado con la culpabilidad que Jeffi sentía por ser el favorito, Adams siempre supo quien lo había tenido más fácil.

Adams respiró hondo mientras se decía que, con lo duro y exigente que había sido Gus, también era cierto que jamás se había exigido menos a sí mismo. Un rasgo que inspiraba lealtad y amor, si bien no afecto. Lo cierto era que, Lincoln, Jackson, Jefferson e incluso él harían lo que fueran por su padre.

–Pero esto es otra cosa –dijo Adams, mientras se hacía cargo del problema.

Había vallas podridas y medio caídas por todas partes, los establos pedían a gritos nuevos tejados y unas capas de pintura. Los pastos, antaño verdes y lozanos, estaban plagados de malas hierbas y de jóvenes árboles. Los campos estaban en barbecho.

–¿Cómo voy a reconstruir un imperio en decadencia cuando no soy bienvenido hasta que le sobrevenga la muerte?

El pura sangre sacudió las orejas, como si se preguntara por qué el jinete se había detenido al final del camino y hablaba solo.

Adams se inclinó hacia delante y acarició el cuello del magnífico animal.

–Tienes razón, Blackhawk, esto es una tontería. He visto la destrucción. Ha llegado el momento de enfrentarme al rey de la selva.

A la luz de la mañana tenía un aspecto débil.

Adams siempre había pensado que su padre era un hombre alto y robusto. Pero en trece años parecía haber encogido. La mano derecha, paralizada por el infarto, colgaba inútil del brazo de la silla de ruedas. En la izquierda tenía una taza de café. Solo los ojos de Gus no habían cambiado; seguían brillando con dos llamas gemelas de cólera eterna.

–Hola, Gus.

Adams se había quedado en el arco que daba a la sala contigua, observando al hombre, de quien pensaba que jamás se haría viejo, luchando para comerse una tostada. Se había preguntado cómo se dirigiría a su padre. Pero enseguida pensó que había pasado demasiado tiempo llamándolo Gus para utilizar entonces otro apelativo.

La silla chirrió. Gus dejó la taza con cuidado sobre una mesa baja y giró la silla. Un par de ojos negros lo miraron desde un rostro pálido.

–¿Qué diablos estás haciendo aquí?

–Dijiste que querías verme –Adams no se había acercado más–. Jefferson, Jackson y Lincoln vinieron a La Hostería de River Walk a buscarme ayer por la noche.

–¡Ayer por la noche! –la silla se acercó y su padre lo miró con irritación–. ¿Estabas aquí ayer por la noche?

–Sí, señor. Estabas dormido cuando llegamos.

–¿Llegamos? Supongo que eso significa que tus hermanos también están aquí.

–Sí, señor –contestó Adams sin apartar su mirada de la de su padre–. Jackson está con los caballos que tiene aquí, Lincoln está con una yegua que va a parir, y Jefferson ha...

–Ha ido a cazar o a pescar, o a pintar esos bonitos dibujos, o a donde quiera que haya ido.

–Jefferson trabaja duro, Gus. Tanto Jackson como Lincoln dicen que así es. Más de lo que debería trabajar un hombre.

En ese momento el vilipendiado benjamín estaba intentando reparar un tractor oxidado que debería haber ido a parar al desgüace veinte años atrás.

–¿Me estás contestando, chico? –la silla avanzó un poco más. Entonces se detuvo bruscamente y Adams temió que el frágil montón de huesos que era su padre cayera al suelo.

Deseaba acercarse para sujetar la silla y a su padre. Pero en lugar de eso le dijo con calma:

–No, señor. Solo te estoy diciendo la verdad.

–He mimado demasiado al chico –gruñó Gus.

De no haber sido tan triste todo, Adams se habría echado a reír de pensar que Gus podía mimar a nadie.

–Quizá no fuiste tan duro con él como con el resto, pero Jeffi no está mimado.

–No –Gus reconoció de mala gana–. Supongo que no.

La silla runruneó y giró. Una rueda chirrió y patinó un poco.

–Cuidado. Tienes los frenos puestos, Gus.

–Maldito cacharro –el viejo golpeó el brazo de la silla con la base de la mano.

Y ese golpe hizo que la mano derecha se resbalara del brazo de la silla y quedara colgando como una cuerda laxa. Gus no se dio cuenta de momento, pero cuando lo hizo, empezó un extraño forcejeo.

Gus era duro, así que Adams esperó y rezó.

Con la mano buena, Gus se agarró la muñeca de la derecha e intentó colocarla de nuevo sobre el brazo. Casi lo había conseguido cuando se le escapó y quedó colgando de nuevo.

De nuevo luchó con el brazo paralizado, pero de nuevo se le resbaló. Finalmente no le quedaron fuerzas para seguir intentándolo. Maldijo entre dientes y se recostó de nuevo en la silla. Agachó la cabeza hasta que casi se tocaba el pecho con la barbilla.

Poco a poco su respiración se tornó de nuevo acompasada. Cuando Gus levantó la cabeza estaba aún más pálido, pero el fuego seguía ardiendo en su mirada, y padre e hijo intercambiaron un mensaje sin palabras.

Gus no le pidió nada, pero Adams fue junto a su padre, se arrodilló y le levantó el brazo que colgaba para colocárselo cuidadosamente sobre el brazo de la silla.

Todavía arrodillado, vaciló. En ese instante de vacilación sintió una mano acariciándole el cabello temblorosamente. Pero cuando miró a Gus, no vio señal de que lo hubiera tocado.

Adams se levantó sin decir nada, y Gus le agarró de la mano.

—Pedí que vinieras aquí...

Gus no le iba a ofrecer una disculpa por los años de exilio. Pero fueran cual fueran las razones que tuviera para hablar con él, le resultaba igual de difícil. Se pasó la lengua por los labios resecos y empezó de nuevo.

—Pedí que vinieras aquí para arreglar todo esto. Para levantar Belle Reve. Lincoln conoce los árboles y los animales, y los tratamientos necesarios. Jackson sabe de caballos y de su cría. Jefferson... Tienes razón... Trabaja mucho; más de lo que debiera ningún hombre. Pero tú, Adams, tú sabes de números. Tú entiendes de negocios. Si hay alguien que pueda reparar todo esto, ese eres tú.

—¿Se trata de eso? —dijo, señalando hacia la vista que dominaba tras una ventana de sucios cristales—. ¿Se trata de dejar lo que más amas en el mundo irse a la ruina por tus problemas financieros? Cuando yo...

—No quiero tu dinero —Gus lo interrumpió con tozudez—. Quiero tu ayuda.

—¿Cómo?

—Arregla las cuentas. Mira a ver lo que se necesita para ponerlo al día económicamente. Después ponlo en funcionamiento físicamente.

Adams no podía dar crédito a lo que oía.

—¿Quieres que vuelva a ser un peón?

Nada más decirlo Adams lo entendió todo. Se trataba de orgullo. Gus era demasiado orgulloso para dejar que nadie viera o supiera de las condiciones en las que la mala administración había dejado a Belle Reve. Para ese fin haría que sus hijos trabajaran como mulas. Y, reconoció Adams, el viejo bribón sabía que ellos harían exactamente lo que quisiera.

–De acuerdo –Adams retrocedió–. De acuerdo –repitió–. Lo haré, Gus Cade. Devolveré a la plantación el nivel económico de antes. Repararé lo que haga falta reparar. Por mucho tiempo o mucho esfuerzo que me cueste, lo haré... Pero con una condición.

–¿Qué maldita condición? –respondió el viejo con brusquedad.

–Que pueda tener total libertad. No quiero intromisiones, estés o no de acuerdo con lo que haga –dijo Adams en un tono que tan solo un idiota se atrevería a rebatir–. No habrá mutuo acuerdo, Gus. O se hace a mi manera, o nada.

–Maldita sea, me propones un trato muy duro.

Adams no se amilanó.

–He tenido un buen maestro.

Quizá no le gustara que le impusieran unas condiciones, pero Gus Cade estaba desesperado y era lo suficientemente inteligente como para saber que no tenía elección.

–Muy bien, muy bien. Estoy de acuerdo. No me entrometeré.

–¿Entonces a mi manera?

Gus miró por la ventana hacia algún punto distante. Cuando Adams pensó que iba a rechazar sus palabras, el viejo murmuró:

–A tu manera.

–Estaré de vuelta mañana por la mañana. A las siete en punto. Entonces empezaré –el exiliado de Belle Reve se dio media vuelta y salió de la habitación.

–Puedes quedarte aquí –Gus le dijo antes de que saliera–. Lincoln tiene su casa. Dice que le pilla más cerca de su consulta y de las otras granjas por si lo necesitan. Jackson vuelve a River Trace, la granja en ruinas que él cree que puede convertir en un criadero de caballos de primera calidad –Gus encogió un hombro–. Jefferson hace lo que quiera que haga por las tardes, pero siempre aparece por la mañana temprano.

Gus frunció el ceño de forma extraña. Adams se dio cuenta entonces de que la parálisis también le había afectado la cara.

–Jeffi nunca durmió demasiado, Gus. Ya lo sabes. Solía dar vueltas por los pantanos, esperando poder atrapar algunos de los animales nocturnos que merodeaban por allí.

–Creo que ya es hora de que se le haya pasado eso –dijo Gus en tono enfurecido.

Estaba cansado. La conversación, el tener que admitir que necesitaba ayuda, unido al esfuerzo que había hecho para colocarse el brazo, lo habían agotado.

–Jeffi me dijo que te dieron de alta en el hospital con dos enfermeras. ¿Dónde están? Llevo aquí desde anoche y no les he visto el pelo.

Gus se echó a reír al escuchar la expresión que había utilizado Adams.

–Están escondidas. Las amenacé con lo que podría pasarles si interrumpían nuestra charla.

–¿Tan seguro estabas de que vendría?

–No pensé que lo harías hoy –reconoció Gus–. Pero sí que vendrías.

–Parece que me conoces muy bien.

–Lo suficiente –Adams se había acercado y Gus giró la silla–. Lo suficiente, Adams Cade.

–Entonces sabrás que no dormiré aquí, ni hoy ni ninguna otra noche.

Gus levantó las cejas ligeramente.

–Supongo que eso querrá decir que vas a seguir durmiendo donde lo has estado haciendo esta semana pasada.

El viejo había estado gravemente enfermo, pero seguía teniendo una mente ágil.

–Por el comentario, supongo que has oído que estoy hospedado en River Walk.

Gus se echó a reír.

–Jamás supongas. Lo que oí es que estabas en Belle Terre. No hace falta ser muy listo para saber dónde estabas. Maldita sea, muchacho, hace años hasta un ciego habría visto lo que sentías por esa chica que ha transformado River Walk en un hotel –sin dejar de reír, el viejo giró la silla, dio un sorbo de café frío y seguidamente se volvió a mirar a Adams–. Me apuesto el cuello a que sigues sintiendo lo mismo. La prefieres a ella a los de tu sangre.

La sangre. Aquello le dolió. Sobre todo porque el hombre que lo blandía en ese momento como un arma le había anunciado al mundo entero, hacía años, que Adams Cade ya no era su hijo y que jamás sería bienvenido en Belle Reve. Pero Adams sabía que no podía pensar demasiado en eso; no podía permitir que las viejas heridas degeneraran en algo peor.

A pesar del desprecio de Gus, estaba allí, en Belle Reve. Le había dicho que lo ayudaría, y lo haría. Pero bajo sus condiciones.

–Estás equivocado en cuanto a Eden –le dijo–. Era demasiado mayor para ella.

–Con doce ella y diecisiete tú, quizá. Incluso también con quince y veinte –una mirada maliciosa asomó a los ojos de Gus–. Pero con veinticuatro y diecinueve, la cosa fue distinta, ¿no?

Adams apenas pudo acallar una exclamación entrecortada. Le echó una mirada de rabia al viejo. Pero Gus estaba disfrutando demasiado como para inquietarse.

–Treinta y dos y treinta y siete equilibran la situación. Excepto, tal vez, que ya no es una niña. El moderno reloj interno del que las mujeres de su edad se quejan –Gus añadió negando con la cabeza.

–No tan moderno como tú crees –Adams estaba harto de discutir, pero su padre parecía encantado–. Pero tú no puedes saber nada de eso, ¿verdad? Todas tus esposas, cuatro para ser exactos, casi acababan de salir de la adolescencia. Quizá por eso ninguna de ellas aguantó.

—No todas se marcharon —Gus se defendió con una mirada de satisfacción. Había conseguido que Adams se fastidiara, lo cual le decía que no era ajeno a Eden Claibourne como pretendía.

—No —concedió Adams—. Mi madre y la de Lincoln trabajaron para ti hasta la muerte. Las de Jackson y Jefferson fueron lo suficientemente listas como para liberarse de esa carga —al darse cuenta que tenía los puños apretados, los abrió y flexionó los dedos—. Pero a ti no te importó, ¿verdad? Conseguiste lo único que siempre quisiste de ellas.

—Hijos —la mano izquierda de Gus golpeó el brazo de la silla—. Lo que quiere cualquier hombre. Hijos que perpetúen su estirpe.

—¿Te has preguntado lo que habrías hecho si hubiéramos sido chicas? ¿Qué habrías hecho, Gus?

—Pero no lo fuisteis —contestó el viejo—. Eso es lo único que importa.

—A ti —Adams se pasó la mano por los cabellos y pensó en las noches que llevaba sin dormir bien—. Si hemos terminado de hablar, tengo cosas que hacer.

Cuando estaba a punto de salir, Gus le dijo:

—Dale recuerdos de mi parte a la señorita Eden Claibourne.

—Es la «señora» Eden Claibourne, Gus —entonces se encogió de hombros—. Estaré de vuelta mañana.

—Diantres —Adams profirió con rabia cuando estuvo a punto de tropezar.

Estaba cansado. Más cansado de lo que recordaba haber estado jamás. El trabajo en la prisión no había sido así, ni siquiera en las plataformas petrolíferas. Solo trabajar para Gus había resultado siempre tan duro. Se echó a reír mientras avanzaba por el camino envuelto en sombras que llevaba hasta la casita del río.

–Maldita sea, esto ha sido trabajar para Gus.

No había salido después de la discusión con Gus, sino que había llamado a sus hermanos para tener una reunión de familia. Después había ido a ayudar a Jefferson con el tractor. Para entonces, el potrillo se tambaleaba en el compartimiento y su madre estaba ya de pie. Finalmente, los cuatro juntos abordaron los proyectos más importantes.

Lincoln recibió una llamada de urgencia de una granja lechera y tuvo que salir volando. Pero los tres restantes trabajaron hasta después de ponerse el sol.

Jackson tuvo que marcharse a ver los caballos. Después tenía que volver a River Trace para asentar a los que tenía allí. Pura sangres árabes en Belle Reve y caballos irlandeses de raza y caballos de carreras en River Trace.

Jefferson faltó a una clase de arte para trabajar junto a Adams.

Pero en ese momento, mientras caminaba hacia la casita, Adams se dio cuenta de que se habían pasado. Estaba demasiado exhausto como para dormir, y el día siguiente se las prometía peor aún.

A la mañana siguiente empezaría con los libros de cuentas de Gus. Entonces, si le era posible, intentaría idear un modo de solventar los problemas económicos de Belle Reve.

Pero esa noche, aunque sabía que le costaría un poco dormirse, estaba empeñado en no pensar en Gus, ni en las cuentas, ni en Belle Reve. Adams Cade estaba empeñado en no pensar en nada.

Se sorprendió cuando entró en la casita y vio una vela encendida dentro de un pequeño quinqué colocado en medio de una bandeja de exquisita comida.

De repente sintió hambre. No era una cosa exagerada, pero sintió que necesitaba reponer fuerzas. Con una toalla húmeda que encontró doblada junto a la bandeja se limpió el sudor de la cara y el polvo de Belle Reve de las manos. La dejó a un lado, levantó la bandeja y fue hasta un extremo del porche.

Se apoyó contra una columna y, mientras observaba el reflejo de la luna sobre el río, se comió todo lo que había en la bandeja.

Cuando se metió en la boca la última frambuesa macerada en licor, suspiró y apoyó la cabeza contra la columna.

–Que Dios bendiga a Cullen. El silencioso, indescifrable y omnipresente Cullen.

–Esta vez no ha sido Cullen –Eden surgió de las sombras donde había esperado sentada a Adams.

–Eden –pronunció su nombre como si ella fuera la gloria.

Quizá lo fuera, pensaba Adams mientras Eden se acercaba a la luz de la lámpara. Esa noche era la más calurosa de todas las que había pasado desde que había vuelto. A tono con la temperatura, llevaba puesto un vestido sin tirantes de varios colores que no había visto antes. Su cabello, normalmente liso, había empezado a rizarse con la humedad del ambiente. No eran los indomables rizos de la niña que recordaba, sino el desorden exuberante de una seductora mujer.

–Eden –repitió al acercarse ella, y el aroma que lo había provocado y obsesionado durante el tiempo que habían estado separados, lo envolvió.

–Adams.

Con solo oír a Eden pronunciar su nombre, Adams se olvidó de su cansancio.

–No sabía que estuvieras aquí. ¿Me estabas esperando?

–Sí.

La suave respuesta le hizo estremecerse.

–Es más de medianoche. ¿Llevas mucho tiempo esperando?

–No mucho –se apartó el cabello de la cara y dejó resbalar los dedos por el cuello hasta la base; entonces lo miró–. Jefferson me llamó.

–Ah –Adams tenía la mirada fija en el seductor camino que habían trazado los dedos de Eden.

Se dio cuenta que el moderno fenómeno de las finanzas no pudo emitir nada más inteligente que un gruñido. Ni tampoco imaginarse que pudiera existir algo más fascinante que Eden con aquel vestido de verano. Excepto a Eden sin él.

Le quitó de las manos la bandeja, la colocó sobre una mesa, y volvió adonde estaba Adams. Entonces él se dio cuenta de que estaba descalza y que seguramente no llevaría nada o casi nada bajo la ceñida tela del vestido.

Adams no abrió la boca mientras ella le retiraba el cabello de la frente, ni cuando le acarició la mejilla para continuar por el cuello, como había acariciado el suyo.

–Pareces cansado. Jefferson ya me lo ha dicho –le susurró, como intentando apaciguarlo con su voz mientras le acariciaba los fuertes músculos del hombro–. Se te ve cansado.

Él se echó a reír y le colocó las manos a la cintura.

–¿A parte de los chismorreos de Jeffi, en qué se me nota?

–Lo siento aquí –antes lo había tocado con una sola mano, pero en ese momento le agarró la cara con las dos y le buscó las sienes con la punta de los dedos; muy despacio, le dio un masaje circular que le alivió en parte la tensión–. Parece que el gruñón de Gus te ha gastado una inocentada.

–Sí –Adams se dio cuenta de que había arrastrado la palabra–. Eden –consiguió decir al tiempo que ella le deslizaba las manos por los brazos–. No estoy seguro de que esto sea una buena idea.

Ella sacudió la cabeza, y a la luz de la vela sus cabellos parecían de seda. Una mano le rozó los labios, la otra le tomó la mano a él.

–Ven conmigo –le dijo en tono apacible–. Hay más esperándote.

Le condujo hasta una pequeña alcoba que daba al porche lateral. El emparrado que la rodeaba colgaba de enredaderas de jazmín. Sus pequeñas flores blancas llenaban la noche con su perfume.

79

Protegidas de la suave brisa por el emparrado, dentro había más velas. En medio de las flores y el brillante resplandor había una bañera de madera finamente labrada llena de agua, sobre la que flotaban pétalos de flores.

–¿Qué... ?

Ella le cubrió la boca con la mano.

–Confía en mí –dijo con voz melodiosa–. Estás exhausto y dolorido, pero si te abandonas a mis cuidados, dentro de un rato no recordarás ni la fatiga ni el agobio. ¿Quieres confiar en mí, Adams?

Sus caricias eran ya familiares. Mientras seguía con el masaje en las sienes, Adams no pudo menos que asentir.

No se resistió cuando Eden le quitó la camisa. Cuando ella empezó a acariciarle el cuerpo se le cortó la respiración y empezó a temblar, pero continuó sin resistirse. Solo cuando Eden tocó el primer botón del pantalón, Adams protestó.

–No.

–Sí –dijo ella con firmeza, pero sin levantar la voz–. Te he visto desnudo, Adams. Y, si Dios quiere, te veré desnudo otra vez. Pero esto no va de estar desnudo o de sexo. De momento, se trata de aliviar el dolor. El resto ya se verá –se quedó callada un instante; entonces lo miró a los ojos–. Por favor –susurró.

Poco a poco la resistencia de Adams fue cediendo, y se quedó totalmente embelesado con ella. Lentamente, Eden siguió desvistiéndolo. Cuando estuvo del todo desnudo, lo condujo hasta la bañera. Él pensó que ella se metería con él, sin embargo se arrodilló y sacó una basta esponja. Con el jabón y la esponja, y entre las caricias de los pétalos, Eden lo bañó.

Adams no recordaba que ninguna mujer lo hubiera bañado. Ni siquiera su madre. Solo Gus. Un Gus al que recordaba dulce, a pesar de sus manos callosas.

Recuperando recuerdos dormidos de su padre, Adams empezó a relajarse. Una imagen le llevó a otra del joven Gus riéndose con sus hijos, trabajando junto a ellos, esforzándose más que nadie; y Adams se quedó dormido.

La voz de Eden llamándolo lo devolvió a la alcoba de la casita. Lo devolvió a ella. Obedientemente, se levantó y dejó que lo secara con una toalla increíblemente grande y aterciopelada.

No hubo nada erótico en la manera en que ella lo secó ni en la respuesta de él. Ni siquiera cuando le tomó de la mano y le llevó hasta su habitación.

Al igual que el porche y la alcoba, su dormitorio también estaba distinto. La colcha y las sábanas habían desaparecido de la cama y en su lugar había una cubierta de una tela maravillosa, parecida a la de la toalla. En la mesilla de noche, había una bandeja con una colección de frascos.

Al tender su largo y atlético cuerpo sobre la cama, Adams sintió como si lo hiciera sobre una nube. Las manos de Eden ya no eran manos, sino mágicos instrumentos mientras lo acariciaba y le daba masajes en los músculos. Lo que había comenzado con la cena y el baño, se nutrió de sus reconfortantes caricias. De pies a cabeza, Eden ahuyentó los demonios del cansancio de su cuerpo, mientras el calmante aroma de los aceites le hizo evocar imágenes pacíficas que serenaron su espíritu. Con firmeza y sin descanso sus manos se deslizaron por su cuerpo hasta que lo único que permaneció fueron el roce de sus manos y una gran paz.

Eden percibió el momento en el que Adams se sintió totalmente en paz, totalmente bajo el encantamiento que ella había buscado crear. Adams era un hombre fuerte, un hombre de honor, un hombre con aguante. Pero la vida lo había herido, y no estaría recuperado hasta que esas heridas no curasen. Eden esperaba que con la serenidad que le había dado y con el amor que le ofrecía, se iniciase esa curación.

–Umu Hei Monoi –le explicó mientras tomaba el último frasco de la bandeja.

Entonces Adams sintió la caricia de una fragancia

que contenía cientos de fragancias en sí misma. Una fragancia que le despertó los sentidos, excitándose-los. Las imágenes que evocaba su mente habían dejado de ser serenas, pues tan solo eran de Eden.

Cuando las manos de Eden se detuvieron por fin, Adams se dio cuenta que entre todos esos aromas estaba el que Eden llevaba normalmente. La evocadora esencia que lo acompañaba allá donde iba. El perfume que le hacía desearla como no lo había hecho jamás.

–Eden.

Se volvió y la vio de pie junto a la cama, esperando, esperándolo a él. Con solo soltar el broche que llevaba en el pecho, el vestido cayó. Como una hilera de joyas la brillante tela se deslizó por su cuerpo revelando la perfecta desnudez que había visto antes.

La mirada de Eden le dijo que ella lo deseaba tanto como él a ella. La atrajo hacia sí y le dijo:

–Umu Hei Monoi... ¿Es así como las mujeres de Fatu Hiva tranquilizan a las bestias salvajes?

–Solo al principio –le besó el hombro.

Adams estaba junto a ella, inclinado sobre ella, mirándola fijamente con sus ojos oscuros, buscando su abrazo.

–¿Y después?

Se levantó y se colocó sobre él, dejando que Adams la penetrara. Hicieron el amor tiernamente y en silencio, pero un instante antes de alcanzar el clímax, Eden susurró la respuesta entre ardientes besos:

–En Fatu Hiva, y ahora en Belle Terre, Umu Hei Monoi es el perfume de la seducción.

–Bruja –Adams murmuró en la cascada de sedosos cabellos–. Creo que me hechizarías.

–Sí –Eden se echó a reír con dulzura–. Oh, sí, amor mío.

Capítulo Seis

–¿Adams?

–Eh, amigo –Jackson se unió a Lincoln y agitó la mano delante de Adams, que estaba allí con la mirada perdida–. ¿Dónde estabas?

Adams levantó la cabeza de un montón de papeles y se encontró a sus tres hermanos mirándolo con curiosidad.

–De repente te has transportado a cientos de kilómetros –le explicó Jefferson.

–Lo siento.

Se revolvió en la silla, saliendo de la ensoñación que ahora a cada rato le tendía una emboscada. Sin embargo, y mientras intentaba centrar su atención en la reunión familiar, supo que la imagen de Eden cubierta solo por la luz de las velas y por la cautivadora fragancia de seducción no estaría nunca muy lejos de sus pensamientos. Mientras viviera.

–Lo siento, estaba distraído –dijo, sintiéndose algo inquieto–. ¿Qué me decías, Lincoln?

–Lo que estaba diciendo antes de que volvieras del limbo era que cuesta entender cómo Gus perdió tanto en tan poco tiempo –Lincoln, el callado, práctico y más razonable de los Cade, hizo una mueca de preocupación–. Sobre todo en tan poco tiempo.

–Maldita sea, Linc –le contestó Jackson–. ¿Qué ha tenido de rápido? Belle Reve apenas ha sido solvente desde la guerra. ¿Entonces cuánto podría haber para poder perderse?

Con un temperamento tan intenso como el rojo de sus cabellos, Jackson siempre decía lo que tuviera que decir con brusquedad. Y, Adams sabía que la guerra de la que hablaba era la Guerra Civil Americana.

—Dadas las posibilidades de las tierras de la plantación y el dinero necesario para mantenerlas, lo que perdió normalmente no sería tanto. Y como fue astuto, no ocurrió en tan poco tiempo como parece.

—¿Qué quiere decir eso exactamente, Adams? —le preguntó Jefferson—. ¿Explícanoslo?

Dirigiéndose a Jefferson, Adams le resumió lo que había descubierto al ver las cuentas de la plantación.

—Gus ha estado operando en Belle Reve con lo que sería poquísimo dinero durante más años de los que yo esperaba. Se podría decir que fue desde que nosotros salimos de casa para labrarnos un porvenir.

—Quieres decir desde que el último de los esclavos abrazó la emancipación, ¿no? —dijo Jackson con una sonrisa de pesar.

Adams se quedó pensativo mientras recordaba las circunstancias de su partida. Circunstancias opuestas a la emancipación. Luego, negándose a pensar demasiado en lo que ya no podía cambiar, dijo:

—Sí. Los problemas comenzaron por esa época. Pero las condiciones fueron empeorando gradualmente. Tan gradualmente que alguien tan astuto como Gus fue capaz de ocultarlo. Entonces, cuando Belle Reve dejó de ser auto suficiente, Gus fue a buscar dinero a otra parte.

—En el mercado de valores —añadió Jefferson.

Se pasó la mano por los cabellos rubios y volvió la mirada de ojos azules hacia la ventana, desde donde se divisaban las tierras que se extendían hasta el horizonte. La tierra de los Cade, hasta donde llegaba la vista; una tierra valiosa que podría ser vendida por una fortuna. Pero eso no sería posible hasta que el patriarca, Caesar Augustus Cade, muriera.

Con pesar, Jefferson miró a sus hermanos.

—Debería haberlo sabido. Yo estaba aquí. Aunque no viviera, venía a diario. Debería haberlo visto venir; debería haberlo detenido.

–¿Cómo? –Jackson soltó una risotada burlona–. ¿Desde cuándo ha podido alguien detener a Gus Cade cuando él se ha propuesto hacer algo? ¿Cómo podría nada de esto ser culpa tuya, Jeffi?

–Estoy de acuerdo –Lincoln dijo desde su lugar en la mesa, frente a Adams–. ¿Cómo puedes pensar que esto sea culpa tuya?

–Yo le recogía el correo a Gus. Debería haberlo sospechado.

–¿Le leías el correo, Jeffi? –le dijo Adams con ironía, pues sabía la respuesta.

–Santo Dios, en absoluto –Jefferson consiguió sonreír–. Pero debería haber sospechado de todo el correo que venía de compañías de inversiones y de abogados.

–No hay nada que ni tú ni los demás pudiéramos haber hecho. Gus está muy bien de la cabeza. Belle Reve es suyo. Al igual que los fondos que hubiera invertidos aquí.

–Este lugar ha sido una carga para nosotros desde niños –dijo Jackson–. Quizá perderlo no fuera algo tan malo.

–¿Entonces si votáramos para salvar a Belle Reve, tú votarías que no, Jackson? –Adams observó a su apasionado hermano que, a pesar de su carácter, tenía el corazón más generoso de todos–. ¿Es eso lo que nos estás proponiendo?

–No sé lo que estoy proponiendo, si es que estoy proponiendo algo, Adams.

Era muy raro ver al decidido de Jackson vacilar, pero Adams sabía que aquella no era una decisión fácil para nadie. Ni siquiera para Jackson, a quien todo le parecía o blanco o negro.

Adams ya había tomado una decisión, pero no quería imponérsela a los demás. Salvar Belle Reve requeriría sacrificar tiempo y dinero. Si sus hermanos estaban de acuerdo con la proposición que pensaba hacerles, el dinero no sería un problema. El tiempo sería un asunto bien distinto, y desde luego crucial.

—Nuestro dilema, a mi parecer, tiene dos aspectos —observó Lincoln, como si estuviera en sintonía con los pensamientos de Adams—. El dinero y el tiempo.

—¿Quién tiene suficiente de ambos? —gruñó Jackson.

—Nosotros —dijo Adams en tono bajo—. El dinero no será un problema, si lo mantenemos fuera del alcance de Gus.

—Habla por ti mismo, Adams —Jackson volvió de la ventana y tomó asiento de nuevo—. El viaje a Irlanda y los caballos que me traje, añadido al pura sangre árabe, me dejó sin blanca. Para poder poner algo, tendría que vender River Trace o algunos caballos.

—Los veterinarios no nos morimos de hambre, Adams. Pero no nos hacemos lo suficientemente ricos como para sacar de apuros a una plantación tan extensa —dijo Lincoln.

La sonrisa de Jefferson no alcanzó su mirada.

—Los guías rurales tampoco sacan demasiado —se encogió de hombros—. Mi último cuadro lo vendí a una galería de arte por dos mil dólares. Eres tú el que debe decidir, Adams.

—Gracias, Jeffi, pero antes de que sigamos adelante con esta discusión, creo que será mejor que os explique algo —de nuevo Adams miró a cada uno de sus hermanos, admiró sus distintas virtudes, su talento—. Tenemos las Empresas Cade.

—Quieres decir que «tú» tienes las Empresas Cade —dijo Jackson sin dudarlo ni un momento—. Y espero que no estés sugiriendo sacrificarlas por el bien de Belle Reve.

—Quiero decir «nosotros», Jackson —Adams se puso de pie y apoyó las manos en la mesa—. Cada uno de vosotros sois socios en el negocio. Cada uno tenéis un veinticuatro por ciento. Yo tengo un veintiocho —ignorando su perplejidad, Adams continuó—. No habéis recibido ninguna retribución porque todo tuvo que volver a invertirse en la empresa.

—¿A qué diablos te refieres con eso de la sociedad,

Adams? Empresas Cade son tuyas. Nosotros no merecemos ninguna parte –por una vez, Lincoln perdió los estribos.

–Y desde luego no podemos dejar que sacrifiques todo lo que te has ganado con el sudor de tu frente por Belle Reve –Jefferson añadió–. Siempre has hecho más de lo que te correspondía, y no podemos permitirte que hagas esto. Sobre todo después de cómo te trató Gus.

–Amén –Jackson añadió concisamente.

–Cada uno de vosotros tiene su parte de las Empresas Cade porque se lo merece. La teoría tras la parte mecánica que fue el inicio del negocio salió de todos nosotros, aquí en Belle Reve. Yo me limité a refinarla y a aplicarla a un problema de los pozos de petróleo.

–¡Maldita sea, Adams! ¿Nos estás pidiendo que creamos que sacaste la idea para crear una empresa multimillonaria capaz de trabajar con nosotros en las máquinas de la granja?

Ese fue Jackson, por supuesto. A pesar de la naturaleza seria de aquel enfrentamiento, Adams sonrió.

–No te estoy pidiendo que creas nada, Jackson. Te lo estoy contando. La empresa aún no vale millones. Por sí sola, quizá le costara unos años conseguirlo. Pero podemos lograrlo ahora si vosotros, como accionistas, votáis para aceptar una oferta que ha hecho Jacob Helms. Pero decidáis lo que decidáis, las acciones son vuestras mientras existan las Empresas Cade –Adams miraba a sus hermanos con solemnidad–. Si me escucháis, os expondré vuestras opciones. Si seguís insistiendo, podemos discutirlo más tarde.

–Dime otra vez por qué estamos haciendo esto –vestido solo con tejanos, botas, guantes y un sombrero, Lincoln se limpió el sudor de la frente con el brazo.

–¿Para salvar el orgullo de nuestro padre? –gruñó Jefferson mientras colocaba con esfuerzo otro poste de la valla y pisoteaba la tierra alrededor de la base.

–Lo que estamos haciendo –dijo Jackson, que estaba sentado en el tractor–, es evitar que el mundo en general, y en especial los habitantes de las tierras bajas, se enteren de que Gus ha sido un cretino orgulloso. Con los fondos de la fusión de «nuestra» empresa, podríamos contratar a otros para hacer este trabajo.

Lo último lo había dicho mientras miraba a Adams de reojo. Adams les había hablado largamente y con elocuencia. Como no había otra solución, y como amaban a aquel hombre con tan malas pulgas, Adams había ganado.

Adams levantó otro poste.

–Vamos a terminar esta parte y lo dejamos por hoy.

–Estoy de acuerdo con eso –Jackson añadió–. Mis caballos van a pensar que no quiero alimentarlos ya.

–Puedo ir a echarte una mano. No tengo nada urgente que hacer en la cabaña –se ofreció Jefferson.

–Gus dijo que habías arreglado la vieja cabaña de pesca del pantano –Adams metió el poste en el agujero que Jackson había hecho con el tractor; mientras apisonaba la tierra, levantó la vista y miró a Jefferson–. Me gustaría ver lo que has hecho allí algún día.

–¡Santo cielo! –interrumpió Jackson–. ¿De dónde diablos ha salido? ¿Y qué diantres está haciendo?

–¿Quién? ¿Dónde? ¿El qué? –Lincoln preguntó sin levantar la vista de los postes que estaba seleccionando de un montón.

–El hombre de Eden –dijo Jackson sin aliento–. Está en el porche. No –se enmendó–. Ahora en el patio. Veo una fogata.

Adams se volvió y vio a Cullen. El hombre nunca se alejaba demasiado de Eden. Si él había ido a Belle Reve, ella también.

¿Pero dónde estaba Eden?

Adams miró hacia el porche y las explanadas, pero no la vio. No supo lo que pasaba hasta que se abrió la puerta trasera y apareció Gus en su silla de ruedas y Eden empujándolo. Entonces la oyó reír, y en ese instante olvidó todas las tensiones y el cansancio del día.

—Eden —dijo suavemente, y no se dio cuenta de que, uno por uno, sus hermanos se volvieron a mirarlo. No vio en sus rostros la sorpresa, que dio paso a sonrisas de alegría y complicidad.

Adams pensó que iría hacia él. Esperó que fuera hacia él. Pero ella lo saludó con la mano y sonrió mientras se volvía hacia Gus.

—¡Qué diablos! —murmuró entre dientes.

¿Habría ido a ver a Gus? ¿Y por qué iba a hacerlo?, se preguntaba Adams.

—¡Santo cielo! —exclamó Jackson—. Me huele a carbón. El jefe nos está haciendo la cena a los magnates.

—Ni lo sueñes —dijo Jefferson; pero la sonrisa en sus labios decía que él también lo soñaba.

—No existe otra explicación para que el mayordomo de Eden entre en nuestro patio trasero y encienda una fogata —Lincoln miró a sus tres hermanos—. ¿No os parece?

Todos se echaron a reír. Guardaron las herramientas y los cuatro se montaron en el tractor que conducía Jackson, de camino a los establos. Cuando terminaron con los pura sangres y se lavaron, sonó la campana que solía utilizarse para llamar a los peones que trabajaban en los campos, mientras en el aire flotaba el olor a carne a la parrilla.

—Gracias.

—¿Por la cena?

—Entre otras cosas —Adams llevaba a Eden de la mano mientras caminaban por el prado que sería otra vez pasto cuando terminaran de colocar la valla–. Gus se ha reído esta noche; de mala gana, pero se ha reído. Y ha comido con ganas. Sus enfermeras, cuando logramos encontrarlas, dicen que come muy poco.

–Eso ha sido gracias a Cullen –Eden le soltó la mano y le echó el brazo a la cintura–. Es un mago con la comida.

–Ahí te doy la razón. Pero tú fuiste la que hiciste reír a Gus. Sospecho que eso lo benefició mucho más que la comida.

Adams caminó en silencio durante un rato. Los cabellos de Eden le acariciaban el brazo desnudo; su aroma lo envolvía.

Se detuvo en lo alto de un suave montículo y le rodeó la cintura, y Eden se apoyó sobre él. El sol ya se había ocultado y solo permanecía un resplandor rojizo sobre las copas de los árboles que rodeaban la casa solariega. El edificio, que había visto nacer a más Cades de los que Adams recordaba, era una enorme silueta negruzca que se dibujaba en la noche grisácea.

–Jamás pensé que volvería a estar aquí –murmuró con los labios sobre sus cabellos–. Nunca creí que volvería a ver este lugar.

–Lo sé –Eden se volvió para estar de cara a él.

En la oscuridad, solo veía la bella silueta de su cabeza y sus hombros. Pero sabía que si hubiera más luz, vería aquella sombra de tristeza empañándole la mirada.

Gus Cade le había pedido ayuda a su hijo mayor. Sin dudarlo y sin buscar ningún beneficio para sí, Adams había vuelto al lugar que ya nunca podría llamar su hogar. Y, sin esperar nada, estaba dispuesto a ofrecer a su padre solo lo mejor. Eden esperaba fervientemente que un día Gus viera la verdad y le concediera el perdón con la misma generosidad que Adams le había ofrecido su ayuda.

Pero Eden sabía que Gus tardaría mucho en perdonar a Adams. Mientras tanto Adams tendría que recorrer un duro camino. Aquel había sido tan solo el segundo día de aquel largo y agridulce recorrido. Un trayecto destinado a ser cada vez más difícil.

—Estás exhausto —le acarició la cara, trazando el contorno de sus labios con la punta de un dedo.

Adams le agarró la mano y le besó la palma, colocándosela seguidamente sobre su mejilla.

—Algo común durante un tiempo, me temo.

—Hay tanto que hacer aquí —al decirlo Adams percibió el asombro de Eden por todo lo que había visto.

—Ninguno de nosotros se había dado cuenta, excepto Jeffi. Al menos hasta el año pasado, cuando Jackson volvió de Irlanda y Lincoln de California. Entonces, igual que Jeffi no quería decírnoslo, luego los otros tres no quisieron decírmelo a mí. Si Gus no hubiera dicho que quería verme y Jefferson no me hubiera llamado...

Eden lo interrumpió.

—Si Gus no hubiera dicho nada y Jefferson no te hubiera llamado, tú no habrías vuelto. Y yo no estaría aquí delante de ti, esperando que me besaras.

—Estoy sucio, cariño, y huelo a caballos, pero si te beso —la avisó Adams—, quizá no pueda detenerme ahí.

Estaba quieto delante de ella, pero el deseo que lo invadió fue inequívoco.

La besó con delicadeza, pero al momento gimió y la abrazó con fuerza. Hundió la cara entre sus cabellos y la estrechó contra su cuerpo, como si no pudiera acercarse lo suficiente.

—¿Adams?

Cuando quiso apartarse para mirarlo, él le dijo:

—No hables. No me preguntes. No te preocupes por Gus o por mí. Solo deja que te abrace un momento. Déjame abrazarte, Eden.

En la oscuridad un gesto de preocupación asomó a su rostro. Pero ni la preocupación ni cualquier otra cosa le habría impedido darle a Adams lo que quisiera o necesitara.

Con la mejilla apoyada sobre su pecho oyó los fuertes latidos de su corazón, el ritmo frenético de la pasión. Sintió la tensión creciente en el cuerpo de Adams, y supo del deseo que con tanto coraje luchaba por controlar.

Así que lo abrazó, ignorando la fuerza de su desesperado abrazo, deseando poder aliviarlo de la carga que lo incomodaba. Y esperó.

El tiempo dejó de existir. Lincoln, Jefferson y Jackson charlaban y se gastaban bromas. Pero Adams no las escuchó.

Solo era consciente de la mujer que tenía entre sus brazos. Solo de Eden, cuyos labios, brazos y cuerpo le ofrecían un consuelo para su dolor.

Le agarró la cara entre las manos y al ir a besarla encontró que sus labios lo esperaban. Eden le había dejado entrar de nuevo en su vida con suavidad. Le había ofrecido un amor y una sinceridad tales como no había conocido jamás. Algo que guardaría para sí y que devolvería multiplicado por diez si le fuera posible. Pero sabía que no podía.

Eden debía saberlo y entenderlo.

–Eden –le dijo, acariciándole los labios con las puntas de los dedos mientras luchaba por decirle lo que debía–. No me puedo quedar.

–Lo sé –le susurró con resignación.

–Cuando termine lo que tenga que hacer aquí, debo marcharme.

–Sí.

En la oscuridad de la noche, Eden esperó que pudiera percibir en su voz que jamás intentaría retenerlo.

–No puedo pedirte que vengas conmigo.

Adams no quería explicarle que su mundo era demasiado brutal, demasiado frío. No le diría que el hombre duro que había logrado sobrevivir en ese mundo no la merecía.

–Lo sé –volvió a decir con la misma dulzura que antes.

–¿Me aceptas? –le acarició los cabellos–. ¿Sabiendo que llegará un día en el que partiré sin mirar atrás?

–Te acepto, Adams, bajo cualquier circunstancia. Durante todo el tiempo que pueda.

–Maldita sea, Eden, no me lo estás poniendo nada fácil –le dio la espalda–. ¿No te has dado cuenta de que estoy intentando apartarte de mí?

–¿Solo porque no puedes decirme que me marche? –le contestó Eden.

–Que Dios se apiade de mí, sabes de más que no puedo. Pero debería. Si fuera mejor persona, lo haría.

–Pero no porque no me desees, Adams Cade.

–Nunca porque no te desee –dijo Adams con firmeza y ternura al mismo tiempo.

Eden se puso derecha, una vez que sabía el rumbo que tomarían sus vidas. Podría soportar sus condiciones. En aquellos maravillosos momentos podría soportar casi cualquier cosa, incluso sus propios defectos de mujer, mientras él la deseara. Mientras él estuviera allí, lo amaría en cuerpo y alma. Cuando se marchara, lo amaría como siempre lo había amado, con todas sus fuerzas.

Siempre lo había querido. Lo amaría para siempre. Todos menos Adams parecían saberlo. Incluso Nicholas Claibourne se había enterado de que amaba a otro hombre, cuando le había pedido que se casara con él y fuera a Las Marquesas. Que amara con tanta intensidad fue una de las cosas que a Nicholas le pareció más atractiva en su joven, fiel y compasiva esposa americana.

Pero Eden no podía pensar en Nicholas en ese momento. Su pensamiento lo ocupaba Adams. Se acercó a él y le puso una mano en el hombro. Él se puso tenso, pero no se volvió.

–Estoy aquí, Adams, hasta que tú me digas que no me deseas.

Maldijo entre dientes y se dio la vuelta. Entonces la abrazó con fiereza.

–He renegado de mí mismo una y otra vez por no ser lo suficientemente honorable como para pedirte que te marcharas. Lo he intentado, Eden. Pero, maldito sea mi egoísmo, no he podido.

–Lo sé, Adams. Lo sé, y no me voy a marchar. Al menos mientras me desees y me necesites.

–¿Cómo puedo merecerte?

–No es una cuestión de merecer –Eden le tomó la mano y se apartó de él–. Esto, tú y yo, o como quieras llamarlo, no tiene nada que ver en absoluto con merecer o no merecer.

Adams se echó a reír con brusquedad, y en su risa notó un trasfondo de cansancio.

–Se me había olvidado que eras moderadora en el círculo de debate del instituto.

–¡Ja! Tú no estabas ya en el instituto cuando yo iba. ¿Así que cómo ibas a saberlo?

–Sé muchas cosas de ti. Muchas que nadie sospechaba que sabía.

Tenía la voz ronca. La deshidratación, el par de cervezas que se había tomado con la cena y el cansancio finalmente se estaban haciendo sentir.

–A mí me parece amor –Eden lo provocó mientras le echaba el brazo por la cintura y lo conducía de vuelta a la casa.

Los otros tres hermanos ya se habían marchado. Probablemente tan cansados como Adams. Con su habitual previsión, Eden le había pedido a Cullen que se ocupara de Gus antes de marcharse, por si acaso las temblorosas enfermeras decidían seguir escondidas. Qué cobardes, pensaba Eden asqueada. Después de pasar tan solo cinco minutos con Gus, Eden había descubierto que con una mujer bonita, sus malas pulgas no eran más que una fachada.

En realidad, el tozudo y viejo camorrista podía ser un hombre encantador cuando quería. A veces, incluso cuando no se lo proponía. Ambos descubrimientos explicaban que hubiera tenido cuatro esposas y un hijo con cada una.

—¿Qué has dicho? —Adams se detuvo en mitad del prado.

—He dicho que no estabas en el instituto conmigo.

—Después de eso.

—He dicho que eso me parecía amor.

—Sí, eso —le apoyó los brazos sobre los hombros—. ¿Adónde íbamos? ¿Dónde se han ido todos?

—Vamos a la hostería —Eden echó a andar junto a él—. Y creo que los demás se han ido a dormir. Incluido Cullen. Solo quedamos nosotros de la fiesta.

—Ha sido como una fiesta, ¿verdad? —Adams miró la mole negra que era la casa—. Casi como en los viejos tiempos —dijo, con aquel deje de tristeza que parecía no abandonarlo nunca.

—Eso será lo que tú piensas, Cade —le dijo Eden, que prefirió provocarlo a compadecerse de él—. A mí me ha parecido mucho mejor que en los viejos tiempos. No había niños con acné y las manos largas.

Adams se echó a reír en voz alta, de pronto más animado.

—No estés tan segura de que has salido ilesa. En realidad, me preguntaba qué posibilidades tendría de llevarte al granero —la sonrisa que esbozó fue endiabladamente pícara, totalmente encantadora—. ¿Has hecho el amor alguna vez sobre un montón de heno fresco y fragante, querida Eden?

—La verdad es que no.

Al llegar al camino, Eden vio con alivio que Cullen se había llevado el coche de alquiler de Adams y había dejado el sedán. Así le resultaría mucho más fácil convencer a Adams, el eterno caballero, de que le dejara llevarlo hasta la hostería.

—¿Quieres probarlo? —Adams había pasado de la desesperación a la euforia.

—Es una invitación tentadora, pero no querrás que asustemos a las enfermeras, ¿verdad?

—¿Entonces queda pendiente para otra ocasión?

Bajo el tenue resplandor de las lámparas de gas que iluminaban el camino, Eden vislumbró un destello en sus ojos. Estaba incitándola, pero ella también podía jugar.

–Claro. Queda pendiente. Hacer el amor en un ático sobre un gran montón de heno es el sueño de toda muchacha.

–Desde luego que sí –sin más discusión, Adams abrió la puerta del conductor para que Eden entrara y después se acomodó en el asiento de al lado–. ¿Me perdonarás si no aguanto la respiración?

Eden iba riéndose mientras avanzaba a través del túnel de ramas formado por los robles gigantes. Se preguntó cuánto tiempo le duraría el buen humor y condujo en silencio mientras Adams se quedaba dormido.

–Oh, no –Eden susurró mientras giraba por Fancy Drive.

A parte de las farolas, la tranquila calle habría aparecido normalmente desierta, excepto por el barullo que en ese momento había delante de la hostería.

Varias luces amarillas giratorias iluminaban los rostros de un pequeño grupo que había salido a la acera.

Al oírla Adams se despertó y enseguida se puso alerta. Cuando Eden detuvo el sedán en medio de la calle, Adams salió del vehículo inmediatamente y fue a abrirle la puerta a ella.

Le tomó de la mano, cruzó y se abrió camino entre el grupo de personas. No prestó atención a los susurros de los curiosos; su atención se centraba únicamente en Jericho Rivers. Con el mismo aspecto agotado que había tenido Adams un rato antes, Jericho estaba en medio de un grupo de policías, rodeados de cuatro coches patrulla.

Antes de que Adams o Eden pudieran abrir la boca, Jericho se dirigió a ellos.

–Tranquila, Eden –le dijo con su voz profunda–. Solo han forzado la puerta. No ha habido heridos.

–¿Un robo?

Eden no podía ni imaginárselo. Cualquier ladrón se arriesgaría a que lo descubrieran instantáneamente, con Cullen y los huéspedes yendo de un lado a otro del hotel todo el tiempo.

–Han forzado la puerta y han entrado, pero no estamos seguros todavía de que hayan robado algo –le explicó Jericho–. Cullen dice que no falta nada en el edificio principal, pero necesitamos que Adams vaya a comprobar sus pertenencias. Dudo que le falte algo, de todos modos.

–¿A la casita del río? ¿Cómo? ¿Y por qué? –Eden miró de Jericho a Adams y vio que se miraban significativamente.

–Ha venido por el río –más que preguntar, Adams lo afirmó.

–Estamos bastante seguros de que ha sido así –Jericho miró a las personas que había alrededor–. No se me ocurre que pudiera haber pasado desapercibido de otro modo.

–Aunque se hubiera llevado algo, no pensarás que el robo fue el móvil, ¿no, Jericho?

–Ni tú tampoco, cuando lo veas –lo avisó el sheriff.

Adams se volvió hacia Eden y le rozó la mejilla.

–¿Por qué no esperas aquí, cariño? Jericho y yo nos ocuparemos de esto.

–No –protestó Eden–. Si ha habido una intrusión, creo que debo estar ahí.

Adams no intentó disuadirla. No le había llevado mucho tiempo darse cuenta de que Eden sabía arreglárselas sola.

–Entonces iremos juntos.

Junto a Adams y Jericho, mientras Eden caminaba hacia la casita del río, recordó que se había preguntado en el coche cuánto le duraría el buen humor a Adams. Eden temió que aquella fuera la respuesta.

Capítulo Siete

–¡Oh, no!

Adams percibió la angustia de Eden y la observó con desconsuelo mientras ella se paseaba por entre el caos que reinaba en la vivienda.

Pasó de una habitación a otra como un espectro, con las manos entrelazadas, como si estuviera controlándose las ganas de colocarlo todo. Pero Jericho le había pedido que no tocara ni colocara nada. Lo que sí le rogó fue que intentara hacer un inventario de lo que había en la casita, ya que ella la conocía mejor que nadie.

Cada una de las habitaciones era la evidencia del destrozo de un loco. Había cojines rajados, sillas y mesas tiradas o rotas, obras de arte, alguna valiosas, hechas añicos y cubiertas de pintura. Las paredes, las alfombras y las baldosas aparecían ensuciadas con las mismas obscenidades escritas con pintura roja.

Ni siquiera el dormitorio se había salvado del destrozo. No había un mueble intacto. Los cristales de varios espejos estaban desparramados por el suelo. Y había tirado un montón de basura asquerosa sobre la cama.

Una basura que habrían llevado desde otro sitio; colocada allí para violar la cama donde dormía Adams. La cama donde le había hecho el amor.

Asqueada, Eden se apoyó sobre un pequeño espacio de pared que había escapado a la destrucción. Con tristeza, su mirada se paseó por la senda trazada por un tornado humano.

En realidad no, se corrigió. Aquello no había sido

algo hecho al azar, sino cuidadosamente planeado; algo con maldad intencionada.

—¿Quién habrá sido? —murmuró ella—. ¿Y por qué?

—No lo sabemos, Eden. Al menos, no con seguridad —Jericho avanzó y fue junto a ella.

Jericho era enorme como un oso, solo que dos veces más duro y el doble de serio. Solo Cullen era más grande, más duro, más triste. Eden sabía que ambos la protegerían con sus vidas si fuera necesario. Sin embargo era el hombre más esbelto, el que la miraba con el corazón, a quien ella deseaba.

—No lo sabes, pero tienes una idea, ¿verdad?

Aparte de la mirada que se habían echado Jericho y Adams en la acera, conocía muy bien al sheriff.

—Solo tenemos una idea. Lo comprobaremos a fondo —dijo Jericho en tono de disculpa—. Pero una cosa es lo que creamos, y otra muy distinta las pruebas. Para ser sincero, no tengo esperanzas de encontrar ninguna. Todo esto... —dijo, mirando a su alrededor—. Puede parecer una acción ciega y sin sentido, pero no ha habido nada de insensato en esto. Demente quizá, pero no insensato. Me jugaría el puesto a que quienquiera que lo haya hecho no ha dejado. Nada de nada.

—Te refieres a Junior Rabb, ¿verdad? —Eden miró primero a Adams y luego a Jericho—. Temías que ocurriera algo así. Por eso viniste a prevenir a Adams la noche en que sus hermanos vinieron a la hostería. Te lo esperabas.

Jericho estaba muy abatido.

—Me esperaba algún tipo de represalia, sí. Pero nada comparado a esto. Tampoco esperaba que lo hiciera tan pronto, o que te vieras mezclada en ello.

—Jericho —Adams tomó del brazo a Eden y miró al hombretón—. Eden ya ha visto suficiente. Supongo que podríamos seguir hablando en un lugar más agradable.

—Tienes razón —concedió Jericho—. Podemos y debemos hacerlo.

–Supongo que tú tendrás que quedarte aquí un rato más para atender algunos detalles y procedimientos –dijo Adams–. Mientras lo haces, llevaré a Eden a la casa principal. Cuando la deje tranquila y tú hayas terminado, volveré a echar un vistazo a mis cosas –Adams hizo una pausa y miró a su alrededor con pesadumbre–. Estoy de acuerdo con Jericho. Esta ha sido una destrucción malintencionada, como un aviso.

Acompañados por el silencioso y triste de Cullen, Adams condujo a Eden hasta la casa grande. En la biblioteca, Cullen se excusó, hizo una reverencia, y los dejó solos. Pero, Adams sabía sin duda que el isleño no se separaría demasiado de Eden.

–Lo siento mucho, Eden –Adams le dijo con desánimo cuando estuvieron solos; Eden se había dejado caer en el sofá, exhausta y perpleja–. Siento haberte hecho esto.

–¿Tú lo sientes? –Eden abrió los ojos como platos–. No voy a dejar que te culpes por lo que ha pasado esta noche. No ha sido culpa tuya.

–Pero yo era el objetivo –Adams se había levantado y paseaba por la habitación; como una pantera encerrada en una jaula, se movía con gracia de la ventana a la puerta y de una esquina a otra–. No hay duda posible. De no haber sido yo el ocupante de la casita del río, seguiría igual de limpia y ordenada que el día en que llegué.

–Volverá a estarlo –Eden decidió mostrarse optimista–. En cuanto Jericho termine con su investigación, llamaremos al servicio de limpieza, a los tapiceros y a los pintores, y la casita quedará como nueva.

–¿Tú crees? –Adams se detuvo y la miró–. ¿Y qué hay de las pinturas? ¿De la porcelana? ¿Te olvidas de los señuelos que han destrozado? No se pueden ni sustituir ni reparar.

–Todo está asegurado.

–Muy bien –la amargura tiñó su voz–. Si no recuerdo mal, esta casa ha sido propiedad de tu familia durante años –dijo Adams–. No. Mejor dicho, durante siglos. Algunos de los tesoros que has perdido esta noche eran parte de tu legado familiar –fue hacia ella y se agachó a su lado–. Cuando era niño recuerdo que Gus solía hablar de esos reclamos, de su antigüedad, de lo valiosos que eran. Sé que eran parte de la colección de tu padre, y sus favoritos. Gus no admiraba a muchas personas, pero Ted Roberts, coleccionista y extraordinario cazador, era una excepción –de pronto una expresión de sorpresa se dibujó en el rostro de Adams–. Acabo de recordar que la única vez que vi a Gus llorar fue cuando se enteró de que tus padres se habían perdido en un safari en el Amazonas.

Por segunda vez en presencia de Eden, Adams había recordado una faceta olvidada de la personalidad de Gus. Un recuerdo que hacía más humano al inflexible tirano.

–Si Gus lo sintió tanto, entonces Ted Roberts debió de ser un hombre muy especial.

–Su vida era la caza –dijo Eden–. Mi madre estaba totalmente dedicada a él. Tanto que me dejaba a menudo con mis abuelos para acompañarlo en sus expediciones. Yo tenía dos años cuando perdieron la vida en un accidente de barco en el Amazonas. No los recuerdo, Adams –lo miró a los ojos–. Sí, los señuelos eran de mi padre y es cierto que eran irreemplazables. No quería perderlos jamás, pero no me voy a morir si no los tengo.

Le gustaría haber añadido que quizá el no tenerlo a él, a Adams, fuera para ella como morir en vida. Pero precisamente esa noche habían hecho un trato. Ella le dejaría marchar cuándo y cómo él quisiera. Pero todavía no. Y todo por el odio de Junior Rabb.

–Repararemos y reconstruiremos la casita. Lo he hecho antes. Tenías razón, River Walk ha pertenecido a mi familia desde tiempos inmemoriales. Uno de mis antepasados la construyó para su amante. Después de eso, la casa tuvo un pasado accidentado.

Unas veces agradable, y otras no. Finalmente se convirtió en el almacén y la bodega de la familia, quedando reducido a un depósito de trastos familiares, y después de los tesoros de mis padres y de mis abuelos.

–Tú hablas de trastos, pero cuando volviste a Belle Terre pudiste amueblar y decorar la casa con las auténticas e irreemplazables reliquias de familia que te estaban esperando. Todo ello, junto con tu arte, contribuyó a crear el encanto único de River Walk y de la casita –dijo Adams, negándose a que menospreciara todo lo que había conseguido y, esa noche, perdido también–. Te ha sido arrebatado algo que no tiene precio en un acto de malicioso vandalismo. Y todo por culpa mía.

Eden le tomó la mano.

–Los señuelos podrán ser reparados. Mi padre ya lo hizo cuando los encontró y los restauró. Las pinturas y las esculturas eran copias que pueden sustituirse. En poco tiempo la casita volverá a estar como si no hubiera ocurrido nada. Ya lo verás.

–No, Eden –Adams se levantó y se apartó de ella, buscando el espacio que necesitaba para decir lo que era su deber–. No puedo quedarme aquí. Ha sido un error elegir River Walk para hospedarme.

Eden se puso pálida.

–¿Si te vas de Belle Terre, vas a dejar también a tus hermanos? ¿Acaso deben salvar Belle Reve ellos solos?

Adams le dio la espalda.

–Debería volver, regresar al lugar adonde pertenezco. De haber sido más inteligente, mandaría a paseo Belle Terre, Belle Reve y a Junior Rabb. Pero le di mi palabra a Gus, y a mis hermanos les debo el quedarme.

–Entonces solo vas a marcharte de River Walk y de Belle Terre.

–En cuanto Jericho me diga que puedo hacerlo.

–¿Por qué, Adams? Sabía que te marcharías algún

102

día –Eden bajó la vista porque no quería que él adivinara su desesperación–. ¿Pero por qué ahora?

–¿Es que no me has estado escuchando? Maldita sea, ¿no te das cuenta de que yo soy el causante de todo esto? ¿Cuántas veces tengo que decirlo?

Eden alzó la cabeza y lo miró con aflicción; entonces él no fue capaz de continuar hablando. No podía soportar no estar junto a ella, no consolarla.

En dos pasos llegó hasta ella y la abrazó.

–Lo siento –le apoyó la cabeza en el hombro y le besó los cabellos, las mejillas, los ojos–. No estoy enojado contigo. ¿Cómo iba a estarlo? –se apartó un poco de ella para mirarla–. No me marcho porque quiera, sino porque tengo que hacerlo. Si lo de esta noche ha sido obra de Junior Rabb, ha demostrado lo mucho que me odia y lo peligroso que puede llegar a ser ese odio. Si no me puede destruir a mí, destruirá algo mío; donde viva, lo que ame, cualquier cosa –la abrazó de nuevo y le habló con dulzura–. Si sospechara que hemos sido amantes, iría a por ti. No puedo permitir que eso ocurra, Eden. Si te hiciera daño...

–No lo hará, Adams –Eden se retiró un poco y Adams vio que echaba chispas por los ojos–. Es demasiado cobarde. Reserva su cólera para los objetos personales, no para las personas que puedan ver lo miserable que es.

–Tal vez –Adams concedió en voz baja–. Pero no podemos arriesgarnos. Yo no puedo arriesgarme.

Eden sacudió la cabeza y lo miró, sin entender la grave promesa que le hacía.

–¿Es que no te das cuenta, cariño? –le agarró la cara entre ambas manos y se la levantó un poco–. No lo maté hace trece años. Pero si te hiciera daño, o lo intentara siquiera... esta vez sí que lo haría.

–Así que, para protegerme estás dispuesto a marcharte y a no volver a verme –le dijo en tono sereno.

Lo que le estaba proponiendo era lo que Eden debería haber esperado de Adams Cade. Su eterno protector. No porque él temiera las consecuencias de sus acciones, sino porque temía por ella.

–No hay elección, Eden. Ninguna otra.

Eden sabía que Adams necesitaba su conformidad, y por ello cedería.

Sin apartar los ojos de su mirada hipnótica, Eden expresó su silenciosa afirmación asintiendo levemente con la cabeza.

–¿Entonces lo entiendes? –Adams necesitaba oírselo decir; necesitaba saber que comprendía el peligro y que, cuando se separara de ella, tendría cuidado.

–Sí, Adams –Eden repitió obedientemente–. Lo entiendo.

–Gracias.

La habría besado en ese momento, delante de cualquiera, pero no tuvo oportunidad.

–Adams –Jericho estaba a la puerta con Cullen detrás–. Puedes venir a la casita cuando te parezca.

–Iré dentro de un momento, Jericho.

–Necesitáis un momento para despediros –dijo el sheriff, aunque sabía que era una ridiculez; Adams diría y haría lo que quisiera con o sin permiso–. Esperaré en la cocina.

Cuando Jericho y Cullen se marcharon, Adams le tomó ambas manos. Se las llevó a los labios y le acarició los nudillos.

–Cuídate –le dijo en voz baja–. No estés nunca sola en lugares públicos. No olvides que todo cuidado es poco. Junior quizá adivine lo que hemos sido el uno para el otro. No sé cómo, pero tal vez lo sepa. Y si tiene idea de algo, sabrá que hacerte daño es lo más horrible que me puede hacer a mí –dijo Adams con desesperación–. Jericho te asignará un policía para que te vigile. Pero confía en ti misma, y sigue lo que te diga el instinto. Nunca bajes la guardia, cariño. Nunca.

Le soltó las manos mientras ella lo miraba en silencio. Adams le acarició la mejilla por última vez, se dio la vuelta y salió sin mirar atrás.

Incapaz de moverse, Eden oyó el murmullo de voces en el salón. Cullen había estado esperando cerca de la puerta. No escuchando, porque el leal isleño jamás escucharía las conversaciones ajenas adrede, pero protegiéndola lo mismo que Adams.

Hablaban en voz baja, pero oyó claramente a Adams pedirle a Cullen que cuidara de ella.

—Protégela, Cullen.

—Lo haré —contestó el callado isleño.

—Si Junior Rabb apareciera, si le hiciera daño alguno...

—Lo mataré —la respuesta de Cullen fue una solemne promesa.

—Lo sé. Siempre lo he sabido —tras una pausa Adams volvió a hablar—. Gracias por todo lo que has hecho por ella.

—Velar por la señora Eden es uno de los placeres de la vida, señor Adams. No tiene por qué darme las gracias.

Tras despedirse, Eden oyó las pisadas de Adams alejándose.

—Señor Adams —lo llamó Cullen, deteniéndolo.

—Llámame Adams, Cullen.

—Sí, me gusta el nombre. Lo echaré de menos, Adams Cade. Todos lo echaremos de menos. Cuando todo esto se resuelva, volverá.

—Ya quisiéramos todos. Pero no, no volveré.

Eden oyó de nuevo los pasos y la puerta que se cerraba despacio. Tenía la cabeza agachada y los ojos llorosos, cuando sintió una mano en el hombro.

—Está equivocado —dijo Cullen—. Volverá. Se lo prometo.

—La oficial a cargo no está en este momento, pero me pidió que lo acompañara a la oficina del sheriff Rivers —el oficial de cara de niño pasó junto a la mesa de la oficial ausente—. Por aquí, señor.

Mientras Adams seguía al joven, recordó algo. Claro... Su escolta era Court Hamilton, amigo de Jefferson cuando tenían doce años y debutante estrella del béisbol cuando Adams salió de las tierras bajas. Entonces tendría veinticinco, un año menos que Jefferson. Sin embargo parecía más joven.

El tiempo, las circunstancias y aguantar a Gus no le habían arrebatado a Jefferson su atractivo aspecto de muchacho. Sin embargo, le habían dotado de una madurez impropia de su edad.

En Lincoln y en Jackson, además de en Jefferson, las dificultades de sus vidas eran aparentes. En las líneas de sus musculosos cuerpos, en el tono de su piel. Todo ello hablaba de un trabajo físico agotador bajo el sol, la lluvia, el calor y el frío.

Pero de todos los hermanos, incluido Adams, solo Jefferson tenía aquella mirada angustiada.

Una verdad que Court Hamilton, con su juventud y su rostro terso, le habían hecho recordar. Por supuesto, Adams sabía que Jefferson había sufrido cuando lo metieron a él en prisión. Pero hasta ver a Hamilton y compararlo con Jefferson, no había entendido la magnitud de ese sufrimiento.

—Aquí está, señor.

Adams lo miró a los ojos, unos ojos azules y brillantes, pero fue Jefferson a quien vio. Eran unos ojos preciosos, de un azul noche; unos ojos que escondían a la perfección un sinfín de emociones.

El incidente con Junior Rabb les había cambiado la vida. Había alterado lo que sentían hacia sí mismos. Adams se preguntaba en ese momento si la prisión no habría sido menos dura de lo que Jefferson, joven y solo, había tenido que soportar.

—¿Señor?

Adams percibió el tono confuso de la voz del oficial Hamilton y volvió a la realidad.

—¿Perdone?

—El sheriff Rivers lo recibirá ahora.

Adams medio esperaba que aquel joven tan formal le hiciera un saludo militar, pero se limitó a abrirle la puerta del despacho del sheriff.

–Adams –Jericho dejó sobre la mesa una carpeta amarillenta y se levantó para saludarlo–. Agradezco tu puntualidad.

Adams se echó a reír.

–Es algo que siempre me ha gustado. Me pregunto si podré olvidar la buena educación que nos enseñó la señorita Mary.

–No creo –respondió Jericho–. Nos costaría la vida, incluso todavía, si ella pensara que la habíamos olvidado.

–¿Todavía vive? –Adams levantó las cejas con sorpresa.

–Desde luego, y sigue teniendo el mismo genio de siempre –le dijo Jericho–. Le encantaría verte. Los Cade siempre fuisteis sus favoritos. Especialmente Jefferson. Tal vez se dio cuenta de que era el más sensible de todos.

–Yo odiaba sus clases y pensaba que eran para niñas. Pero si tuviera hijos y viviera en Belle Terre, nada me gustaría más que recibieran clases de la señorita Mary

–Pero no será así –Jericho miró a Adams–. No te vas a quedar a vivir en Belle Terre.

–Cuando termine de hacer lo que vine a hacer, me marcharé. Es mejor para todos que me vaya.

–Dudo que Eden o tus hermanos estén de acuerdo con eso.

–Por ellos es por lo que debo marcharme

Creo que tú lo sabes igual que yo, Jericho.

–¿Por Junior Rabb y el incidente de anoche en la casita del río? Para el cual, por cierto, el señor Rabb nos ha ofrecido una coartada a toda prueba –dijo Jericho y, a pesar de su control habitual, le tembló algo la voz.

–¿Se te ocurre una razón mejor? –le respondió Adams.

–En realidad no –se apartó de la mesa y fue hacia la ventana, donde permaneció un rato en silencio y pensativo.

Al poco se volvió y esbozó una sonrisa trágica.

–Nunca tuvo sentido, ¿sabes?

Adams permaneció impasible, también en silencio.

–Éramos amigos, Adams. Te conocía tan bien como a mí mismo. A veces, incluso mejor. No recuerdo cuántas veces te vi enfrentarte a alguno que buscaba camorra con tan solo esa sonrisa engreída. Pero una pelea era lo último a lo que recurrías. Nunca en tu vida buscaste pelea. ¡Maldita sea, Adams! –Jericho hizo una pausa y se pasó la mano por la barbilla; entonces se volvió a mirar a su mejor amigo de la infancia y juventud–. Quizá nunca huyeras de los problemas, pero nunca en tu vida los buscaste.

–Está claro que lo hice, en Rabb Town, hace trece años.

–No –Jericho volvió a su mesa, y apoyó los puños sobre la carpeta–. Cuesta demasiado creerlo. Hay algo que no me has contado; y es lo mismo que no le contaste al sheriff de Belle Terre por entonces.

Jericho agarró la carpeta y se la pasó a Adams.

–He revisado esto tantas veces que ya no las recuerdo, buscando algo que explique lo que hiciste. Los Cade no cambian, Adams.

–Vaya, vaya, Jericho. No me digas que el departamento de policía de Belle Terre no está informatizado –Adams sacudió la cabeza con sorpresa burlona–. Supongo que vuestra ilustre ciudad no está tan retrasada como para que tuvieras que examinar unos archivos que deberían pertenecer ya a la historia.

Jericho no dejó que Adams lo distrajera.

–Oh, desde luego que estamos informatizados; no lo dudes. Pero yo quería el original. Quería tocar este archivo con mis manos. No hago más que pensar que hay algo que se le escapó a alguien y quizá ese algo esté aquí.

–¿Entonces estás leyendo esos viejos papeles como

los gitanos viejos que vivían junto al muelle y nos leían la mano, las hojas del té y nos echaban las cartas del tarot de niños?

—Muy gracioso, Cade —dijo Jericho lentamente, tal y como solía hacer en el pasado cuando Adams se metía con él—. Para que lo sepas, en lo que a mí concierne, algo que está lleno de lagunas no puede ser historia. No debería haberlo sido entonces. Y no lo es ahora.

—Déjalo, Jericho —dijo Adams con dureza—. Tienes bastante que hacer sin necesidad de abrir un viejo archivo. Te repito, es historia.

—Quizá lo fuera antes —Jericho dejó la carpeta sobre el escritorio—. Pero ya no, gracias a Junior Rabb.

—Volvemos al incidente en la casita —Adams suspiró pesadamente.

—¿No ves que todo vuelve al punto de partida, Adams? —le preguntó Jericho con delicadeza—. Y en este caso tú, y solo tú puedes darme la respuesta.

—No tengo ninguna respuesta que darte, Jericho. Ninguna que no diera ya entonces.

Fue Jericho el que suspiró esa vez.

—De acuerdo —dijo de pronto mientras flexionaba los hombros, como si los tuviera tensos—. Lo dejaremos ahí.

—De momento —interpretó Adams.

—De momento —coincidió Jericho.

—Entonces, si hemos terminado...

Adams empezó a levantarse cuando Jericho habló.

—Hay un par de cosas más.

—De acuerdo —Adams se dejó caer en el asiento otra vez, y apoyó los codos en los brazos de la butaca—. Cuéntame.

—En primer lugar, le he asignado un oficial a Eden para que la vigile. Aunque con Cullen ya está bien protegida... Y, bueno, te asignaría uno a ti...

—¡No! —respondió Adams.

—...pero sé que no lo aceptarías —terminó de decir

Jericho, como si Adams no lo hubiera interrumpido–. De todos modos, el día que no puedas vencer a Junior Rabb, si acaso decidiera enfrentarse a ti cara a cara, sería el día que quizá me lo creyera.

Adams observó a Jericho abrir de nuevo la carpeta.

–Guárdala, Jericho –le dijo en tono bajo–. No hay nada que vayas a averiguar ahí.

La mirada de Jericho decía que, para frustración suya, sabía eso mejor que nadie.

–Te has marchado de la casita.

–Pensé que sería lo mejor, por el bien de Eden.

–¿Estás con Jackson en esa granja en ruinas mientras sus caballos duermen en unos cómodos y modernos establos? Debe de resultar interesante.

A Adams no le sorprendió que Jericho supiera dónde se hospedaba.

–De momento solo tiene un establo. Se quedó sin dinero antes de poder terminar en River Trace o Belle Reve.

–¿Espera poder criar caballos en ambos sitios?

–Sería mejor decir que lo va a intentar –Adams se levantó de la silla–. Bueno, si es todo...

Jericho se levantó también y le tendió la mano.

–No soy tu enemigo, Adams. Nunca podría ser otra cosa para ti que tu amigo.

–Lo sé –Adams ignoró la mano del sheriff y le agarró del brazo para saludarlo como cuando eran niños–. Siempre lo he sabido, Jericho. Solo desearía que pudieras entender por qué las circunstancias deben ser como son.

–Quizá algún día lo entienda.

–O quizá no.

Con la pausada y contagiosa sonrisa que Jericho conocía de toda la vida, Adams se volvió, abrió la puerta y se marchó.

Capítulo Ocho

–Míralo.

Jackson dejó la brida que había reparado y tomó otra al juntarse con Adams en la puerta del establo.

–Sí –dijo en tono suave mientras miraba hacia el cercado de entrenamiento–. Míralo.

–Había olvidado las maravillas que hace a caballo –dijo Adams mientras observaba a Jefferson ejercitando a un caballo–. Si no lo conociera mejor, juraría que ese caballo y Jeffi se leen el pensamiento mutuamente.

–Sí –Jackson se echó para atrás el sombrero–. No podría haber hecho lo que he hecho de no ser por Jeffi. Desde que compré los caballos irlandeses y llevé los pura sangre a Belle Reve, ha trabajado conmigo día y noche. Lincoln también, cuando puede. Pero incluso antes del infarto de papá, Jeffi empezó con los pura sangre árabes al amanecer todos los días, y hacía lo que el viejo quisiera que hiciera allí. Luego desaparecía durante casi toda la tarde. Pero siempre sin falta, antes de que se pusiera el sol, volvía para ver cómo estaba papá y si todo iba bien en Belle Reve; después bajaba a River Trace.

–Para trabajar con los caballos –murmuró Adams sin dejar de mirar al más joven de los Cade.

–Mejor que nadie que haya visto en mi vida –Jackson colgó una brida en una percha junto a la puerta–. Sus servicios de guía rural son temporales, pero podría llegar a ser algo que le aportara cuantiosos beneficios.

–Podría –enfatizó Adams–, si pasara más tiempo haciéndolo –dejó su brida donde la había dejado

111

Jackson–. Si le sobrara más tiempo después de toda la responsabilidad que le cayó encima.

–Sí –coincidió Jackson–. Lleva así, bueno, mucho tiempo.

–Desde que yo me marché de Belle Reve –puntualizó Adams.

Jackson asintió.

–Dejó de ser un niño el día en que el juez te dio la sentencia. Fue como si decidiera que tenía que cargar con tu responsabilidad y con la suya. Ha trabajado sin descanso noche y día. No habría ido a la universidad si Gus no le hubiera metido tanta caña.

Adams se echó a reír.

–Aparte de Belle Reve y el trabajo, solo había otras dos cosas más que importaran a Gus.

–Que aprendiéramos todo lo que la señorita Mary nos enseñara y que tuviéramos una buena formación. Cómo nos las arregláramos para pagarnos lo último fue problema nuestro, pero estábamos obligados a hacerlo –suspiró Jackson al recordar–. A pesar de ser dulce, la señorita Mary podía ser a veces tan dura como el viejo. Me pegó en la espinilla tantas veces que me extraña que la vara aquella no se gastara.

–Pero nunca te hizo daño.

–No... –Jackson salió del establo al resplandor de la puesta de sol–. Pero tampoco consiguió convertirme en todo un caballero.

Tan solo otro hombre estaría de acuerdo, jamás una mujer, pensó Adams. Volvió a mirar a Jefferson.

–Trabaja en su negocio solo lo suficiente para subsistir. El resto de su tiempo y esfuerzo lo dedica a la familia.

–Ni siquiera tiene mucha vida social. Aunque no por falta de interés por parte de las mujeres. Prácticamente se desmayan a sus pies. Claro que, Jefferson no se da ni cuenta –Jackson torció la boca–. El chico lo tiene todo: atractivo, personalidad, y una asombrosa habilidad para plasmar la vida en un lienzo.

–Pero como con los servicios de guía rural, solo lo hace para sobrevivir.

Adams llevaba un mes viviendo en River Trace, y al salir el sol se marchaba a Belle Reve. Allí trabajaba sin descanso hasta el atardecer. Entonces, volvía a River Trace para trabajar más con los caballos. Jackson y Jefferson lo acompañaban siempre.

–¿De dónde saca tiempo para pintar?

–Ni idea –dijo Jackson, y seguidamente se acercó al cercado para señalarle a Jefferson que se uniera a ellos–. Pero lo hace. Deberías ver el retrato que le hizo a Robbie... Quiero decir, a Eden, por su cumpleaños.

–Jeffi –dijo Jackson–. Termina ya. El caballo está cansado, aunque tú no lo estés.

La imagen de un retrato de Eden le llenó el pensamiento. ¿Cómo la habría retratado Jeffi? ¿Qué cualidades habría destacado?

Adams daría lo que fuera para echarle un vistazo. Pero no podía y no lo haría.

–Vaya –dijo Jackson–. Parece que tenemos compañía.

–El coche de Eden –dijo Adams con cierta preocupación–. No debería venir aquí. Es demasiado peligroso.

–No ha venido, Adams –Jackson entrecerró los ojos mientras se fijaba en el coche–. A no ser que me esté quedando ciego de tanto trabajar, esos son Cullen y esa bonita camarera.

–Tienes razón –Adams se sintió alarmado de repente.

El miedo le atenazó la garganta y se apresuró a acercarse al camino para esperar el coche. Nada más detenerse el vehículo abrió la puerta del conductor.

–¿Qué pasa, Cullen? –preguntó angustiado–. ¿Por qué has venido? ¿Le ocurre algo a Eden?

–La señora está bien –lo interrumpió Cullen–, dadas las circunstancias. Por lo que se ve, quizá mejor que usted –salió del coche y cerró la puerta antes de volverse hacia Adams–. ¿Es duro, verdad? –dijo con delicadeza–. Sobre todo cuando ambos llevan tanto tiempo queriéndose.

Adams sabía lo en sintonía que estaba con todo lo que concernía a Eden, y por ello no le sorprendió que se hubiera dado cuenta de tantas cosas.

–Es duro –reconoció Adams–. Pero si he sufrido antes y lo he soportado, podré volver a hacerlo.

–También la señora. ¿Pero por qué ahora? –le preguntó Cullen con naturalidad–. ¿De qué servirá?

–Tú sabes por qué, Cullen. Sabes por qué –Adams desvió la mirada y se fijó en Merrie, que estaba apoyada en la valla del cercado–. La destrucción de la casita del río iba dirigida a mí. Quizá no podamos probarlo, pero no necesitamos pruebas para saberlo. No me puedo arriesgar a causarle más problemas.

–¿Y si ella estuviera más que dispuesta a arriesgarse? –cuando Adams no respondió, Cullen continuó–. Ese tal Junior Rabb podría haberle hecho algo antes, de haber querido. Pero no lo hizo ni lo hará. Es un cobarde y, a no ser que esté loco, no se atreverá a tocarla.

–¿Y si está conmigo cuando vaya a por mí? –Adams miró sombríamente al hombre de cara tersa–. ¿Qué pasará entonces?

–Si está lo suficientemente loco como para ir detrás de ti, lo hará por la espalda, cuando estés solo. Eso es lo que hacen los cobardes, Adams.

–No puedo aventurarme, Cullen –Adams negó lentamente con la cabeza–. Prefiero renunciar a ella a perderla para siempre. No puede ser mía. Nunca apareció en las cartas. Pero si sé que ella está en algún lugar del mundo contribuyendo a que este sea un lugar mejor, es suficiente –cuando Cullen iba a responder, Adams lo silenció levantando la mano–. Asunto terminado. ¿Solo has venido por eso? ¿O hay algo más?

Después de hablar con Merrie, Jackson apenas había escuchado la seria conversación. Se acercó a ellos y habló:

–Cullen ha venido a traernos ayuda. Parece que la pequeña Merrie es de Argentina y una experta amazona.

–Desde luego –confirmó Cullen–. Merrie es más que una experta con los caballos. Son su pasión. Por eso su madre, que era amiga de la compañera de habitación de Eden en la facultad, le pidió que acogiera a su hija. Vicente Alexandre teme que su hija se acabe convirtiendo en un gaucho, en lugar de en una señorita. ¿Y quién mejor para enseñarla a ser una dama que la señora Eden?

Adams reconoció el nombre de uno de los hombres más ricos e influyentes de la Argentina.

–¿El señor y la señora Alexandre enviaron a su hija a estudiar a Belle Terre y a trabajar de criada mientras aprende a ser una dama? –se echó a reír con suavidad–. Debes reconocer, Cullen, que suena un poco raro.

–No cuando eres la hija de Vicente Alexandre. Él piensa que todo el mundo debería saber lo que es buscarse la vida. Sobre todo su hija. Solo accedió a que viniera a Belle Terre con la señora Eden si hacía a la vez algo útil –Cullen estaba cada vez más charlatán, lo cual hizo sospechar a Adams.

–¿Así que, envían a Merrie desde Argentina para mantenerla alejada de los caballos, y de repente os parece bien que venga a River Trace a trabajar con la manada de Jackson?

–Hemos hablado de esto con su familia. No les importa que esté con caballos, mientras que no duerma ni coma con ellos y con los gauchos, como solía hacer en Argentina.

–Si conoce de verdad el tema, Merrie podría servir de ayuda –Jackson se volvió hacia la chica mientras ella se concentraba en el caballo que obedecía a la perfección las órdenes de Jefferson–. Yo les garantizo a usted y a Eden, y a los padres de Merrie, que no dormirá ni con los caballos ni con los gauchos. Además, cuando Adams llegó a la hostería, noté que la chica era inmune incluso a los encantos de Jeffi. Eso es una primicia.

–¿Entonces no le importa si viene todas las tardes a trabajar, señor Jackson?

–Llámame Jackson a secas, Cullen –Jackson sonrió y se levantó el sombrero para rascarse el corto y rojizo cabello–. Si resulta ser tan buena como dices, puede venir cuando quiera, mientras que no interfiera con sus horas de clase o su horario en la hostería.

–Eso no será un problema. Merrie es joven, pero es muy inteligente. Cuando se trata de caballos, creo que te darás cuenta de la seriedad con que acomete su pasión –le aseguró Cullen–. Así que, si no hay más que decir, creo que deberíamos irnos. La señora Eden nos estará esperando. Ah, se me olvidaba –el hombre se metió la mano en el bolsillo interior de la americana y sacó unos sobres de papel muy fino–. Aquí están.

Adams tomó el sobre dirigido a él con curiosidad. La letra no era la que esperaba. Eden le había escrito con frecuencia al principio de entrar en prisión. Tras meses de no recibir respuesta por parte de él, Eden se había dado por vencida. Adams había leído sus cartas una y otra vez, memorizándolas. Hasta que, temeroso de que se pudieran romper de tanto leerlas y no tenerlas cuando se sintiera mal, las guardó. La memoria se encargó del resto.

Adams aún conservaba aquellas maravillosas cartas. Ya no las leía, pero reconocería la letra de Eden en cualquier sitio.

–Ah, la invitación –dijo Jackson mientras tomaba la suya–. Hemos estado tan ocupados que no me había acordado de que ya se acercaba la fecha.

–¿Invitación? ¿Fecha?

Adams no esperaba que nadie lo invitara a nada.

–Es para la fiesta de cumpleaños de la señora –Cullen le dio a Adams las invitaciones de Jefferson y Lincoln–. Siempre resulta una fiesta preciosa. Huéspedes habituales de la hostería vienen de todas partes del país y a veces de otras partes del mundo para estar aquí esa noche.

–Cullen, no puedo...

El hombre alzó la mano para acallarlo.

–No la rechaces aún. Date unos cuantos días para pensártelo. Piensa en el disgusto que vas a darle y en la remota posibilidad de que Junior Rabb fuera lo suficientemente idiota como para cometer un acto violento en presencia de tantas personas importantes e influyentes.

Cullen no dijo más. Se despidió con una reverencia y le dio la espalda. Fue hacia la valla donde estaba Merrie, hipnotizada con el caballo de Jackson.

–¿Eden celebra una fiesta de cumpleaños? –Adams hizo una mueca; la idea no era típica de ella–. ¿Y, peor aún, envía a su guardián para asegurarse de que voy a ir? No. Eso no tiene sentido.

–Quizá es porque estás totalmente equivocado, hermano.

Adams miró a Jackson con escepticismo.

–Tú lo has oído igual que yo. Eden va a celebrar una fiesta y esperan que vayamos.

–Eden no va a dar una fiesta –dijo Jackson despacio, marcando las palabras, como si su hermano hubiera perdido la cabeza, o estuviera sordo–. Sabes tan bien como yo que eso es lo último que haría. Eden tiene demasiada clase para hacer algo tan interesado. Y... –enfatizó la palabra– tú deberías saber que no va a exigir a nadie que vaya.

–No –coincidió Adams–. Sobre todo a mí.

Jackson lo miró fijamente con sus ojos azul verdosos.

–Lo que quieres decir es, sobre todo no a una persona que la ha dejado plantada sin volver la vista atrás.

–Yo no la he dejado plantada.

–¿Ah, no? ¿Entonces dime, Adams, a qué llamas tú volver a su vida, despertar viejos sentimientos, para después desaparecer? –Jackson chasqueó los dedos en un gesto dramático.

–No es así –protestó Adams–. Hay circunstancias que tú no entiendes, circunstancias que...

Jackson alzó la mano, imitando a Cullen, y lo interrumpió.

–Díselo a la persona que necesite entenderlo. Díselo a Eden en su fiesta de cumpleaños. Eso le alegrará el día.

–Maldita sea, Jackson, no voy a ver a Eden. No voy a aparecer solo porque me lo ordenen.

–Bien –Jackson se cruzó de brazos, un gesto que hacía desde niño y que significaba que nada ni nadie podría convencerlo llegado ese punto–. Mientras lo explicas, hermano, tómate un par de minutos para decir también que Junior Rabb te va a impedir asistir a la fiesta de cumpleaños que sus empleados y sus huéspedes le dan cada año.

–Empleados y huéspedes –Adams se sintió como un imbécil–. Debería haberlo imaginado. Tienes razón, dar una fiesta por su cumpleaños es lo último que haría Eden.

–Tal vez te habrías dado cuenta si no estuvieras tan empeñado en no querer ver la verdad –con esa sabia explicación, Jackson se dio la vuelta y echó a andar para unirse a Cullen y a Merrie que estaban junto al cercado.

Adams miró con rabia a su hermano, preguntándose por qué el mundo entero y su familia se habían confabulado por un tema tan claro como proteger a Eden Claibourne.

–No iré –incluso pensó de sí mismo que era como un disco rayado–. Aunque sea una noche especial para Eden, no puedo ir.

Abandonó el camino y volvió al establo para enfrascarse en las tediosas tareas que se había impuesto. Cuando un Lincoln agotado se sentó en un banco junto a él, el sedán ya se había marchado.

–¿Un día duro?

–Más o menos –Lincoln se apoyó sobre la pared, cerró los ojos y sonrió–. He salvado a una yegua y a sus potrillos gemelos.

–¿Un parto difícil? –Adams dejó una cuerda raída sobre el banco.

–Y muy largo. La yegua se rindió.

–Pero los sacaste.

–Sí.

Adams le puso la mano a Lincoln en el hombro.

–Felicidades. Hablas como un papá orgulloso.

–Me siento como un papá orgulloso.

–Por cierto, Cullen ha dejado una invitación para ti –dijo Adams, intentando hablar con naturalidad.

Sin abrir los ojos, Lincoln dijo:

–Ah, será una invitación para la fiesta de cumpleaños de Eden.

–¿Cómo lo has adivinado?

–Estamos en julio, Adams –Lincoln levantó un hombro como si lo que había dicho fuera explicación suficiente–. Dentro de dos semanas estaremos ya en agosto. El cumpleaños de Eden es el día uno, y sus empleados le dan una fiesta en su honor ese día. Llevan años haciéndolo, y si Dios quiere, lo seguirán haciendo muchos más –sin cambiar de posición, Lincoln abrió un ojo y giró la cabeza lo suficiente para mirar a Adams–. Supongo que irás, ¿no? Sé que te has estado comportando como un zopenco, pero me imagino que no querrás darle un disgusto a la chica en su día.

Adams plantó las manos sobre las rodillas y preguntó enfadado:

–¿Qué demonios es esto? ¿Una conspiración o algo parecido? ¿Sois todos tan obtusos como siempre habéis querido darme a entender? ¿Es que no lo veis? ¿Acaso no lo sabéis?

–Lo que yo veo... –Lincoln siguió mirándolo con un solo ojo– son a dos personas que se aman locamente. Que siempre lo han hecho y que seguirán haciéndolo. Salvo que una de ellas es demasiado obstinada como para dejarse llevar y darle gracias a Dios.

—Hay algunos detalles a los que no estás prestando la suficiente atención.

—Junior Rabb —le dijo Lincoln—. Te diré qué clase de persona es: un cobarde charlatán que se mete con los más jóvenes y destroza objetos. Y eso solo en secreto.

—¿No crees que le hará daño a Eden? —Lincoln movió la cabeza para estar más cómodo y su sonrisa se tornó sombría—. Sabe que somos demasiados los que lo despellejaríamos vivo. Supongo que eso lo sabes, Adams. Si no, deberías. Junior desde luego que sí.

—No me puedo arriesgar.

Adams sabía cómo se sentían todos los hombres del círculo de Eden, pero eso no cambiaba nada.

—Allá tú —Lincoln apoyó las dos manos en el estómago y se quedó tan quieto que Adams pensó que se había dormido; cuando habló, Adams se asustó—. Debemos pensar en desafiar al león.

—Supongo que te refieres a Gus —dijo Adams.

—¿A quién sino? —de pronto Lincoln se puso alerta—. Hoy he estado mirando los nogales. Es raro que los árboles hayan sobrevivido, pero ahí tenemos una buena reserva de madera. Podría traducirse en millones cuando sea el momento adecuado. Y haciendo las cosas bien.

—¿Como por ejemplo? —Adams escuchaba a Lincoln cuando hablaba de la madera.

El segundo hijo de Gus Cade se había graduado en ingeniería de montes antes que en veterinaria. Y como amaba los árboles casi tanto como a los animales, era voluntario cuando había algún incendio.

—Los últimos dos años no ha llovido. Este, menos aún. El año que viene dicen que va a ser el más seco. Esos nogales son como leña a la espera de una cerilla —Lincoln miró a Adams con sus ojos grises de mirada perspicaz—. En cuanto caiga un rayo, los árboles saldrán ardiendo como si estuvieran cubiertos de gasolina.

–¿Entonces qué hacemos? –Adams le preguntó–. ¿Hacia dónde debemos desafiar al león?

–Hacia un fuego controlado.

–¿Quieres convencer a Gus de que nos permita prender fuego a los nogales para salvarlos del fuego? –Adams conocía el método de quemar la maleza para salvar los árboles más viejos; pero convencer a Gus era otro cantar–. Te deseo mucha suerte, chico.

–No me la desees a mí –Lincoln meneó la cabeza de izquierda a derecha–. Sino a ti, Adams Cade, el primogénito de Gus Cade.

–Debes estar de broma.

–Nunca bromeo acerca de los incendios, los árboles o Gus –se levantó y Adams vio lo cansado que estaba–. Gus te escuchará; al menos de momento.

–Sí, claro –soltó Adams.

–Sí, desde luego –Lincoln ahogó un bostezo y se estiró–. Como parece que aquí tenéis todo bajo control, me voy a casa –al llegar a la puerta del establo, se volvió a mirar a Adams–. Tienes que ir a la fiesta de Eden, Adams. No tienes elección.

–¿Por qué?

Adams se enfadó. Todo el mundo parecía saber qué debía y tenía que hacer mejor que él.

–Porque esa es la noche en que Jeffi le dará el retrato. Necesitas estar allí. Si no por el bien de Eden, por el de Jeffi. Dios sabe lo que ha sufrido él desde que te metieron en la cárcel, sin añadir que siente que vosotros dos estáis separados por culpa suya.

Adams se levantó del asiento, con el rostro contraído.

–¿Qué diablos quiere decir eso?

–Exactamente lo que he dicho –Lincoln no se volvió ni se detuvo–. Tienes que estar allí por Jeffi, Adams.

–No –gritó Adams en vano.

Gritaba a una puerta vacía. Incluso el cercado estaba vacío. Jefferson y Jackson estaban llevando al caballo al arroyo, para que se refrescara. Adams estaba solo con sus pensamientos. Solo para darle vueltas al último comentario de Lincoln.

La noche del primero de agosto, un golpe fuerte a la puerta de su dormitorio amenazó con echarla abajo. Pero cuando Adams la abrió se encontró con el rostro sonriente de Lincoln. El segundo de los hermanos llevaba una camisa blanca de vestir con una corbata al cuello, pero sin anudar. En el hombro llevaba colgados un chaleco color rubí y una chaqueta negra. Lincoln inspeccionó a Adams con ojo crítico.

—Bien —dijo, pasando junto a su hermano sin esperar a que este lo invitara a pasar—. Vas vestido para la ocasión. Esperaba no tener que darte una paliza antes.

—Ni en sueños, hermano —Adams se ajustó la corbata negra, y seguidamente se puso el chaleco y la chaqueta negros, que le sentaban como un guante.

—Cuando llamé a tu oficina, tu secretaria para todo me dijo que sabía exactamente qué enviarte.

—Mi secretaria para todo quizá quede en el pasado después de esta broma —Adams se pasó la mano por los cabellos.

—¿En serio que te habrías perdido esto, Adams? —dijo Lincoln con toda la seriedad del mundo—. Este es el primer retrato que hace Jeffi. La primera vez que va a compartir con el mundo lo que verdaderamente siente por alguien, y eligió a Eden —la penetrante mirada de ojos grises miró a los ojos a Adams—. ¿Podrías perderte ese momento? ¿Podrías aunque hubiera diez Junior Rabb?

Adams no contestó al principio.

—No. No me lo perdería —dijo al fin.

Lincoln se puso el chaleco y la chaqueta, y se encogió de hombros para colocársela bien. Entonces se ajustó los gemelos, levantó la vista y sonrió.

—¿Listo?

–¿Dónde está Jackson?

–Está que echa chispas dentro del coche –cruzó la habitación y esperó a la puerta, consciente de que Adams estaba posponiendo lo inevitable–. Antes de que me preguntes –empezó a decir–, Jefferson se ha marchado ya. Tiene que ver a Cullen y juntos van a colocar el retrato en una zona privada del jardín. Donde esperemos que Eden no lo vea hasta que llegue el momento de mostrarlo.

–Espera un momento –Adams entrecerró los ojos mientras se preguntaba si aquel cuadro sería un engaño para hacer que asistiera a la celebración–. ¿Eden no sabe lo del retrato?

–Por supuesto que no –Lincoln miró a su hermano como si fuera el tonto del pueblo–. ¿Si lo supiera, cómo podría ser una sorpresa?

–¿Entonces cómo lo pintó Jeffi? ¿De alguna foto?

–Quizá en parte, pero yo diría que sobre todo lo hizo de memoria –le explicó Lincoln–. Jeffi ve más con la mente que los demás con unos prismáticos.

–¿Es tan bueno? –Adams se abotonó el chaleco y se ajustó la corbata; en el espejo se encontró con la mirada de Lincoln–. ¿De verdad?

–Mejor que bueno –Lincoln sonrió–. En serio. ¿Ahora, vienes ya?

–¿No te vas a poner bien la corbata?

Lincoln suspiró y giró los ojos.

–No, voy a buscar a la señorita Mary y le voy a dejar que lo haga ella. Le gusta regañarme y quejarse porque nunca fui capaz de dominar el arte de hacer el nudo.

–No me tomes el pelo –Adams finalmente fue hacia la puerta.

–Y qué –Lincoln se encogió de hombros–. A la chica le hace feliz pensar que la necesitamos. ¿Qué tiene de malo?

–No me extraña que tú fueras su favorito.

–No lo era.

–Sí que lo eras.

Los dos se echaron a reír y sus risas retumbaron en la gran casa.

–¿Te he dicho que Jericho y todos sus hombres estarán en guardia? O, mejor dicho –rectificó–, habrían estado allí de todos modos. Pero esta vez están haciendo el papel doble de invitados y protectores.

Adams se quedó inmóvil.

–¿Entonces Jericho está tan preocupado como yo?

–No está preocupado. Solo quiere ser cauto. Y por eso mismo ha llamado a un grupo del condado vecino para que patrullen la finca –anticipándose a la pregunta de Adams, añadió–. El río también. ¿Estás contento?

Adams respiró hondo.

–Sí.

–Bien –le echó el brazo a Adams y se echó a reír–. ¿Bueno, por dónde íbamos?

–Porque no lo era.

–Sí que lo eras.

Sin parar de reír, los dos hermanos se unieron a Jackson en el coche. Esa noche, el mayor de los hijos de Gus Cade le rendiría tributo al más pequeño de sus hermanos.

Capítulo Nueve

La música les llegó antes de salir del coche de Jackson. Antes de que el reservado joven vestido de librea los saludara con cortesía y les tomara las llaves.

–Esto debe de ser obra de Cullen –declaró Lincoln a la entrada de River Walk.

La escena que tenían delante podría haber sido sacada del lienzo de un espléndido cuadro.

–¿La casa, los jardines, la música, o la mesa de la comida de más de quinientos metros de largo? –preguntó Jackson.

–Todo ello. ¿Alguien quiere apostar? –Lincoln miró de un lado a otro, desafiando a sus hermanos.

–No apuesto con lo que estoy seguro –Jackson sonrió.

–¿Y tú qué dices, hermano? –Lincoln le dio un leve codazo a Adams; cuando este respondió con la mirada perdida, Lincoln añadió–. ¿Por qué no vas a buscar a Eden? Por el camino, si ves a Jeffi con su habitual círculo de admiradoras, dile que nos veremos junto al bol de ponche de Cullen dentro de una hora.

–Sí. Creo que haré eso.

Sin decir más Adams se separó de sus hermanos y paseó la mirada por el distante jardín, buscando una cara entre las pocas que habían empezado a agruparse.

–¿Crees que se ha enterado de lo que estaba diciendo? –le preguntó Lincoln a Jackson mientras los dos hombres observaban a Adams cruzando el césped, ajeno a las miradas de interés que lo seguían al pasar.

125

–No. Sobre todo después de decirle que se fuera a buscar a Eden –Jackson ya estaba seleccionando a la primera de sus parejas de baile–. Pero Jeffi nos buscará. Y estoy seguro de que la señorita Mary te está esperando.

Dejó a Lincoln solo cuando vio que se acercaba la primera que había elegido con la mirada.

Los jardines estaban cuidadosamente engalanados. Pero Adams estaba demasiado nervioso para fijarse en los jardines. Ni tampoco notó las coquetas miradas que las mujeres lanzaban en dirección suya. Fue Jericho el que primero le llamó la atención, con una mirada larga y tranquilizadora que le dijo que todo estaba en orden.

Y bien protegido.

Entonces Adams la vio. Eden estaba más preciosa de lo que recordaba haberla visto jamás, con un vestido propio de una fantasía. Un vestido elegante, del incitante color de la bruma del río al anochecer. Un tono lavanda, pero algo más oscuro y más luminoso que el violeta. La tela se ceñía a sus pechos, se fruncía a la cintura, y después le caía discretamente hasta los tobillos. Unos tirantes tan finos que podrían haber sido producto de la imaginación sostenían un escote discretamente provocativo.

Llevaba el pelo recogido en una masa de bucles sobre la cabeza, y algunos finos mechones estaban empezando a soltarse del pasador de oro, perlas y amatistas. El suyo era un estilo sofisticado que sin embargo lo invitó a acariciarla y a besarla. Pero aún había más. Llevaba una exquisita hilera de perlas, entrelazadas con amatistas y oro, que le colgaba hasta la cintura. Y mientras las perlas, el oro y las piedras le acariciaban los pechos con cada sutil movimiento, ningún hombre podría olvidar que bajo la elegancia y el refinamiento, Eden Claibourne era una mujer de los pies a la cabeza.

Estaba claro que a ningún hombre le había pasado eso, y Adams sintió la punzada de los celos al ver cómo uno detrás de otro, todos los caballeros se acercaban a besarle la mejilla o la mano. Un señor mayor y muy distinguido irritó a Adams porque primero la besó y luego la abrazó con afecto. No sirvió para aplacar su rabia que el hombre saludara a las demás señoras del mismo modo.

Se abrió paso entre el cada vez más nutrido grupo, saludando aquí y allá con el encanto que le había sido de gran valía en muchas y tensas reuniones. Pero Adams se resistió a conversar y así llegó por fin adonde estaba Eden.

–¡Adams! –su rostro se iluminó–. Has venido. Pensé que no lo harías. Tenía miedo de que pensaras que no debías.

–Intenté no venir. Sabía que no debía –sonrió con pesar, incapaz de apartar los ojos de ella.

–Me alegro.

Eden le tomó la mano y le examinó la palma y los callos que le habían salido, los arañazos, las uñas partidas. Cuando lo soltó por fin y lo miró a los ojos, Adams notó que estaban más brillantes.

–Pobres manos. Jefferson me dijo que estabas levantando las vallas en los pastos de atrás, esperando que el ganado os proporcione buenos ingresos.

–Lo hemos estado haciendo. Bueno, todavía seguimos –Adams se atrevió a rozarle las pestañas y atrapó en la palma de la mano una gota–. Cariño, a mis manos no les pasa nada que no les haya pasado antes. Tantas veces que ya no me acuerdo.

–Lo sé –dijo Eden con voz temblorosa–. Solo es que no estaba preparada...

El cuarteto de cuerda eligió ese momento para poner fin a una breve pausa. La música era suave, tan perfecta y acorde con la fiesta como con Eden y con el marco del jardín.

–Debería dejarte con tus invitados –dijo Adams, intentando distanciarse de ella.

Pero lo que hizo fue abrazarla y pegar la cabeza a la suya. Eden sintió su cálido aliento sobre la cara cuando él le susurró:

–Feliz cumpleaños, mi preciosa Eden.

Su intención había sido besarle suavemente en la mejilla, pero al girar la cabeza Eden le ofreció su boca. Una tentación demasiado dulce como para resistirse a ella, donde fuera y cuando fuera.

Le rozó los labios, deseoso de continuar pero sin atreverse a hacerlo. Mientras se apartaba Eden ella le echó una mano al cuello.

–Quédate. Quédate conmigo esta noche.

A Adams se le aceleró el pulso. La fuerza de aquel ritmo amenazó con romperle el pecho.

–No, Eden.

Con la otra mano le tapó la boca.

–Solo mientras dure la fiesta –le dijo con mirada suplicante–. Sé que estás convencido de que la gente hablará. Sé que no quieres que te relacionen conmigo. Pero lo harán, Adams. Hagamos lo que hagamos. Los que rumoreen se inventarán de todos modos lo que no vean u oigan. ¿Así que por qué no les dejamos que digan la verdad cuando quieran cotillear? –con el dedo le trazó el contorno de los labios, siendo esa caricia tan tentadora como un beso–. ¿Acaso son unos cuantos rumores un precio demasiado alto por pasar una velada el uno en compañía del otro? Hemos sido amigos toda la vida. ¿No podemos volver a serlo? Solo amigos. ¿Solo por esta noche?

Se quedó callada, esperando, sin apartar ni un segundo la vista de Adams. Para Eden no había nadie más en el jardín. Ese día era su cumpleaños y la respuesta que Adams pudiera darle podría ser el mejor regalo de todos.

Todo lo que Eden necesitaba estaba allí, en sus ojos, en la suave curva de sus labios. Solo un tonto no se daría cuenta. Solo un tonto se negaría.

Adams Cade había sido muchas cosas, pero tonto no era una de ellas.

–Sí, cariño –dijo en un susurro–. Me quedaré. Hasta que se vaya el último invitado, me quedaré.

Eden sonrió y la calidez con la que le agarró del brazo fue suficiente para que mereciera la pena arriesgarse.

–Han venido algunos de tus antiguos compañeros de clase. Cullen me ha dicho que están ansiosos por charlar contigo –lo miró–. ¿Te importaría mucho?

–No me importa –supuso que en realidad sí que le importaba pero, aunque fuera una locura, con Eden a su lado, los problemas se volvían insignificantes–. ¿Quién está aquí? He visto a Jericho, por supuesto.

–Acompáñame, Adams, y lo verás.

Caminó junto a él, como un sueño vestido de crepúsculo. El suave roce de sus pechos junto al brazo de Adams fue como un susurro encantador, como un recuerdo delirante. Eden tenía una risa dulce, inconscientemente seductora. Por primera vez en muchas semanas, Eden Claibourne se sintió feliz.

Mientras paseaban, Eden le iba diciendo nombres, contándole un poco de cada persona que identificaba. Pero al final, Adams empezó a reconocer a la gente sin equivocarse.

–Blaine –exclamó Adams con deleite mientras saludaba a uno de sus antiguos compañeros de clase–. ¿Cómo estás? ¿Qué tal la pequeña Melanie? Aunque supongo que ya no será tan pequeña.

Eden era más joven que ellos, pero recordaba que Blaine Ellington y una chicha cuyo nombre había olvidado se habían casado muy jóvenes y habían tenido una niña antes de graduarse. Y estaba claro que Adams lo recordaba todo.

Blaine contestó, claramente contento de que Adams lo hubiera recordado.

–Tiene diecinueve años.

–¿Diecinueve? –Adams levantó las cejas–. Sé que es un tópico, pero qué rápido crecen. ¿Y Cindy?

–Nos divorciamos hacer diez años. Ni Melanie ni yo tenemos contacto con ella desde entonces.

Esa primera conversación se fue repitiendo con los

demás, ya que todos tenían ganas de hablar con Adams. Nadie lo juzgó, ni comentó nada desagradable. La fiesta se convirtió en una discreta celebración por la vuelta de Adams Cade, y él era demasiado gentil como para interrumpir el flujo de personas que se le acercaban para saludarlo o para recordar viejos tiempos. Fue Eden la que finalmente interrumpió todo aquello.

–Creo que este es mi baile –le tomó la mano a Adams y se volvió hacia el grupo–. ¿Nos excusáis?

Eden lo condujo a la pista en el patio. Adams la tomó entre sus brazos y Eden le dedicó la más dulce y misteriosa de las sonrisas.

–Te quieren, Adams. Nadie te ha juzgado. Ninguno de los amigos que has saludado esta noche cree que fueras capaz de lo que Junior Rabb te acusó de hacer. Se les notaba en la cara y en cómo hablaban.

–Lo que viste fueron las enseñanzas de la señorita Mary –dijo Adams mientras daban vueltas por la pista.

–Aparte del estupendo trabajo de la señorita Mary, creo que había algo más.

–Cariño –inclinó la cabeza hacia ella, y le rozó la frente con los labios–. Hazme un favor.

–Lo que quieras.

–Cállate y déjame bailar, solo contigo.

A Eden se le aceleró el pulso al oír la sugerente insinuación. Entonces, embelesada, echó la cabeza hacia atrás y se echó a reír.

–Desde luego –la mejilla le rozaba la solapa de la americana de Adams–. Será un placer para mí, mi querido señor.

–No, mi amor –dijo Adams mientras sus cuerpos se movían al compás, y tan cerca que el vestido lavanda no era más que un preludio de seducción–. El placer es mío.

Si alguno de los presentes no se había fijado todavía en ellos, la risa de Eden les llamó la atención como un imán. Incluso Cullen, Merrie y el resto de los camareros se detuvieron a mirar.

En ese momento, el resto de los Cade se habían librado de sus admiradoras y estaban sentados juntos en una mesa aparte. Una mesa en la que, además de un precioso arreglo floral, había un bol enorme lleno del ponche de Cullen; un exótico y brillante líquido que de tan rojo oscuro que era parecía negro.

–Míralos –dijo Jackson momentos antes de dar un trago–. Se mueven como si fueran una sola persona.

–Como si estuvieran hechos el uno para el otro –añadió Lincoln.

–Como deberían haber estado durante los pasados trece años –dijo Jefferson con amargura, pero ni Jackson ni Lincoln comentaron nada.

–¿Qué te pasa, Jeffi? –dijo Jackson y seguidamente dio un trago de ponche y se atragantó; cuando dejó de toser le dijo–. Deberías estar bailando. Dios sabe que no te faltará pareja, si eres capaz de hacerle un poco de caso a las damas.

–Esta noche no –dijo Jefferson–. Estoy demasiado nervioso. No hago más que pensar en lo que dirá Eden cuando Cullen descubra el retrato. ¿Y si no le gusta nada?

–Le gustará –Lincoln tomó una copa vacía de la mesa para probar el ponche de Cullen, ya que Jackson seguía de pie.

–No podéis estar tan seguros –le respondió Jefferson.

–Sí que podemos –Jackson dio otro trago que pasó sin dificultad; sonrió perezosamente y miró a Jefferson–. Lincoln y yo somos mejores jueces de tu trabajo que tú mismo.

–Exacto –dijo Lincoln con voz ronca y llevándose la mano al estómago, como si esperara encontrar un agujero–. Es natural que estés inquieto. Pero si das unos tragos del brebaje mágico de Cullen, te garantizo que se te pasarán los nervios.

Jefferson se echó a reír y se relajó visiblemente, tal y como sus dos hermanos pretendían. Aquella conversación, o una parecida, había acompañado los primeros tragos del ponche de Cullen durante los cumpleaños de los últimos siete años que Eden había celebrado en River Walk.

Jefferson se llenó la copa y se la bebió de un trago. Entonces, con cara seria, como si no le hubiera afectado, se burló de sus hermanos.

–Si no podéis aguantarlo, hermanos, allí hay un par de mesas con refrescos –entonces hizo una mueca y torció el gesto–. Pero, teníais razón, Lincoln, se me han pasado los nervios. Ahora lo que tengo es el estómago en llamas.

–Pero te encanta –Cullen se colocó junto a Lincoln–. Y, además, es seguro que te quitará los nervios.

Saltándose la etiqueta, Cullen se llenó una copa y se la bebió de una sentada. Dejó la copa sobre la mesa y se limpió con una servilleta.

–Sí, Adams y la señora Eden se mueven como si fueran un solo cuerpo. Y creo también que están hechos el uno para el otro. Si las circunstancias hubieran sido otras, llevarían juntos todos estos años. Pero entonces yo no estaría aquí, y no iríamos a descubrir el retrato esta noche –se sacó un reloj del bolsillo y le echó una ojeada–. Por cierto, en este mismo momento.

–¿Estás listo?

Jefferson notó que los nervios no habían desaparecido.

–Dame cinco minutos –dijo Cullen–. Después llama a tu hermano y a la señora y tráemelos.

Cuando se marchó Cullen, Jackson comentó:

–Cullen debe de haber probado el ponche demasiadas veces mientras lo estaba preparando. Está muy locuaz esta noche. No creo haberle oído hablar tanto de una vez desde que llegó a Belle Terre con Eden.

–¿Locuaz? –Lincoln giró los ojos y le guiñó uno a Jefferson–. No creo que sea el único al que le ha afectado el ponche. ¿Ha dicho locuaz nuestro hermano?

—Ah, dejadme —protestó Jackson—. Es una palabra estupenda.

—Y difícil de pronunciar —Jefferson sonreía de nuevo, tal y como sus hermanos pretendían.

Adams no sabría decir cómo, si bien por que se había corrido la voz o por arte de magia, los invitados empezaron a dirigirse hacia una zona del jardín particularmente apartada. Donde, rodeado de robles gigantes iluminados con farolas desde el atardecer, esperaba un caballete de madera oscura. Flanqueado por macizos de acebos y macetas de hortensias, la cubierta de terciopelo azul oscuro arrancó exclamaciones sobrecogidas de las señoras.

Pero la más sorprendida de todas fue Eden. Se volvió hacia Adams como si él conociera la respuesta a un montón de preguntas. Pero él se limitó a asentir y a levantar las cejas con gesto inocente. Incluso Jefferson se mostró igualmente inocente mientras Cullen se adelantaba y colocaba una mano sobre el caballete.

—Muy de vez en cuando una bella criatura y un gran talento se aúnan en el mismo lugar y en la misma época —la mirada del isleño se posó en Jefferson, y luego en Eden—. Cuando esa reunión única tiene lugar, se nos bendice con un placer tan inmenso como este. Señores y señoras, Eden Roberts Claibourne retratada por Thomas Jefferson Cade —dijo Cullen.

Entonces tiró levemente de la tela dejando al descubierto una pintura de una chica envuelta en la magia de un jardín nebuloso. Una joven con un vestido blanco, largo y suelto. Una joven de dorados bucles y el hechizo del amor reflejado en sus pálidos ojos grises. Era Eden, tal y como apareció la noche de su debut. Antes de que Adams le hubiera sido arrebatado.

Tras una exclamación colectiva, el jardín se quedó en silencio. Entonces la gente empezó a aplaudir.

Eden se había quedado inmóvil, agarrada a Adams, buscando a Jefferson con la mirada. Entonces lo encontró y fue hacia él. Eden le tomó la mano y se puso de puntillas para darle un beso en la mejilla.

–Gracias –le susurró al apartarse–. Es precioso. Jamás he estado tan bella.

–Lo estabas. Lo estarías ahora, si el pasado fuera distinto –Jefferson la miró a los ojos–. Puedes volver a estarlo, si logras que ocurra.

–Lo sabes, ¿verdad?

–¿Que amas a mi hermano? –Jefferson inclinó la cabeza ligeramente–. Siempre lo he sabido.

–Me pintaste como creíste que estaría si todos mis sueños se volvieran realidad.

–He pintado a una muchacha que se convirtió en mujer y que sigue viviendo, y aun así espera a su amante para que haga de ella una mujer completa –le apretó la mano–. Puede ser así, Eden. Todo lo que ha pasado antes de esta noche podría resolverse si Adams...

–¡Jefferson! –la señorita Mary le golpeó suavemente en el hombro con el bastón, interrumpiendo la conversación–. Bueno... –la viejecita lo miró con intensidad–. ¿Acaso no llevo años diciéndote que estás echando a perder un don de Dios en esos pantanos?

Eden no oyó nada más al tiempo que se veía rodeada por un grupo de curiosos amigos.

–No, no posé para el cuadro –contestó–. Claro que sí, yo me he quedado tan sorprendida como cualquiera –respondió a otra persona.

Por entre las cabezas de los que la rodeaban, Eden miró a Adams y le sonrió. Y fue una sonrisa que le dejó sin aliento. Una sonrisa que lo empujó a mirar de nuevo el retrato donde Eden miraba al mundo, tal y como acababa de mirarlo a él.

Una sonrisa que convertía en humo sus buenas intenciones. Con gran inquietud, esperó y observó, hasta que Jefferson fue junto a él.

–¿Bueno, hermano, qué te parece? –dijo Jefferson en voz baja.

Le echó el brazo por los hombros y le dio un abrazo.

–Creo que tienes un gran talento, Jeffi, y la señorita Mary tiene razón; estás perdiendo el tiempo allí enterrado en los pantanos, e incluso en Belle Reve.

–¿Dónde más podría ir, Adams? –la expresión de Jefferson se volvió sombría–. ¿Qué más puedo hacer?

–No, Jeffi –Adams le agarró del hombro y le sacudió levemente, animándolo a razonar–. La cuestión es, qué es lo que no puedes hacer. Tienes que mostrar tu talento al mundo.

–Gus me necesitaba. Todavía me necesita.

–Gus está reponiéndose. Esta vez ha tenido suerte. Si se cuida un poco más, lo más probable es que no vuelva a tener otro infarto. Sobre todo desde que Belle Reve vuelve a ser solvente y a funcionar como antes.

–Gracias a ti, Adams. Con tu trabajo y el dinero de la sociedad que has metido en las arcas de Belle Reve, has conseguido sacarla adelante –Jefferson miró a Eden, después al retrato y por último de nuevo a Adams–. Como siempre, sacrificando tus propios sueños.

–¿Y eso significa que tú no puedes tener los tuyos propios? ¿Que no puedes conseguir lo que tanto sueñas? –Adams sabía que estaba perdiendo la batalla y que aquel no era ni el momento ni el lugar idóneos para persuadirlo–. No importa, sé cuál es tu respuesta. Pero mira lo que has hecho. Hasta el hombre más reservado del mundo reconocería el inmenso talento escondido tras el retrato de Eden. No sé cómo conseguiste hacerlo de memoria –echó una mirada al retrato y se estremeció–. Pero lograste captar algo notable y único.

–La pinté como sé que estaría si pudiéramos dejar el pasado atrás –declaró Jefferson con serenidad.

–Creo que quizá podamos, Jeffi –Adams le puso la

mano en el hombro–. Junior lleva tanto tiempo callado que he empezado a tener esperanzas de que el destrozo de la casita fuera su único acto vandálico. He pensado que tal vez se haya dado cuenta que su venganza no vale la pena. Esta fiesta, con el modo en el que me han recibido las personas que importan, y ahora el retrato, tu retrato de Eden, me han demostrado que, quizá, pueda volver a casa.

–La actitud de Gus no ha cambiado, Adams. Aunque has trabajado mucho, lo que siente hacia ti no ha cambiado.

–Me importa –reconoció Adams–. No te voy a decir que no. Pero la opinión de una persona, aunque sea la de un padre que me llamó marginado, finalmente no es lo más importante en mi vida.

–No –Jefferson sonrió–. Lo más importante de tu vida está de pie junto a la fuente. Si tienes la mitad del sentido común que creo, no la harás esperar ni un minuto más.

–Yo estoy de acuerdo –Jackson le echó el brazo por los hombros al más pequeño de los hermanos–. En realidad, si yo tuviera a alguien como Eden esperándome, me metería corriendo en la...

–Cuidado, pelirrojo, hay muchas damas alrededor –Lincoln completó el círculo–. Pero yo también pienso lo mismo que mis hermanos.

–¿Entonces a qué estoy esperando? –Adams se preguntó en voz alta.

–No tengo ni idea –Jackson, siempre el último en hablar, sonrió.

Eden había conseguido escapar del grupo que se había formado alrededor suyo y del retrato.

Estaba sola junto a la fuente, dejando que el sonido del agua y el hipnótico movimiento amenizaran la espera. No se sorprendió al sentir las manos de Adams rodeándole la cintura y abrazándola. Sabía que iría. Desde el momento en que la había mirado estando ella junto al retrato, llevaba esperándolo.

Al inclinarse sobre su pecho, notó que el olor a perfume caro del acicalado hombre de negocios había desaparecido. El hombre demasiado correcto que había sentido que debía probarse a sí mismo y al mundo entero su valía se había desvanecido por fin.

Aquel era Adams, no menos espléndido, no menos maravilloso, pero algo menos perfecto. Adams, con sus cabellos negros bien peinados pero no exageradamente, con la expresión menos controlada y tensa. Adams, que olía a aire fresco, a sol y a jabón. Simplemente Adams.

—Sé que es tu fiesta —le susurró al oído—. ¿Pero crees que podríamos escandalizar a los buenos ciudadanos de Belle Terre escapándonos un rato?

Eden se dio la vuelta y le echó los brazos al cuello.

—Pensé que no me lo ibas a pedir nunca.

—¿Conoces algún lugar en particular? —le preguntó.

—Cullen sugirió que quizá quisieras ver las nuevas reformas que hemos hecho en la casita del río.

—¿En la casita del río? —dijo Adams sonriendo.

—Por si acaso querías, dejó una botella de champán enfriándose en el dormitorio —dijo Eden en el mismo tono—. Para brindar por mi cumpleaños.

—Ah, sí, tu cumpleaños. No te he comprado ningún regalo —la besó en los ojos, la nariz, las comisuras de los labios—. ¿Me perdonas?

—Estoy segura de que se nos ocurrirá un modo de redimir tus pecados —Eden deslizó las manos por el chaleco de Adams.

Le echó el brazo a la cintura y juntos tomaron el camino hacia la casita.

Adams esperaba sentir una punzada de tristeza por los destrozos que por culpa suya habían hecho en la casita. Pero la reforma era demasiado completa y la noche demasiado espléndida como para sentir ningún tipo de pesar.

—La colección de tu padre —dijo, examinando uno a uno los reclamos de caza—. Tan bien como antes.

—Cullen encontró a alguien que los restauró —Eden se acercó a él, agradeciendo que el isleño hubiera comprendido que Adams debía ver con sus propios ojos que el vándalo no había hecho nada que no hubieran podido reparar—. Encontró a otros artesanos que restauraron las pinturas e incluso las telas. El cristal y otros objetos insignificantes fueron las únicas cosas que no pudieron ser restauradas. Así que, como ves mi querido Adams, todo está tan bien como antes.

—¿Pero... —Eden ladeó la cabeza y otro mechón se soltó del pasador que llevaba en la cabeza— vamos a pasar el resto de la noche hablando de la casita? —le dedicó una pícara sonrisa y se dirigió a la puerta de la habitación—. Si no se te ocurre nada mejor, creo que tomaré una copa de champán. Hablar da mucha sed.

—Tenemos otras cosas que discutir aparte de la casita —la agarró de la muñeca y tiró de ella—. Como por ejemplo, esto —metió el dedo por debajo de uno de los tirantes del vestido y le acarició desde el hombro hasta el nacimiento del pecho—. ¿Sirven para algo, o son simplemente una provocativa decoración?

—Oh, sirven para algo, te lo puedo asegurar —Eden se estremeció mientras él continuaba acariciándola.

—¿Por ejemplo para volverme loco, con este vestido? —sugirió suavemente—. Por eso te has puesto este intrigante vestido lavanda, ¿verdad? Para fascinarme y provocarme, hasta que no pudiera ya recordar nada de lo que me hubiera prometido a mí mismo. ¿No es así, amor mío?

—Sí... —dijo Eden sin aliento.

El pulso que latía en su garganta le dijo que había caído en su propia red.

–¿Y ahora qué, dulce Eden?

Adams abandonó los finos tirantes y pasó los dedos por el borde del escote, entreteniéndose con el canalillo entre los pechos. Cuando Eden se estremeció y ahogó un gemido, él se echó a reír con deleite.

–¿Una hechicera atrapada en su propio encantamiento? Me pregunto qué debes hacer.

–Esto.

Tal y como había hecho él, metió un dedo bajo un tirante y se lo bajó, y luego hizo lo mismo con el otro. Con los brazos cruzados sobre los pechos se quitó el vestido. Cuando quedó en el suelo como un brillante y colorido charco, se quedó solo con las perlas y un tanga como los que debía de usar para tomar el sol. Lenta y provocativamente, sin apartar la mirada de él, Eden se llevó las manos a los cabellos.

–Deja que lo haga yo.

Adams no se movió, esperando su respuesta.

Eden dejó caer las manos a los lados y se quedó allí, con naturalidad, mientras él la devoraba con la mirada. Tal y como había ocurrido antes, allí no había sitio para el pudor.

Adams le quitó el pasador y dejó que sus cabellos cayeran libremente sobre sus hombros, su espalda y sus pechos. Adams le enredó los dedos en la brillante melena y le levantó la cabeza; entonces la besó ardientemente. Al mismo tiempo empezó a tocarla, a acariciarle los cabellos, la cara, el cuello, el cuerpo entero. Un segundo de vacilación en su cintura, y la última barrera para poseerla totalmente cayó al suelo.

–Eden.

Solo murmuró su nombre mientras la besaba como nunca la había besado.

Eden, antes de perder la razón totalmente, susurró con júbilo:

–No te vas a marchar. No estarías aquí, ni acariciándome, ni me harías el amor si fueras a hacerlo.

–No, mi amor –Adams la estrechó entre sus brazos–. No voy a ningún sitio, excepto al dormitorio contigo.

–Es este el regalo que me das.

–Sí –le prometió–. Y también a mí mismo.

En el dormitorio en penumbra, lejos de los juerguistas y del bullicio, un marginado se dio cuenta que no era tal cosa, y que nunca lo sería mientras hubiera amor en los ojos y en el corazón de la única persona que le había importado de verdad. Entre sus brazos, el hombre que una vez fuera dulce y delicado, que había aprendido a ser duro y severo en un mundo que exigía tales cosas para sobrevivir, descubrió que la dulzura que llevaba dentro no había desaparecido del todo.

Mientras ella tiraba de él, Adams pensó que, por fin, el hombre que había sido había esperado a sentir sus dulces caricias, sus cautivadores besos y su confianza en él para volver a vivir.

Y al creer en todo ello había encontrado la paz.

Cuando ella le susurró que lo amaba, Adams encontró de nuevo su alma perdida.

En la apacible acogida que le brindó su cuerpo, Adams encontró la esperanza y los sueños de futuro.

Eden era su futuro y todo lo que siempre había deseado y desearía.

–Sí, Eden –suspiró desde lo más hondo de su corazón–. Mi único amor.

Capítulo Diez

–¡Qué diablos!

Adams pegó un tremendo frenazo y el coche de Jackson patinó de tal modo que solo un experto como él sería capaz de controlar.

Cuando el vehículo se detuvo, Jackson, Lincoln y Jefferson se quedaron mirando el cielo rojo de la medianoche.

La fiesta de Eden había terminado minutos antes y Adams había sido designado como conductor, aparte de ser el blanco de todas las bromas de sus hermanos. Pero en ese momento todos se quedaron tremendamente serios.

–Un incendio... –susurró Lincoln–. Y grande.

–O en River Trace o en el establo –dijo Jackson con voz entrecortada–. Quizá en los dos sitios.

–Mis caballos –dijo Jefferson muy angustiado.

–Quizá no sea demasiado tarde –Adams pisó el acelerador y avanzó a toda velocidad por la carretera.

Cuando finalmente llegó a River Trace, altas llamas rozaban el cielo.

Oyeron el frenético relinchar de los caballos incluso antes de detener el coche junto al incendio. El establo ardía por todas partes. Milagrosamente, con un tiempo que habría trasformado el campo en yesca, la casa estaba intacta.

Cuando salieron del coche, vieron que los gritos de los caballos no salían del establo. Jackson señaló un pasto donde los animales corrían nerviosamente de un extremo a otro de las vallas.

Se dio la vuelta y miró el establo, un esqueleto en llamas.

–Alguien ha salvado toda la manada.

–¡Ahí está! –Adams gritó por encima del estruendo de los maderos que se precipitaban al suelo, y señaló hacia la casa.

–Merrie –Jefferson fue el primero en verla; fue hacia ella, le pidió la manguera y siguió echando agua sobre la casa–. ¿Te has hecho daño?

Claramente agotada, la joven protegida de Eden negó con la cabeza. No era el momento de dar explicaciones. Los caballos estaban a salvo, con el establo ya no había nada que hacer, pero con la casa aún podían intentarlo.

–¿Cómo es que estabas aquí? –Jackson y Lincoln estaban con los caballos y Adams en la cocina, limpiándole una quemadura que Merrie Alexandre tenía en la muñeca–. Jackson ha tenido suerte de que estuvieras aquí. ¿Pero cómo es que viniste?

–Me gustan más los caballos que las fiestas –Merrie se encogió de hombros con gracia, a pesar de la capa de hollín que la cubría–. Cuando terminé mis obligaciones en la hostería, vine a charlar con los caballos. Espero que al señor Jackson no le importe.

Jefferson le puso delante un vaso de agua fría.

–¿Importarle? Creo que más bien le apetecería besarte, Merrie.

–No, gracias –Merrie sacudió su cabellera rizada–. Eso de besar no me interesa.

–A no ser que sea a un caballo –dijo Adams sonriendo.

El sonido de una sirena se anticipó a la respuesta de Merrie.

–El cuerpo de bomberos y, si no me equivoco, Jericho no tardará mucho –Jefferson le acercó el vaso a la chica–. Será mejor que te bebas esto. Vas a tener que explicar varias veces que estabas en el compartimiento con el semental y oíste, pero no viste, a quienquiera que provocara el incendio.

–Jericho es muy puntilloso... Querrá que le des to-

142

dos los detalles –Jefferson hizo una mueca al recordar la historia de Merrie–. Hasta las líneas de teléfono cortadas y cómo conseguiste sacar una manada de caballos asustados de un establo en llamas. Y de paso cómo se te ocurrió dirigir la manguera hacia la casa para impedir que ardiera también.

–Estás exhausta, Merrie. Yo le contaré primero todo lo que pueda. Así el interrogatorio contigo será más rápido –Adams tapó el frasco de linimento que había sacado del botiquín de Jackson, le dio a Merrie una palmada en el hombro y se levantó–. ¿Jefferson? –le dijo a su hermano.

–Yo cuidaré de ella, Adams –Jefferson lo miró sin vacilación–. Ve a recibir a Jericho y cuéntale todo lo que necesite saber.

Trece días después Jericho dejó sobre su mesa el archivo que contenía todo lo relacionado con el incendio de River Trace.

–Todos los expertos de que disponemos han pasado semanas examinando el establo de Jackson. El análisis final dice todo lo que hay que saber sobre el incendio. Pero no quién lo provocó.

–Sabemos quién fue, Jericho –Adams miró por la ventana que daba a la calle principal de Belle Terre.

–Lo que sepamos da lo mismo, Adams. No puedo arrestar a Junior Rabb sin pruebas.

–Entonces él seguirá yendo a por mí o a por las personas que me rodean mientras siga aquí. Y siempre ideará una buena coartada.

–Cometerá un fallo –declaró Jericho con voz ronca–. Tarde o temprano lo hará.

–Quizá, pero no puedo arriesgarme a que le haga daño a nadie antes de que eso ocurra.

–A tu familia –dijo Jericho–. O a Eden.

Adams siguió mirando por la ventana.

–Ella es la que más me preocupa. Mis hermanos se saben cuidar solos.

—Eden tiene a Cullen. Él sería un poderoso disuasorio, incluso para una rata de alcantarilla como Junior Rabb. Pero claro —añadió Jericho—, no puede estar con ella cada momento del día.

—Hay una solución mejor —Adams fue hacia la mesa y se puso frente a Jericho—. Una que debería haber tomado hace semanas ya.

—Marcharte de Belle Terre —en calidad de sheriff, Jericho sabía que era la mejor solución; Rabb no había molestado a ninguno de los Cade antes de llegar Adams—. ¿Entonces qué hay de Gus y de la plantación?

—Gus mejora día a día. En cuanto el hospital le envió a unas enfermeras a las que no puede intimidar, empezó a comportarse como es debido y a progresar tremendamente. De momento, Belle Reve es económicamente solvente. Y, por irónico que parezca, después de provocar un incendio controlado, en un par de años se puede sacar la madera suficiente de algunas de las fincas de atrás para poder mantener un negocio razonable durante años —Adams se encogió de hombros—. Podría haberme marchado hace ya varias semanas, pero pensé...

—En Eden —dijo Jericho, explicándolo todo.

—Sí —Adams miró por la ventana.

—¿Se lo has dicho?

—Solo la he visto una vez desde el incendio. Vino a River Trace. Le pedí que no volviera.

—¿Entonces cuándo se lo dirás?

—Se lo diré mañana, cuando me vaya.

La silla chirrió cuando Jericho se inclinó hacia delante.

—¿No te parece un modo algo brusco? Le va a doler mucho.

—Lo sé —Adams se miró los puños, como si no supiera qué hacer con ellos—. Cuanto antes me marche, antes cesará la venganza.

—Va en contra de tus principios, retirarte de una pelea, ¿no? No recuerdo haberte visto empezar una en el pasado; pero de lo que estoy seguro es de que nunca huiste de una –Jericho miró a Adams detenidamente, esperando una reacción que no llegó.

–Esto ya no es el pasado. Hay más en juego de lo que yo quiero. Por el bien de los inocentes, mi única elección es decir adiós. Y empezaré ahora mismo –extendió la mano y sonrió brevemente cuando el sheriff se la estrechó con brevedad–. Eres la única persona que conozco que sea más grande que Cullen. ¿Lo ayudarás a cuidar de ella?

–Sabes que sí.

–Supongo que es cierto –Adams abrió la puerta de la oficina.

–Adams –Jericho esperó hasta que su amigo se volvió–. Nunca te pasaste a charlar conmigo de la noche en que empezó todo esto con Junior Rabb.

–No hizo falta, Jericho. Está todo en el archivo. No tengo nada que añadir –Adams sonrió por última vez, pero la sonrisa no llegó a su mirada, y cerró la puerta al salir.

Adams se detuvo en el camino y alzó la vista para contemplar la maravillosa y vieja casa. Antaño, River Walk había pertenecido a los antepasados de Eden. Aquella calle de viejas mansiones había sido el escenario de las infidelidades de los viejos hacendados.

Belle Terre era una ciudad de gran riqueza histórica, con carácter propio. Pero todo ello se lo perdería. ¿Dónde sino un hombre con el pomposo nombre de Caesar Augustus Cade le daría a sus hijos los nombres de John Quincy Adams, Abraham Lincoln, Andrew Jackson y Thomas Jefferson? ¿Dónde sino en la tierra que pudiera generar una ciudad como Belle Terre?

Adams no había esperado enamorarse en Belle Terre. Pero lo había hecho. Jamás había esperado arrepentirse de abandonar aquel lugar. Pero lo estaba haciendo; era lógico. Pero había llegado el momento.

Cruzó el camino y subió las escaleras. Al llegar a la puerta, se detuvo. Era por la mañana. Los jardines estarían cargados de rocío. Eden estaría recogiendo flores. Bajó las escaleras, rodeó la casa y abrió la cancela del jardín. Eden estaba allí con una cesta de hortensias recién cortadas colgando del brazo. Adams llevaba su imagen grabada en la memoria, sin embargo siempre olvidaba lo preciosa que era de verdad.

—¿Adams? —dijo Eden en tono complacido.

Entonces vio el traje impecable, la corbata perfecta; al hombre adusto que había ocupado el lugar de su amante.

El cesto cayó al suelo. Unos ramilletes de lavanda y unos capullos de rosa se deslizaron a sus pies. Adams vio que se ponía pálida y que las lágrimas empezaban a empañar su mirada.

—Has venido a despedirte.

—Sí —Adams se estremeció. Le dolía verla así.

—¿Por qué?

Antes de que Adams pudiera contestar, Eden sacudió la cabeza. Esa mañana llevaba el cabello suelto y se le estaba empezando a rizar con la humedad del aire.

—Esperaba que...

—¿El qué, vida mía? —le preguntó Adams mientras se controlaba para no echarse a sus brazos.

—No importa —bajó la cabeza y miró las flores desparramadas por el suelo; entonces alzó la vista—. No te preguntaré si me amas. Sé que me quieres. No te preguntaré por qué sientes que debes marcharte. No quería reconocerlo, pero desde el incendio he sabido que te marcharías. Para proteger a aquellos que amas de la venganza de Junior Rabb.

—Si hubiera otro modo de hacerlo...

—No lo hay —le contestó Eden—, sin causarle más dolor a tu padre —la amargura se apoderó de ella—.

Un hombre que te utilizó sin piedad y que sin embargo no puede perdonar lo que cree que hiciste. Yo, Adams, no voy a creerlo jamás. Me da igual lo que digas o lo que declare Junior Rabb, jamás pensaré que fuiste capaz de provocar todo aquello.

Estaba magnífica al sol de la mañana, magnífica en su confianza en él.

–Ese es un capítulo concluido, Eden. Nada podrá cambiarlo.

–Yo sí –Junior Rabb salió de detrás del tronco de un roble inmenso, con la mirada de un loco; enderezó un rifle y miró a Adams–. Ahora mismo.

–¡No! –gritó Eden y dio un paso hacia Rabb.

–Eden. No lo hagas –dijo Adams en voz baja.

La agarró por la muñeca para que no se separara de él.

Su coraje lo dejó maravillado, pero se arrepintió de que Eden hubiera llamado la atención de Rabb.

Adams había visto la locura en un rostro marcado por la cicatriz que dejó el golpe que les había cambiado a todos la vida. La locura asesina que había visto en la cárcel demasiadas veces como para confundirla con rabia.

Aquel hombre, el resultado de la brutalidad y de la endogamia, seguramente llevaría años al borde de la locura. El regreso de Adams y el viejo rencor y la amarga envidia que ese regreso había despertado de nuevo en él, habría sido sin duda el empujón final que le había hecho precipitarse al abismo de la enajenación.

No le valdría razonar con él, pero Adams tenía que intentarlo.

–No quieres hacer esto, Junior.

–¿Ah, no?

El rifle vaciló.

–Sabemos que destrozaste la casita del río y que incendiaste el establo de Jackson. Pero no tenemos pruebas. Si haces esto, habrá testigos. Gente que te ha visto venir hasta aquí.

—Si estás hablando del perro guardián del sheriff Rivers, olvídalo. Lo ahogué. Pero si te refieres a esta dama, ahora que sé lo que hay entre vosotros, tengo planes para ella.

Sin soltarla, Adams se colocó delante de ella.

—Déjala marchar, Junior. No dirá nada, te doy mi palabra.

Rabb soltó una áspera y grosera carcajada.

—¿Vas a proteger a tu dama como hiciste con el insignificante de tu hermanito? ¿Va a venir cabalgando como alma que lleva el diablo a rescatarte? ¿Sabes lo que pienso? —el cañón del rifle se movió cuando Rabb intentó apuntar a su segundo objetivo, pero Eden estaba bien cubierta por Adams—. Ahora que sé lo que tenéis, vas a verla morir —movió los hombros y se pasó la mano por el dilatado estómago—. Pero da igual. Tú puedes ir primero, Cade. Tu amiguita después.

Rabb estaba disfrutando escuchándose. Y Adams vio en ello la única oportunidad de Eden.

—Cuando te suelte, tírate al suelo, Eden —le susurró sin mover los labios—. No vaciles, no levantes la cabeza. Dame tu palabra, Eden —le exigió antes de que ella pudiera hablar.

—¡Cállate! —Rabb agitó de nuevo el rifle y colocó un dedo mugriento sobre el gatillo. Pero no importaba, Adams consiguió la promesa que buscaba al sentir que Eden le apretaba la mano.

—Eres un cretino Junior —Adams intentaba hostigar a Rabb—. Más cretino de lo que yo pensaba.

—¿Quién de los dos fue a la cárcel? —Rabb respondió, pero el insulto parecía haber puesto el dedo en la llaga—. El chico cruzó la ciénaga y entró a escondidas en Rabb Town. Pensó que podría dar un golpe maestro, como un maldito piel roja, pero en lugar de eso lo cazamos. Le habría degollado y tirado al pantano, junto con su caballo, y nadie se habría enterado. Entonces llegó el hermano mayor cabalgando como alma que lleva el diablo y consiguió que lo metieran preso. ¿Así que, quién es el cretino?

–Tú lo eres. «Ahora».

El rifle se movió. La última orden la había dicho para Eden. Adams la echó hacia un lado y se tiró hacia Rabb.

Eden oyó el disparo mientras se caía de bruces, pegándose la cabeza contra la base de cemento de un reloj de sol. Entonces el jardín se quedó en silencio, inmóvil, y el sol se oscureció.

Eden se movió angustiada. Intentó abrir los ojos, pero le pesaban demasiado.

–Tranquila, cariño.

Cariño.

–Adams –se incorporó y el movimiento le provocó un agudo dolor en la cabeza.

Finalmente abrió los ojos un poco, pero solo vio una habitación blanca.

–¡Adams!

–No, Eden. No soy Adams, soy Jefferson.

Reconoció que estaba en la habitación de un hospital. Entonces recordó el jardín, a Junior Rabb y a Adams.

–¿Está...?

–Adams está en el quirófano, pero está bien. Así estarás tú en cuanto se curen las contusiones leves que has sufrido.

–¿Y Junior?

–Está detenido y despotricando como un maniaco. En su locura está contando toda la historia; fanfarroneando sobre lo que me iba a hacer la noche en la que Adams me siguió a Rabb Town –la agarró de los hombros y la tumbó sobre los almohadones; seguidamente le tomó la mano–. Todo ha terminado, Eden. Por fin se puede saber la verdad y Adams podrá quedarse para siempre.

–Háblame de Adams.

–Le hirió una bala en el hombro. No te mentiré, estuvo cerca. Pero desarmó a Junior. Le preocupó más protegerte a ti que a sí mismo. Pero gracias a los primeros auxilios de Cullen, se pondrá bien. Te lo prometo.

–¿Cuándo podré verlo?

Los latidos de la cabeza no cedían, pero la vida de Adams era todo lo que la preocupaba.

–En cuanto nos den permiso para hacerlo, te llevaré a verlo.

Entonces se fijó en el benjamín de la familia y vio lo demacrado que estaba.

–Jefferson, estás agotado.

–Ha sido un día muy largo –sonrió–. No me gustaría repetirlo.

–¿Y Lincoln y Jackson?

–Están aquí todos. Cullen también. Incluso Hobie Verey y Gus. Hobie ha puesto verde a Gus y le ha dicho a Jericho y a todo el mundo que me vio cabalgar hacia Rabb Town mientras pescaba de noche. Y que después Adams pasó también, siguiendo mi caballo. Hobie ha dicho que nunca te dijo nada porque si los idiotas de los Cade lo deseaban así, era asunto nuestro. Desde el principio, quise confesar que fui yo el que le partí la cabeza a Junior. Pero Adams temió que a Gus le diera algo al enterarse de que su favorito... –la voz de Jefferson se fue apagando con amargura.

–Seguramente tendría razón –Eden le aseguró; le apretó la mano y le sonrió–. Y Adams no se arrepiente, Jeffi. Y, ahora que lo he entendido, yo tampoco.

–Pero no tenía por qué haber sido así para ti y para Adams.

–¿Quién dice que esta no haya sido la mejor manera? Quizá no nos hubiéramos dado cuenta de lo que teníamos si no lo hubiéramos perdido antes.

–¿Puedes perdonarme? ¿No piensas que fuera un cobarde?

–Eras muy joven. Adams tomó una decisión. No hay nada de cobardía, ni nada que perdonar. Excepto en el caso de Gus.

Jefferson sonrió al oír lo último.

—Gus quiere hablar contigo, si te apetece.

—¿Lo sabe?

—¿Que Adams siguió a su hijo favorito a Rabb Town? ¿Que fue el favorito el que propinó el golpe fatídico? Lo sabe. Hobie se ha encargado de que se enterara. Ahora, después de pasarse años negándole su perdón a Adams, Gus se está preguntando si Adams podrá perdonarlo. De eso es de lo que quiere hablarte.

—Entonces, lo veré —Eden respiró profundamente al tiempo que notaba un nuevo latigazo de dolor en la cabeza—. Pero no ahora mismo. Primero quiero escuchar la historia de esa noche, esta vez de principio a fin. Todo lo que pasó.

Cuando Jefferson empezó a hablar, Eden cerró los ojos y, con la imaginación, cabalgó hasta Rabb Town con Adams.

—Hola —la voz de Adams y sus dedos acariciándole los cabellos la despertaron; cuando levantó la cabeza del borde de la cama de Adams, él le acarició la cara—. Pensé que te había soñado.

—No soy un sueño, Adams —le dio la mano y le besó los nudillos amoratados—. Gracias, amor mío.

—¿Por qué? —estaba pálido por la operación y por haber perdido sangre, pero consiguió esbozar una sonrisa cínica—. ¿Por ponerte en una situación de peligro que casi te mata?

—No.

Eden abandonó la silla donde había dormitado durante horas, esperando a que Adams despertara. Se inclinó sobre él y le apartó el flequillo de la frente.

—Por ser Adams Cade. Por mi vida. Por nuestras vidas —bajó la voz—. Lo sabemos, Adams. Lo que Junior Rabb no ha despotricado en su demencia, nos lo ha aclarado Jefferson. Todos lo saben y están esperando para verte.

–¿Incluso Gus? –Adams levantó las cejas con incredulidad.

–Especialmente Gus. Espera que puedas perdonarlo. Me he tomado la libertad de sugerirle que lo harás. Si me he pasado, lo siento.

Adams sonrió con pesar.

–Es un viejo cascarrabias. Siempre lo ha sido y siempre lo será. Pero lo quiero, y supongo que siempre lo querré.

Eso era lo que pensaban todos. Aunque ninguno tenía conocimiento de las preocupaciones que habían hecho volver a Adams, lo importante era que había vuelto, que había trabajado duro junto a sus hermanos para salvar un hogar que le había sido denegado. Y todo por un hombre que lo había rechazado cuando más necesitaba un padre. Esa era la prueba que todos tenían.

–Gus Cade tiene suerte con sus hijos –a punto de echarse a llorar, Eden le transmitió la opinión de todo Belle Terre.

–Tal vez –Adams recordó los tiernos y escasos momentos en los que Gus Cade se había atrevido a mostrar sus emociones. Era un hombre orgulloso y duro, pero Adams comprendió al final que lo quería de verdad.

–De todos modos nuestros hijos necesitan un abuelo, aunque sea un cascarrabias –con el brazo bueno le acarició a Eden los cabellos–. Tal vez tengamos una niña que le conquiste el corazón como su madre me conquistó el mío hace ya tantos años.

Eden se encogió. Amar a Adams y darle hijos era lo que más deseaba en el mundo. Pero había algo que debía decirle primero, algo que temía contarle.

–Adams –dijo en tono vacilante–. Cuando hicimos en amor en la playa me preguntaste que si estaba protegida.

Adams la miró significativamente.

–Y dijiste que sí.

Miró hacia un lado, incapaz de mirarlo a los ojos.

–No era del todo verdad. No estaba protegida.

–Porque te dijeron que es muy poco probable que puedas concebir un hijo. Cullen me lo dijo. Nuestro silencioso isleño puede volverse muy charlatán cuando se bebe una botella de vino.

–¿Cullen? –Eden estaba asombrada; jamás hablaba de cosas privadas... con nadie–. ¿Cuándo te lo contó?

–Un día, antes de salir de la casita. Llegó a mi puerta con un par de botellas de vino, pasó y procedió a preguntarme cuáles eran mis intenciones contigo. En el curso de la conversación me prometió que si te hacía daño, me mataría. Entonces me dijo que ya habías sufrido bastante, y por qué.

Sé que Nicholas Claibourne tenía una enfermedad degenerativa hereditaria que deseaba que terminara con él. Sé que temía tanto que pudieras concebir un hijo suyo que tomó medidas para que eso no ocurriera. Entonces se dieron cuenta que había pocas probabilidades de que eso pasara debido a una pequeña anomalía física. Una anomalía que se puede corregir, cariño mío –dijo en voz baja–. Si tú lo deseas.

–¿Cullen te contó todo eso? No sabía que él lo supiera.

–Hubo más –tiró de ella y la besó–. Sé que Nicholas Claibourne fue un hombre poco apasionado, y aunque lo amaste, a él no le importó que me amaras más a mí.

–Nicholas supo desde el principio que tú eras el número uno en mi corazón, y que siempre lo serías –Eden reconoció–. Era parte de la atracción. No le quedaba mucho de vida, y él lo sabía. Lo que menos deseaba era que lo amara tanto que quisiera tener un hijo suyo. No quería tener descendencia, ni hijos que perpetuaran su terrible legado. Comprendí desde un principio que Nicholas deseaba más una amiga que una esposa. Aun así, nuestro matrimonio fue bueno, Adams.

–Nada de eso importa –le dijo él con delicadeza–. Nos hemos librado de nuestros respectivos pasados y estamos por fin juntos. Me gustaría que fuera así para siempre.

–¿Pero si esta anomalía... no pudiera corregirse?

Eden temía que, por mucho que la amara, no la querría si no podía darle un hijo.

–Ah, Eden mía –Adams sonrió–. Hay niños por todo el mundo que necesitan a alguien. Los hacemos nuestros amándolos. Ahora estoy cansado. Necesito dormir, y quiero dormir contigo. Solo contigo. No quiero este pijama del hospital, nada que no sea tu piel junto a la mía. Como en Isla Verano.

–El brazo. Te vas a hacer daño –le susurró Eden.

–No tanto como si no te abrazo. Nos las arreglaremos, Eden. Pase lo que pase, ahora o en el futuro.

–Sí –le prometió Eden con el corazón jubiloso–. Lo haremos.

Desnuda, aparte de un tanga, se tumbó junto a él. Adams jugueteó con el lazo de la cadera.

–Un día –le dijo–. Me gustaría dormir contigo en la playa donde tomas el sol así.

–Solo necesitamos una barca y una toalla –le aseguró ella.

–Y un poco más de energía –sugirió Adams.

–¿Oye, y Gus?

–¿Quieres que Gus vaya a la isla con nosotros? –Adams le dijo con ironía mientras el cansancio se apoderaba de él.

–No, tonto. Está esperando para verte.

–Me ha hecho esperar trece años. No pasará nada si esperamos un día más.

Adams la besó en el cuello, deseando poder tener fuerzas para besarla más.

–¿Adams?

–¿Otra pregunta, cariño?

–¿Cómo supiste que Jefferson había ido a Rabb Town?

–No lo sabía. Eché de menos su caballo y su silla

cuando fui al establo antes de acostarme. Jeffi se había marchado, pero no sabía adonde. Seguí las huellas de su caballo. Y entonces me di cuenta de adónde había ido. Debería haberlo sabido desde el principio –dijo con amargura.

–¿Por qué?

Adams aspiró profundamente y encontró alivio en la suavidad de su cuerpo.

–Junior me odiaba. Más por ser un Cade que por otra razón. Esa mañana había dicho algunas cosas en la ciudad; las típicas palabras llenas de odio. Yo me reí de ello, pero Jeffi decidió que debía salvaguardar mi honor.

–Entonces fue a Rabb Town por ti. Y como lo hizo, tú piensas que todo lo que ocurrió fue culpa tuya.

–En parte sí –reconoció Adams.

–Sí –susurró Eden.

Con eso se quedó callada, perdida en sus pensamientos. Desde siempre, Adams había sido su héroe, después el de Jefferson. Y volvía a ser así. Qué afortunados eran de tener a Adams. Incluso Gus Cade. Sobre todo Gus Cade.

Se oyeron ruidos de pisadas en el pasillo, las de las enfermeras mientras preparaban a los pacientes para dormir. Ninguna se detuvo ante la puerta de Adams. Ninguna se atrevió. Si el cartel que pedía que no fueran estorbados no era un elemento de disuasión suficiente, entonces el enorme isleño que hacía guardia junto a la puerta lo sería.

–Adams –dijo Eden con voz adormilada–. Te quiero.

Adams sonrió y la abrazó. Eden cerró los ojos y, saboreando el latido de su corazón y la caricia de su cuerpo, se durmió en brazos de su amor.

La habitación estaba en silencio cuando se abrió la puerta y Cullen se asomó. Eden Roberts Claibourne estaba por fin donde debía estar.

Había detalles legales que completar. Pero con la

ayuda de Lincoln, Jefferson y Jackson, Jericho empezó a romper el silencio de tantos años. Cuando la verdad de que un hermano le había salvado la vida al otro fuera del dominio público, todo se arreglaría. Entonces el mundo entero sabría que el hombre que abrazaba a Eden era un buen hijo, un buen hermano, un hombre de gran fuerza y honor.

Entonces Belle Terre celebraría el regreso de Adams Cade. Pero la verdadera celebración fue la de los dos amantes cuando, ya de madrugada, Adams se despertó y le susurró al oído las palabras que había atesorado en su corazón durante años.

–Te amo, Eden. Llevo amándote todos estos años. Y te amaré mañana, y pasado mañana y...

–Para siempre –concluyó Eden por él mientras en silencio hacía su propia promesa; la de entregarle el corazón que hacía tantos años se había ganado.

Adams Cade, el marginado que había creído perder para siempre la dulzura y la felicidad de amar, repitió en tono suave y fervoroso:

–Para siempre jamás.

DESEO

LIZ IRELAND
LLENA DE
SUEÑOS

Capítulo Uno

—¡Ay, Dios mío! ¡Ay, Dios mío! ¡Ay... Dios... mío!

Mientras Natalie Winthrop miraba la monstruosidad arquitectónica que había frente a ella, las palabras salían de su boca sin que se diera cuenta. El desesperado *mantra* no servía su propósito porque nada podía ayudarla, pero recitar esas palabras parecía lo único que podía hacer para no hundirse en la desesperación.

¿Qué había ocurrido? ¿Cómo había terminado así?

Dos días antes, estaba en la cima del mundo. Era la ganadora de un sorteo cuyo premio consistía en una mansión en las montañas, una casa preciosa que ella iba a transformar en un maravilloso hotel rural. Ganar aquella casa había abierto inmensas posibilidades para ella. Natalie había cambiado su Lexus por un Volkswagen y, después de vender las piezas más caras de su vestuario y alquilar su dúplex por seis meses, había metido todas sus posesiones y sus animales en el coche, decidida a abandonar su antigua vida para siempre.

Y lo peor de todo era que también había

abandonado a su prometido prácticamente en el altar porque creía haber encontrado algo mejor que el matrimonio.

Pero ese «algo» era una mansión en ruinas.

Aquello no tenía nada que ver con el dibujo de la preciosa casa sureña que había llamado su atención en una revista. En lugar de una mansión colonial, lo que había frente a ella era un edificio en ruinas que parecía dispuesto a salir volando si alguien estornudaba. Las persianas, en las ventanas que seguían conservándolas, colgaban de un clavo o se movían con el aire, mal colocadas sobre sus goznes. El suelo del porche estaba destrozado, los cristales de las ventanas rotos y al tejado le faltaban la mitad de las tejas.

Natalie había abandonado su vida, todo lo que tenía, sus amigos y a su prometido... ¿por qué?

¡Por una ruina!

Desesperada, se dejó caer sobre el capó del coche, enterró la cara en el cuello de su perro, Mopsy, y dejó escapar un gemido que debieron escuchar en Houston. Aunque no sabía si llorar la haría sentirse mejor. Su madre, Helena Foster Winthrop de los Foster de River Oaks, la había advertido de que las lágrimas de una mujer solo debían ser un medio para conseguir un fin. Pero, para Natalie, aquel era el fin.

¡El fin de sus esperanzas!

¡El fin de su dinero!

¡El fin de todo!

Le hubiera gustado tirarse de cabeza desde la

cima de la montaña, donde estaba situada la casa. O, mejor aún, rociarla con gasolina, prenderla y lanzarse a la pira.

Aquel podría ser un buen funeral para ella porque su vida estaba acabada.

En aquel momento, se dio cuenta de que había estado arrastrándose hasta aquel triste final durante un año. Porque había sido un año atrás cuando Malcolm Braswell, el administrador de sus difuntos padres, había desaparecido con todo su dinero.

En realidad, no se lo había llevado todo. Aquel canalla no había podido quedarse con la mansión de River Oaks, con todas sus antigüedades, armarios llenos de pieles, pinturas, esculturas, tapices y otros objetos de arte. Cuando Natalie se había puesto a echar cuentas había descubierto que, a pesar del robo, seguía siendo una joven relativamente acomodada.

Pero eso había sido un año antes.

Después de todo, ella era una Winthrop y no estaba acostumbrada a vivir como una mendiga... ni siquiera como una persona de clase media. Tenía que mantener apariencias, obligaciones benéficas y gustos considerablemente caros. Pero, ¿qué podía hacer? Si contaba que estaba arruinada habría sido el hazmerreír de todo el mundo. Habría perdido sus amigos que, al primer anuncio de problemas económicos, desaparecerían. Nadie la invitaría a ninguna parte. Su vida social se habría hundido para siempre.

De modo que, durante un año, había vivido de las rentas mientras esperaba que un detective privado encontrase a Malcolm Braswell. Pero además de costarle una fortuna, el detective no había conseguido resultado alguno. Mientras tanto, Natalie vendía discretamente las obras de arte de su familia y conseguía mantener las apariencias mientras rezaba para que, cuando la casa estuviera vacía, el detective hubiera encontrado al canalla del administrador o para encontrar alguna mina de oro.

Pero el dinero parecía desaparecer más rápido que nunca. Era increíble que un cuadro de Winslow Homer apenas pagara sus facturas durante un mes. El armario de las pieles sirvió para financiar unas navidades tan poco radiantes que Natalie casi se sentía como un personaje de Dickens. Pero sus amigos no eran tontos y podían oler problemas económicos a un kilómetro de distancia. Si quería hacerlos creer que seguía teniendo diez millones de dólares a su disposición, debía seguir acudiendo a fiestas, comprar ropa de diseño y participar en los viajecitos de costumbre a esquiar o a la playa.

Y se había quedado sin blanca. Completamente. Como las alocadas chicas de *Cómo casarse con un millonario*, solo que en su caso no parecía haber ninguno esperándola.

En verano se había visto forzada a vender la casa de River Oaks. Compró un dúplex en una zona ligeramente menos elegante y le contó a todo el mundo que simplemente no podía vivir con los recuerdos de su familia. Tuvo que rebajarse a hacer un presupuesto para los gastos de comida, bañar a sus perros ella misma en lugar de enviarlos a la peluquería canina y dejar de comprar ropa de diseño. Y, entonces, cuando creía haber tocado fondo, cuando creía que tendría que mudarse a alguna ciudad en la que no la conociera nadie y rebajarse a buscar un trabajo, había ocurrido un milagro.

Más específicamente, Jared Huddleton había aparecido en su vida y le había pedido que se casara con él.

¡Por fin, el milagro!

Jared se había mudado a Houston aquel mismo año y Natalie había aceptado casarse con él porque era rico y atractivo y porque, como apenas se conocían, no se daría cuenta de que había huecos en las paredes donde solían colgar obras de arte, ni de que su ropa de verano era la misma que la del verano anterior. Natalie no podía ser más feliz.

Durante unos meses.

Porque cuando se acercaba la fecha de la boda empezó a cuestionarse si aquello estaba bien. La horrible verdad era que, aunque se sentía abrumadoramente agradecida a Jared, que iba a rescatarla de un futuro como compradora de rebajas, ella no lo amaba. En su situación, aquello debía ser un obstáculo risible. Después de todo, ella era una Winthrop, descendiente de una larga y orgullosa línea de mujeres que se habían casado por conveniencia. Su propia madre se habría reído de sus escrúpulos. «No seas bobita, hija», le habría dicho.

Pero su madre no estaba allí para ayudarla. Natalie estaba sola y, de repente, empezó a tener dudas. El matrimonio era algo permanente y ella seguía confiando en que su detective encontrase a Malcolm Braswell algún día.

Con todos aquellos problemas, casi había olvidado su participación en el sorteo de una casa colonial en Heartbreak Ridge, al este de Texas. El dibujo de la mansión que aparecía en la revista la había hecho imaginarse a sí misma ganando dinero con el único talento que poseía: vivir con elegancia. Abriría un hotel de lujo que sus ricos amigos pagarían por visitar.

Natalie había enviado los cien dólares para el sorteo y después se había olvidado del asunto. Pero el día que se estaba haciendo la última prueba del traje de novia recibió la gran noticia: ¡Había ganado!

Aquella casa, había pensado, iba a ser la llave de su felicidad.

Pero la llave de la felicidad se había convertido en la llave del desastre. Aunque la casa que estaba mirando ni siquiera necesitaba llave. Además de las ventanas rotas, había un agujero del tamaño de un cráter en el tejado.

¿Cómo podía haber sido tan tonta?

Estaba limpiándose las lágrimas cuando, de repente, Mopsy empezó a aullar. Bootsy y Fritz saltaron de la parte trasera y empezaron a ladrar como posesos. Su gato persa, Winston, bufaba desde su jaula y Armand, la cacatúa, se puso a cantar «El coro de las walkirias», su aria favorita.

¿Qué estaba pasando? El corazón de Natalie latía acelerado. En ese momento, un hombre montado a caballo apareció en el camino y los perros se lanzaron corriendo hacia él.

Natalie lanzó un grito. No tenía miedo de los caballos; era el hombre quien la asustaba. Con una larga melena rubia flotando alrededor de su cara, barba de varias semanas y ropa de color indefinido, era el ser más salvaje que había visto nunca. Tenía el perfil de un dios griego, un cuerpo que, aun cubierto por un poncho estilo Clint Eastwood, era más perfecto que el de su entrenador personal y unos ojos azules que brillaban como el fuego. Era mitad Adonis, mitad gladiador.

Natalie se dio cuenta de que se había puesto la mano en la boca y se obligó a sí misma a adoptar una postura más natural. Lo que había excitado a los perros era un conejo muerto que el hombre llevaba colgando de la silla y que le produjo una náusea.

Pero sus perros no podían estar más emocionados. Además de las chuletas que solía preparar para ellos en su cumpleaños, nunca habían estado más cerca de un trozo de carne cruda.

El hombre tiró de las riendas y el caballo frenó en seco a unos centímetros de Natalie.

–¿Qué está haciendo aquí? –gritó el hombre para hacerse oír por encima de los ladridos de los perros y la rendición de Plácido Domingo de

Armand. Por no mencionar a Fritz, el chihuahua, que daba saltos, intentando llegar al conejo.

–¡Fritz! –lo llamó Natalie, irritada–. ¡Yo podría hacerle la misma pregunta!

–Vivo aquí, señorita.

Los ojos de Natalie se llenaron de lágrimas.

–Ah, estupendo –murmuró. No solo la habían engañado con la casa, sino que además aquella ruina estaba habitada–. Pues mire, por mí puede seguir viviendo aquí. Pero no me denuncie cuando la casa se le caiga encima.

Él frunció el ceño, mirando de mal humor al chihuahua.

–¿Es usted la tonta a la que Jim Loftus ha engañado para quitarse esa ruina de las manos?

–Sí, yo soy la tonta –contestó Natalie, con todo el orgullo que pudo reunir–. Y, como tal, le exijo que saque sus cosas de mi propiedad.

El hombre lanzó una risotada.

–¡Ah, ya entiendo! Ha creído que vivo aquí. Lo que quería decir es que vivo en la cabaña de arriba... ¿la ve? –preguntó el hombre, señalando una casita en la cumbre de la montaña. Era una sencilla casa rústica, pero en la situación de Natalie, le parecía un castillo de cuento–. Estoy tan acostumbrado a que nadie venga por aquí que cuando vi el coche pensé que se habría perdido.

–Pues tenía razón –murmuró ella.

Los ojos azules del hombre brillaron de forma amistosa, pero solo durante un segundo.

–¿Qué es ese ruido? –preguntó, señalando el coche.

–Ah, es Armand.

–¿Quién?

–Mi cacatúa –explicó ella–. Una vez que empieza con la ópera, no hay quien lo pare.

–Genial. Perros y pájaros.

–Y un gato. Winston está en el asiento trasero.

El hombre la miró de arriba abajo durante unos segundos, pero su mirada no era en absoluto halagadora. Natalie se fijó en que los vaqueros se pegaban a sus piernas como una segunda piel y sus botas tenían una capa de barro de más de un centímetro.

–¿De dónde es usted?

–De Houston –contestó ella, desolada al recordar la ciudad que había dejado atrás.

–Eso lo explica todo.

–¿Qué es lo que explica?

–¡Una chica de ciudad! –el hombre prácticamente escupió esas palabras.

–¿Y usted qué sabe de Houston? Seguro que ni siquiera ha estado allí.

–Aquí no hay sitio para gente como usted.

–Pues yo creo que tengo tanto derecho como cualquiera –replicó ella, indignada.

–Yo he vivido aquí toda mi vida.

Natalie se irguió, orgullosa, estirándose la chaqueta de seda de color caramelo.

–Pero yo soy la propietaria de esta casa.

–Señorita, usted no estaría aquí si el canalla de Jim Loftus no le hubiera tomado el pelo. Pero estoy seguro de que no aguantará ni un mes.

Las palabras del hombre eran un reto para Natalie.

—Eso ya lo veremos.

—Sí, claro. En el pueblo me han dicho que piensa convertir esta vieja ruina en un hotel. No sé si lo sabe, pero se están partiendo de risa.

Natalie se puso colorada al recordar que había colocado un panfleto en el pueblo con la lista de cosas que haría para convertir aquella casa abandonada en un hotel de lujo, informando que eso atraería turistas y dinero al pequeño pueblo de Heartbreak Ridge. Que aquel panfleto hubiera sido objeto de risas era una humillación insoportable.

—Quiero que sepa que no pretendo ser objeto de burla. Tengo medios a mi disposición e influencias. ¡Mi padre jugaba al golf con el famoso abogado F. Lee Bailey! Créame, pienso utilizar todas mis conexiones y todo el dinero que tengo para demandar a Jim Loftus. Cuando termine con él, no le quedará ni el cepillo de dientes a su nombre.

El hombre se pasó la mano por la barbilla, pensativo.

—La verdad es que yo he comprobado el asunto ese del sorteo.

—¿Qué?

—Pensé que había algo raro y, además, no me hacía ninguna gracia tener vecinos.

—¿Y?

El hombre se encogió de hombros.

—Parece perfectamente legal.

Natalie intentó controlar las lágrimas. Aunque, en realidad, no habría podido demandar a Jim Loftus. Y su padre no había jugado al golf con F. Lee Bailey; solo pertenecían al mismo club de campo. Pero había esperado asustar a Loftus con amenazas... si algún día volvía de Honolulú. Sin duda había metido la llave de la casa en el correo desde algún buzón del aeropuerto.

–Pues pienso demandarlo de todas formas. Puede estar seguro de ello.

–Piénselo. Usted solo ha puesto cien dólares. Aunque tire la casa, la propiedad ya vale más que eso –dijo el hombre.

–¿Y si tiro la casa, dónde voy a vivir?

–Eso es verdad.

Natalie se quedó pensativa.

–Este terreno... ¿tiene algún valor?

–Hay animales, flora autóctona...

–¿Se puede plantar algo? –preguntó Natalie.

–No.

–¿Hay depósitos minerales?

El hombre lanzó una risotada.

–En estas colinas no hay oro, señorita.

Natalie suspiró, irritada.

–¿Hay alguna razón por la que alguien quisiera comprar este terreno?

–No se me ocurre.

–Entonces, no vale ni cien dólares. ¡No vale ni siquiera cincuenta centavos!

–Es posible que lo valga... una vez que haya reparado la casa.

–Pero... ¿por dónde voy a empezar? No me sorprendería nada que no tuviera electricidad.

–No la tiene. Pero la tenía, hace tiempo.

–¿Hace tiempo?

–Hace unos diez años... antes de la plaga de ratones y hormigas –explicó él. Natalie lanzó un gemido–. No se preocupe, la plaga de hormigas está controlada.

–¿Y los ratones?

El hombre sonrió.

–A su gato le va a encantar vivir aquí.

–¿Hay algún otro problema que yo deba conocer? –preguntó Natalie, horrorizada.

–El tejado. Probablemente, será la reparación más costosa, por no hablar de las cañerías.

–¿Qué le pasa a las cañerías?

–Que no hay.

Ella se quedó mirándolo sin decir nada. No podía haber oído bien. Todas las casas tenían cañerías. Las cañerías eran una necesidad. Algo básico...

–¿Que no hay cañerías? ¡Es imposible! ¡Es increíble! –exclamó, además de algún que otro epíteto dedicado a Jim Loftus. Natalie golpeó una piedra con la punta de su mocasín de piel. Estaba tan furiosa que, durante unos segundos, no se dio cuenta de lo que estaba haciendo el hombre.

Se estaba riendo. No solo sonriendo, sino riéndose con todas sus fuerzas, golpeándose la pierna, como aquel que ve algo completamente ridículo.

Natalie se quedó paralizada. Aquello era el final. Había tocado fondo.

Lo que había temido, que se rieran de ella porque estaba arruinada, estaba ocurriendo. Y se lo merecía. Desesperada, lo había intentado todo para evitar que el mundo descubriera cuáles eran sus circunstancias. Incluso había estado a punto de casarse con un hombre al que no amaba en lugar de salir a la calle y buscar un trabajo como cualquier persona normal.

Aquel monstruo se estaba riendo de ella pero, en lugar de sentirse hecha pedazos, Natalie reunió coraje.

¿Cómo se atrevía aquel gañán a reírse de ella? ¿Era culpa suya que la hubieran robado y engañado?

—Veo que le da risa la desgracia de los demás. Pero si cree que voy a volver a Houston con el rabo entre las piernas, señor cómo se llame...

—Tucker. Cal Tucker —la interrumpió él.

—Si cree que voy a salir corriendo se equivoca, señor Tucker. Tengo un plan para esta casa y pienso ponerlo en marcha. Descubrir que mi nueva casa tiene algunas deficiencias... —Natalie levantó la barbilla para esconder su miedo—... es solo una contrariedad.

Sus bravas palabras consiguieron que el hombre dejara de reírse.

—No va a durar aquí ni un mes, señorita.

—¡Eso ya lo ha dicho antes!

—Porque lo sé.

–¿Tiene usted idea de quién soy yo? Soy la bisnieta de George Nathan Winthrop.

–Nunca he oído hablar de él.

–¡Pues era un terrateniente y uno de los primeros hombres que encontró petróleo en Texas!

Él no parecía impresionado.

–No me suena.

–Da igual. Pero le aseguro que George Nathan Winthrop no miró aquel líquido negro y levantó las manos, desesperado. No sabía nada sobre petróleo, pero lo aprendió. Él sabía cuándo tenía en las manos una mina de oro y yo también.

El hombre sonrió, escéptico.

–¿Cree que esta casa es una mina de oro?

–Lo será cuando termine de repararla.

–Le apuesto cien dólares a que se marcha de aquí antes de seis semanas.

¡Seis semanas! Natalie apenas podía soportar la idea de estar en aquella casa durante seis minutos, pero no podía permitir que su odioso vecino la intimidara.

–Acepto el reto, señor Tucker.

¡Arreglaría la casa, la convertiría en un hotel y le enseñaría a todos aquellos pueblerinos que nadie se reía de una Winthrop!

–Muy bien, pero va a ser como quitarle un caramelo a un niño.

El tono resabiado irritó aún más a Natalie.

–¿Solo tiene una pobre opinión sobre mí o le ocurre con todas las mujeres?

–Nunca he conocido a una chica de ciudad que pudiera sobrevivir en las montañas. Y dudo que usted sea una excepción.

–¿Por qué piensa eso?

–Señorita, ni siquiera creo que sus perros pudieran sobrevivir sin cañerías.

Insultar a sus perros. Aquello sí que era caer bajo.

–Le aseguro que no puede juzgar mi habilidad para llevar adelante esta tarea por mis compañeros caninos.

–Muy bien –suspiró él–. Pero antes de que sellemos el trato, déjeme decirle que espero que no se quede por orgullo. A veces es mejor una retirada, señorita.

¿Y hacer qué?, se preguntaba Natalie. No tenía otra opción más que quedarse e intentar llevar a cabo sus planes.

–No se preocupe por mis motivos, señor Tucker.

–Muy bien. Me parece que pronto voy a ganar un dinerito –sonrió él, extendiendo la mano.

–No lo creo –dijo Natalie, apretándola con firmeza.

El hombre puso la otra mano sobre la suya en un gesto que la pilló por sorpresa y que, tontamente, la hizo sentir un escalofrío. Cuando miró sus ojos, Natalie vio en ellos vio un brillo que no había visto desde que conoció a Jared.

Pero cualquier perversa atracción que sintiera por aquel hombre tenía que ser a causa de los nervios, se decía. Después de todo, había sido un día horrible y estaba sin fuerzas.

Cal Tucker soltó su mano y se inclinó hacia adelante.

—Buena suerte, señorita...

—Natalie Winthrop —dijo ella, con la barbilla levantada.

—Ah, es verdad —sonrió el hombre—. ¿Cómo he podido olvidar ese ilustre apellido?

—Gracias por desearme lo mejor —replicó ella, irónica.

—Si necesita ayuda o algún consejo, recuerde que vivo ahí arriba —sonrió Cal. Algún consejo, pensó Natalie. ¡Ja! La única ayuda que aquel hombre podía darle era un empujón montaña abajo—. Nos veremos, Natalie —se despidió después, obligando a su caballo a girar y a Natalie a apartarse.

Y, de ese modo, su vecino se alejó tan abruptamente como había aparecido, con el infortunado conejo colgando de la silla.

Capítulo Dos

Como se había convertido en su costumbre durante los últimos tres días, Cal se levantó temprano, se duchó, limpió la casa, leyó un poco y, a las diez, se sentó en el porche para tomar café y disfrutar del espectáculo.

Como entretenimiento, Natalie Winthrop era lo mejor después del fútbol. Aunque sus esfuerzos por levantar aquella casa en ruinas eran aún más divertidos que cualquier partido. Natalie hubiera podido ser la estrella en cualquier comedia de enredo.

Aquel día, su vecina estaba trabajando en el tejado. O, más específicamente, lo que hacía era intentar poner un plástico sobre el enorme agujero que dejaba la casa a merced de los elementos.

«Buena suerte, señorita», pensó con una sonrisa, como hacía cada vez que la veía atacar alguno de sus proyectos, con la torpeza de alguien que no ha trabajado con las manos en toda su vida. El día anterior había tardado horas en tapar las ventanas rotas con tablones. Primero los había medido mal, después se había machacado un dedo con el martillo y, por fin,

19

había intentado pegarlos con cola. El resultado de la reparación era hilarante.

Y aquel día sería aún más difícil.

Cal la observó subirse a una escalera que había llevado del pueblo el día anterior en la baca del Volkswagen; un vehículo absurdo para vivir en las montañas. Pero Natalie Winthrop, bisnieta de un terrateniente y lo más parecido a una princesa que había visto nunca, no parecía tener mucho sentido común.

Y, siendo una mujer tan guapa, probablemente no había necesitado usar nunca su cerebro. Incluso Cal, que se consideraba inmune a la belleza superficial de las mujeres, tenía que admitir que su nueva vecina era un cañón.

Aunque su belleza no era la razón por la que la observaba todas las mañanas, se decía a sí mismo. La razón por la que espiaba a Natalie era para saber cuándo tendría de nuevo la montaña para él solo.

Y parecía que iba a ser pronto. Aquella mujer no tenía una sola posibilidad.

Estaba observando a Natalie subir torpemente al tejado, pero en su mente veía a Connie, su ex mujer. Ella también era una niña mimada y poco práctica, que había pensado que sería «divertido» vivir en las montañas. La había conocido en San Antonio y después de un noviazgo relámpago, Cal se había llevado a su deslumbrante novia a Heartbreak Ridge.

Naturalmente, la había advertido a Connie

sobre los peligros de vivir en un sitio pequeño: el aburrimiento, por ejemplo. El mayor entretenimiento de la mayoría de los vecinos era ver la televisión. Solo había un restaurante y Jerry Lufkin, el propietario y cocinero, no sabía hacer más que hamburguesas y patatas fritas. Cal había advertido a su mujer sobre los viajes montaña arriba y montaña abajo para comprar cualquier cosa, sobre los inevitables cotilleos y el hecho de que todo el mundo en Heartbreak Ridge se sintiera orgulloso de saberlo todo sobre todo el mundo. Ella no pareció darle importancia, pero un mes después de la boda estaba desesperada.

Y, después de tres meses, Connie había empezado a insultarlo. Lo llamaba «policía del tres al cuarto». Le decía que estaba aburrida de Heartbreak Ridge, de la televisión y de él. Le decía que nunca llegaría a nada, que nunca haría nada importante porque su mundo era pequeño y provinciano. Y que si pensaba pasar el resto de su vida poniendo multas de tráfico a ella le daba igual porque no estaba dispuesta a vivir ni un día más con él.

Después de eso, se había marchado dando un portazo, dejando un frasco de Chanel número 5 como única evidencia de su estancia allí.

Cal había imaginado que aquello ocurriría tarde o temprano, pero lo que no había imaginado era que los insultos de Connie le harían tanto daño. Prácticamente todos los hombres de su familia habían elegido ser defensores de la ley, de modo que él se había hecho ayudante de su tío, el comisario Sam Weston y había creído que su vida sería ser comisario, casarse y tener hijos.

Pero, tras la marcha de Connie, Cal había empezado a pensar que se había equivocado al trazar su vida de forma tan simple.

Angustiado, había decidido tomarse un año sabático, dejando a todo el mundo sorprendido al abandonar su trabajo y encerrarse en la cabaña con una enciclopedia como única compañía.

Durante aquel año, Cal había llegado a una única conclusión: no quería compartir su montaña con una mujer descerebrada, tres perros, un gato y una cacatúa que se creía Pavarotti. No quería estar cerca de una mujer que le recordaba a Connie.

Final de la historia.

Cal tomó un trago de café. ¡Connie! Habían pasado semanas desde la última vez que pensó en ella. Pero aparecía Natalie Winthrop y, de repente, no podía quitarse a su ex mujer de la cabeza.

Eso era lo que las mujeres hacían a los hombres. Volverlos locos.

Cal no creía en el amor.

Aunque el amor había funcionado para su tío Sam. El comisario se había enamorado de una mujer que había conocido a través de Internet y, curiosamente, su matrimonio funcionaba.

Por el momento. Incluso su hermano Cody se había enamorado como un loco de una chica del pueblo, Ruby Treadwell, y parecían muy felices.

Pero Connie lo había convertido en un escéptico.

Después de su matrimonio, Cal había llegado a ciertas conclusiones sobre el amor. Una de ellas era que convertía en mentirosa a la gente. Connie le había dicho que no le importaba vivir en las montañas, que podía vivir sin ponerse un vestido de diseño y que sería feliz simplemente leyendo un libro durante los fines de semana, siempre que estuvieran juntos.

Y el amor había hecho que Cal creyera aquellas palabras cuando el instinto le decía que Connie no sabía de qué estaba hablando. Connie siempre había vivido en la ciudad y durante su noviazgo nunca la había visto leer nada más sustancial que alguna revista de moda.

Mientras estaba dándole vueltas a aquellos pensamientos, Natalie desapareció.

Un segundo antes la estaba viendo en el tejado, pero había desaparecido. Lo único que veía era el trozo de plástico moviéndose con el viento.

Cal se levantó de un salto. ¿Se habría caído por el agujero?

Se sentía culpable, como si su desaparición hubiera sido la respuesta a sus deseos. Desde luego, quería a aquella mujer fuera de su montaña, pero no la quería muerta.

Rápido como un látigo, Cal corrió colina abajo para saber qué había sido de su vecina.

Mientras se quitaba el polvo de los pantalones, Natalie se maravillaba ante el increíble fracaso en que se había convertido su vida. En el espacio de un año, había pasado de la riqueza a la más absoluta de las pobrezas.

Un año antes no se habría preocupado por un tejado. ¿Un tejado? Ni siquiera sabía lo que era eso. No sabía que hubiera tanto material entre las tejas y el suelo. Y tampoco sabía que los techos se caían.

Seguía intentando levantarse del suelo cuando escuchó una conmoción en el piso de abajo. Primero un golpe en la puerta y después los ladridos de los perros y los gritos de Armand.

Justo lo que necesitaba. ¡Una visita!

Pues no pensaba abrir. Le dolía todo el cuerpo. Además, tarde o temprano la visita se marcharía o descubriría que la puerta no estaba cerrada con llave porque no quedaba una cerradura sana en la casa. Aquella era otra de las cosas que tendría que arreglar antes de que sus ricos amigos pagasen doscientos cincuenta dólares por pasar una noche en el elegante y exquisito hotel de Heartbreak Ridge...

Natalie sintió que una lágrima corría por su mejilla y ni siquiera se molestó en secarla. Estaba demasiado cansada como para moverse. De hecho, después de tres días intentando hacer aquella casa mínimamente habitable, después de tres días comiendo bocadillos y de tener que ducharse con agua mineral, se sentía derrotada.

Natalie escuchó unos pasos rápidos por la escalera.

—¡Natalie! Natalie, ¿te encuentras bien?

Ella abrió los ojos, sorprendida al escuchar una voz humana. Durante los últimos días la única voz que había escuchado además de la suya era la del propietario de la ferretería, que se limitaba a pronunciar monosílabos.

—¡Estoy en el ático!

Los pasos se acercaban y, tras ellos, Natalie podía oír las frenéticas pezuñas de sus perros. Estaba intentando incorporarse sobre un codo cuando el odiado Cal Tucker apareció en la puerta del ático.

—¿Qué ha pasado? ¿Te encuentras bien?

Cinco segundos antes, Natalie habría contestado a aquella pregunta con un «no» rotundo. Por supuesto que no estaba bien. Llevaba tres días trabajando hasta la extenuación sin resultado alguno, tenía el pelo sucio y le dolía todo el cuerpo de dormir en el suelo. Además, había gastado más dinero intentando tapar los agujeros que en el sorteo para conseguir aquella casa.

Por no mencionar que acababa de caerse del tejado.

De modo que no, no se encontraba bien.

Pero no pensaba decirle eso a Cal Tucker, el vecino que llevaba tres días sentado en su porche, observándola y, sin duda, rezando para que le ocurriera alguna desgracia.

Natalie se sentó de golpe... y sintió que la cabeza le daba vueltas.

—Estoy... bien.

—No lo parece.

—Entonces, ¿por qué preguntas si estoy bien?

—Porque cuando he entrado no tenías la cara verde —contestó él, tomándola en brazos.

—¡Suéltame! —exclamó Natalie. Pero Cal no la obedeció—. ¿Es que no me has oído?

—En caso de que no te hayas dado cuenta, te estoy ignorando.

¿Aquel hombre pensaba que podía entrar en su casa y tratarla como si fuera un Neanderthal? ¿Así era como se comportaban los habitantes de la montaña?

Cal la llevó a la cocina y la dejó en el suelo mientras Bootsy corría entre sus piernas.

—Estos chuchos tuyos son un incordio.

¡Chuchos! ¡Aquello sí que era un insulto!

—¿Cómo te atreves a entrar aquí, tratarme como si fuera un saco de patatas y después insultar a mis perros que, para tu información, no son «chuchos» sino perros con un extraordinario pedigrí? Bootsy es un terrier, Fritz un chihuahua y Mopsy un pastor inglés...

—¿Y sabes lo que tienen en común? —la interrumpió él—. ¡Que los tres son insoportables!

Natalie arrugó la nariz.

—Creí que los hombres de las montañas sentían afecto por los animales.

–Me gustan los animales cuando tienen un propósito. Pero estos chuchos son un adorno.

Natalie levantó la cabeza, furiosa. No pensaba dignarse a contestar un insulto dirigido a ella, pero insultar a sus perros...

–Para tu información, son excelentes perros guardianes.

–¿Por eso me han dado lametones cuando entré de golpe en la casa? –preguntó él, irónico. Cuando Natalie iba a replicar, Cal levantó una mano–. ¿Tienes agua?

–Solo queda un poco de agua mineral.

–¿Y la bomba?

–No funciona.

–¿Cómo que no funciona? Es manual.

–Te digo que no funciona.

–¿Seguro que lo has hecho bien?

–¡Claro que sí!

–Voy a echar un vistazo –suspiró el hombre de Cro–Magnon, dirigiéndose hacia la parte trasera de la casa.

Deseando ver a su insufrible vecino avergonzado, Natalie lo siguió y lo observó empujar la palanca de la bomba.

–Ya te dije que no funcionaba.

Mientras estaba allí de brazos cruzados, Natalie se permitió a sí misma por primera vez, como un científico que estuviera examinando un bicho a través de un microscopio, observar el increíble ejemplar masculino que era Cal Tucker. Los músculos de sus brazos y su espalda se marcaban debajo de la camiseta. Los vaqueros gastados se ajustaban a su trasero de una forma sorprendente. Qué pena que un cuerpo tan sexy perteneciera a un hombre tan desagradable...

Mientras lo observaba con curiosidad científica, ocurrió un milagro. De la bomba empezó a salir agua. Agua marrón, pero agua en cualquier caso. El orgullo herido de Natalie se mezclaba con una alegría desbordante.

—¿Cómo ha ocurrido? ¿Qué has hecho?

—Se llama «engrasar la bomba» —explicó él—. Hay que insistir un poco antes de que suba el agua. ¿No lo sabías?

Natalie se puso las manos en las caderas.

—Si lo hubiera sabido, lo habría hecho yo misma.

—El problema es que estás intentando hacer demasiadas cosas por ti misma. Demasiadas cosas que no entiendes.

Natalie se irguió sobre su metro sesenta.

—No es que no las entienda, es que no las he hecho antes. Pero puedo aprender. Se me da muy bien aprender.

Él soltó un suspiro de exasperación.

—No conoces a nadie aquí, ¿verdad?

Ella negó con la cabeza. La molestaba hablar sobre su soledad con aquel hombre porque, durante aquellos días, había deseado con todas sus fuerzas hablar con alguien. Pero, aunque tuviera teléfono, ¿entendería Missy Pendleton lo cara que estaba la leña? ¿Y durante cuánto tiempo aguantaría Clarice Biddles, su compañera de universidad, una charla que no tuviera que ver con hombres o el club de campo?

—¿Cómo vas a reparar tu casa si no tienes a nadie que te enseñe? —insistió Cal.

—Tengo un libro.

Natalie entró en la casa y volvió a salir con un ejemplar de *Las casas coloniales: todo lo que hay que saber*. Lo había comprado en Houston porque imaginaba que iba a necesitarlo.

—Esto no vale de nada —dijo Cal—. Es un libro de decoración.

—¿Y qué es lo que estoy haciendo?

—Cuando termines de reparar el tejado, poner cañerías, arreglar los cables de la luz y los techos, podrás ponerte a decorar.

—No tienes que decirme que tengo mucho trabajo. Eso ya lo sé.

Cal suspiró.

—Mira, no sé por qué estamos discutiendo.

—Porque tú has venido aquí a discutir.

—Eso no es verdad —le aseguró él—. Lo que pasa es que me he dado cuenta... bueno, me parece que necesitas ayuda profesional. Yo puedo darte algunos nombres, sobre todo de alguien que pueda arreglar el tejado.

Natalie pensó con rapidez. Se había gastado más dinero en tres días del que tenía presupuestado para varias semanas.

—No estoy segura... tengo que pensarlo. A lo mejor no te has dado cuenta, pero no se me está dando tan mal.

—Ya —murmuró él, poco convencido.

–Pero te pediré esos nombres si los necesito.

–Mira, no quiero meterme en tus asuntos, pero como hoy voy a bajar al pueblo... ¿por qué no dejas que te haga un favor y te instale unas cerraduras?

Natalie lo miró, sorprendida. Era el primer gesto amable que alguien de Heartbreak Ridge había tenido con ella y eso le hizo concebir esperanzas.

–¿Harías eso por mí?

Cal se encogió de hombros.

–Llámalo un regalo de bienvenida.

–Muchas gracias. La verdad es que aún no había pensado en las cerraduras porque tengo tantos problemas que resolver...

Cal sonrió y la sonrisa pareció casi amable.

Incluso bonita.

Ella sonrió también, pero apretó los dientes cuando se dio cuenta de cómo la afectaba la sonrisa de su vecino. El golpe debía haberla afectado.

–Nos veremos más tarde –dijo él–. Intenta no matarte hasta que vuelva.

–No te preocupes por mí. Yo seguiré aquí, vivita y coleando.

Ese era el problema. Que seguiría allí, viviendo al lado del guapísimo e irritante Cal Tucker hasta el día del juicio.

En el pueblo, Cal compró las cerraduras y después se acercó a la comisaría. Cuando entraba por la puerta, la secretaria de su tío, Merlie Shivers, lo miró con expresión de sorpresa.

–¡Vaya, por fin te dignas a visitarnos! ¿Qué has venido a decirnos, hombre sabio? –preguntó, con fingida reverencia.

Cal sonrió. Había trabajado como ayudante de su tío durante cuatro años y estaba acostumbrado a las bromas de Merlie.

–El final está cerca. ¿De verdad quieres pasar a la eternidad con ese peto vaquero?

Merlie soltó una carcajada.

–Prefiero pasar la eternidad con este peto que pasarla contigo –replicó la mujer–. ¿Por qué no te cortas el pelo y te afeitas? Quién sabe, es posible que vuelvas a sentirte como un ser humano.

–Eso es lo que me temo.

Su tío salió de la oficina y le dio un afectuoso golpe en la espalda.

–¿Qué te trae por el pueblo? ¿Dispuesto a volver al trabajo?

Sam siempre insistía en que volviera a trabajar con él y, en realidad, Cal sentía cierta nostalgia, pero no la suficiente como para volver a colocarse la estrella.

–Me lo pensaré –contestó. Sam sonrió, un poco desilusionado–. ¿Cómo está Shelby? –preguntó Cal, para cambiar de tema.

–Estupendamente. Deberías ir a visitarnos más a menudo. Lily está tan grande que no la vas a reconocer. Ya gatea.

Merlie soltó una risita irónica.

–La última vez que estuve *chez* Weston me tuve que tragar una película de media hora en la que Lily se comía un plátano.

Cal sonrió. Nunca dejaría de asombrarlo lo enamorado que Sam estaba de su mujer y de la hija de su mujer, Lily.

–Vamos, Merlie, no era tan aburrida –dijo su tío.

–Bueno Cal, ya que estás aquí, me gustaría saber si estás dispuesto a adoptar –dijo Merlie.

–¿Adoptar? –repitió él, sorprendido.

Merlie abrió un cajón y sacó una bolita de pelo naranja, con patas.

–A Tubb junior.

Instintivamente, Cal dio un paso atrás.

–¿Cómo ha ocurrido? Pensé que tu gato...

–¿Estaba castrado? Y lo está. Pero tendrás que admitir que se parece mucho a Tubb. A lo mejor son primos. En fin, me lo he encontrado en la puerta de mi casa –explicó la mujer–. Algún idiota me ha tomado por un alma generosa.

Sam le guiñó un ojo a su sobrino.

–No puedo imaginar quién habrá sido.

Todo el mundo en Heartbreak Ridge sabía que Tubb era el gato mejor alimentado y cuidado de Texas. Y que aquel gatito correría probablemente la misma suerte.

–Lamento desilusionarte, Merlie, pero no quiero gatos. Solo quería saber si conocías a alguien que buscara trabajo haciendo chapuzas.

–¿Qué clase de chapuzas?

–Pues... hacer algunas reparaciones en una

casa —contestó él, sin dar más explicaciones. Si se enteraban de que estaba ayudando a su nueva vecina, estaba seguro de que no lo dejarían en paz.

Desgraciadamente, Merlie tenía el olfato de un perdiguero.

—¡No me digas que te has hecho amigo de la hotelera!

Sam se lo tradujo.

—Así es como la llamamos desde que pegó un panfleto diciendo que iba a convertir la vieja casa de la montaña en un hotel de lujo.

Cal hizo una mueca. Él mismo había recibido el plan de Natalie Winthrop con desprecio, pero había presenciado sus esfuerzos por hacerlo realidad. De hecho, estaba asombrado de que aún no se hubiera matado. Cal se había percatado de que, tres días después de llegar a Heartbreak Ridge, Natalie era una sombra de sí misma... más delgada, más desesperada e incluso más humilde.

—¿Cómo es, Cal? —preguntó Merlie.

Él sonrió.

—¿Cómo es eso de que si no tienes nada agradable que decir de alguien...?

—Ha bajado al pueblo varias veces, pero no ha hablado con nadie.

—Quizá es una chica tímida —dijo Sam.

—Os aseguro que habla mucho —sonrió Cal—. Y no es precisamente muy simpática.

—¿Y por qué quieres ayudarla?

Sam sonrió.

—Porque es muy guapa.

—¿Guapa? —repitió Cal, indignado—. Es normal y corriente.

—Pero tiene buena figura.

—Probablemente tenía un entrenador personal en Houston. Desgraciadamente, nadie la ha entrenado para tener sentido común.

Merlie soltó una carcajada.

—Tú no tienes prejuicios sobre las chicas de ciudad, ¿verdad, Cal?

Ante la no muy sutil referencia a Connie, Cal se puso pálido.

—Esta mujer es aún peor que Connie. No deja de hablar de un abuelo que era millonario y mira a la gente por encima del hombro.

Aunque seguía habiendo una cosa que lo sorprendía. Si era tan rica, ¿por qué no contrataba una empresa de reparaciones?

Pero, en realidad, eso no era asunto suyo.

Cal se preguntó por enésima vez qué demonios hacía pensando en los problemas de su irritante vecina. Se había apostado cien dólares con ella a que se marcharía antes de seis semanas y ganaría la apuesta.

El problema era que no podía quedarse de brazos cruzados mientras la veía a punto de matarse.

—Si no la ayudas, acabará marchándose —dijo Sam.

—Sería como dejar una ardilla herida en la carretera. Hay que matarlas o echarles una mano —suspiró Cal—. Y no creo que pueda matar a mi vecina.

—No, no creo —rio Merlie.

El problema era que, desde que había mirado aquellos ojos castaños llenos de fuego, había empezado a desear besarla en lugar de matarla. Y solo por eso deberían encerrarlo.

—Supongo que podrías preguntarle a Howard si necesita trabajo —dijo su tío.

—¿Howard Tomlin? —preguntó Merlie, sorprendida—. ¡Si ya no puede ni levantar un martillo!

—Está muy bien para tener setenta años.

Cal asintió. Howard Tomlin estaba retirado y hacía chapuzas para matar el tiempo. Seguro que trabajaría por poco dinero.

Natalie Winthrop podía aparentar que era una rica heredera, pero él tenía la sospecha de que la baronesa estaba arruinada.

—Gracias, Sam. Iré a hablar con él.

Pero aquella, se prometió a sí mismo, sería la última vez que le hacía un favor a su vecina. Howard y las cerraduras serían el primer y último regalo para Natalie Winthrop. Desde ese momento, la baronesa tendría que apañárselas sola.

Capítulo Tres

Cuando Natalie conoció a Howard Tomlin, su corazón se hundió como el Titanic.

Los cristales de sus gafas eran tan gruesos como los de las botellas de refresco y hablaba a gritos porque se le había olvidado ponerse el aparato en el oído.

Natalie no sabía qué hacer. No quería herir los sentimientos de aquel anciano, pero tampoco podía pedirle que se subiera al tejado.

–Yo... me temo que no puedo pagarle mucho –dijo, rezando para que el asunto del dinero diera por finalizadas sus relaciones contractuales con Howard.

–¿QUÉ?

Natalie respiró profundamente, armándose de paciencia.

–¡QUE NO PUEDO PAGARLE MUCHO!

El hombre parpadeó.

–CAL ME HA DICHO QUE USTED ERA UNA DE ESAS SEÑORITINGAS DE HOUSTON –gritó el hombre–. PERO NO CREA QUE VA A EXPLOTARME A CAUSA DE MI EDAD. CONOZCO MIS DERECHOS Y NO TRABAJO POR MENOS DE SEIS DÓLARES LA HORA.

¡Seis dólares la hora! La cantidad le pareció tan ridícula que Natalie se encontró a sí misma diciendo lo que no había querido decir:

–ESTÁ CONTRATADO –gritó. Daba igual que Howard Tomlin estuviera medio ciego y no pudiera subirse a una escalera. El hombre le estaba tendiendo una mano y parecía más entusiasmado que si hubiera ganado el puesto entre cientos de candidatos–. ¿CUÁNDO PUEDE EMPEZAR?

Howard parecía irritado.

–SUPONGO QUE PUEDO EMPEZAR AHORA MISMO, YA QUE HE VENIDO HASTA AQUÍ. PODRÍA EMPEZAR POR LAS CERRADURAS.

Y, sin decir una palabra más, volvió hacia su furgoneta y sacó una caja de herramientas. Natalie recordó algo en ese momento.

–¡Señor Tomlin! ¡Señor Tomlin! –lo llamó. Pero no recibió respuesta–. ¡HOWARD! –gritó. El hombre se volvió–. LA CASA NO TIENE ELECTRICIDAD. PUEDE QUE ESO DIFICULTE UN POCO LAS COSAS.

–¿ELECTRICIDAD? –repitió Howard haciendo una mueca–. NUNCA ME HA GUSTADO –añadió, dándose la vuelta.

Entonces le iba a encantar su casa, pensó Natalie. Estaba volviendo hacia el porche cuando lo escuchó cantar:

–«¡En el valle, en el valle, nos encontraremos una mañana hermosa!»

Natalie frunció el ceño. Y, además, cantaba a pleno pulmón...

Dentro de la casa, animado por aquel sonido, Armand empezó a cantar su aria favorita de *Rigoletto*. De los dos, la cacatúa tenía mejor voz.

Cal estaba esperándola en el porche, con los brazos cruzados.

—La baronesa y Howard Tomlin. Una pareja de cine.

—¿ES QUE...? —Natalie se aclaró la voz—. ¿Es que te pasas la vida riéndote de la gente?

—¡Acabo de echarte una mano! Aunque no tenía intención de hacerlo, la verdad.

—Yo creo que Howard es más bien tu arma secreta —murmuró ella.

—No te equivoques. Ese hombre puede arreglar cualquier cosa —rio Cal.

Natalie hizo una mueca. Había tantas cosas que arreglar en su vida...

—Gracias —dijo por fin—. No quiero parecer ingrata.

—De nada —sonrió él, mirándola como si conociera todos sus secretos—. Dime la verdad, ¿por qué has venido a Heartbreak Ridge, Natalie?

Ella lo miró, sorprendida.

—Creo que es obvio —contestó, señalando la casa—. Mi mansión.

—Lo siento, pero no me lo trago.

—No hay nada que tragarse, Sherlock Holmes. No hay ningún misterio. Me engañaron y ya está.

—Pero, ¿por qué una señorita de tan buena familia como tú se dedica a buscar casas en pueblos perdidos como Heartbreak Ridge? Eso es lo que no entiendo.

Ella se encogió de hombros, incómoda.

—¿Quién no está interesado en encontrar una mina de oro?

—Los ricos. Tú dices que eres rica, pero obviamente no lo eres.

¡Él lo sabía! Y, si no lo sabía, estaba a punto de averiguarlo. Aquella posibilidad la llenaba de temor.

—¿Y por qué piensas eso? —preguntó, levantando la barbilla.

—Porque no estarías viviendo aquí si tuvieras dinero para pagar un hotel. Conozco a las mujeres como tú.

Su tono despreciativo hizo que Natalie casi se pusiera a gritar.

—¿Y cómo sabes tanto? ¿Eres antropólogo?

—Prácticamente he hecho un máster en las mujeres de tu clase —replicó él.

«Su clase». ¿De qué estaba hablando? Natalie no sabía a qué se refería. ¿A las rubias? ¿A las mujeres que no sabían reparar tejados?

—Pues yo no conozco a los hombres de «tu clase». Lo único que sé es que crees que me voy a marchar de aquí derrotada y no va a ser así. Insultarme no va a acercarte a los cien dólares.

Cal sonrió.

—Ha sido por culpa de un hombre, ¿verdad?

—No sé de qué estás hablando.

—Un novio —clarificó él—. Un corazón destrozado que te ha hecho cambiar de vida. O quizá él te ha dejado y has decidido apartarte del mundo durante un tiempo.

Natalie tuvo un presentimiento.

–¿Por qué? ¿Es eso lo que te pasó a ti?

La expresión sorprendida del hombre le dijo que había acertado.

Natalie lo miró entonces a los ojos y le sorprendió la tristeza que vio en ellos. Algo terrible debía haberle ocurrido a Cal Tucker para crear aquella impenetrable barrera.

Pero ella sabía algo de eso. Su historia no la había convertido en una reclusa ni mucho menos, pero durante el último año había llevado una máscara para esconder su miedo.

¿Era eso lo que Cal sentía? ¿Miedo?

Natalie sintió remordimientos por haber despertado penosos recuerdos; después de todo, Cal la había ayudado y ella no quería hacerle daño.

–Lo siento, no debería haber dicho eso.

–Será mejor que me vaya –murmuró él.

–He dicho que lo siento.

–Ya te he oído.

Natalie se cruzó de brazos, furiosa. ¡Qué arrogante, qué infantil no aceptar una disculpa!

Cal se alejó sin decir una palabra y Natalie se quedó en el porche, sorprendida por las emociones que ella y su guapo vecino parecían despertar el uno en el otro.

–Una pena lo que le pasó a ese chico –dijo Howard, acercándose.

–¿QUÉ LE PASÓ? –preguntó ella, intentando

no parecer interesada en los rumores sobre un vecino que no le importaba un bledo.

–Le rompieron el corazón –contestó Howard con tristeza.

Los truenos y relámpagos parecían sacudir la montaña, pero solo eran un eco de los encontrados sentimientos que bullían en el interior de Cal desde que había hablado con Natalie Winthrop. Su insoportable vecina, debería añadir.

¡Intentaba ayudarla y ella lo insultaba! Su comentario había sido tan certero que se preguntaba si habría oído rumores en el pueblo sobre su ruptura con Connie. Incluso un año después del divorcio, aquella herida seguía abierta... ¡y tenía que ser la baronesa quien echara sal sobre ella!

¡De todos los ciudadanos del país, Jim Loftus tenía que haber elegido a aquella cursi! Cientos de personas habían entrado en el sorteo... ¿por qué no había elegido una pareja de mediana edad? ¿O a un tipo al que le gustara ir de pesca? ¿O alguien en su sano juicio?

Cal hizo una mueca cuando la lluvia empezó a golpear el tejado. El problema era que, en parte, se alegraba de que fuera Natalie quien ocupara la casa. Aquella ruina era justo lo que una mujer como ella se merecía. Ver cómo fracasaba iba a ser un placer. Incluso con la ayuda de Howard, no sería capaz de convertir esos escombros en un lugar habitable.

Ganar la apuesta con Natalie iba a ser casi mejor que si hubiera triunfado sobre Connie.

Aunque no estaba seguro de cómo podía haber «triunfado» sobre Connie. ¿Quería que volviera con él y le pidiera perdón de rodillas? No quería ni pensar en ello.

Un relámpago iluminó el cielo en ese momento y Cal se acercó a la ventana para mirar la casa.

Estaba completamente a oscuras, excepto por una pequeña luz en una de las habitaciones. Cal tuvo que sonreír al imaginar la triste escena... Natalie estaría encogida en la única esquina protegida de las goteras, si había alguna, con una vela en la mano. Se la imaginaba con el cabello rubio sobre la cara, los preciosos ojos castaños brillantes de terror. Estaría acariciando uno de esos chuchos peludos...

La sonrisa pronto se convirtió en una mueca. En su imaginación, el perrillo estaba temblando de miedo, gimiendo...

Cal se paró en medio de la habitación que servía como salón y cocina. El hielo que había alrededor de su corazón empezaba a derretirse mientras la imagen se volvía más y más real. La casa de Natalie no tenía calefacción, ni chimenea, ni luz, ni un lugar seco. El viento que golpeaba las ventanas sin cristales sería suficiente para asustar hasta al más curtido vecino de Heartbreak Ridge...

Cal se dirigió hacia la puerta, maldiciéndose a sí mismo en voz baja por ser tan tonto mientras se ponía el impermeable. Aquella mujer infernal no debería estar allí... ¡y él no tenía por qué sentir compasión por ella! Pero la sentía y no iba a poder dormir hasta que comprobase que Natalie Winthrop estaba bien.

La tormenta era tan fuerte que el camino entre su casa y la de Natalie parecía a punto de desaparecer bajo el agua.

Cal saltó de la furgoneta y cuando llamó a la puerta, en la que Howard había instalado una cerradura, los perros empezaron a ladrar como locos.

—¿Quién es? —preguntó Natalie.

—Soy yo. ¡Abre la puerta!

Cuando Natalie apareció ante él, Cal tuvo que disimular su turbación. Llevaba una vieja camisa de franela y un pantalón de deporte y parecía tan desdichada como él había imaginado. La habitación olía a humedad y a otro aroma que le resultaba familiar.

Cal olisqueó el aire, mirándola.

—¿Qué perfume llevas?

—Chanel —contestó ella, sorprendida.

¡El mismo perfume que Connie! Aquello lo hizo desear salir corriendo, pero Cal permaneció donde estaba.

A la luz de la vela, su piel parecía aún más perfecta. Pero su pelo estaba desordenado y unas delgadas clavículas asomaban por el cuello de la camisa. Era como un duende.

—Vamos —dijo Cal, tomándola del brazo.

—¿Dónde? —preguntó ella, sin moverse.

–A mi casa –contestó Cal–. Toma lo que necesites para esta noche y vámonos.

Para su sorpresa, Natalie no discutió.

–Muy bien. Tú lleva la jaula y yo intentaré encontrar a Winston. Le dan pánico las tormentas.

–¿Perdón?

Natalie parpadeó, alarmada.

–¡No puedo dejarlos aquí!

–Solo será esta noche.

–Pero míralos –insistió ella, señalando a los temblorosos animales. Cal no se había equivocado al imaginar la escena–. ¡Están muertos de miedo!

–Mi casa solo tiene dos habitaciones.

–Pues la mía tiene dos metros cuadrados habitables, así que imagínate. Además, Armand no debería tener que soportar esta humedad... es mala para él.

–¡Es un pájaro!

–¡Un pájaro tropical! Su hábitat nativo es la selva... –empezó a explicar Natalie–. Mira, vamos a dejar de discutir. Lleva la jaula a mi coche, yo voy a buscar a Winston –añadió, dando el asunto por zanjado.

Cal murmuró algo mientras la oía subir por la escalera llamando al gato. Natalie Winthrop iba a convertir su casa en un zoo.

Los perros empezaron a saltar a su alrededor y Cal pisó al chihuahua sin querer. El gemido del animal hizo que la cacatúa se pusiera a cantar algo parecido a lo que cantaban los famosos tres tenores.

–Que Dios me ayude –musitó Cal mientras salía por la puerta–. Intento rescatar a esta mujer y termino aprendiendo ópera de un pájaro.

–En caso de que no lo haya dicho antes, gracias por invitarnos a venir –dijo Natalie, sentada en el sofá, con una taza de té en la mano. Después de pasar varios días comiendo cosas frías, una taza de té era como una bendición. Bootsy y Friz estaban tumbados a su lado y Mopsy se había hecho una bola sobre la alfombra–. ¿La casa es tuya?

Habían colocado una toalla sobre la jaula de Armand, de modo que el único sonido era el crepitar de la leña en la chimenea.

–Es una cabaña de caza.

–Ya veo.

Natalie hizo una mueca, mirando la cabeza de ciervo que colgaba sobre la chimenea. ¡Pobre Bambi!

–Espera... no me lo digas. No te gusta la caza.

Ella sonrió, intentando recordar que era una invitada. Si estuviera en Japón, aceptaría pescado crudo sin darle una charla sobre las bacterias a su anfitrión. Y suponía que las mismas buenas maneras eran necesarias cuando se trataba de un anfitrión tan bárbaro.

–Supongo que matar animales es tu pasatiempo.

Cal soltó una carcajada.

–Lo que imaginaba, un corazón blando. Pero

supongo que habrás comido gamo en algún restaurante de cinco tenedores.

Natalie temió que su rubor la hubiera delatado.

—Yo nunca lo he pedido... —empezó a decir. Aunque la verdad era que había saboreado un delicioso filete de gamo en una fiesta el mes anterior. Y en su banquete de boda iba a servirse ternera. Desde el punto de vista de un corazón blando, comer ternera era descender al nivel de Atila.

—¿Ocurre algo?

—No. Solo estaba pensando.

—Sobre ese hombre, ¿verdad?

—¿Qué hombre? —preguntó Natalie, sorprendida.

—El que te abandonó. No puedes dejar de pensar en él.

Aparentemente, era Cal quien no podía dejar de pensar en él.

—Para tu información, no me ha dejado ningún hombre. He sido yo quien lo ha dejado.

Cal hizo una mueca de disgusto.

—Debería haberlo sabido.

—Además, no era eso sobre lo que estaba pensando. Casi nunca me acuerdo de Jared.

—¡Jared!

—Era el nombre de mi prometido. Jared Huddleton.

—¿Por qué lo abandonaste?

—¡Eso no es asunto tuyo! —exclamó Natalie. No se atrevía a admitir que lo había abandonado por aquella casa; la casa en la que no podía dormir porque estaba llena de goteras–. Además, es una historia muy larga.

Cal sonrió.

–La noche es joven. ¿Estabas a punto de casarte con ese Jared?

–Faltaban unas dieciséis horas –contestó ella. Cal la miró, atónito–. Pero fue lo mejor. Nuestro matrimonio hubiera sido un desastre.

–Ya veo.

–Me di cuenta de que no lo amaba.

–Entonces, ¿por qué ibas a casarte con él?

–Pensé que... que sería beneficioso para mí.

–Ya lo entiendo. Él estaba forrado, pero al final no pudiste hacerlo –dijo Cal. Natalie no quiso darle explicaciones. Su rostro probablemente lo decía todo–. Las mujeres nunca dejan de asombrarme. Abandonan a un tipo unas horas antes de la boda y después sienten pena de sí mismas.

–No sabía que yo representaba a todo mi género –replicó ella–. ¿Siempre has sido tan hostil con las mujeres?

–Es una cosa más bien reciente –murmuró Cal, tomando un sorbo de té.

–Desde que te dejó tu mujer.

–¿Quién te lo ha contado?

–Howard. Parece que hasta él sabe que has estado aquí recluido, llorando tus penas. Y, sin duda, estabas esperando que llegara otra mujer para ventilar tu rabia con ella. ¡Debiste alegrarte mucho al verme!

–¡Alegrarme! –exclamó Cal–. ¿Crees que disfruto de que hayas estropeado mi tranquilidad?

–Has sido tú el que me ha invitado a pasar la noche aquí.

–¡Y mira lo que pasa! He terminado con una casa llena de animales y una mujer indiscreta que insiste en hablar de mis problemas.

–¿Quién ha empezado a hacer preguntas?

–Tienes razón –suspiró él.

Natalie se recordó a sí misma que Cal, a su manera, intentaba ser agradable. Y, además, debería sentirse agradecida por pasar la noche en un sitio seco y calentito.

–Estoy un poco cansada. Lo mejor será que me vaya a dormir.

Cualquier cosa mejor que seguir discutiendo.

–Muy bien.

Cuando él se levantó, Natalie no pudo evitar una mirada de admiración a los músculos que se marcaban bajo su camiseta. Cal era naturalmente atlético y parecía muy cómodo en su piel.

Era lo que había dentro de su cabeza lo que la preocupaba.

Natalie forzó una sonrisa.

–¿Dónde voy a dormir?

Cal señaló el sofá.

–Ahí.

¡Un sofá! Sería un millón de veces mejor que el suelo pero... Natalie había visto la cama de matrimonio, con un colchón que parecía medir dos metros y se le había hecho la boca agua.

Pero Cal Tucker no era un caballero.

–Muy bien, baronesa. Felices sueños –dijo él, después de darle sábanas y mantas.

A Natalie la irritó el mote, pero intentó que no se notara.

–Buenas noches.

Una vez entre las sábanas, dejó escapar un suspiro. Aquella era la cama más blanda en la que había dormido desde que salió de Houston. Quizá incluso tendría felices sueños.

Pero cuando cerró los ojos, no podía dejar de ver los músculos de Cal bajo su camiseta... y recordaba que aquel maravilloso cuerpo estaba a solo unos metros de ella en una cama de matrimonio...

Capítulo Cuatro

Antes de amanecer, Armand empezó a cantar un aria de Rigoletto. Medio dormido, Cal se dio la vuelta y... se encontró con una cara llena de pelos. Cuando abrió los ojos, sorprendido, vio que era Mopsy, que lo miraba con ojos tiernos.

—¿Qué es esto?

Un segundo después, otros dos pares de ojos lo miraban, los diminutos del chihuahua y... los ojos adormilados de Natalie.

—¿Qué pasa? —preguntó ella, bostezando.

Cal saltó de la cama con la velocidad de un cohete de la NASA y la miró, atónito.

—¿Qué estás haciendo aquí?

—Necesitaba dormir en alguna parte.

—¿Y qué ha pasado con el sofá?

—No estaba mal hasta que Bootsy se subió encima. No te puedes imaginar lo que ronca ese perro. Es normal, claro, es un terrier...

—Estupendo.

—Bootsy es pequeño, pero siempre quiere tumbarse en el medio.

—¿No me digas? —murmuró él, intentando no mirar el precioso cuerpo tumbado sobre su cama.

–No te he robado mucho sitio, Cal.

–¿No?

Natalie miró a Mopsy, riendo.

–¿Cómo se ha subido aquí?

–¡Obviamente, has dejado la puerta abierta!

–¿Siempre estás así de gruñón por las mañanas?

–¡Solo cuando encuentro mi cama invadida por dos bolas de pelo! –exclamó él. Lo que no mencionó era que verla con la camisa cayéndole sobre un hombro lo estaba sacando de quicio. Desde la otra habitación, la cacatúa se lanzó a cantar otro coro de ópera–. ¿Hay alguna forma de callar a ese pájaro?

Natalie levantó la barbilla al famoso estilo Winthrop.

–No me gusta tu tono.

–Y a mí no me gusta que te tomes tantas libertades.

Natalie sonrió.

–No estás acostumbrado a compartir tu cama, ¿verdad?

–Con perros, no.

–¿Y con mujeres?

Cal frunció el ceño mientras ella deslizaba la mirada por sus calzoncillos y su torso desnudo.

–Escucha, Natalie, yo no soy ningún santo. Y como tienes un cuerpo que parece hecho para tentar los apetitos de un bárbaro, yo que tú saldría corriendo hacia el sofá en este mismo instante.

Incluso en la oscuridad Cal pudo ver que ella se ponía colorada.

–Si te vas a poner así... Tampoco es que me haya lanzado a tus brazos.

Él dejó escapar un suspiro.

–Lo sé.

Natalie tomó a Fritz en brazos y salió de la habitación con toda la dignidad de la que era capaz.

–Si hubiera sabido que ibas a ponerte así, jamás habría entrado en tu habitación. ¡Perdón por las molestias!

Natalie cerró de un portazo y Cal tuvo que hacer un esfuerzo para no salir corriendo tras ella y pedirle disculpas. Pero era absurdo; era él el ofendido. Era él quien le había ofrecido su hospitalidad y él quien tenía que escuchar ópera a las cinco de la mañana.

Además, sería amable más tarde, a una hora decente. Eso sería menos doloroso que disculparse.

Cal volvió a meterse en la cama y se cubrió la cabeza con las mantas, decidido a no escuchar los graznidos de Armand, hasta que se dio cuenta de que no llegaba ningún sonido del salón. Natalie debía haber vuelto a colocar la toalla sobre la jaula.

En eso era diferente de su ex mujer. Si Cal le hubiera echado en cara que no podía dormir, Connie sencillamente habría hecho más ruido. Por supuesto, Connie nunca habría tenido perros, ni gatos y mucho menos una cacatúa. No se la imaginaba limpiando una jaula. Aunque tampoco podía imaginarse a Natalie. Seguramente un ejército de criados haría esas tareas por ella.

Pero en aquel momento no tenía criados...

Cal miró al techo, intentando imaginar cómo una mujer rica y mimada como ella había terminado en un sitio como Heartbreak Ridge. La ruptura con ese prometido suyo debía de haber sido sonada. ¿Qué otra cosa podía haberla hecho esconderse en un sitio tan pequeño?

Cal intentó imaginarse a Jared, un tipo elegante y seductor, con el pelo engominado. Después imaginó a Natalie tal y como la había visto el día anterior después de caerse del tejado e intentó contrastar esa imagen con la de una mujer comprometida con ese hombre. Algo no cuadraba. Cal no quería darle demasiado crédito a la baronesa, pero aunque era una niña mimada, no era la típica tonta detestable.

¿O lo era?

Natalie no había visto tanta comida congelada en toda su vida. Cal tenía suficientes cosas en el congelador como para dar de comer a un ejército y más cerveza de la que Jared había pedido para su despedida de soltero.

Aquel recuerdo de su vida, su boda y el hombre que había dejado atrás hizo que se le escapara un suspiro. Se sentía como una tonta, desaprovechando un novio estupendo... ¿para qué? Para ser la invitada de un hombre de las cavernas, con las maneras de un gañán.

Qué lista.

Jared nunca le había hablado como lo había hecho Cal. Jared era un hombre paciente para quien incluso sus defectos eran encantadores. De hecho, nunca se habían peleado y Jared jamás le había levantado la voz.

Natalie frunció el ceño. Había algo raro en todo eso, pero no podía decir qué. Jared siempre era algo impaciente con los demás; con el mecánico que arreglaba su Mercedes, con los amigos que se marchaban sin pagar la cuenta, ese tipo de cosas... pero nunca, en ninguna ocasión había parecido irritado con ella.

¡Y no había sido capaz de enamorarse de él! ¿Era tonta o qué?

No debería estar pensando esas cosas.

Comida. Necesitaba comida. Natalie sacó una pizza congelada y la metió en el horno. Después, cortó un pomelo por la mitad y se dispuso a hacer café.

Afortunadamente, no se le daba mal preparar el desayuno. Cal obviamente la consideraba una inútil, pero cuando saliera de su dormitorio y encontrase el desayuno esperándolo iba a llevarse una sorpresa.

Por supuesto, Natalie no quería pensar demasiado en cómo deseaba verlo salir del dormitorio. Se había quedado sin habla al verlo en calzoncillos. ¡Y Cal le había dicho que ella tenía un cuerpo que tentaría a un bárbaro! Aquel hombre era lo más sexy que Natalie había visto fuera de una pantalla. De hecho, apostaría cualquier cosa a que el cuerpo de Cal estaba más definido que el de muchas estrellas de cine.

Y su temperamento también le recordaba a algunas estrellas de cine. Desgraciadamente, a los que solían salir en televisión para explicar sus peleas con los periodistas.

Unos minutos después escuchó ruido en el dormitorio de Cal y se sentó, sorprendida por el ritmo furioso de su pulso. Que tuviera un cuerpo bonito no cambiaba el hecho de que tenía la personalidad de un oso. ¡El aire de las montañas debía haber empezado a subírsele a la cabeza para sentir deseo por un hombre como Cal Tucker!

–¿Qué es esto? –preguntó Cal, entrando en la cocina con una camisa de cuadros y los ajustados vaqueros que Natalie conocía tan bien.

–El desayuno –contestó ella–. ¿No tienes hambre?

Cal hizo una mueca al ver la pizza, pero no se quejó.

–Se me olvidó comprar huevos cuando estuve en el pueblo.

Dada la amabilidad de su tono, Natalie supuso que aún no estaba despierto del todo.

–No importa.

Cal apenas habló mientras se tragaba la pizza, el pomelo y dos tazas de café.

–¿Qué vamos a hacer hoy, baronesa?

Ella hizo una mueca, por el mote y por la implicación de que iban a pasar el día juntos.

–No sé lo que vas a hacer tú, pero yo me voy a casa.

–¿Has mirado por la ventana? Sigue lloviendo.

–Tengo cosas que hacer.

–Pues espero que seas un anfibio porque tu casa estará llena de agua.

Pensar que la casa estaría en peores condiciones que por la noche hizo que Natalie sintiera un escalofrío. Pero no podía estar peor. Era imposible que estuviera peor.

–¿Y Howard? Dijo que vendría esta mañana.

–Howard no es tonto. No aparecerá hasta que deje de llover. Además, el camino hasta tu casa estará impracticable.

Natalie suspiró.

–Pero no puedo quedarme aquí.

–¿Por qué no? ¿Es que no lo pasamos bien juntos?

¿Estaba de broma?, pensó ella. Y, lo más asombroso, ¿de verdad quería que se quedara?

Natalie se cruzó de brazos y lanzó sobre el hombre una mirada escéptica.

–Me encanta tu compañía, pero ¿y mis animales? Necesitan comida.

Cal se levantó y sacó un par de latas de carne.

–Armand puede comer galletitas por un día, ¿no?

–Sí, pero... ¿de verdad quieres que nos quedemos?

Cal pareció pensárselo un momento.

–La verdad es que no, pero si volvieras a tu casa me quedaría preocupado. Que te cayeras del tejado ya me ha hecho perder suficiente tiempo —contestó por fin. Natalie lo miraba como si estuviera a punto de ponerse a gritar—. Te llevaré a tu casa en cuanto deje de llover.

—Muy bien... si no te molesto.

—¿Cómo podrías no molestar en una cabaña tan pequeña?

Natalie se levantó de un salto.

—Si crees que...

Cal puso la mano sobre su hombro para calmarla, un gesto que consiguió el efecto contrario. Cierto, Natalie dejó de hablar. Pero el roce de la mano del hombre era todo menos tranquilizador.

—¿Por qué eres tan susceptible?

—No soy susceptible —contestó ella, mirando la mano del hombre con cara de pocos amigos.

Cal la apartó y se quedó mirándola, incómodo. Y Natalie deseó darse de tortas por haberlo mirado con desaprobación. Se había quedado sin el calor de aquella manaza y lo echaba de menos.

—Bueno... ¿qué sugieres que hagamos? —preguntó, después de unos incómodos segundos—. ¿Tienes alguna película?

—No.

—Podemos ver la tele.

—No tengo televisión.

Natalie miró alrededor, sorprendida.

—¿Y qué sueles hacer?

Cal sonrió, señalando un montón de libros.

—Estoy leyendo la enciclopedia.

—¿En serio? ¿Para qué?

–Quizá porque no fui a la universidad. Es una forma de recuperar el tiempo perdido.

La respuesta hizo que Natalie sonriera.

–Supongo que también es por eso por lo que hay tanta cerveza en la nevera. En la universidad se bebe mucho.

–Me gusta tener la nevera llena porque bajo poco al pueblo.

–Ayer bajaste. ¿Lo hiciste por mí? –preguntó ella. Para su sorpresa, Natalie creyó ver que el hombre se ruborizaba.

–No del todo. Tenía que... atender un asunto. Pero Natalie tenía la sospecha de que ese asunto habría esperado si no hubiera sido porque ella necesitaba ayuda y sintió una punzada de agradecimiento.

–¿Por dónde vas en la enciclopedia?

–Por la jota –sonrió él.

–Ah, eres un primerizo –rio Natalie–. El mundo real acaba de empezar para ti.

–Me gustaría mantenerme alejado del mundo real durante el mayor tiempo posible.

Ella inclinó la cabeza, pensativa.

–¿Qué eras en el mundo real?

–Ayudante del comisario.

Aquella era una respuesta que Natalie no había esperado.

–¡No me lo creo! –exclamó–. ¿Tú, un policía?

–Ex policía. Me retiré el año pasado.

–Cuando... –empezó a decir ella.

–Cuando mi mujer me abandonó –terminó Cal la frase.

Natalie entendía su necesidad de cambiar de vida después de aquel desengaño amoroso. ¿Cómo habría sido su mujer? ¿Y por qué lo habría abandonado? Tenía que haber sido algo traumático para que Cal se apartara del mundo.

Pero Natalie prefirió no seguir preguntando.

–¿Qué tal si jugamos a las cartas?

Cal se apartó como si ella acabara de sugerir que bailaran sobre carbones encendidos.

–¡No, gracias!

–¿No te gusta jugar a las cartas?

–Mi hermano empezó a jugar a las cartas con una chica y dos meses después se había casado.

–¿Y terminó mal?

–Aún no ha terminado.

–¿Quieres decir que están felizmente casados?

–Pues sí. Si a vivir en un mundo irreal lo llamas felicidad, supongo que se podría decir que son felices.

Natalie sonrió.

–O sea, que aunque la gente sea feliz, Cal el sabio, el viejo búho insiste en que no son realmente felices, ¿no es eso?

El búho la miró con cara de lobo.

–Puede que sean felices, pero en mi experiencia la mayoría de los matrimonios duran poco tiempo.

–¡Eres un caso! –exclamó ella–. De modo que no quieres jugar a las cartas por si acaso ocurre una desgracia y te conviertes en un hombre feliz.

–Algo así.

Asombroso.

–¿Tienes alguna sugerencia?

–¿Qué tal si le enseñamos a ese pájaro tuyo a cantar algo que merezca la pena?

Cal puso baladas en el tocadiscos, pero la cacatúa respondía con un perplejo silencio, como si pensara que Cal estaba loco. Era muy deprimente.

A la una, Natalie miró hacia la ventana y sonrió.

–¡Ha salido el sol!

Un segundo después, los dos estaban pegados a los cristales como dos niños, mirando el cielo como si llevaran cuarenta días y cuarenta noches recluidos en aquella casa.

–Debería marcharme a casa.

La idea de que Natalie se fuera debería haber hecho feliz a Cal. Los perros habían soltado pelos por todas partes y estar encerrado con ella durante tantas horas estaba despertando su libido de una forma alarmante. Se sentía demasiado atraído hacia ella. No podía dejar de recordar cuánto se parecía a Connie y lo similares que eran sus pasados, pero cada vez que la miraba, Connie era lo último que había en su mente. En lo único que podía pensar era en pasar los dedos por su pelo, en poner su boca contra los labios rosados de ella, en sentir el cuerpo femenino pegado al suyo...

Obviamente, estaba perdiendo la cabeza. Como si cantar baladas para que las aprendiera un pájaro no fuera suficiente evidencia.

–Te ayudaré –murmuró.

Después de meter a los animales en la furgoneta, tomaron el camino que llevaba a la casa.

–Qué raro... –murmuró Natalie en el porche.

–¿Qué pasa? –preguntó él, dando un paso hacia la puerta. Pero Natalie se lo impidió, poniendo una mano en su brazo. El picaporte había sido forzado.

Cal la apartó de la puerta para alejarla de cualquier peligro, aunque dudaba de que el visitante siguiera dentro. Probablemente habría ocurrido la noche anterior, mientras estaban durmiendo.

–No ha podido ser Howard porque tiene llave –dijo Natalie.

–Créeme, antes sospecharía de Fritz que de Howard.

–Entonces, ¿quién puede haber sido?

–Quédate aquí.

–¿Sola? ¿Estás loco? ¡Voy contigo!

Natalie se llevó la mano a la boca cuando vio el interior de la casa. Todo estaba empapado y el intruso había roto algunas ventanas que no estaban rotas antes. La casa era, más que nunca, un auténtico desastre y cuando terminaron de inspeccionar todas las habitaciones Natalie temblaba de rabia y de miedo.

–¿Quién puede haber hecho esto? –susurró–. ¿Quién?

–No tengo ni idea –contestó Cal–. Pero no puede ser nadie del pueblo.

–¿Estás insinuando que he traído conmigo una ola de delitos?

–Sí, claro –replicó él, irónico–. Te has traído una banda de la mejor sociedad de River Oaks, de los que primero se hacen la pedicura y después conducen durante diez horas para entrar en una casa vacía. Eso era justo lo que estaba pensando.

Su intento de bromear fue contestado con una mirada furiosa.

–Quizá ha sido cosa de niños. ¿No crees? –preguntó Natalie. Pero Cal no podía imaginar a ningún niño de Heartbreak Ridge tan malo como para hacer eso. Ni tan tonto–. Después de todo, tú has insinuado que la gente del pueblo se ríe de mí. ¿Cómo has dicho que me llaman?

–La hotelera.

–Ese podría ser el problema. Quizá alguien no quiere que abra un negocio en Heartbreak Ridge.

Cal la miró con simpatía.

–Aquí no hay ningún otro hotel, Natalie. No es que tengas un rival.

Y tampoco tenía un hotel, desde luego. Ni siquiera la esperanza de tenerlo.

–Pero si no es un niño o una persona que esté furiosa conmigo, ¿quién ha podido ser?

–Eso es lo que tenemos que averiguar. Vamos.

–¿Dónde?

—A casa —contestó él—. La cerradura está rota y no puedes dormir aquí esta noche.

Natalie miró las huellas de barro en el suelo.

—Parece que eso no ha sido impedimento para mi visitante nocturno.

—Podemos poner una puerta nueva.

—Una más fuerte —murmuró ella, desalentada.

Volvieron al coche y subieron de nuevo hacia la cabaña. Nunca en un millón de años se habría prestado Cal voluntario para pasar más tiempo con Natalie y su zoo particular, pero no tenía más remedio. Se sentía furioso, protector y, francamente, sorprendido.

Había sido ayudante del comisario durante varios años, pero Heartbreak Ridge no era precisamente un sitio peligroso. Cal solo había tenido que investigar un par de robos en tiendas, con el dinero como motivo principal. ¿Creería alguien que Natalie tenía dinero guardado en su casa? Aquella era una posibilidad.

Una vez sentados de nuevo en el salón con una taza de café en la mano, Cal decidió que debía empezar a hacer averiguaciones.

—¿Sabes si te han robado algo? —preguntó. Natalie negó con la cabeza. Seguía pálida y asustada y Cal tuvo que hacer un esfuerzo para no soltar la taza de café y tomarla en sus brazos—. ¿Nada de valor?

—Nada. Mis joyas están en el maletero del coche.

—Supongo que también es ahí donde guardas tu dinero.

Natalie rio con amargura.

–¿Qué dinero?

–Obviamente tienes dinero o no estarías intentando convertir esa vieja ruina en un hotel –dijo Cal. Ella se puso colorada–. ¿No es así?

–Bueno, la verdad es que tengo algo de dinero. Quince mil dólares.

–¿En efectivo? –preguntó él sorprendido. Si Natalie iba por ahí con tanto dinero en el maletero, era más tonta de lo que había creído.

Pero ella negó con la cabeza.

–No, está en el banco.

–¿Quieres decir que quince mil dólares es todo el dinero que tienes en el mundo?

Tampoco era una cantidad irrisoria, pero... ¿para una baronesa?

–Me temo que sí –contestó ella, más desalentada que nunca.

–Pero ¿y tú bisabuelo, el terrateniente?

–Le dejó una fortuna a mis ancestros y ellos a mí.

–¿Y qué has hecho para convertir esa fortuna en unos pocos miles de dólares?

Natalie suspiró.

–Se ha esfumado.

–¿Todo tu dinero? –preguntó él, incrédulo.

Natalie negó con la cabeza.

–Mira... es una historia muy larga. ¿Quieres la versión larga o la versión reducida?

–Quiero que me lo cuentes todo, desde el principio.

–Vale. Pero tendrás que hacer más café.

Durante una hora, Cal escuchó la historia del corrupto administrador y los esfuerzos de Natalie por esconder el hecho de que estaba arruinada. Durante el último año, no había dado un solo paso que no fuera absurdo e insensato.

–¿Y por qué no buscaste un trabajo?

–¿Qué podría haber hecho?

–Todo el mundo sabe hacer algo. Y tú tienes un título universitario.

–En historia del arte –murmuró ella–. Un campo en el que no hay precisamente muchas posibilidades de trabajo.

–Podrías haber intentado hacer otras cosas... como trabajar en una tienda.

–Yo no sé usar una caja registradora.

Cal miró al techo.

–Habrías aprendido en una hora, Natalie. Y de ese modo habrías podido conservar algunas de las posesiones de tu familia.

–No hubiera ganado suficiente dinero. Y, además, ¿quién me pagaría a mí por hacer nada? –suspiró ella. Cal miró aquellos profundos ojos oscuros y se dio cuenta de algo. Natalie podía ser una baronesa, pero tenía un gran complejo de inferioridad. Su confianza en sí misma estaba muy deteriorada–. ¿Y qué habrían dicho mis amigos? ¡Me habrían abandonado!

–¡Menudos amigos!

Natalie levantó la barbilla.

–No te he contado mi historia para que te rías.

–Muy bien –suspiró él–. Al menos ahora sé

por qué estás aquí. Y puedo imaginarme quién vendría al hotel que quieres abrir... todos esos «amigos» que te negarían la palabra si supieran que no tienes dinero.

Natalie se cruzó de brazos.

–Por eso soñaba con abrir el hotel.

–Natalie, no quiero ser un aguafiestas, pero no puedo imaginar que Heartbreak Ridge se convierta en un paraíso para turistas.

–Porque el pueblo aún no tiene ningún atractivo.

–Francamente, a mí no me gustaría tener un montón de extraños correteando por la montaña. ¿Y a ti?

–No creo que tenga que preocuparme por eso.

Cal frunció el ceño.

–¿Qué quieres decir?

–No pensarás que voy a vivir aquí durante el resto de mi vida, ¿verdad? Lo único que quiero es poner en marcha el hotel y cuando esté funcionando, lo dejaré en manos del director. Si es un éxito, quizá intentaré abrir otro hotel en Santa Fe o en el sur de Francia.

–¿Qué?

–Nunca podría vivir aquí –siguió Natalie–. No hay nada que hacer, ni gente...

–En Heartbreak Ridge hay sesenta personas que se quedarían muy sorprendidas si supieran que no existen –la interrumpió él.

–Pues eso es lo que quería decir. ¡Sesenta personas! Eso no es nada. Aunque, claro, para este tipo de hotel rural el ambiente es perfecto.

Cal se preguntaba cómo se tomaría Merlie, por ejemplo, el haber quedado reducida a la categoría de «ambiente».

–¿Quieres decir que los vecinos de Heartbreak Ridge no son más que un instrumento para tus planes? ¿Algo así como los actores que van disfrazados de ratón en Disneylandia?

Natalie pensó durante unos segundos.

–Más o menos –dijo por fin–. Es una buena comparación.

Cal tuvo que hacer un esfuerzo para no echarla a patadas de su casa. ¿Como Connie? Natalie era un millón de veces peor que Connie. Al menos, su ex mujer había hecho un pequeño esfuerzo. Había fracasado, pero sus primeras intenciones eran buenas. La baronesa, por otro lado, lo veía todo como un escenario de cartón piedra del que estaba deseando escapar cuanto antes. Cal se sentía enfermo.

–¿Ocurre algo? –preguntó ella.

–No. Tú lo has dejado todo muy claro.

–Pero seguimos sin saber por qué hay alguien que quiere hacerme daño.

No lo sabían, pero Cal empezaba a entenderlo. Pensar que había sentido simpatía por ella, que se había sentido atraído hacia ella... y durante todo el tiempo Natalie lo había estado imaginando paseándose por el hotel disfrazado de indio.

Tenía que salir de allí, apartarse de Natalie y de sus ojos castaños y de ese aspecto inocente que escondía un corazón de hielo.

–Tengo que irme.

–¿He dicho algo malo? –preguntó ella, sorprendida.

–No –contestó él, poniéndose la chaqueta.

–¿Dónde vas?

–Al pueblo –contestó Cal, apretando los dientes. ¿Cómo conseguía tocar su corazón a pesar de ser una pesadilla, una niña mimada y caprichosa sin escrúpulos?–. Volveré pronto.

–¿Cal? –murmuró ella, tocando su brazo.

–¿Qué?

–Gracias por todo lo que estás haciendo por mí.

Su voz, suave y llena de emoción, lo tocó en lo más hondo. Un hombre de menos carácter se habría dejado llevar. Un hombre más débil se habría sentido atraído hacia ella.

Pero él no.

Por Dios, él no.

Gruñendo una despedida, Cal se dio la vuelta y salió de la cabaña.

Capítulo Cinco

No debería estar haciendo aquello. Y, sin embargo, allí estaba, incapaz de alejarse de los problemas de Natalie Winthrop.

Cal miró a su tío, que le devolvió una mirada llena de ironía. Natalie Winthrop representaba todo lo que él detestaba y, si tuviera un poco de sentido común, se alejaría de ella tanto como pudiera. Quizá debería irse a Honolulú con Jim Loftus.

Pero, en lugar de eso, se encontraba a sí mismo dándole explicaciones a su tío.

—Es que no puedo soportar quedarme de brazos cruzados mientras le hacen daño, Sam.

Merlie, que estaba sentada frente a su escritorio cotilleando como era su costumbre, soltó una carcajada.

—Ya, ya.

—¿Qué esperas que haga? ¿Que me quede en mi cabaña sin hacer nada?

—Cal tiene razón. Esto hay que investigarlo. Iré a echar un vistazo.

—Natalie piensa que a alguien en Heartbreak Ridge no le hace gracia que vaya a abrir un hotel.

–¡Pues eso te dice lo bien que nos conoce! –exclamó Merlie–. Nadie se ha interesado tanto por nada desde que nuestro comisario se buscó una esposa en Internet. Solo por el cotilleo, la hotelera vale su peso en oro.

–No creo que la idea de que hablen de ella le haga mucha gracia.

–Sí, parece un poco creída.

El comentario de Merlie lo hizo pensar. Quizá la gente del pueblo no había sido muy simpática con ella... y quizá por eso ella los veía como un mero instrumento para llevar a cabo su plan. O quizá, solo quizá, él estaba buscando excusas.

–¿Natalie no sabe quién puede querer hacerle daño? –preguntó Sam.

–No. El administrador, el detective que le está sacando dinero... ¿por qué iban a ir tras ella?

–Es el novio –dijo Merlie.

–¿Por qué lo dices?

–Porque lo dejó plantado y quiere venganza.

–Eso solo pasa en *Los ángeles de Charlie*.

Merlie se cruzó de brazos.

–Ya sabes que el asesino siempre es el mayordomo. O el novio.

–En el caso de Natalie, no lo creo. Ese hombre seguramente estará saltando de alegría por haberse librado de vivir con un zoo –replicó Cal.

Sam golpeó el escritorio con los dedos.

–Me pregunto si esto tiene algo que ver con el sorteo.

–¿Quieres decir que alguien que perdió la casa puede estar intentando ahuyentarla? –preguntó Cal.

–Eso es.

–No lo creo –intervino Merlie–. Después de ver la casa, se habría dado cuenta de que, en realidad, se había librado de una gorda.

–Además, en el sorteo participaron más de quinientas personas. ¿Cómo podríamos encontrar al responsable? Especialmente con Jim escondido en Honolulú.

–Merece la pena investigar un poco. Intentaré ponerme en contacto con Jim.

–¿Por qué no le dices que no hay moros en la costa? –rio Merlie–. Me gustaría ver qué cara pone cuando se encuentre con la Winthrop. En una pelea mano a mano, ¿quién crees que ganaría, Cal?

–Natalie es más fuerte de lo que parece –sonrió él.

–Espero que no tengamos que llegar a eso –dijo Sam–. Pero haré lo que pueda para hablar con Jim esta noche.

–¿Quieres que limpie el polvo de tu escritorio, Cal? –preguntó Merlie–. Sería un alivio tenerte por aquí de nuevo.

–No voy a volver. Pero tampoco me gusta daros problemas con esa vecina mía.

–Como quieras –murmuró ella, subiéndose las gafas–. Pero aféitate esa barba de una vez. Pareces un mamut.

–Están extinguidos, Merlie.

–Pues como no te la quites, alguien va a creer que se ha encontrado con un fósil viviente.

Cal se pasó la mano por la cara. Quizá debería hacerle caso... pero no quería que Natalie pensara que lo hacía por ella.

Cuando Natalie bajó a reunirse con el comisario en el porche, se quedó impresionada. Sam Weston era un hombre alto, delgado y guapo como un comisario de las películas en blanco y negro. Gary Cooper en carne y hueso. De hecho, se habría sentido atraída por aquel hombre si Cal no hubiera estado a su lado.

Cal, que se había cortado el pelo y afeitado la barba.

Natalie no podía apartar los ojos de él. Con barba y pelo largo era un hombre tremendamente atractivo, pero afeitado era increíble. Llevaba el pelo todavía un poco largo, pero tan limpio que le hubiera gustado acariciarlo. Y, sin la barba, la mandíbula cuadrada y los labios firmes hacían que se derritiera. ¡Pero si se parecía a Brad Pitt!

¿Lo habría hecho por ella?

Natalie se regañó a sí misma por aquellos pensamientos. Para empezar, desde que había llegado, Cal evitaba su mirada. Algo parecía haberlos distanciado. Natalie hizo una mueca al recordar la forma superficial y frívola en la que había hablado del pueblo. Por supuesto, no pensaba de verdad que la gente de Heartbreak

Ridge fueran meros extras para su hotel. La cuestión era que no los conocía. Para ella, solo eran gente que la miraba sin decir nada y que murmuraba cuando se daba la vuelta.

Y la verdad era que tenían un aspecto rústico...

Pero tendría que disculparse. ¡Ella y su bocaza!

Cuando entraron en la casa, Cal señaló a su tío los daños que había causado el intruso.

—Cal me ha contado que su administrador la ha estafado.

—Me temo que sí. Pero no creo que él tenga nada que ver con esto. Malcolm Braswell ha desaparecido con mi dinero y estará viviendo como un rey ahora mismo.

—¿Y el detective que contrató? ¿Cómo se llama?

—Lester Bysbee.

—¿Cuándo fue la última vez que supo de él?

—Hace dos meses me dio el último informe. Dijo que había encontrado una pista de Braswell en Bahamas.

—Eso es muy vago.

—Es lo que yo le dije. Después lo informé de que no podía seguir pagándole a menos que me diera algún resultado y esa fue la última vez que supe de él.

—Tengo un amigo en la policía de Houston que podría darnos alguna información sobre Bysbee y Braswell —dijo Sam—. Joe Teller.

—Merece la pena intentarlo —dijo Cal.

Cuando terminaron de inspeccionar la casa, Sam y Cal salieron al porche.

–He visto esas huellas de neumáticos en alguna parte –dijo Cal, señalando el suelo.

–No son tan grandes como las de una furgoneta –dijo Sam, echándose el sombrero hacia atrás, pensativo–. Y ni siquiera sabemos cuándo entró el intruso.

–Tuvo que ser por la noche –murmuró Cal–. Si hubiera sido de día, lo habríamos oído.

Natalie recordó algo en ese momento.

–Espera un momento. ¿Recuerdas que estabas enseñando a Armand a cantar baladas? Puede que con el ruido no lo oyéramos.

El comisario miró a su sobrino, sorprendido.

–¿A quién estabas enseñando a cantar?

Cal miró al cielo.

–A mi cacatúa –contestó Natalie por él.

–Ya te dije que anoche me llevé a Natalie y sus mascotas a casa –explicó Cal, con cara de querer dejar el tema.

–Cal estaba intentando enseñar a Armand a cantar baladas.

–Una tarea muy interesante –sonrió Sam.

–Lo es, sobre todo porque Cal no soporta que lo despierten con ópera. Debería haber visto su cara cuando Armand empezó a cantar *Rigoletto*. Prácticamente se tiró de la cama.

Sam la miró, confundido.

–¿La cacatúa?

–No, Cal.

El comisario miró a su sobrino.

—¿Estabas durmiendo con un pájaro?

—No, Armand estaba en el salón. En la cama estábamos Cal y yo y...

—¿No tienes que volver a casa, Sam? —la interrumpió Cal—. Shelby se estará peguntando dónde estás.

¿Por qué se sentía tan avergonzado?, se preguntaba Natalie. Su tío debía saber que el corazón de Cal estaba acorazado. Se lo imaginaba en el bar del pueblo hablando mal de todas las mujeres, especialmente de ella, delante de todo el mundo.

—No habrás ido a la tienda mientras estabas en el pueblo, ¿verdad? —preguntó Natalie cuando Sam se despidió.

Él la miró con una expresión poco amistosa. Pero estaba tan guapo... incluso cuando estaba enfadado.

—¿Tienes hambre?

Ella asintió. Hambre de él, podría haber dicho.

Cal suspiró.

—Podríamos ir a comer algo.

Natalie prácticamente saltó de alegría. ¡Ir a comer algo! Aquello sonaba casi como algo civilizado. Le parecía que habían pasado años desde la última vez que había puesto el pie en un restaurante.

—¿Vamos al restaurante del pueblo?

Por su expresión, uno creería que había sugerido una barbaridad.

—¡No!

Natalie frunció el ceño. Quizá la comida en

Heartbreak Ridge era peor de lo que había imaginado.

—¿Y dónde vamos a ir? —preguntó—. Lo digo porque tendré que decidir qué me pongo.

—¿No tienes unos vaqueros?

—Los tenía. De Donna Karan.

—¿Y qué ha sido de ellos?

—Los usé para tapar un agujero en la pared.

Cal se quedó pensativo.

—Quizá deberíamos ir a comprar las cosas que necesitas. Bombillas, un calefactor...

—¿Para qué? No hay electricidad. Yo creo que lo más importante ahora es arreglar el tejado. Pero no puedo decirle a Howard que se suba. Me daría miedo.

Cal suspiró.

—De acuerdo. Lo haré yo.

—¿Tú? ¿Sabes hacerlo?

—Yo le puse el techo a mi cabaña.

Ella lo miró, asombrada. ¿Un ex comisario que sabía reparar tejados? Aquel hombre no dejaba de sacar conejos del sombrero.

—No podría pagarte demasiado.

—No vamos a preocuparnos de eso ahora.

—Pero tengo que hacerlo —protestó ella—. A menos que desees librarte de mí con tal intensidad que quieras hacerlo gratis.

—No es eso...

Cal no terminó la frase y Natalie sospechó que sí era eso.

—Vale, agradezco tu oferta —dijo, cruzándose de brazos.

–Estupendo. Pues vámonos. Y no te preocupes por tu atuendo. No voy a llevarte a un restaurante de cinco tenedores.

Aquel hombre era insufrible.

Desgraciadamente, también poseía una sonrisa que hacía que su corazón se lanzara al galope.

El problema con las mujeres, uno de los problemas, pensaba Cal, era que no tenían sentido común. Allí estaba él, comprando herramientas para arreglar *su* tejado y Natalie buscando juguetes para los perros, objetos de decoración...

En aquel momento estaba mirando una palmatoria con forma de cactus.

–¿No es preciosa?

Cal la tomó del brazo.

–Creí que tenías hambre –murmuró. Lon Wallis, el dueño de la tienda, no perdía detalle. Debería haberla advertido a Natalie de que todos sus movimientos eran espiados para convertirse después en la comidilla del pueblo.

–Estoy muerta de hambre.

–Pues cuanto antes terminemos aquí, antes podremos comer.

Natalie dejó la palmatoria con desgana.

–Vale, pero si no te importa que te lo diga, a tu casa le irían bien unos detalles.

–Y a ti te vendría bien tener un tejado, así que vámonos.

Cal tiró de su brazo, pero sabía que sería un

milagro si llegaban al mostrador sin pararse de nuevo.

—¡Mira!

Cuando Cal se volvió, Natalie tenía en las manos una pelota de baloncesto.

—No me digas que necesito hacer deporte.

—¿Por qué no? —sonrió ella, haciendo girar la pelota sobre un dedo con sorprendente habilidad—. Así tendrías algo que hacer, además de espiar a tu vecina.

—No se puede jugar solo al baloncesto.

—Yo puedo jugar contigo.

—Sí, claro —sonrió él, irónico.

—¡Agárrala!

Antes de que Cal se diera cuenta, la pelota lo golpeó en el pecho con fuerza.

—¿Qué haces?

—Jugaba al baloncesto en la universidad.

—Ya veo.

—Y también al hockey sobre hierba —dijo ella, sin ninguna modestia.

Cal dejó la pelota en la estantería como si fuera un arma letal.

—Vamos a ver qué tal se te da calcular medidas para tu tejado.

Natalie suspiró, desilusionada.

—Aguafiestas.

Aquella vez, Cal la llevó hasta el mostrador donde Lon los esperaba con una sonrisa en los labios. Sin duda, al día siguiente todo el pueblo conocería el episodio del pelotazo.

—¿Qué puedo hacer por vosotros?

Durante un cuarto de hora, Natalie se quedó callada mientras Cal pedía material para reparar el tejado, poniéndose pálida al ver cómo iba aumentando la cuenta.

–Y esto es solo para el tejado –la informó él mientras Natalie firmaba un cheque.

–Ahora entiendo lo que estás intentando hacer. Estás intentando ganar la apuesta arruinándome.

Cal sonrió.

–Solo estoy intentando ayudarte.

–Librándote de mí, más bien –gruñó ella. Lo terrible era que, mirándola en aquel momento, apoyada en el mostrador con aquella carita, Cal se daba cuenta de que no quería librarse de ella en absoluto. Incluso después de haber decidido que era la mujer más exasperante que había conocido nunca. De hecho, miraba sus labios y casi podía sentir que su cuerpo se inclinaba hacia ella por voluntad propia–. ¿Cal? –los labios que estaba mirando acababan de pronunciar su nombre, pero él se había quedado perdido en sus pensamientos–. ¡Cal!

–¿Te encuentras bien? –preguntó Lon.

–Tengo hambre. Vámonos.

Cuando salieron de la tienda, las luces del único restaurante de la ciudad acababan de apagarse y Cal sintió cierto bochorno por vivir en un pueblo en el que todo cerraba a las ocho de la tarde.

Natalie suspiró, desalentada.

–Bueno, no importa.

—La verdad es que pensaba llevarte a otro sitio.

—¿Dónde?

El restaurante más cercano estaba a diez kilómetros, pero Cal se lo había prometido. Fueron hasta Tavern, donde esperaba que pudieran cenar con relativa tranquilidad, pero no tuvieron esa suerte. Todos los parroquianos parecían ser amigos suyos.

—Conoces a todo el mundo, ¿verdad?

Él se encogió de hombros.

—Después de pasar años poniendo multas de tráfico, lo normal es conocer a mucha gente.

Natalie sonrió y después procedió a pedir la mitad del menú: filete con verduras, patatas, ensalada y dos postres. Cuando estaba terminando la segunda porción de tarta de zanahoria, él debía estar mirándola como un búho porque Natalie dejó de comer, un poco avergonzada.

—¿Qué? —preguntó, con los carrillos llenos.

—Creí que eso del baloncesto era una broma, pero veo que sigues comiendo como si tuvieras que entrenar.

Natalie tragó con esfuerzo.

—No suelo comer tanto. Antes, cuando Gary cuidaba de mí...

—¿Gary? —la interrumpió Cal—. ¿Quién es Gary?

—Mi entrenador personal.

Cal dejó escapar un suspiro de alivio. No sabía por qué.

—¿Jugabais juntos al baloncesto?

–No. Hacíamos pesas. Dejé el baloncesto después de la universidad, pero no me separo de la tele cuando hay un buen partido.

Cal se apoyó en el respaldo del asiento. A veces, cuando estaba solo, pensaba que le gustaría estar acurrucado en el sofá con una mujer, viendo un buen partido y tirando palomitas a la pantalla cada vez que el árbitro señalaba una falta equivocada.

Una mujer a la que le gustase el baloncesto.

Cal se dio cuenta entonces de que estaba mirando la preciosa cara de Natalie con algo parecido al anhelo. Por segunda vez aquella noche. ¿Cómo podía haber pasado del desprecio al deseo de una forma tan rápida? No había besado a una mujer, ni siquiera deseado a una mujer en un año y esa mujer había sido su esposa.

Estupendo. Traumatizado por Connie, había esperado un año entero para querer besar a otra mujer y la única que encontraba le recordaba precisamente a Connie.

Pero Natalie no era Connie. ¿Quién era?

–Cal, ¿qué te pasa? ¿Te encuentras mal?

–No –contestó él, seco–. Termina tu café.

–¿Es algo que he dicho?

–No.

–Es por lo que dije esta tarde sobre la gente del pueblo, ¿verdad? –preguntó. Cal no sabía de qué hablaba, pero ella tomó su silencio por una afirmación–. Perdóname, Cal. Hablar de Heartbreak Ridge como si fuera Disneylandia... gente rústica. No sé por qué digo esas cosas. Quizá me siento un poco celosa.

–¿Por qué? –preguntó él, sorprendido.

–Porque parece una comunidad tan unida y yo nunca he tenido eso. Bueno, en la facultad los compañeros estábamos muy unidos, pero no es igual. Aquello era por dinero, por la clase social y esto es... por las raíces. Tengo la impresión de que nunca me aceptarían.

Cal hubiera querido decirle que era verdad, que no habría sitio para ella, que nunca la aceptarían, que debería volver a su mundo y alejarse de aquella gente rústica.

–La gente de Heartbreak Ridge es más amistosa de lo que crees –dijo, sin embargo–. Pero tienes que hacer un esfuerzo.

Aunque no estaba seguro de que fuera cierto. No se imaginaba a Natalie cenando en el pequeño restaurante de Heartbreak Ridge, ni pegando tiros a un montón de latas, ni peinándose en la pequeña peluquería de Althea.

–No soy una engreída –dijo ella–. Tienes una mala opinión de mí y sé por qué.

–¿Por qué?

–Porque te niegas a reconocer que te gusto –dijo Natalie, cruzándose de brazos.

–¿También eres psicóloga?

–¿Nunca has tenido ganas de besarme? –preguntó ella, arrogante.

–¡No! –exclamó él. Dustin Hoffman no habría actuado mejor, pero Natalie lo miró, incrédula–. ¿Y tú?

–Claro. Esta mañana. Estabas muy mono en calzoncillos.

«Mono».

–Será mejor que nos vayamos –dijo Cal sin mirarla. De repente, la necesidad de salir de allí era apremiante.

Durante el camino de vuelta, no podía dejar de pensar en aquella palabra: «mono». Al principio, no sabía por qué lo molestaba tanto, pero después se dio cuenta. «Mono» era como las mujeres llamaban a los niños y a los cachorros. «Mono» no demostraba deseo, sino ganas de darle un pellizco en la mejilla.

Él no quería darle un pellizco en la mejilla. Cuando Cal pensaba en besarla no había nada inocente en ese pensamiento.

Media hora después habían llegado frente a la casa y Cal pensó despedirse sin bajar del coche, pero algo... su calor, quizá su perfume, lo excitó de forma increíble. No habían dicho una palabra durante todo el camino y tampoco lo hicieron en ese momento. Solo un gemido de sorpresa cuando sus labios rozaron los de Natalie.

Un segundo después, estaba entre sus brazos. Y le gustaba. Le gustaba muchísimo. Los labios femeninos eran cálidos e invitadores y ella parecía disfrutar del abrazo tanto como él. Natalie enredó los brazos alrededor de su cuello, gimiendo cuando él abrió sus labios sabiamente con la lengua.

Mientras la besaba, Cal se perdió en su perfume, en la suavidad de su pelo, en el leve movimiento de su cuerpo contra el suyo. Aquello era una bendición después de haber mantenido guardada bajo llave durante días la atracción que sentía por ella.

Y, sin embargo, su deliciosa respuesta era un peligro porque sus cuerpos parecían estar hechos el uno para el otro. Cal la atrajo hacia sí con más fuerza, apretando las caderas femeninas contra su enfebrecida entrepierna.

Y Natalie volvió a gemir, sin mostrar signos de resistencia. De hecho, empezó a acariciar uno de sus muslos, haciendo saltar una alarma dentro de su cabeza.

Cal se apartó, prácticamente jadeando por el esfuerzo que le costaba no hacerle el amor allí mismo. Y no le resultó más fácil cuando miró los ojos castaños oscurecidos de deseo.

–Oh, Cal... –murmuró Natalie–. Esto ha sido...

–¡Un error! –exclamó él.

Natalie se quedó rígida.

Cal podría haber definido aquello con un millón de adjetivos: increíble, fantástico, emocionante. Pero si lo hubiera hecho, habría ocurrido algo de lo que más tarde se arrepentiría. Algo como hacerle el amor a Natalie hasta el amanecer. Algo como involucrarse con la última mujer en el mundo con la que deseaba tener una relación.

–¿Qué?

–Ha sido un error, Natalie.

Ella lo miró con tristeza.

–Ah, ya veo.

–¿Qué es lo que ves?

–Aparentemente, soy demasiado para ti.

Cal miró al cielo.

–¿Por qué las mujeres hacen que todo sea tan complicado? Simplemente, no deberíamos haberlo hecho.

–Muy bien. No hace falta que digas más.

Cal suspiró.

–Mira, lo siento. Pero sería mejor que no hubiera pasado.

–A pesar de que te sientes atraído hacia mí.

–Eso es –dijo Cal, sin pensar. En el rostro de Natalie apareció una sonrisa de triunfo–. ¡Quiero decir no!

–Esto hace que la situación sea muy interesante.

–¿Qué situación?

Natalie sonrió de nuevo.

–Dormir en la misma casa, separados solo por una puerta.

Capítulo Seis

Aquella puerta, sin embargo, permaneció cerrada.

Pero eso no significaba que hubieran olvidado el beso.

Especialmente Natalie. ¿Un error?

Ella no podía pensar en nada tan maravilloso como el beso que habían compartido. Si algo había sido un error, era que Cal le hubiera permitido ver una parte de sí mismo que mantenía escondida. Su corazón. Natalie sospechaba que eso era lo que lo preocupaba.

Pero que pensara que el beso había sido un error no le impedía arreglarle el tejado. Él, Howard y Natalie trabajaron sin descanso durante una semana y, por las tardes, Cal iba a la comisaría para estudiar junto con su tío los nombres del resto de los participantes en el sorteo.

Y durante todo aquel tiempo, a pesar de que el beso había sido un error y a pesar de que ella era una pesadilla, Cal le permitió quedarse en su casa. Incluso había insistido en que durmiera en su habitación. A pesar de sus gruñidos, Natalie se dio cuenta de que lo hacía por galantería.

De hecho, Cal era un hombre galante.

Él habría muerto antes que admitirlo, pero bajo aquella apariencia hermética había un Sir Galahad. Natalie guardaba aquello en su corazón como un niño guarda un preciado secreto.

Sin embargo, lo que realmente la emocionaba era que, gracias a la ayuda de Cal y Howard, estaba empezando a pensar que su sueño de convertir aquella casa en un hotel podría hacerse realidad. Los había ayudado con el tejado y, después de algunas contrariedades, como algún que otro resbalón, Natalie había aprendido a cortar madera y a colocar tejas. ¿Quién se lo habría podido imaginar? Aunque tampoco estaba a punto de dejar a los carpinteros sin trabajo...

Pero había algo maravilloso, emocionante en aquello. Era como si, por primera vez en su vida, se sintiera... útil.

Nunca se había imaginado a sí misma, una Winthrop, siendo útil. Los Winthrop no eran útiles, no hacían cosas, simplemente eran. Y allí estaba ella, haciendo cosas con las manos. Ella, que no había cambiado una bombilla en su vida, era capaz de subirse a un tejado y colocar una teja. Ojalá tuviera fotografías para enseñárselas a sus amigos cuando aquello hubiera terminado.

Si terminaba alguna vez. Su idea de abrir un hotel y volver después a Houston estaba empezando a parecerle cada vez más lejana. Para empezar, había muchas cosas que hacer y además no estaba segura de querer dejar el hotel en manos de un extraño. No podía imaginarse haciendo eso como no podía imaginarse teniendo un hijo y dejando que lo cuidara la niñera.

Y luego estaba Cal. Aunque pudiera parecer extraño, no se podía imaginar en Houston, sin él. Y tampoco podía imaginarse a sí misma con él en Houston. Sería como un pez fuera del agua. Solo imaginarlo en River Oaks, o en una villa en la Riviera la hacía sonreír. ¿Cal cambiando sus vaqueros por un Armani? ¿Su sombrero tejano por una gorra de golf? Él era parte de Heartbreak Ridge como lo eran los árboles o los caballos.

Por supuesto, ella también podría convertirse en una parte de Heartbreak Ridge. Y eso había dejado de asustarla. Lo que la asustaba era que su cuenta corriente adelgazaba más cada día.

Y, además de los problemas económicos, estaba Cal para aumentar su angustia.

¿Qué iba a hacer?

–Quizá estamos investigando en el sitio equivocado –dijo Sam, preocupado–. No puedo dejar de pensar que el administrador es el responsable de todo este asunto.

Cal estaba mirando los papeles que Sam había conseguido sacar de casa de Jim Loftus con una orden de registro. Pensándolo bien, la idea de construir un hotel no era más descabellada que otras sobre una plantación de mangos, una granja de visones o un grupo religioso llamado a sí mismo «Los fundadores del reino de Texas».

En realidad, podría haber terminado siendo vecino de algún loco de remate.

–¿Alguna noticia de nuestro hombre de Houston?

Sam negó con la cabeza.

–No. Joe no me ha llamado todavía, pero sé que hay otras denuncias contra Malcolm Braswell. Aparentemente, Natalie no es su única víctima.

–No me sorprende.

Cal odiaba a Malcolm Braswell, como odiaba a cualquier otra persona que la hubiera hecho daño, incluyendo a Jim Loftus. De hecho, se sentía muy protector con Natalie. El día anterior se le había puesto el corazón en la garganta cuando había estado a punto de caerse del tejado. Cada vez que se daba un golpe o se machacaba un dedo con el martillo, algo en su pecho se encogía. Lo cual era extraño porque cada día estaban más distanciados. De hecho, Natalie ni siquiera lo miraba.

Un poco demasiado distanciados para su gusto. Echaba de menos su sonrisa y su conversación; echaba de menos la camaradería que se había establecido entre ellos.

¿Cómo podía explicarse eso?

La campanilla que había sobre la puerta del restaurante sonó ruidosamente, pero no tanto como el saludo de Merlie.

–¡Pero si son Starsky y Hutch! –exclamó la mujer dirigiéndose hacia la mesa.

–No te metas con ellos, Merlie. Están hablando de trabajo –dijo Jerry Lufkin, el propietario del restaurante.

–O a lo mejor Cal está hablando de su amiga, la hotelera –sonrió Amos Trilby, el farmacéutico.

–No es mi «amiga» –replicó Cal.

–Eso no es lo que hemos oído. Lon nos ha contado que la otra noche en la tienda parecíais pegados con pegamento.

Cal levantó los ojos al cielo.

–Natalie y yo estábamos jugando con una pelota.

–¿Ahora la llamas Natalie? –rio Amos.

–Es que se llama Natalie. No pretenderás que la llame «hotelera».

–Especialmente si estáis... bueno, ya sabes.

–No lo están. Solo viven en la misma casa –intervino Jerry.

Cal miró a Sam con expresión furiosa. Tenía que haber sido él quien lo había contado, pero su tío se encogió de hombros.

–Howard cenó aquí la otra noche. Estaba preocupado por que tú ensuciaras la «virtud» de Natalie.

Jerry y Amos soltaron una carcajada.

–¡Por favor! –exclamó Cal, poniéndose colorado–. Está viviendo conmigo porque su casa es inhabitable. Solo es por conveniencia.

Jerry sonrió.

–Desde luego, es muy conveniente. Y muy cómodo.

–¿Es que no tenéis nada mejor que hacer que hablar de Natalie Winthrop?

Jerry se encogió de hombros.

–Muy bien, Cal. No volveremos a mencionarla.

–Y entonces, ¿de qué vamos a hablar? –preguntó Amos.

Merlie soltó una carcajada.

–Muy bien, Romeo, vamos a cambiar de tema. ¿Quieres adoptar a mi gato o no?

–No me digas que sigues intentando cargar a alguien con esa bola de pelo –gruñó Cal.

–Eres la única persona en Heartbreak Ridge que no tiene animales.

–Además de tener el zoo de la hotelera, tengo a mi caballo.

–Un caballo es diferente –se encogió Merlie de hombros–. Además, si alguien no se lleva pronto a Junior, voy a tener que llevarlo a la perrera.

Cal hizo una mueca. Sabía que en la perrera tenían que sacrificar a los animales porque no había suficiente gente que quisiera adoptarlos. Pensar que aquel pobre gatito tuviera que morir solo por su egoísmo...

Cal suspiró, resignado.

–Está bien. De acuerdo.

Debería haber dejado que siguieran hablando de Natalie.

Natalie estaba haciendo números por enésima vez aquella noche cuando oyó la furgoneta de Cal. Un minuto después, él entraba por la puerta con una sonrisa de oreja a oreja.

Al verlo, las preocupaciones de Natalie desaparecieron como por ensalmo.

–¿Qué pasa? ¿Habéis encontrado al intruso?

La sonrisa de Cal desapareció.

–No. Hablaremos de eso más tarde. Pero ahora quiero darte una sorpresa.

–¿Qué sorpresa? –rio ella, encantada.

Cal le pidió que se diera la vuelta y cerrara los ojos y, unos minutos después, le dio un golpecito en el hombro.

–Ya puedes abrirlos.

Ella siguió sus instrucciones y cuando los abrió, se puso a dar saltos de alegría. En las manos, Cal tenía el gatito más gordo que había visto en su vida.

–¿De dónde lo has sacado?

–Merlie me ha convencido para que lo adoptara –explicó él–. Se llama Junior. ¿Te importa?

¿Importarle? Natalie estaba encantada. Lo que le extrañaba era que Cal hubiera adoptado un animal cuando llevaba una semana quejándose de que su casa parecía un zoo. ¿Indicaría eso un cambio de actitud hacia ella? Quizá empezaba a gustarle vivir en un zoo... o quizá solo había querido hacer algo por Merlie.

O por ella.

Natalie no se atrevía a concebir esperanzas. No podía, como decía Cal, complicar las cosas demasiado.

—Tenemos que hablar sobre lo del intruso —dijo Cal un rato después.

Aunque casi habían pasado dos semanas del incidente, el recuerdo seguía poniéndola nerviosa.

—¿Tenéis alguna pista?

—Ninguna. Pero Sam ha querido que te traiga esta lista de nombres para ver si te suena alguno.

Natalie echó un vistazo a la lista, pero los nombres le sonaban tan extraños como si estuviera leyendo la guía telefónica.

—No me suena ninguno. ¿Qué hacemos ahora?

Cal se encogió de hombros.

—Seguimos intentando encontrar a Braswell y Bysbee. Pero aún no sabemos nada.

—Eso no me sorprende. Y tampoco me sorprendería si estuvieran compinchados.

Cal suspiró.

—Parece que no te importa demasiado.

—He pasado un año entero angustiándome y llega un momento en que las cosas dejan de ser tan importantes.

Cal frunció el ceño, pero no dijo nada.

Natalie intentó alegrar un poco el ambiente. Y no era difícil, teniendo un gatito nuevo en la casa.

—Vamos a cenar. He descongelado un poco de pollo.

Mientras preparaban la cena, todas sus preocupaciones sobre dinero e intrusos desaparecieron. Quizá era porque Cal era tan fuerte, tan competente... era como si nada malo pudiera pasarle cuando estaban juntos. Vivir con él era como tener su propio servicio de seguridad. O quizá el hecho de que fuera tan guapo la distraía de sus problemas. Pasaba más tiempo recordando los labios de Cal que al hombre que había entrado en su casa. Se sentía avergonzada de cuánto lo deseaba, de cómo saltaba su corazón cada vez que pensaba en él. ¡Era como si se estuviera enamorando!

Lo cual era, por supuesto, imposible. Ella nunca había estado realmente enamorada en toda su vida. Por eso había dejado a su novio plantado en el altar. Pero había imaginado que, cuando se enamorase apasionadamente de alguien, sería en un ambiente más propicio. En un restaurante de cinco tenedores, con velas, tomando un sorbo de vino mientras él acariciaba su mano o algo así. No en una cabaña con los restos de un pollo cocinado con sal y pimienta.

¿Estaba enamorada? ¿Podría haber ocurrido lo imposible?

–¿Ocurre algo? –preguntó Cal.

Ella parpadeó, sobresaltada.

–No.

–Entonces, ¿qué te pasa? Tienes los ojos brillantes. ¿Estás enferma?

Natalie negó con la cabeza.

–No. De hecho... –empezó a decir, poniéndose colorada. ¿Qué debía hacer? Si él pensaba que besarla había sido un error, la idea de enamorarse de ella no sería precisamente como para dar saltos–. Es solo que... he pensado una cosa, Cal.

–¿Qué has pensado?

–He pensado en ti y en mí –dijo Natalie. Él se movió, incómodo–. ¿Te gustaría tenerme como vecina permanente?

–No eres tú la que me preocupa. Es ese montón de ricos insoportables que querrías tener como clientes.

–Que voy a tener –corrigió ella.

–Pues eso. No estoy acostumbrado a pensar en Heartbreak Ridge como un sitio en el que se junta lo mejor de la sociedad de Texas.

–Entonces, si solo tuvieras que soportarme a mí como vecina, ¿no sería tan malo?

Cal la miró como si estuviera loca.

–No.

El corazón de Natalie dio un vuelco. Quizá no era amor, pero que fuera capaz de soportarla como vecina era un paso adelante.

Y quizá si supiera los cambios que ella estaba experimentando se daría cuenta de que no era tan descabellado pensar que podía haber algo entre ellos.

–Me alegro porque estoy empezando a verme instalada aquí.

–Creí que estabas deseando marcharte.

–Eso fue hace mucho tiempo.

Cal sonrió.

–¡Fue la semana pasada!

Pero habían ocurrido tantas cosas desde entonces. *Él* había ocurrido desde entonces.

—Las cosas son diferentes ahora. Tienes que saberlo.

—¿Por qué? ¿Porque tienes un tejado?

—No, porque me siento diferente. He trabajado como una mula durante toda la semana. ¿No te has dado cuenta?

—Sí. Por fin has dejado de ser un incordio.

Natalie rio alegremente.

—¿Lo ves? Todo esto es nuevo para mí. La verdad es que el trabajo no es tan malo como yo creía. Hay algo muy satisfactorio en trabajar con tus propias manos, ¿verdad? —preguntó. Cal la miró como si estuviera hablando en chino—. Naturalmente, tú no me entiendes porque siempre lo has hecho, pero para mí es algo nuevo. Creo que podría arreglármelas en Heartbreak Ridge, sobre todo si tuviera alguien a mi lado.

Él se echó hacia atrás, con expresión de sorpresa.

—¿Quieres decir...?

Natalie se inclinó hacia adelante, esperando que Cal se diera cuenta de lo importante que era para ella.

—Quiero decir tú, Cal. Nunca habría esperado sentir lo que siento por ti, pero así es. Creo que estamos hechos el uno para el otro.

Natalie estaba impaciente porque la besara. Durante días, era en lo único que había podido pensar. En aquellos labios firmes y cálidos sobre los suyos, en aquellos brazos llenos de músculos.

Sospechaba que era solo una cuestión de tiempo antes de que no pudieran evitar lanzarse el uno sobre el otro de nuevo. Aunque no había esperado que sus sentimientos aflorasen tan pronto. Que las emociones se mezclaran con el deseo sexual lo cambiaba todo.

Y lo hacía más dulce.

O, en aquel caso, más confuso.

Porque después de lo que había dicho, Cal no estaba tomándola en sus brazos para llevarla al dormitorio y hacerle el amor apasionadamente. Ni siquiera le había dado un beso. Todo lo contrario; la miraba con una expresión que era una mezcla de incredulidad y horror.

–¿He dicho algo malo? –preguntó Natalie. Cal no contestó–. ¿Cal?

De repente, él se levantó de un salto.

–¡Estoy agotado! ¿Te importa si dejamos los platos para mañana?

Natalie parpadeó, atónita.

¿Platos? ¿Y qué había pasado con su confesión... qué había sido de la pasión desatada?

Natalie se levantó de la silla, desconcertada. Aquella era otra experiencia nueva. ¡Un rechazo!

Natalie entró en la peluquería de Althea. Era el momento de investigar por su cuenta. Pero no sobre el intruso, ni sobre la desaparición de Malcolm Braswell. El objeto de sus investigaciones era Cal.

La peluquería parecía un decorado de película de los setenta. Los pósters de las modelos eran increíblemente antiguos y la música que sonaba a todo volumen era de Olivia Newton John. Y la silla de vinilo rosa en la que tuvo que sentarse parecía de otro siglo. Lo más moderno que había en aquel sitio era la cafetera.

El aroma a café, algo tan simple, le parecía a Natalie un lujo increíble.

—Enseguida estoy contigo —le dijo una mujer con una bata de color lila que debía ser Althea—. Voy a terminar con Shelby. No pensarás hacerte una permanente, ¿verdad?

—Solo cortarme las puntas —dijo Natalie.

Necesitaba un corte de pelo. Incluso empezaba a pensar que su aspecto tenía algo que ver con que Cal la hubiera rechazado la noche anterior; solo que él no parecía el tipo de hombre que pudiera echarse atrás por unas puntas abiertas. No, allí había algo más. Un muro contra el que chocaba cada vez que creía hacer algún progreso.

Después de unos minutos, Althea le pidió que pasara al lavabo.

—Tú eres Natalie Winthrop, ¿verdad? —preguntó Shelby, que estaba secándose el pelo con una toalla. Natalie la miró, sorprendida. Pero, claro, su llegada tenía que haber sido noticia en Heartbreak Ridge—. No sabes cuánto me alegro de conocerte —siguió diciendo la mujer con una sonrisa—. Por fin alguien en este pueblo que es más nuevo que yo.

–Shelby es la mujer del comisario –explicó Althea–. Se casaron hace poco.

–¡Hace cinco meses! –corrigió Shelby.

–Conozco a tu marido –dijo Natalie.

–Sí, me lo ha dicho. Y tengo que decirte que su descripción de ti hizo que me sintiera un poco celosa. Aunque ahora veo que solo decía la verdad.

Natalie se puso colorada. Era una pena que Cal no la encontrase tan guapa como aquella chica.

–Estoy segura de que no tienes que preocuparte por tu marido. Él no dejaba de hablar de ti y de tu niña.

–Sam está mimándola –dijo Althea, restregando el cuero cabelludo de Natalie como si estuviera fregando platos.

Cuando se levantó del lavabo, Shelby y Althea intercambiaron una mirada que la asustó.

–Se parece a Connie, ¿verdad? –susurró Shelby.

–Mucho –murmuró la peluquera, mirándola con ojo clínico–. Pero tiene mejor pelo.

–Yo he visto las fotos de la boda –dijo Shelby. Natalie miró a las dos, irritada–. Cuando te vi entrar en la peluquería, creí que eras ella.

–¿Quién? –preguntó Natalie, muerta de curiosidad.

–Connie.

–La ex mujer de Cal –explicó Althea.

De modo que era eso. Natalie entendió entonces muchas cosas. Durante aquellas semanas había pensado que las comparaciones con su ex mujer eran solo porque pertenecían a la misma clase social. Pensar que, además, se parecían físicamente la hacía sentir como si fuera la protagonista de una película de Hitchcock.

–¿No me digas que has estado viviendo con él durante todo este tiempo y no te lo ha contado? –preguntó Shelby.

–Pues no me lo ha contado... en detalle. No quiere hablar de su divorcio.

–Naturalmente –dijo Shelby–. Sam dice que desde que Connie se marchó, Cal ha enterrado sus emociones. Pero yo había pensado que Cal y tú...

–¿Qué?

Althea soltó una carcajada.

–Ya sabes cómo son los pueblos pequeños. Dos jóvenes atractivos, solos en la montaña...

–No tenemos relaciones, si es a eso a lo que te refieres –dijo Natalie. Althea y Shelby se miraron–. Además de parecernos físicamente, ¿cómo era Connie?

–¡Una buena pieza! –exclamó la peluquera–. La mujer más caprichosa que te puedas imaginar. Y muy mimada. Alguien nos contó que ni siquiera sabía usar la aspiradora.

–¿Era engreída?

–Mucho. Una princesa. Y no podía soportar vivir aquí. Echaba de menos la ciudad y a sus amigos ricos. No aguantó en Heartbreak Ridge ni cuatro meses. El pobre Cal está hecho polvo desde entonces.

Natalie estaba empezando a encontrarse incómoda. Rubia. Rica. Mimada...

¡Lo mismo de nuevo!

Era lógico que Cal se hubiera sentido tan horrorizado cuando la vio aparecer en su montaña. Pobre hombre. Seguramente, ella le recordaba demasiado a la mujer que había perdido.

Al mismo tiempo, la idea de que la confundiera con su ex mujer la ponía furiosa. ¿Cómo se atrevía a pensar que ella era igual que otra mujer? Cal sabía que ella ya no tenía dinero y le había probado que no le tenía miedo al trabajo duro. Quizá era lógico que la hubiera visto como a una niña mimada cuando se encontraron por primera vez, pero después de aquellas semanas tendría que haber cambiado de opinión.

Pero, aparentemente, él tenía tantos prejuicios sobre ella que no veía lo que estaba pasando, no veía que era una mujer nueva. Una mujer más madura.

Cuando Althea terminó de cortarle las puntas, seguía furiosa.

Estaba deseando ver a Cal. ¿Cómo se atrevía a juzgarla solo por las apariencias?

Después de despedirse de las dos mujeres, salió disparada hacia la montaña. Pero a medio camino sus pensamientos se vieron interrumpidos por una explosión que la hizo perder el control del coche.

Natalie lanzó un grito de sorpresa, pensando que había sido un disparo, pero pronto se dio cuenta de que se le había pinchado una rueda.

Afortunadamente, había conseguido parar antes de que el coche saliera rodando por el precipicio. ¡Podría haberse matado!

Tenía suerte de estar viva, pero ¿cómo podía haber ocurrido aquello? Aunque llevaba un par de semanas subiendo y bajando por aquellos caminos de barro, los neumáticos eran nuevos.

¿Qué iba a hacer?, se preguntó, suspirando. La única vez que se le había pinchado una rueda simplemente había tomado el móvil para llamar al club.

Pero ya no tenía móvil. Ni club. Y para empeorar las cosas, estaba anocheciendo. Y hacía frío. Natalie volvió a entrar en el coche y encendió la calefacción. Estaba angustiada y se puso a pensar en todas las cosas que habían ido mal en su vida en el último año. Su dinero había desaparecido, aquella ruina de casa, Cal rechazándola... ¡y, además, una rueda pinchada! Era como si todos sus problemas la asaltaran a la vez, abrumándola.

La vida no era justa.

¡Debía de haber estado loca para ir a Heartbreak Ridge!

¿Qué iba a hacer? Cal y ella eran los únicos que vivían en la montaña y él no pensaba bajar al pueblo aquel día. Quizá Howard la encontraría cuando bajase, pero también era posible que hubiera vuelto a casa.

Si estuviera en Houston, o al menos en algún sitio con transporte público... aunque ella nunca había tomado un autobús en su vida. Su casa era inhabitable, el coche tenía una rueda pinchada y se estaba enamorando de un hombre que no la quería.

O, al menos, no quería que ella lo amase.

O, al menos, no quería a una mujer como ella.

¡Una mujer como ella! Natalie golpeó el volante con los dedos. En aquel momento entendía sus referencias a «las mujeres como ella», «las mujeres de su clase». Como si la hubieran hecho con el mismo molde que a su ex mujer. Su sangre hervía cada vez que recordaba lo que Cal pensaba de ella.

Que era una... una frívola, una cursi, una chica de ciudad mimada y caprichosa.

Natalie sintió un escalofrío. ¡Todo eso era cierto!

Creía haber cambiado, pero en cuanto tenía que enfrentarse con una adversidad como una rueda pinchada, volvía a ser lo que era.

Su único pensamiento había sido volver a Houston. Su única acción, meterse en el coche, esperando que la rescatasen.

Un rescate que no llegaba.

¿Cuándo iba a aprender? Respirando profundamente, Natalie hizo algo que no recordaba haber hecho en toda su vida. Abrió la guantera, sacó un libro de instrucciones y empezó a buscar la página en la que enseñaban cómo cambiar neumáticos. ¡Pasara lo que pasara, iba a cambiar aquella maldita rueda!

Naturalmente, el autor del manual intentaba

hacerlo fácil explicándolo de la manera más complicada posible, pero Natalie se lo tomó con calma. Lo más difícil era colocar el gato, pero una hora más tarde había quitado la rueda pinchada y había colocado la de repuesto. Y se sentía como unas pascuas.

Estaba deseando contárselo a Cal.

–¿Y qué esperas, una medalla?

Natalie se quedó mirándolo, con grasa en la cara y en las manos, pero más radiante de lo que la había visto nunca.

–¿No lo entiendes? Lo he hecho yo sola. No me ha ayudado nadie.

–Natalie, has cambiado una rueda. La gente hace eso todos los días.

–Yo no.

Cal suspiró. Si necesitaba alguna evidencia de que Natalie era una niña mimada, allí estaba. Lo único que había hecho era cambiar una rueda, pero se portaba como si acabara de descifrar el enigma de la esfinge.

–Mira, no quiero aguarte la fiesta, pero cambiar una rueda no es como para tirar cohetes. Lo hace cualquier persona normal.

–¿Y qué sabes tú de personas normales? –replicó ella, herida.

–Mira, no quiero discutir...

–¡Estás tan herido por tu ex mujer que no puedes aceptar el amor aunque te lo ofrezcan en una bandeja de plata!

Cal abrió la boca, atónito. ¡Aquella palabra! Amor. La noche anterior, no había querido ni pensar en lo que ella estaba sugiriendo. Natalie era tan tentadora que lo único que impedía que se lanzara sobre ella era pensar que él solo era un capricho.

Pero, ¿amor? ¿Cómo había ocurrido?

—Estás tan anclado en el pasado que vas a dejar que la vida te pase por delante. Te vas a quedar solo en esta montaña, llorando hasta que te mueras.

—Un momento. No te hagas la lista solo porque no estoy impresionado por esa supuesta transformación de señorita de la buena sociedad a chica ruda de la montaña.

—Yo nunca he dicho que fuera ninguna de esas cosas.

—¿No? —preguntó él, levantando las cejas—. ¡Cal, Cal, he cambiado una rueda! Por tu forma de entrar aquí, cualquiera hubiera pensado que habías encontrado petróleo.

Natalie se puso colorada.

—Y pensar que ayer creía que estaba llegando a ti. ¡Afortunadamente, he hablado con algunas personas en el pueblo! Ellos me han advertido de que estás emocionalmente muerto.

La primera reacción de Cal fue quedarse paralizado. ¿La gente del pueblo había dicho eso sobre él?

¡Emocionalmente muerto! ¡Qué absurdo! ¿No sabían lo que había tenido que soportar?

Aparentemente, no.

Natalie se volvió y empezó a guardar sus cosas.

—¿Qué haces?

—Vuelvo a mi casa.

Él se cruzó de brazos, con una sonrisa de triunfo.

—¿A Houston?

—¡No! ¡A mi casa!

—Natalie, no puedes dormir allí —suspiró Cal.

—Mejor que aquí. No quiero abusar de tu hospitalidad otra noche.

—¿Y el intruso?

Natalie se encogió de hombros.

—No ha vuelto a aparecer. Además, me voy con o sin tu permiso.

—Vamos, no seas niña.

Natalie se dio la vuelta, furiosa.

—¡Ah, ahora además de mimada e inútil, soy una niña! —exclamó, tomando las correas de los perros, que se pusieron a saltar a su alrededor.

—Deja que te ayude.

—No te molestes.

—Lo mínimo que puedo hacer es ayudarte a...

—Puedo hacerlo sola.

—Sé que puedes, pero me sentiré mejor si te ayudo.

De nuevo, Cal se encontró a sí mismo metiendo perros, gatos y pájaros en su furgoneta. Natalie lo siguió en su coche.

El interior de la casa era tan oscuro como boca de lobo y Cal encendió una cerilla.

Natalie, que había entrado tras él, tuvo que ahogar un grito.

En la pared, un mensaje escrito en grandes letras rojas, como si fueran hechas con sangre. Era corto y directo. Tres palabras.

¡*LARGO DE AQUÍ*!

Capítulo Siete

Afortunadamente, Sam llegó enseguida porque, si lo hubiera hecho un minuto después, Cal se habría vuelto loco. No quería creer que alguien le hubiera hecho aquello a Natalie.

A pesar del frío esperaban fuera porque cada vez que veía aquella frase en la pared se ponía más furioso.

Bajo la luz de la luna Natalie parecía pequeña y triste. Mirándola, era imposible recordar que acababan de tener una pelea o sobre qué había sido. Cal hubiera querido abrazarla, pero ella mantenía la distancia.

–¿Tú crees que ha sido la misma persona? –preguntó. Él no tenía ninguna duda. Pero, ¿quién? ¿Quién querría hacerle daño a Natalie?–. A lo mejor alguien se ha enterado del otro incidente y ha querido gastarme una broma. Quizá no es tan malo como parece.

Cal se apoyó sobre la vieja viga que sujetaba el porche, pero la viga crujió, recordándole que no había ningún sitio en aquella casa en el que pudieran apoyarse con tranquilidad.

Esa era la pena. Todo lo que Natalie estaba trabajando, ¿para qué? Aquella casa, sin su ayuda, probablemente se habría derrumbado un par de años después. Y quizá deberían haber dejado que ocurriera. Quizá él mismo debería haberle comprado la casa a Jim Loftus y así no habría tenido que organizar el concurso. Y entonces no habría conocido a Natalie y ella no habría despertado en él sentimientos que estaban mejor dormidos.

Probablemente, en aquel momento, ella estaba pensando en volver a Houston.

–Tiene que ser la misma persona –dijo Cal, pensando en voz alta.

–¿Por qué?

–Porque sí. La primera vez rompió la puerta y ahora deja un mensaje, por si no te habías enterado.

–¡Como si no hubiera podido enterarme!

–Si su objetivo era que te fueras, no lo han conseguido.

Natalie lo miró, pensativa.

–Entonces, en tu opinión, ¿no va a parar hasta que me marche?

–Me temo que no. Pero cuantas más veces lo intente, más fácil será que lo atrapemos.

–Puede que eso te consuele a ti –murmuró ella–. Pero a mí no. Preferiría que, sencillamente, me dejara en paz.

–Lo entiendo.

Natalie sonrió. Era asombroso que pudiera sonreír en un momento como aquel.

–Tú preferirías pillarlo, ¿verdad?

–No quiero ponerte en peligro... pero sí, me gustaría meter a ese canalla en la cárcel.

Natalie se quedó en silencio durante unos segundos, estudiándolo.

–Al principio, me sorprendió que hubieras sido ayudante del comisario, pero ahora no. No soportas que la gente se salga con la suya, ¿verdad?

Cal negó con la cabeza.

–Creo en la justicia. Nadie debería salirse con la suya si lo que hace es algo como esto.

–¿Cómo pudiste dejar tu trabajo si tan importante es para ti lo que está bien y lo que está mal?

Cal llevaba varios días preguntándose lo mismo. Trabajar como ayudante del comisario le gustaba mucho. Aunque odiaba admitirlo, aquel año sin hacer nada le había parecido una pérdida de tiempo. Quizá por eso le resultaba tan difícil entender a Natalie y a la gente como ella.

En ese momento, apareció el coche patrulla de Sam.

Natalie le mostró la pared, explicándole cómo habían entrado y por qué habían bajado a la casa de noche, pelea incluida. ¡Aparentemente, ella no era de las que escondía nada a la policía!

Sam la escuchó sin un gesto, excepto un ligero levantamiento de cejas cuando le explicó la poco entusiasta respuesta de Cal sobre la rueda que había cambiado con sus propias manitas.

–¿Dices que se te ha pinchado una rueda en el camino?

–Sí. Me di un susto de muerte.

–Me parece raro que se pinche la rueda de un coche nuevo. ¿No crees, Cal?

Cal frunció el ceño. Debería haber pensado en ello, pero con la pelea se había olvidado de la rueda.

Sam abrió el capó del Volkswagen para sacar el neumático pinchado y los dos hombres se miraron con expresión preocupada.

–Un médico no habría hecho un corte más limpio –murmuró Cal–. Y quien lo ha hecho sabe lo peligrosa que es la montaña –añadió, furioso.

Natalie tragó saliva.

–¿Quieres decir que... alguien está intentando matarme?

–No lo sabemos seguro –dijo Sam.

–¿Quién querría matarme? Ya no tengo dinero.

–¿Cuánta gente sabe eso? –preguntó el comisario.

–Muy poca, afortunadamente.

Cal y Sam se miraron uno a otro. Seguían sin tener ninguna pista y Natalie deseaba marcharse de allí cuanto antes.

–Será mejor que nos vayamos –dijo Cal.

–¿A tu casa?

–Claro.

–Pero...

–Olvídalo. No puedes quedarte aquí, Nat.

Cal no sabía de dónde había salido el diminutivo, pero una vez pronunciado, le gustaba. Y algo en el rostro de Natalie se suavizó al escucharlo.

—Si rajaron la rueda cuando estabas en el pueblo, será fácil enterarse de quién ha estado cerca de tu coche —dijo el comisario.

Eso era lo bueno de vivir en un pueblo de sesenta habitantes. La lista de sospechosos siempre era muy reducida.

—Gracias por dejar que me quede aquí esta noche —dijo Natalie—. Parece que siempre te estoy dando las gracias por lo mismo, ¿verdad?

—No tienes que darlas.

Pero Natalie sabía que sí. Aquella tarde él había parecido molesto solo con verla. Quizá en aquel momento se había suavizado un poco porque estaba asustada, pero no creía que hubiera cambiado de opinión sobre ella. Si no hubiera sido por el incidente, estaría durmiendo en el suelo de su casa y quién sabe si Cal y ella hubieran vuelto a dirigirse la palabra.

—No será por mucho tiempo —le prometió Natalie.

—Ya lo sé.

De modo que era lo que había pensado. Sencillamente la soportaba, pero estaba deseando librarse de ella.

—Si me quedo en la casa, no creo que se atreva a entrar.

—No puedes estar segura.

—Pues tendré que enterarme.

Cal la miró, boquiabierto.

—¿No estarás pensando en volver a la casa?

—Por supuesto.

—¿Quieres decir a vivir?

—Naturalmente. ¿Dónde puedo ir?

—¡A Houston! Yo había pensado...

¿Aquel hombre no la escuchaba nunca?

—Ya te he dicho que no pienso volver allí. Y, además, no podría hacerlo. He invertido demasiado aquí como para marcharme.

Cuando Natalie miró los ojos azules de Cal, se dio cuenta de que no estaba hablando solo de dinero. También había hecho una inversión emocional en Cal Tucker. Aquel hombre de las montañas la atraía como no lo había hecho ningún otro.

—¿Quieres decir que piensas quedarte para siempre?

—¡Por favor! —exclamó ella, exasperada—. ¿Es que tengo que ponerlo por escrito? Sí, voy a quedarme aquí. Para siempre. No tengo otro sitio donde ir. Para bien o para mal, Heartbreak Ridge es mi hogar.

—Pero debes de tener familia en Houston.

—No la tengo —suspiró ella. No tenía familia y sus llamados «amigos» no le harían ni el más pequeño favor al saber que estaba arruinada. Lo extraño era haber pensado que aquella clase de afecto superficial era amistad.

Cal la tomó del brazo en ese momento, sobresaltándola. Natalie no se había dado cuenta de que estaban tan cerca... ¿o se habría movido él cuando no lo miraba?

–¿Quieres decir que, incluso sabiendo que hay alguien que quiere hacerte daño, sigues queriendo vivir en esa casa?

–Bueno, no esta noche...

–¿Por qué?

Natalie estaba a punto de ponerse a gritar. Y quizá lo habría hecho si Cal no hubiera tenido aquella adorable expresión de incredulidad.

–Vale. Otra vez. ¿Me vas a escuchar? –preguntó. Cal asintió y Natalie señaló hacia la ventana–. Este sitio es para mí como Kansas para Dorothy. Mi hogar. Es todo lo que tengo.

Cal levantó su barbilla con un dedo.

–No es todo lo que tienes, Nat.

El corazón de Natalie empezó a latir acelerado.

–Es la segunda vez que me llamas así.

–¿Y no te gusta?

Natalie miró sus labios y los ojos azules oscurecidos de emoción.

–Mucho –murmuró por fin.

–¿Has oído lo que he dicho, Natalie? Ya no estás sola. Me tienes a mí.

Aquellas sencillas palabras pronunciadas con ternura eran tan inesperadas que Natalie abrió la boca, sorprendida. Esa, aparentemente, era la invitación que él esperaba. Cal se inclinó hacia ella suavemente y el calor de sus labios fue como una descarga eléctrica.

Natalie se apoyó sobre su pecho, alegrándose de poder contar con su fuerza. ¿Cuánto tiempo había pasado desde que se besaron? No sabía si eran días o semanas; le parecía una vida entera y se apretó contra él como si aquel beso fuera el último.

Natalie intentó memorizar la huella que los labios del hombre dejaban en los suyos, su calor y la exquisita sensación de placer. Quería recordarlo todo. Su relación con Cal era tan volátil que no quería desaprovechar un solo segundo. Aquella noche estaban besándose. Al día siguiente, podrían estar peleando.

Pero se preocuparía de eso al día siguiente.

Natalie podía sentir cada centímetro del cuerpo del hombre pegado al suyo. Sentir la dureza masculina presionando contra sus muslos le daba escalofríos. Él tomó sus manos para colocarlas alrededor de su cuello, haciendo el beso más profundo.

—Esto es una locura —susurró Natalie.

—Desde luego.

—Te deseo tanto...

Cal la apretó con más fuerza.

—Yo te deseo desde la primera vez que te vi. Me hubiera gustado tumbarte sobre el coche y besarte como un loco.

—¡Pero si fuiste un antipático!

Cal sonrió.

—Y tú una impertinente.

Ella negó con la cabeza, sonriendo. Cal le había parecido tan imponente, tan rudo... tan diferente de cualquier otro hombre que hubiera conocido. Que era precisamente por lo que lo encontraba tan fascinante.

–¿Y ahora?

–Ahora puedes ser todo lo impertinente que quieras. No te soltaría ni por un millón de dólares.

Natalie levantó la cara, ofreciéndole sus labios. Aquel beso fue largo, caliente y no dejó ninguna duda de cómo quería Cal pasar el resto de la noche.

Lentamente, él empezó a quitarle la ropa. El brillo de deseo en sus ojos la hacía sentir como si fuera un delicado regalo. Y también como si un volcán estuviera a punto de erupción dentro de ella.

–¿Cal? –su voz era un susurro. Se sentía incómoda, desnuda en medio del salón.

–¿Tienes frío?

¿Frío? ¡Estaba a punto de arder por combustión espontánea!

–No, pero ¿no estaríamos mejor en la habitación?

Sin una palabra, él la tomó en sus brazos y la llevó al dormitorio, dejándola sobre la cama como si fuera un delicado paquete. Pero si era delicada no era porque estuviera hecha de cristal, sino de algo mucho más explosivo. Como una granada de mano, Natalie sentía que podía estallar en cualquier momento.

Con eso en mente, empezó a desabrochar los botones de su camisa uno a uno. Sus esfuerzos revelaron un torso tan perfecto que Natalie lo miraba como si fuera la octava maravilla del mundo.

–¿Por qué sonríes?

–Estaba pensando lo que un año en las montañas puede hacer por el cuerpo de un hombre.

El sonido ronco de la risa masculina le produjo un escalofrío.

–Y yo estaba pensando lo que un año de abstinencia puede hacerle a un hombre.

Natalie se puso colorada.

–Entonces, no ha habido nada desde...

Él la apretó entre sus brazos.

–Ni siquiera había pensado en una mujer hasta que apareciste tú, Nat. Es como si me hubieras despertado de un profundo sueño.

Y, por la presión del cuerpo de Cal contra el suyo, en aquel momento estaba completamente despierto. Cada centímetro de él. Natalie bajó la cremallera de sus vaqueros, acariciando su hinchada masculinidad, disfrutando de ella, disfrutando de su habilidad para despertar aquella respuesta en un hombre que no había disfrutado del sexo en tanto tiempo.

–Te deseo, Cal –murmuró.

Él volvió a besarla y Natalie intentó poner todos sus sentimientos en aquel beso. Cal acarició uno de sus pezones con el dedo hasta que se puso erecto y ella dejó escapar un profundo suspiro.

–¿Ocurre algo?

–Solo que la noche no va a durar para siempre.

Él sonrió, con aquella sonrisa suya.

–Pues tendremos que alargarla todo lo que podamos, cariño.

Y lo hicieron. Natalie saboreó cada segundo, guardando cada caricia en su memoria. Pero cuando por fin empezó a quedarse dormida, al amanecer, el recuerdo más dulce era la sonrisa de Cal y su voz cuando la llamaba «cariño».

Al amanecer, Cal salió de la habitación de puntillas para comprobar si la puerta y las ventanas estaban cerradas.

Había vivido toda su vida en aquel pueblo en el que nunca pasaba nada y, aunque había sido ayudante del comisario, lo más cerca que había estado de un crimen de verdad era viendo la serie *Kojak*. En Heartbreak Ridge no había delitos serios.

Hasta aquel momento.

Tenía miedo por Natalie y por sí mismo. No podía soportar la idea de que le ocurriera algo malo porque, se temía, sus sentimientos por ella eran más profundos de lo que parecía recomendable.

Cuando volvió al dormitorio se quedó observando su silueta dormida y se sintió impresionado de la cantidad de horas que habían pasado descubriéndose el uno al otro. Natalie había sido cálida, generosa... amorosa. Aquella última palabra lo sorprendió. El amor era algo que no quería en su vida. Y, sin embargo...

La luz que entraba por la ventana la hacía parecer un sueño. Su cabello rubio extendido por la almohada y su hermoso cuerpo cubierto apenas por las sábanas... Pero Cal no necesitaba verlo para recordar cada centímetro de su piel.

Algo presionaba su pecho mientras la miraba.

Y conocía bien aquella sensación.

Parte de él envió una plegaria al cielo. No quería que eso ocurriera porque, para Cal, el amor estaba inevitablemente ligado al dolor.

Y otra parte de él, la misma que lo había hecho besar a Natalie, deseaba meterse en la cama y abrazarla a ella y al amor que podía darle. Daba igual que fuera mimada y poco realista. Quizá la razón por la que lo atraía era precisamente que podría volver a Houston en cualquier momento.

Todos los seres humanos tenían debilidades. Algunos bebían, algunos comín chocolate por kilos y otros se gastaban dinero en ropa. Algunas pobres almas no podían quitarse el hábito de la nicotina aunque supieran que podían morir por ello. Y él no era diferente. No podía evitar la atracción que sentía por Natalie. Y ni siquiera sabía si deseaba evitarla.

Natalie se volvió, sonriendo en sueños, tan adorable que consiguió excitarlo y matar todos sus miedos a la vez. Ella era todo lo que Cal quería evitar... y todo lo que anhelaba.

Quizá su debilidad por las chicas de ciudad era su cruz y no podía luchar contra ella. ¿Y por qué iba a hacerlo? Daba igual que siempre buscara las mujeres menos adecuadas para enamorarse.

O quizá, solo quizá, Natalie había dicho la verdad y consideraba Heartbreak Ridge como su hogar. Quizá no era tan caprichosa como había pensado.

–Pues quien está intentando molestarte no tiene ni idea de pintura –estaba diciendo Howard, disgustado–. Mira esas letras, con toda la pintura chorreando.

–YO CREO QUE LO HAN HECHO A PROPÓSITO, HOWARD.

–¿Así de mal?

Muy propio de Howard sentirse irritado porque los vándalos fueran descuidados.

Natalie miró la frase de nuevo. Parecía menos siniestra que por la noche. Infantil, incluso. Pero no podía olvidar que la persona que había hecho aquello podía ser la misma que había rajado la rueda de su coche y eso no era nada infantil.

–¿Qué voy a hacer? –murmuró.

–Pintar encima.

No había pensado que Howard podría oírla y Natalie sonrió. Era cierto, tenía que pintar la pared y, de ese modo, dejaría de preocuparse.

Y podría volver a habitar su casa. Le encantaba estar en casa de Cal, sobre todo después de lo que había ocurrido la noche anterior, pero no quería estar allí por compasión. O porque mientras estuviera en su casa estaba a mano para un «revolcón». Tenía que saber de verdad si estaba enamorado como lo estaba ella o si aquello era solo una forma de revivir la pasión que había sentido por su ex mujer. Terapia para un recluso.

Natalie suspiró.

–TIENES RAZÓN, HOWARD. VOY AL PUEBLO A COMPRAR PINTURA.

–Para tapar ese rojo tendrás que comprar pintura plástica.

Ella asintió. No sabía muy bien lo que era pintura plástica, pero se enteraría. Estaba acostumbrándose a repetir las instrucciones de Cal y Howard palabra por palabra, como si fuera una emigrante aprendiendo un idioma.

Y había otra cosa que tenía que hacer en el pueblo, algo que había decidido hacer mientras miraba el talonario aquella mañana.

Mientras conducía hacia Heartbreak Ridge, intentaba no pensar demasiado en la noche anterior. Aunque hacer el amor con Cal había sido la experiencia más maravillosa de su vida, tenía que recordarse a sí misma que no habían formalizado una relación. Cal había sufrido un desengaño y, a pesar de que poco a poco bajaba la guardia, seguía sintiendo recelos. Aquella mañana no habían intercambiado palabras de amor. Él la había besado, habían vuelto a hacer el amor y después le había dicho que tenía que bajar al pueblo para hablar con Sam.

Y se había marchado.

¿Volverían a hacer el amor aquella noche o

tener un día entero para pensar haría que Cal lamentase lo que había pasado?

Quizá, pensó Natalie, no debería darle un día entero para pensar.

Después de aprender más de lo que hubiera deseado sobre pinturas en la tienda de Lon, se dirigió hacia la comisaría.

Merlie, con sus gafas y su peto vaquero, la miró sonriente.

–Sabía que aparecerías por aquí tarde o temprano.

Natalie parpadeó. La seguía sorprendiendo que todo el mundo supiera quién era.

–Estoy buscando a Cal.

–Cal nunca está donde uno espera.

–¿Tú eres... Merlie?

La mujer se levantó para estrechar su mano.

–Perdona mis maneras. En este pueblo no estamos acostumbrados a los saludos formales. Pero no te equivocas. Soy Merlie Shivers

–La dueña del gatito.

–No era mío, lo dejaron en mi puerta. Yo ya tengo suficiente con mi bola de pelo, que me cuesta un dineral.

–Ya veo –sonrió Natalie–. ¿Sabes dónde puedo encontrar a Cal?

–Me han dicho que iban a investigar algo –contestó Merlie, cruzándose de brazos–. Y el mejor sitio para buscar al *dúo dinámico* es el restaurante.

Natalie fue hacia allí, nerviosa. Sabía que el restaurante era el centro neurálgico del pueblo y, por supuesto, el centro de los cotilleos. Sus sospechas se confirmaron en cuanto entró. Cal no estaba allí, pero todos los parroquianos dejaron de comer para mirarla. No podía dar marcha atrás y, además, el aroma a hamburguesa casera era muy estimulante.

Natalie se sentó frente a una mesa cerca de la ventana y un hombre se acercó, sonriente.

–¿Qué quiere tomar?

–Pues... una hamburguesa con patatas. Y una taza de café.

Nada más pedirlo, una pareja se sentó a su mesa sin esperar invitación. El hombre se parecía tanto a Cal que Natalie casi dio un brinco.

El hombre sonrió y la mujer que estaba a su lado, una pelirroja con un vestido de rayas, sonrió también.

–Soy Ruby Tucker y este es Cody, el hermano de Cal.

–Encantado de conocerla, señorita –dijo Cody, muy educado.

–He venido a buscar a Cal –dijo Natalie–. Merlie me dijo que podía estar aquí, pero no he tenido suerte.

–¿Llamas suerte a comer con ese petardo? –sonrió Ruby–. ¡Entonces, los rumores son ciertos!

–¿Qué rumores?

–Que sois pareja –contestó la joven. Natalie no sabía cómo contestar a eso, pero sospechaba que debía negarlo con firmeza–. Cody está preocupado por Cal.

–Lo entiendo... con Cal en la montaña todo el tiempo...

–La verdad es que está preocupado por Cal y *por ti.*

Natalie casi soltó una carcajada. ¡Tenían miedo de que hubiera una boda de por medio!

–Ya veo.

–Este pueblo es el más cotilla del mundo.

–En Houston también hay muchos cotilleos, pero como somos tantos no se nota.

–Solo quería decir que si estás pensando en marcharte, deberías decírselo a Cal. Mi hermano ya ha sufrido suficiente –dijo Cody.

De modo que Cal tenía un hermano que miraba por sus intereses, pensó Natalie. Casi se sentía celosa. ¿Quién miraba por sus intereses? Tal y como iban las cosas, era ella quien terminaría con el corazón roto.

En ese momento, se abrió la puerta del restaurante y el corazón de Natalie dio un vuelco al ver a Cal. ¿Cómo podía hacerle daño si no quería apartarse nunca de su lado?

–¿Qué hacéis aquí?

–No te preocupes –rio Cody–. No le estaba contando lo del concurso que ganaste en quinto.

–¿Qué concurso? –preguntó Natalie.

Cal miró al techo.

–Te lo contaré más tarde. Ahora hay cosas más importantes de qué hablar. Tenemos una pista.

Natalie se quedó boquiabierta, como todos los que estaban escuchando.

Jerry salió del mostrador y se acercó a la mesa.

—¿Ya sabéis quién rajó la rueda?

—No, pero Althea me ha dicho que ayer un coche dorado pasó frente a la peluquería. Un coche europeo.

Natalie levantó la mirada, sobresaltada.

—Conozco a alguien que tiene un coche dorado... —empezó a decir. Y, curiosamente, pertenecía a la última persona en el mundo que debía estar buscándola—. ¡Malcolm Braswell!

Capítulo Ocho

En la comisaría, Sam no parecía convencido.

–¿Qué debo hacer? –preguntó Natalie, histérica ante la idea de que el canalla de su administrador quisiera matarla.

–No estamos seguros de que Braswell sea nuestro hombre, Natalie.

–Pero si el coche es como lo ha descrito Althea...

–Seguro que hay miles de personas que tienen un coche dorado.

–¿En Heartbreak Ridge?

–¿Qué hace alguien con un coche tan caro en un pueblo como este? –intervino Merlie–. Si no fuera por los anuncios, yo no distinguiría un coche europeo de un plato de espaguetis.

–¿Y por qué iba Braswell a venir aquí con su propio coche? Tiene que saber que sería fácil reconocerlo –dijo Cal.

Natalie suspiró.

–No sé...

–Además, no quiero ofender a Althea, pero vio el coche a través del cristal de la peluquería y quizá lo que ella ha creído color oro, es sencillamente amarillo.

–Entonces, ¿me estáis diciendo que no sabéis más que ayer?

–Bueno, hemos descubierto algo. Que un coche que no pertenece a nadie del pueblo estuvo dando vueltas por aquí ayer, de modo que quien rajó la rueda puede ser alguien de fuera.

–Ya –murmuró Natalie. Que quien estaba intentando atacarla fuera alguien con un motivo para hacerle daño hacía que la situación fuera mucho más peligrosa.

Cal la acompañó hasta el coche. Natalie necesitaba volver a casa, pero antes tenía algo más que hacer en el pueblo, algo que le daba casi tanto miedo como el hombre que intentaba matarla.

–Conduce con cuidado.

–Voy a parar un momento en la tienda. ¿Quieres algo?

Cal negó con la cabeza.

–Ten cuidado, Nat. Hablaremos en casa.

–En casa prefiero hacer algo más estimulante que hablar –sonrió ella.

–Yo también. Pero estaba intentando ser un chico moderno.

Natalie pareció horrorizada.

–No me digas que estás intentando sacudirte tu imagen de hombre de las cavernas. ¡La prehistoria te sienta muy bien!

–Ya –rio él.

Cal miró alrededor para comprobar que no había nadie mirándolos y le dio un beso que pretendía ser rápido pero que, naturalmente, se convirtió en una caricia profunda y deliciosa. El deseo los poseía a los dos, robándoles el sentido común.

Por fin, Cal casi tuvo que empujarla dentro del coche.

—Podrían arrestarnos por comportamiento inmoral.

Ella asintió. Tenía algo que hacer. Una última prueba para comprobar si había progresado hacia la independencia o no.

Llegó al otro lado del pueblo dos minutos después. En la tienda de alimentación había un cartel con tres palabras: *Se necesita dependienta.*

Cuando Cal salió del dormitorio a la mañana siguiente y vio a Natalie poniendo la mesa para el desayuno, se quedó parado. Y no solo porque recordaba sus mejillas arreboladas mientras hacían el amor la noche anterior. Y no solo porque ella había preparado un plato de beicon con huevos, una hazaña en la carrera culinaria de Natalie.

Lo que había hecho que se quedara paralizado era su ropa; el traje de color caramelo que llevaba el día que llegó a Heartbreak Ridge. No se lo había puesto desde entonces.

—¿Estoy bien?

Cal no podía mentir, ni podía evitar sonreír al verla vestida como una modelo en medio de la montaña.

—Estás maravillosa.

Natalie suspiró, aliviada.

Pero la sonrisa de Cal desapareció. ¿Qué significaba aquel cambio de atuendo? Solo se le ocurrían las peores explicaciones. El susto de la noche anterior había sido demasiado para ella y volvía a Houston. O su relación iba demasiado rápido para ella y volvía a Houston. O, simplemente, volvía a Houston porque estaba harta.

–¿Vas a volver a Houston?

Natalie lo miró, sorprendida.

–¿Qué? ¡No! Voy a trabajar.

–No puedes ponerte a pintar con ese traje.

–No voy a pintar, bobo. Tengo un trabajo en el pueblo.

Cal la miró, atónito.

–¿Y por qué no me lo habías dicho?

–Quería darte una sorpresa.

Y lo había hecho, desde luego. Cal la miró de arriba abajo, preguntándose qué clase de trabajo podía haber encontrado en Heartbreak Ridge. Ni siquiera le hacía gracia la idea de que fuera por el pueblo con aquel traje. La falda era demasiado corta y bajo la chaqueta llevaba una blusa de seda con un escote de pico que casi mostraba el comienzo de sus senos. ¿Qué trabajo podía realizar en Heartbreak Ridge que requiriese un traje de diseño?

–No recuerdo que estén buscando a nadie... excepto en la tienda de alimentación.

Natalie sonrió.

–Eso es. ¡Me han dado el trabajo!

Natalie se portaba como si acabara de conseguir un puesto de directora en alguna empresa.

–Natalie, ¿Doyle te ha dicho lo que tienes que hacer en la tienda?

–Claro. Voy a guardar las compras en bolsas.

–¿Con ese traje?

Natalie levantó la barbilla.

–¿Qué le pasa al traje? Acabas de decir que me sienta de maravilla.

–Sí, pero eso era antes... ¿Has hecho ese trabajo alguna vez?

–Claro que no. Nunca he trabajo en el ramo de la alimentación y así se lo dije al señor Stumph. Pero estoy dispuesta a aprender.

–Ya, pero...

–¿Pero qué? –lo interrumpió ella, molesta–. Tú mismo me echaste en cara el otro día que nunca había trabajado.

Cal no podía decir por qué lo molestaba tanto. Quizá porque no podía dejar de pensar que era el capricho de una niña mimada. Que se cansaría del trabajo y lo dejaría, como se cansaría de aquella vida rústica y volvería a Houston. O se cansaría de su rústico novio y lo dejaría plantado.

–¿Y la casa? ¿No vas a seguir reparándola?

–Le diré a Howard lo que tiene que hacer. Es de total confianza, ya lo sabes. Además, necesito este trabajo para poder pagarle –dijo ella, convencida. Cal intentó creer que iba a hacer un esfuerzo para quedarse en Heartbreak Ridge. Pero el cambio era tan extraordinario... ¿La baronesa convertida en dependienta?–. Vamos, desayuna antes de que se enfríe. Tienes que encontrar a mi vándalo.

Mientras desayunaban, Cal casi podía imaginarlos viviendo felices para siempre.

Desde su jaula, Armand empezó a cantar una canción y los dos se volvieron, sorprendidos.

–¿No es la canción que intentabas enseñarle el otro día?

Armand siguió cantando mientras ellos reían. Aquella noche, Cal intentaría enseñarle la canción: «El amor nos mantendrá unidos para siempre».

Con tres días de trabajo a la espalda, Natalie se sentía como una veterana y sus pies doloridos eran la prueba. Pero nunca antes se había sentido tan contenta.

De alguna forma la vida, que le había parecido horrible unas semanas antes, había conspirado para hacerla más feliz de lo que lo había sido nunca.

Todo era diferente. Las obras en su casa iban adelante y ella estaba ganando dinero para pagarlas. Acababa de recibir su primer cheque, sesenta y cinco dólares por dos días de trabajo. Increíble. Nunca habría imaginado que alguien le pagaría por hacer nada. Si hubiera sabido que ganar dinero con el sudor de su frente no era tan duro se habría atrevido a hacerlo mucho antes. La verdad era que lo estaba pasando bien.

Y, por primera vez en su vida, se sentía orgullosa. No el orgullo de los Winthrop, sino orgullo de sí misma. Durante todos aquellos años, su auto estima estaba atada al talonario. La asombraba no haber entendido eso antes.

Pero no era solo el dinero lo que la hacía feliz. Después de tres días trabajando, conocía a todo el mundo y se había dado cuenta de que una vez roto el hielo, la gente de Heartbreak Ridge era simpática, amable y divertida. ¿Cómo podía decir nadie que la vida en un sitio pequeño era aburrida? Durante los últimos días se había enterado de todos los cotilleos y escándalos. Por ejemplo Leila, la cajera de la tienda, acababa de confesarle que había estado enamorada del hermano de Cal durante años, pero que después había empezado a fijarse en el hermano de Ruby. Incluso le había pedido consejo.

¡La gente le pedía consejo a ella!

Estaba empezando a sentirse como en casa.

Y luego estaba Cal. Natalie empezaba a sentir que, de verdad, estaban hechos el uno para el otro y eso era lo más milagroso de todo. Parecía que él empezaba a aceptarla por lo que era.

Al principio había creído que aquello podía ser solo una increíble atracción física. Y, en cierto modo, era así. Cada vez que Cal la desnudaba con los ojos, Natalie sentía el mismo deseo que había sentido la primera vez.

Pero entre ellos había algo más que la intensa actividad amorosa. Le gustaba trabajar en la casa con él. Se reían mucho juntos y, por las noches, jugaban a las cartas o simplemente escuchaban música y ella se sentía tan feliz que creía explotar. A veces ni siquiera hablaban, pero la conexión que había entre ellos casi podía tocarse con los dedos.

Era amor; estaba segura de ello.

Aunque Cal no le había confesado sus sentimientos. Seguía llamándola «baronesa» y seguía llevando aquella armadura emocional que, a veces, Natalie temía no poder penetrar por mucho que lo amara.

Y lo curioso era que su reticencia la hacía desear amarlo con más fuerza.

Cal la vio salir de la tienda y cruzó la calle para encontrarse con ella. Seguía sorprendiéndole encontrar a Natalie en Heartbreak Ridge. Ella parecía estar muy a gusto y él se sentía un poco celoso de tener que compartirla con los demás.

Lo que más lo asombraba era que parecía disfrutar viviendo allí. Se sentía orgullosa de su trabajo, solía comer en el restaurante y por la tarde se pasaba por la comisaría para charlar con Merlie sobre animales.

Connie nunca había hecho ninguna de esas cosas. De hecho, ella nunca había hecho un solo esfuerzo por conocer a nadie. Y Natalie se había lanzado de cabeza.

Pero, ¿se cansaría de ello?

Cal suspiró profundamente. Estaba a punto de saber la respuesta.

–Hola –sonrió ella, con aquella sonrisa que podía iluminar un pueblo entero. Cal no podía entender cómo, en algún momento, había pensado que era menos que perfecta–. ¿Cal?

–¿Sí?

–¿No vas a decir nada?

–Perdona. Es que estoy un poco preocupado.

–Tenemos que dejar de pensar en el sexo.

–Muy bien. Vamos a pensar en otra cosa. Hemos encontrado a Malcolm Braswell.

Natalie se quedó boquiabierta.

–¿Qué has dicho?

–Tenemos un colega en Houston que ha localizado definitivamente a Malcolm Braswell. Está en Bahamas.

–Pero, si Braswell está en Bahamas, ¿quién rajó la rueda de mi coche?

–Eso no lo sabemos. No quiero que tengas demasiadas esperanzas, Natalie, pero si amenazamos a Malcolm Braswell con una denuncia por estafa, es muy posible que acepte devolver parte del dinero.

–¿Sabes lo que significa eso?

¿Necesitaba recordarle que se marcharía corriendo en cuanto recuperase su fortuna? Cal solo tenía que mirar sus ojos, que brillaban ante la posibilidad de recuperar su fortuna.

Y no podía culparla. Unos cuantos millones de dólares no era algo que se pudiera despreciar. Pero cuando había pensado que todo iba bien, que su vida empezaba a funcionar de nuevo... estaba a punto de perder a Natalie.

–Oh, Cal... –exclamó ella–. Ahora podré hacer todo lo que quería hacer.

–¿Cómo qué? ¿Vivir en París?

–¿Qué?

–No vas a quedarte en Heartbreak Ridge, ¿verdad?

–¿Qué estás pensando?

Él se encogió de hombros.

–Nada. Solo que no creo que decidas quedarte aquí cuando puedes elegir vivir en cualquier ciudad del mundo.

–Pero tengo que quedarme aquí. Tengo un compromiso en Heartbreak Ridge.

–Los compromisos pueden romperse.

Ella lo miró, furiosa.

–¡Veo que sigues teniendo una alta opinión sobre mí!

–Tengo una altísima opinión de ti, Natalie.

–Tan alta que, según tú, abandonaría los planes para mi hotel y te abandonaría a ti.

–Por unos cuantos millones de dólares.

–¿Por qué estamos hablando de esto? –casi gritó ella–. No tengo ese dinero.

–Pero si lo tuvieras...

–No creo que Malcolm Braswell vaya a devolver mi dinero.

–Pero es una posibilidad. Y no debes sentirte avergonzada de abandonar Heartbreak Ridge si lo recuperas.

–No pienso marcharme –insistió ella.

El amor hacía que la gente mintiera, se recordó Cal a sí mismo. Como él había mentido unas semanas antes cuando le dijo que el pelo de Mopsy no lo molestaba cuando en realidad lo ponía de los nervios.

Pero quizá aquello era parte de la pequeña luna de miel que estaban viviendo.

—¿Es que nunca has confiado en nadie en tu vida? —exclamó Natalie.

—Claro...

—¿En una mujer? —lo interrumpió ella. Cal cerró la boca. Esa era su respuesta—. Debería haberlo sabido. Aunque me quedase aquí veinte años, tú seguirías creyendo que, algún día, volvería a Houston, ¿verdad? —preguntó, sin darle tiempo a contestar—. ¿Qué he sido para ti, Cal? ¿Una terapia? ¿Estás usándome para olvidarte de Connie?

—Nunca he conocido a una mujer que se haya quedado en Heartbreak Ridge.

—Merlie lleva aquí toda la vida.

—Es diferente. Ella tiene un trabajo.

—¿Ah, sí? —preguntó ella, con expresión irónica—. Pues mira, a partir de ahora declaro que mi trabajo va a ser convertirme en una espinita que tengas clavada en el corazón hasta que te mueras, Cal Tucker. Me quedaré en Heartbreak Ridge y te incordiaré durante toda mi vida. Pienso destrozar el estereotipo que tienes de las mujeres, demostrándote mi lealtad. ¿Y sabes por qué?

Cal casi sonrió. ¿Iba a decirle que lo amaba?

—¿Por qué?

—¡Porque quiero verte sufrir! —gritó ella—. Es muy entretenido verte siempre receloso, siempre sospechando que van a abandonarte. Has convertido la duda en una forma de arte –añadió, entrando en su coche y cerrando de un portazo antes de salir disparada.

Cal escuchó una risita tras él y cuando se volvió vio a Merlie que salía de la tienda. Sin duda, ella y la mitad del pueblo habían escuchado la pelea.

–¿Por qué no vas tras ella y le pones una multa?

–Porque ya no pongo multas a nadie.

–Ah, es verdad. Pero a mí me parece que, si de verdad quieres ayudarla, deberías ir tras ella ahora mismo y decirle que lo sientes.

–¿Que siento qué?

Merlie miró al cielo.

–Si tienes que preguntar eso, cabeza de chorlito, entonces no sabes nada. ¡Especialmente, sobre mujeres!

Cal se quedó mirándola mientras desaparecía por la calle. ¿Por qué iba a disculparse con Natalie? ¿Por sus bien fundadas sospechas de que se marcharía del pueblo en cuanto recuperase su dinero? Eso solo era sentido común y, sin embargo, tanto Natalie como Merlie se lanzaban a su cuello por decirlo. Pero si no se mantenía en guardia, cuando Natalie se marchase de Heartbreak Ridge, todo el mundo se reiría de él.

¿Qué iba a hacer? ¿Confiar en ella?

Cal se puso pálido. Algo empezaba a dar vueltas en su cerebro. Confianza. Buena palabra.

Mientras caminaba como un zombi, pensaba que Merlie se había equivocado. Él conocía a las mujeres. Y, sin embargo, seguía sin saber nada sobre el amor.

Capítulo Nueve

Natalie conducía por la carretera, abrazando las curvas como un piloto de carreras. Se había acostumbrado a aquel estrecho camino y le resultaba casi tan familiar como las atestadas autopistas de Houston. Como debería estar acostumbrada a la insultante falta de fe en ella que mostraba Cal. Pero no lo estaba.

Las lágrimas que corrían por su rostro eran la prueba. Cal pensaba que era igual que Connie y siempre sería así. Pero ella había cambiado; el problema era que Cal no lo había hecho.

Cuando llegó al cruce, en lugar de tomar el camino que llevaba a la cabaña de Cal, se dirigió hacia su casa, esperando que Howard siguiera allí. El hombre solía hacerla reír y necesitaba reírse un poco en aquel momento.

Desgraciadamente, su furgoneta no estaba frente a la casa. Natalie aparcó el coche y levantó los ojos. A pesar de todos sus esfuerzos, no habían conseguido grandes resultados. La casa seguía siendo una ruina. Y, sin embargo, cada vez que la miraba recordaba el dibujo de una casa colonial rodeada de flores. Seguía viendo el sueño que la había hecho abandonar todo.

Natalie apagó el motor, suspirando. El tejado estaba arreglado, había un par de habitaciones casi habitables e incluso había agua corriente... fuera de la casa. No había razón para que no se instalara allí. En realidad, solo había seguido en casa de Cal porque le gustaba estar con él. Pero lo mejor sería alejarse. No para hacerse la dura y, desde luego, no para escaparse, sino para poner distancia. Claramente, ella se había enamorado y Cal no.

Aún no.

Natalie salió del coche y arrugó la nariz. Olía a humo. Entonces recordó que los cables eléctricos de la casa eran muy antiguos y corrió hacia el porche. La puerta no estaba cerrada. ¿Qué estaba pasando?

Asustada, entró en la casa y corrió escaleras arriba. Al principio, pensó que corría tan rápido que sus pasos hacían eco, pero después se dio cuenta de que no era un eco sino... ¡los pasos de otra persona! En ese momento, se chocó contra alguien. Natalie gritó, atónita al ver al último hombre al que hubiera pensado ver en Heartbreak Ridge.

¡Jared Huddleton!

—¿Qué estás haciendo aquí?

—¡Yo podría hacerte la misma pregunta! ¿Hoy has salido antes de trabajar?

¿Él sabía que ella trabajaba? ¿Había estado espiándola?

Por supuesto que sí. El vandalismo, el allanamiento... Jared era el responsable. Pero, ¿por qué? Natalie empezaba a sentirse realmente asustada.

–Jared... todo este tiempo... ¿eras tú el que intentaba asustarme?

–Una tontería por mi parte. Hace una semana me enteré de que tenías un hombro sobre el que llorar. Pero me había creído tu explicación de que me dejabas porque querías «encontrarte a ti misma» o una tontería parecida.

–¡Era cierto!

–Ya –dijo él, irónico–. Pues has tardado muy poco en encontrar alguien que te caliente la cama.

Natalie estaba empezando a ponerse furiosa, pero sabía instintivamente que no debía perder el control. Además, de alguna parte salía un humo gris que la hacía temblar de miedo. Cuando intentó rodear a Jared para ver de dónde salía, él se lo impidió.

–¿Por qué me estás haciendo esto? –preguntó, temblorosa.

–Porque quiero que vuelvas a casa, Natalie. A Houston, conmigo.

¡Y pensar que lo había creído un hombre sin carácter!

–¿Y esta es tu manera de intentar convencer a una mujer? ¿Dándole un susto de muerte?

Él apretó sus brazos con fuerza, irritado. En ese momento, Natalie se dio cuenta de algo terrible. Jared era un psicópata.

–No sé cómo convencer a una mujer porque nunca me ha dejado ninguna antes que tú, Natalie.

Ella hizo un esfuerzo para parecer calmada, aunque su corazón latía violentamente.

—Créeme, Jared, lo que hice fue lo mejor. Nuestro matrimonio no habría funcionado.

—¡Nunca me diste una oportunidad!

—Tú no eras el problema —le aseguró ella—. Era yo. Me equivoqué al hacer que concibieras esperanzas. Yo... —Natalie tomó aire para confesarle su más profunda vergüenza—. Estaba arruinada, Jared. Desesperada. Iba a casarme contigo por tu dinero.

«Oh, Dios mío, ahora sí que va a matarme», pensó Natalie.

Pero Jared no lo hizo. Todo lo contrario. La soltó y empezó a reírse a carcajadas.

—¿Qué tiene tanta gracia?

—¡Tú arruinada! —consiguió decir él, entre risas—. Casarte conmigo por mi dinero... ¡cuando esa era la razón por la que yo iba a casarme contigo!

Natalie se quedó perpleja. ¿Jared Huddleton un cazador de fortunas? No podía creerlo. Pero debía ser cierto. Él la había engañado y ella lo había engañado a él, usando el último dinero que le quedaba para aparentar que seguía siendo una rica heredera.

Casi sentía ganas de echarse a reír, pero seguía oliendo a humo.

—Jared, ¿qué has hecho?

Él dejó de reírse bruscamente.

—Mi último esfuerzo para sacarte de aquí. Quería que encontrases la casa convertida en cenizas. No sabía que volverías tan pronto.

¿Qué haría Jared después de confesar que le

141

había prendido fuego a su casa? Natalie se puso tensa, esperando que sacara un cuchillo, o una pistola o que, sencillamente, la tirase escaleras abajo. Pero lo que Jared hizo fue empujarla contra la pared y salir corriendo escaleras abajo.

No tenía tiempo para seguir pensando. Natalie salió corriendo y empezó a buscar la fuente del humo por todas partes. De repente, miró hacia el ático y vio que era de allí de donde salía. Las llamas empezaban a lamer la estrecha escalera.

Cuando se dio cuenta de lo que eso significaba, tuvo que hacer un esfuerzo para no ponerse a gritar. Acababan de terminar de reparar el tejado y todo su trabajo, un trabajo duro y peligroso, no habría servido para nada.

A menos que ella pudiera hacer algo.

Natalie corrió hacia el grifo que Howard había instalado en el porche, enganchó la manguera que había comprado unos días antes y corrió con ella hacia el ático. Cuando el agua alcanzó las llamas, el humo se hizo más intenso y ella tuvo que ponerse la camiseta sobre la cara para poder respirar. Estaba un poco mareada, pero no pensaba abandonar hasta que hubiera apagado el fuego.

Mientras conducía hacia su casa, Cal iba practicando las palabras: «Lo siento». No le resultaba fácil. De hecho, cuando se vio a sí mismo pronunciándolas frente al espejo retrovisor, casi dio un salto hacia atrás. Era como si sus labios se torcieran al pronunciar aquellas sílabas.

Intentó decir: «Me he equivocado», pero los resultados fueron aún peores.

Estaba intentando un sencillo: «Perdóname» cuando casi se chocó contra un coche que bajaba a toda velocidad. El imbécil llevaba puestas las luces largas y casi lo cegó. Cal pisó el freno y se volvió para mirar. Era un Mercedes dorado.

¿Un Mercedes dorado?

Sin pensar, Cal dio la vuelta para seguir al coche alemán. ¿Habría vuelto para destrozar la casa de Natalie?

El pensamiento hizo que pisara el acelerador a fondo.

Hubiera dado cualquier cosa por tener una sirena en ese momento. Aunque aquel canalla no pararía, de eso estaba seguro. Y la única forma de obligarlo era bloquear el camino. Cal colocó la furgoneta al lado del Mercedes y le hizo señas para que parase en el arcén. Por supuesto, el conductor no obedeció y siguió bajando a todo gas, como un poseso.

Pero él también estaba poseído en ese momento, poseído por el deseo de estrangularlo. Si le había tocado un pelo a Natalie...

Cal aceleró como solo había visto hacerlo en las películas y pasó al Mercedes. Después, giró el volante de golpe, con los dientes apretados. Escuchó un chirrido de neumáticos y después el horrible sonido del metal chocando contra metal, seguido de una rápida explosión; el *airbag* de los dos coches. En cuanto pudo librarse, Cal saltó de la furgoneta.

Frente al volante del Mercedes, un hombre de unos treinta años y de pelo oscuro parecía paralizado. Cal lo sacó del coche violentamente.

–¿Quién demonios es usted? ¿Qué hace bajando de casa de Natalie como alma que lleva el diablo?

Al escuchar el nombre de Natalie, el tipo parpadeó.

–Ella está bien.

–¡Eso espero o...! ¿Qué quiere decir? ¿La ha visto?

–Yo no he hecho nada, ha sido un accidente. Discutimos y me marché.

–¿Sobre qué discutieron?

–Es un asunto privado.

El tono mesurado del hombre era suficiente para que Cal perdiera los nervios.

–¿Cómo se llama?

–Jared.

Jared. ¡El prometido de Natalie! Él era quien había estado molestándola y acosándola. No había nada peor que un millonario rechazado, pensó. Y lo más curioso era que Merlie había tenido razón. Ella había dicho desde el principio que el sospechoso era el novio despechado.

Pero entonces Cal había creído que cualquier hombre sería afortunado si se librase de Natalie.

Antes de que pudiera estrangular a Jared

para que le dijera dónde y cómo estaba ella, el coche patrulla de Sam paró a su lado.

–¿Qué demonios está pasando aquí?

–He pillado a este tipo bajando como un loco por la carretera. Un coche dorado, europeo. Y resulta que es el ex prometido de Natalie.

Sam sacó las esposas de su cinturón.

–Muy bien. Espósalo y mételo en el coche patrulla. Tenemos que dejar libre la carretera para el coche de bomberos.

Cal se quedó parado.

–¿Bomberos?

–El viejo Withers ha visto humo saliendo de la casa de Natalie.

Cal no esperó más explicaciones. Entró en su furgoneta después de esposar a Jared y pisó el acelerador a fondo.

Su corazón latía como si estuviera a punto de saltar de su pecho y la furgoneta no parecía avanzar a la velocidad que él hubiera deseado.

Cal se hubiera dado de golpes por haber perdido el tiempo con aquel imbécil cuando debería haber subido a la casa en cuanto sospechó que ocurría algo. Debería haber sabido que Natalie tenía problemas...

Cal apretó los dientes cuando vio las llamas que iluminaban el cielo.

No recordaba siquiera haber parado la furgoneta. Quizá incluso se había tirado de ella sin frenar, pero le daba completamente igual. ¿Dónde demonios estaba Natalie?

Había esperado encontrarla fuera de la casa,

corriendo con la manguera, pero no la veía. Desgraciadamente, sí veía la manguera y lo llevaba hasta la casa en llamas.

En cuanto entró por la puerta, Cal tuvo que ponerse la mano sobre la boca. El humo y las llamas no le permitían respirar, pero siguió la manguera para encontrar a Natalie. No había tiempo que perder. Si había estado respirando aquel humo durante mucho tiempo podría estar desmayada.

–¡Natalie! –gritó, corriendo escaleras arriba. «Ella está bien. Ella está bien», se repetía a sí mismo una y otra vez. Pero no recibió respuesta. Por fin la encontró, tirada en el suelo del segundo piso. Cal la tomó en brazos y casi gritó de alivio cuando la oyó toser. Tenía que llevarla fuera, tenía que hacerla respirar aire fresco. En ese momento, recordó una de las enseñanzas del cuerpo de policía: «La mayoría de las víctimas de un incendio mueren por inhalación de humo».

Pero Natalie no iba a morir. Él no lo permitiría.

Cuando Natalie abrió los ojos, estaba en un sitio que le resultaba desconocido y en el que todo parecía de color blanco. Consideró la posibilidad de haber muerto y estar en el cielo, pero cambió de opinión en cuanto vio la cara de Merlie a unos centímetros de la suya, mirándola a través de sus gafas.

Aquella no era exactamente la cara de un ángel.

—¡Ha vuelto en sí, chicas! —exclamó la mujer.

Natalie parpadeó. «¿Vuelto en sí?» ¿Cuánto tiempo había estado inconsciente?

¿Qué había ocurrido? ¡Ella nunca se había desmayado antes!

De repente, dos caras más aparecieron sobre su cama. Una era Shelby Weston y la otra Ruby, la mujer de Cody.

No podía estar muy mal si recordaba los nombres.

—No despiertes a Cal todavía —dijo Ruby—. Tiene cara de muerta.

¿Cal? El pulso de Natalie se aceleró. ¿Cal estaba en el hospital?

—¡No digas eso! —exclamó Shelby, golpeándola con el codo—. ¿Y si puede oírte?

Natalie sonrió, pero al hacerlo sintió como si su cara fuera a partirse en dos.

Merlie se puso las manos en las caderas y miró a las dos mujeres con gesto airado.

—No creo que le importe mucho su aspecto en este momento. ¿Verdad que no, Natalie? —preguntó, gritando como si Natalie se hubiera quedado sorda—. ¿Necesitas alguna cosa?

Ella se pasó la lengua por los labios resecos.

—Dale un poco de cacao para los labios —dijo Shelby.

Natalie esperó pacientemente mientras sus tres enfermeras le ponían cacao y después se aclaró la garganta.

–Agua... –murmuró. No sabía si había pronunciado la palabra correctamente, pero por la reacción de su audiencia, la habían entendido.

–¿Has oído eso? –sonrió Ruby.

–¡Quiere agua!

Merlie desapareció y Natalie escuchó un grifo, un sonido maravilloso.

–¿Llevo mucho tiempo aquí? –consiguió decir después de tomar un buen trago.

–Solo esta noche, cariño.

¡Una noche! Natalie intentó recordar... la pelea con Jared, el humo... Pero después de eso, su mente estaba en blanco. ¿Qué había ocurrido?

Entonces recordó. ¡El fuego! Había intentado salvar su casa con una manguera, pero no recordaba nada más.

–¿Quién me encontró?

–Cal –contestó Merlie–. Él te sacó de la casa.

–¿Y él está bien? –preguntó Natalie, ansiosa.

Las tres cabezas asintieron a la vez.

–Se ha quedado contigo toda la noche, pero Sam lo obligó a ir a la comisaría para cambiarse de ropa. Volvió hace una hora y se ha quedado dormido en el pasillo. Nadie tiene corazón para despertarlo.

Cal le había salvado la vida y además se había quedado con ella durante toda la noche. Natalie no podía evitar que su pulso se acelerase. ¿Por qué? ¿Por qué el descreído de Cal, el hombre del corazón roto, estaba tan preocupado por ella?

Natalie sonrió.

–¡Yo tengo su corazón! –exclamó, incorporándose.

–Cariño, no te levantes –dijo Merlie.

Natalie se sentó sobre la cama.

–¡Nunca me he sentido mejor! –dijo, casi gritando. Le dolía la cabeza, olía a cenicero y la «bata» que le habían puesto no era precisamente el modelo más sofisticado, pero a ella le daba igual.

–¡Espera! –gritó Shelby, cuando Natalie corría hacia la puerta.

–¡No puedes salir así! –dijo Merlie, tomándola del brazo.

Ruby, la más práctica, le colocó una de las sábanas por encima de los hombros.

Natalie salió de la habitación y se quedó paralizada al ver a Cal... ¡en uniforme! Después de lo que había hecho por ella la noche anterior, verlo dormido en una silla con la cabeza colgando sobre el pecho hizo que sus ojos se llenaran de lágrimas.

Natalie se acercó y le dio un beso en la frente.

Cal se despertó entonces y cuando se dio cuenta de quién era, sonrió de oreja a oreja. Pero la sonrisa desapareció un segundo después.

–¡No deberías estar levantada! Tienes que estar en la cama.

–Y tú también –dijo Natalie, tomando su mano.

Mientras lo miraba amorosamente a los ojos,

el recelo que había visto en ellos la tarde anterior parecía desaparecer.

—Natalie, estaba tan preocupado... Hemos atrapado a Jared.

—Me alegro —dijo ella—. Pero Jared me da igual.

—¿Te da igual?

—Sabía que no sería rival para un equipo tan bueno como Sam y tú.

Cal sonrió.

—Tus animales están bien, por cierto.

—No estaba preocupada por ellos.

—Entonces, ¿por quién estabas preocupada?

—Por ti —contestó ella—. Por cierto, ¿qué haces con esa ropa?

Cal se puso colorado.

—Es mi antiguo uniforme. He ido a la comisaría para cambiarme y es lo único que he encontrado. Era más rápido ir allí que volver a casa.

—¿Y por qué querías volver tan rápido? ¿Los médicos tenían que examinarte?

—No, claro que no. Es que quería estar a tu lado.

—¡Eso es lo que esperaba oír! —sonrió Natalie, sentándose sobre sus rodillas.

Él parecía casi tímido.

—Tu casa, Natalie... te vas a llevar un disgusto. El tejado está destrozado.

Natalie suspiró.

—Bueno, pero ahora sé cómo arreglarlo.

—¿Arreglarlo? ¿Quieres decir que sigues pensando en reparar la casa?

–Cal, ¿hay alguna parte de la palabra «sí» que tengas dificultad en entender?

–Pero, ¿por qué? Está hecha una ruina. Si consigues recuperar tu dinero...

–Podría terminar de repararla mucho antes –lo interrumpió ella–. Aunque el hotel fuera un fracaso, sería un sitio bonito para criar a nuestros hijos.

–¿Nuestros hijos? –repitió él, atónito.

Natalie se cruzó de brazos.

–Eso es. ¿Tienes algún problema, comisario?

Cal negó con la cabeza, sonriendo.

–Quizá debería pedirte que te casaras conmigo.

–¿Estás seguro? Aún no han pasado las seis semanas y perderás cien dólares.

–En serio, Nat. ¿Quieres casarte conmigo? –preguntó Cal. Natalie asintió, sonriendo–. ¿Aunque no sea más que el ayudante del comisario de un pueblo diminuto?

–Y casi un graduado de la universidad de la Enciclopedia Británica –le recordó ella.

–¿Y Heartbreak Ridge? Este pueblo está maldito; todo el mundo acaba con el corazón roto.

–¿Cómo puede un pueblo estar maldito cuando ha visto tres matrimonios en menos de un año? –preguntó ella, colocándose imperiosamente la sábana sobre el hombro–. Como la baronesa oficial de Heartbreak Ridge, declaro que la maldición ha desaparecido.

Cal la besó entonces, un beso largo y profundo. Cuando se separaron para respirar, él sonreía.

–No sé si funcionará.

–¿Nuestro matrimonio?

–No, tu hechizo.

–Solo hay una forma de enterarse.

–¿Cómo? –preguntó él, levantando las cejas.

–Si llegamos a las bodas de plata, sabremos que ha funcionado.

–¿Veinticinco miserables años? ¿Eso es todo lo que esperas?

Natalie sonrió.

–¿Cuántos dirías tú?

Cal la abrazó, sin importarle que hubiera varias enfermeras observándolos. A Natalie tampoco le importaba. Era demasiado feliz... y estaba deseando volver a saborear los labios de Cal.

–Yo diría que vayamos por el oro, baronesa. ¡Cincuenta años o nada!

Epílogo

Clarice Biddles de River Oaks, Houston, miraba el paisaje desde el porche del hotel Heartbreak Ridge.

–¡Qué vista tan preciosa! –exclamó, dirigiéndose a Jim Loftus, un cliente del hotel.

–Sí –sonrió Jim, satisfecho–. Siempre supe que esta casa mía podría ser un buen hotel.

–¿Su casa?

–¿No lo sabía? Se la vendí a Natalie por muy poco dinero, pero es que no tenía tiempo para hacer las reparaciones...

–¡Pero esta casa es una joya!

Natalie salía en ese momento y escuchó el final de la conversación. Jim Loftus, que había vuelto de Honolulú solo después de que Natalie le jurase por teléfono que no le guardaba rencor, era un cliente habitual del hotel. Solía ir a desayunar o a cenar y se dedicaba a contarle a todo el mundo que la casa había sido propiedad suya. Era muy irritante, pero Natalie se reía. Después de todo, las cosas habían salido bien; ¿cómo podía seguir enfadada con Jim cuando su estafa había conseguido hacer que su vida fuera todo lo que ella quería?

—El cocinero acaba de sacar del horno un pastel de zanahoria, Jim. Deberías ir a probarlo.

—¡Ah, qué bien! —sonrió el hombre, despidiéndose de ellas con un gesto.

—Vaya... —murmuró Clarice, observándolo—. Parece un hombre acomodado. ¿Es soltero?

—Sí —contestó Natalie, intentando contener la risa.

Clarice juntó las manos y se inclinó hacia la mujer que consideraba una de sus mejores amigas, a pesar de no haber hablado con ella en un año y medio.

—Debo decirte que no las tenía todas conmigo sobre este hotel, perdido en un sitio tan solitario.

—¿Y qué te parece?

—Estupendo. Y, además, hay hombres interesantes. O, al menos, solteros. Natalie, te lo digo en serio, en Houston no quedan hombres libres.

Clarice decidió ponerla al día sobre los cotilleos, pero Natalie la escuchaba sin interés. En aquel momento tenía cosas más importantes en la cabeza. Su hotel, que funcionaba mejor de lo que hubiera imaginado, era un trabajo que requería toda su atención.

Gracias a los anuncios que aparecían en los periódicos, rara vez quedaba alguna habitación libre, pero ella siempre sacaba tiempo para jugar. Eso era algo en lo que Cal había insistido. Aún les quedaban cuarenta y ocho años para romper el maleficio de Heartbreak Ridge y hasta entonces pensaban comportarse como recién casados.

Afortunadamente, por lo único que no tenían que preocuparse era por dinero. Malcolm Braswell había sido detenido cuando intentaba entrar en el país y, a cambio de una sentencia menor, el administrador había devuelto un porcentaje considerable del dinero que le había robado. Con ese dinero, Natalie había reparado la casa y abierto las puertas del hotel el verano siguiente. Y aún le quedaba dinero suficiente como para sentirse segura y pagar la universidad de sus hijos.

—Fíjate, pobre Jared —estaba diciendo Clarice—. ¡Casarse en la cárcel, con una funcionaria de prisiones! Nunca se sabe con la gente, ¿verdad? Crees que los conoces y... —la mujer se interrumpió al ver algo en el jardín—. ¡Mira! —exclamó, señalando a Howard, que empujaba una carretilla llena de hojas secas—. ¡Me encanta la gente rústica que has contratado!

Natalie sonrió, irónica.

—El hotel debe tener un aspecto auténticamente rústico.

Howard siempre se quejaba de trabajar para unos clientes tan idiotas y cuando miró a Clarice, que llevaba pantalones de seda y sandalias de tacón vertiginoso, puso cara de vinagre.

—Howard, te presento a Clarice Biddles. Éramos compañeras de universidad.

—¿Quieres decir que ha ido a la universidad y sigue siendo tan tonta como para comprar esos zapatos?

Clarice se quedó boquiabierta y Natalie se mordió los labios, intentando no soltar una carcajada. Estaba a punto de tomar a su amiga del brazo para entrar en el hotel cuando escuchó el sonido de unos cascos.

Cuando Cal apareció, su corazón hizo una elaborada pirueta dentro de su pecho. Llevaba uniforme, pero seguía teniendo el pelo largo, la cara bronceada y los ojos azules que le habían robado el aliento la primera vez.

—¡Oh, Dios mío! —exclamó Clarice—. ¿Quién es?

—Más color local.

—¿Un policía en el hotel? ¡Qué bien!

Howard parecía cada vez más irritado.

—No es solo un policía. Es su marido, señorita.

Cal no le dio oportunidad de hacer las presentaciones. Nada más detener el caballo, la tomó por la cintura y la subió a la silla.

Clarice tuvo que ahogar un grito.

—¿Tienes mucho que hacer? —preguntó Cal, besando a su esposa en los labios.

—No tanto como para no poder ser secuestrada.

—Sus deseos son órdenes, baronesa.

Natalie, que llevaba mucho tiempo sintiéndose la reina del mundo, lanzó un grito de alegría mientras los dos desaparecían galopando hacia el atardecer.

DESEO

RYANNE COREY

UNA MUJER
CON PASADO

Capítulo Uno

Connor Garret era el primero en admitir que le gustaba mimarse. Era una de esas personas que adoraba la comodidad, le gustaban las tarjetas de crédito sin límite de saldo, enviar toda la ropa a la lavandería, y tener casas magníficas al lado de la costa.

Con lo único que no se llevaba bien era con el microondas, pero eso tampoco suponía un grave problema, pues su ama de llaves le preparaba puntualmente la comida en las escasas ocasiones en que no comía fuera.

La verdad era que, quitando aquel misterioso horno, no había nada que hubiera perturbado su existencia... hasta entonces.

Lo primero que lo irritaba era aquel maldito deportivo de alquiler, tan llamativo en el aeropuerto, pero tan incómodo. Su metro noventa de estatura no cabía allí dentro. La solución habría sido quitar el techo, pero había empezado a llover. Su pelo castaño dorado lucía más oscuro por obra del agua que se lo había humedecido.

También había descubierto el terrible hábito de los animales salvajes de Wyoming, que se dedicaban a cruzar la carretera sin aviso. Aquello no tenía nada que ver con Los Angeles, donde los únicos animales que frecuentaban la calle eran los conductores.

Sin embargo, el siniestro estado de ánimo de Connor tenía más que ver con una mujer que con ninguna de esas otras circunstancias. Se trataba de Glitter Baby. Connor llevaba diez días buscándola, pero ella no quería que nadie la encontrara. Y, de momento, estaba ganando la batalla.

Miró la foto que tenía en el asiento de al lado. Era una de esas fotos tomadas «a la caza», en la que se apreciaban los ojos de color violeta de aquella mujer, su pelo rubio que caía como una gloriosa cascada. Tenía la piel pálida y luminosa, que casi se confundía con el traje que llevaba. Sus labios gruesos y bien dibujados parecían haber sido esculpidos para incitar al pecado.

−¿Dónde demonios se habrá metido? −murmuró Connor−. ¿Cómo puede alguien con un rostro como este desaparecer sin dejar rastro.

Volvió a centrar su atención en la carretera, justo a tiempo para evitar chocar con otro vehículo que circulaba demasiado despacio.

Estaba harto de viajar, estaba harto de dormir en moteles. Sobre todo odiaba viajar, a través de las montañas, en pequeñas avionetas. Sabía que aquella podía ser una búsqueda infructuosa, pero se negaba a cesar en su intento por hallar a aquella mujer. No estaba dispuesto a dejarse vencer, mucho menos aún en aquellas circunstancias.

El móvil que llevaba en el bolsillo de la chaqueta sonó y él lo buscó sin apartar la vista de la carretera. Solo había una persona que conociera aquel número: su ayudante Morris Gold.

–Dime, Morris. ¿Has tenido suerte en Texas? Sí, ya sé que es un sitio muy grande... No, no quiero entrevistar a Alan Greenspan. ¿Quién quiere escuchar a alguien hablar de tipos de interés durante una hora? No, necesito algo especial. Nadie ha sido capaz de encontrar a esta mujer en dos años –hubo un corto silencio, solo interrumpido por las gotas de lluvia que golpeaban sobre el capó–. No, no estoy poniendo las cosas difíciles. ¿Cómo que estás empezando a soñar con ella? ¡No te puedes enamorar de una foto! Yo soy un experto en no enamorarme, Morris. Conozco estas cosas. Llámame si ocurre algo.

Connor dejó el teléfono sobre el asiento y suspiró. Había trabajado como periodista con mucho éxito durante seis años, siempre buscando retos como aquellos. Glitter Baby había sido la punta del iceberg del mundo de la moda durante ocho años. Había empezado a desfilar a los catorce, ya entonces con gran éxito. Hacía dos años, se había retirado sin intención de regresar, ni anuncio alguno de planes futuros. El equipo de búsqueda de Connor la habían tratado de localizar, pero parecía ha-

5

berse desvanecido. Su nombre verdadero era Frances Calhoon. Había nacido en Redfern, Wyoming, donde su padre había sido granjero hasta hacía seis años, en que había fallecido. Su madre se había trasladado entonces, pero ninguno de los vecinos sabía adónde. No sabía más. Connor estaba ansioso por saber más, por conocer la misteriosa historia de la modelo desaparecida, con la que habría logrado un programa de máxima audiencia.

Tenía que encontrarla.

Connor iba siguiendo todas las pistas, comprobando todos los lugares en los que había sido vista. La última noticia era que la habían visto en un rodeo, en Wyoming. Y allí estaba él, aunque no abrigaba muchas esperanzas de encontrarla realmente. Las vacas y las supermodelos no solían encajar.

Miró de nuevo la foto. Sin duda la cámara la adoraba. No le extrañaba que hubiera alcanzado el éxito. A diferencia de otras modelos de miradas vacías, sus ojos brillaban con fuego y fantasía. Tenía una aspecto mitad desamparado, mitad de sirena, una explosiva y afrodisíaca mezcla.

Se preguntó qué se sentiría en sus brazos.

Después de una noche inquieta en un motel de Oakley, Connor se recorrió, como de costumbre, los cafés y las tiendas de la zona, mostrando una foto de Frances Calhoon, y tuvo que escuchar los mismos comentarios una y otra vez.

–Sí, claro que sé quien es. Pero no, no la he visto por aquí.

Connor llevaba siempre gafas de sol, para ocultar en lo posible su conocido rostro. Una gorra de béisbol completaba el equipo de camuflaje.

Connor era uno de esos hombres a los que desean las mujeres, con anchos hombros y vaqueros ajustados. Desde su época de universidad, en que era la estrella del fútbol, las mujeres habían demostrado apreciar su físico. Él hacía lo que podía, no negándose a sus deseos. Una lesión de rodilla puso fin a tan gloriosa carrera, y tuvo que empezar a trabajar con su padrino, Jacob Stephens, en la televisión por cable. Su padrino le aseguró que tenía imagen y gancho para poder entrevistar a celebridades.

El trabajo resultó mucho menos estresante que el de jugador de fútbol y, muchas veces, se sentía culpable de estar recibiendo semejante sueldo por algo que realizaba con tal facilidad. Las altas esferas de la televisión parecían realmente contentos con su trabajo.

La verdad era que a Connor lo sorprendía aquel éxito. Sabía que sus formas, sus maneras, no eran la norma entre los periodistas de televisión, pero funcionaban.

Las mujeres afirmaban que su éxito se debía a su pelo, sus ojos y su boca. De hecho, Morris solía referirse a él como «ojitos de caramelo».

A Connor no le gustaba en exceso que se hiciera tanto énfasis en su físico. Pero era una persona fácil y alegre que no se complicaba la vida en exceso. Dos veces al mes, recibía un cheque que lo curaba de objeciones.

Cuando se sentía aburrido de lo que hacía, se decía que, seguramente, cualquier hombre que no pudiera hacer del fútbol su carrera profesional se sentiría aburrido en la vida. Acto seguido, revisaba su capital bancario y se sentía muchísimo mejor.

No obstante, la labor que tenía encomendada en aquel momento no tenía absolutamente nada de aburrida. Se había convertido en un auténtico reto.

Además, le debía aquello a Jacob Stephens, que estaba a punto de invertir en toda una red de canales y necesitaría aquello para hacer subir la audiencia. Connor tenía que hacer aquello por su padrino.

Connor llegó a un establecimiento llamado «Howdy Do Farm and Feed», donde vendían abastecimiento para ganado. Miró el letrero y estuvo a punto de pasar de largo, cuando recordó lo que le habían comentado sobre los rodeos. No era, sin embargo, una de esas tiendas en las que uno podía encontrarse a celebridades.

Al entrar, el olor a abono llenó su nariz y miró de un lado a otro. Había unos cuantos clientes que parecían sacados de un cuadro del siglo pasado, todos vestido de cuero viejo.

Connor se quitó las gafas y se aproximó al adolescente que estaba en el mostrador.

–Perdona –Connor sonrió–. Estoy buscando a alguien. ¿Has visto a esta mujer por aquí?

–Yo también la estoy buscando –murmuró el joven.–. Llevo toda mi vida buscándola. Créame, si la hubiera visto, me acordaría. Es esa modelo, ¿no? Spic Baby.

–Glitter Baby –lo corrigió Connor y le quitó la fotografía que le había tomado de entre los dedos.

–Si quiere me quedo con la foto y la pongo en el tablón de anuncios, por si alguien la ve.

–No hace falta. ¿Sabes cómo se llega a Riverside?

–Sí, por la autopista 33 –respondió el muchacho–. No tendrá otra foto como esa por ahí, ¿verdad?

–No –dijo Connor irritado por los comentarios del adolescente.

Dio la vuelta repentinamente y se chocó de frente con alguien que acababa de entrar. En la cabeza de Connor se encendió un letrero luminoso que decía: «grandes pechos y muy femenina».

–Ha sido culpa mía –se disculpó la mujer y se inclinó para agarrar su sombrero de vaquero. Llevaba vaqueros, camisa y unas botas, el uniforme de la zona. Tenía un bonito pelo castaño, que llevaba sujeto en una coleta tirante atrás. Ella sonrió. Tenía una figura realmente hermosa. Estaba claro por qué las hijas de los granjeros tenían fama de ser hermosas.

–No. Ha sido mi culpa. ¿Está bien?

Ella se rio, mientras se colocaba el sombrero de vaquero.

–Soy dura. Sobreviviré.

–Bueno, al menos he logrado captar su atención –Connor miró la fotografía–. Estoy buscando a esta mujer. ¿Recuerda haberla visto alguna vez?

–Es muy famosa, Maxie –dijo el adolescente tendero–. ¿Recuerdas esa modelo que desapareció hace dos años? Es ella.

La mujer miró la foto durante unos segundos, se rascó la nariz quemada por el sol y se encogió de hombros.

–No, nunca la había visto. Robby, necesito tres sacos de fertilizante. Ponlo en mi cuenta. Llevaré el camión a la parte de atrás para cargarlos –dijo ella y se dio media vuelta.

Él la sujetó del codo.

–¿Está segura? Me han dicho que la habían visto en un rodeo aquí.

–Todo el mundo de la ciudad va allí –respondió ella con cierto desprecio–. Yo estaba allí y no vi a nadie famoso.

La mujer se dio la vuelta y se dirigió hacia la puerta.

–Que tenga suerte. Hasta luego, Robby.

Connor sintió la tensión en los hombros. Tenía los músculos doloridos. Estaba cansado y se sentía frustrado. Estaba empezando a pensarse la opción de entrevistar a Alan Greenspan.

Salió de la tienda y se dirigió hacia el aparcamiento. Allí, vio una camioneta que salía a toda prisa. Maxie, la mujer con la que acababa de hablar, iba conduciendo a gran velocidad. Por algún motivo, querría llevar el abono a casa cuanto antes.

Pero.....

De pronto, se dio cuenta de que Maxie no había dado la vuelta para cargar el fertilizante. Se había marchado de allí como alma que llevara el diablo.

Connor miró una vez más la foto de Glitter Baby.

Maxie era de la misma estatura que ella y, aunque la modelo era rubia, eso no quería decir nada. La mujer de la foto parecía más delgada, pero Maxie tenía la misma figura.

Connor recordó, de pronto, algo que le había llamado la atención: sus ojos. No eran marrones, ni de color miel.

Tenía los ojos de color violeta. Aquella era la marca característica de Glitter Baby. Connor había estudiado cientos de fotos y vídeos de la modelo. Conocía su mirada a la perfección, con aquel carácter sutil, intenso y familiar. Él tampoco era inmune a sus encantos. Una mirada de aquellos ojos hacía que todo el mundo comenzara a girar a su alrededor.

Maxie tenía aquellos mismos ojos.

–¡Cielo santo! –susurró y una sonrisa se dibujó en su rostro.

Lo importante era no dejarse llevar por el pánico.

No lo pudo evitar. Le entró el pánico.

Frances Maxie Calhoon paseó por el porche de arriba abajo. Su perro Boo, un enorme labrador que prefería dormir a cualquier tipo de ejercicio, paseaba con ella, tratando de ofrecerle su apoyo. Boo jamás había visto a su dueña en tal estado de agitación.

Maxie no se había sentido así desde hacía dos años. Había sido extremadamente divertido haber estado al límite durante ese tiempo, pero ya había acabado.

Su pequeño rancho en mitad de ninguna parte había sido su refugio, el lugar donde había conseguido la oportunidad de vivir por segunda vez.

Dos años atrás, pesaba cincuenta kilos, fumaba sin parar y dormía solo una o dos horas al día. Debilitada y con dolores de cabeza, su agente la envió a una serie de médicos que le prescribían tranquilizantes y antidepresivos. Su entrenador personal le recomendaba limpiezas de colon, aromaterapia y parches de nicotina. Sus amigos usaban su ropa, sus píldoras y estaban siempre junto a ella en la foto adecuada y oportuna. Poco a poco, empezó a darse cuenta de que Glitter

Baby no era sino un producto lucrativo para otros.

Si quería sobrevivir, tendría que hacerlo sola. En aquel entonces tendría veintidós años.

Por entonces, su madre, ya viuda, se había trasladado a Oakley, Wyoming, donde había abierto una tienda de antigüedades. Era la mejor oportunidad y el mejor lugar al que podía huir una supermodelo, para aprender a respirar y a dormir, y a tener ilusiones otra vez.

Se retiró sin decir nada, usó sus ahorros para poder cancelar su contrato y desapareció sin dejar rastro. Nunca había vuelto la vista atrás.

Hasta aquel mismo día.

No se había dado cuenta de que aquel extraño de la tienda era un conocido presentador hasta que no había hablado con él. Pero, en el momento en que se había dado cuenta, había sabido que iba persiguiendo a Glitter Baby. Ese hombre procedía de aquel mundo que tan bien conocía ella. Si podía beneficiarse de algún tipo de publicidad, lo haría.

Maxie se dio cuenta de que el pobre Boo estaba agotado de tanto ir detrás de ella, así que se detuvo.

El pobre perro no tenía ni idea de la tormenta que estaba a punto de caer. Lo único que lo preocupaba era que se había perdido su siesta de la mañana y que su dueña se había vuelto repentinamente loca.

Maxie se sentó en el columpio del porche y acarició al perro.

–Ya está, cariño –le dijo–. Puedes dormirte y soñar con un montón de gatos a los que perseguir. Bien... así es, duérmete.

Boo era asmático, gordo y un vago incurable, pero era su único amigo verdadero. Juntos habían pasado por muchas cosas. Boo sabía escuchar, sobre todo si compartía sus espaguetis con él. Le daba lo mismo lo que hubiera sido o dejado de ser Maxie en su anterior vida.

Maxie no estaba dispuesta a perder todo lo que había ganado distanciándose de aquel mundo. Pero Connor Garret podía poner en peligro su estabilidad. Maxie no estaba segura de haberlo podido engañar con su aparente frialdad. Había algo en sus ojos, una intensidad que contrastaba con su aire juvenil de jugador de béisbol. A Maxie la desconcertaba.

De pronto, pensó en lo que ocurriría si realmente descubría que estaba allí. No quería enfrentarse a la opinión pública, a comentarios sobre su pelo o sobre cómo había engordado.

Cerró los ojos. Lo que otros pensaran sobre ella le era absolutamente indiferente. Maxie Calhoon estaba contenta consigo misma y no quería volver atrás.

Quizá, no tenía motivos para preocuparse. Posiblemente. Connor Garret no relacionaría jamás a Maxie Calhoon con Glitter Baby. Las dos mujeres no tenían nada en común.

Algún día recordaría aquel encuentro en la tienda y se reiría de su propia paranoia. ¡Sí, claro, y algún día a sus vacas les crecerían alas y volarían!

Lo que tenía que hacer era tranquilizarse.

Se metería en casa, se haría unos espaguetis y comería. Después, le quedaban muchas cosas aún por hacer. Tenía que fertilizar las plantas. ¡Pero no había recogido el abono!

Estupendo.

Para ser un hombre al que ni siquiera conocía, tenía que reconocer que se las había arreglado muy bien para estropearle el día.

Capítulo Dos

¿Sería la dirección equivocada?

Connor salió del coche y se quitó las gafas de sol. Miró a la casa desde la carretera. Parecía un poco «la casa de la pradera», con las ventanas llenas de flores y unos pinos altos al frente.

Detrás de la casa se veía un establo y un terreno de pasto fresco, donde los animales comían.

Era un lugar encantador, pero para nada el tipo de sitio en el que se habría imaginado a una mujer como Glitter Baby. Connor había hecho sus averiguaciones sobre el tipo de sitios en los que vivía. Había tenido varios apartamentos, tanto en América como fuera, pero nunca los había terminado de amueblar. Normalmente, nunca estaba en el mismo sitio durante más de una semana, por lo que su casa real eran los hoteles de cinco estrellas.

Quizás aquel era el tipo de casa que una modelo elegía para esconderse del mundo.

Robby le había dado aquella dirección, información que había conseguido a cambio de la foto de Glitter Baby. Después de todo, a

Connor le daba igual, pues tenía un porfolio de doscientas fotos.

Volvió a meterse en el coche y condujo silenciosamente hasta la casa, tratando de no ser advertido.

La camioneta aparcada a la puerta le dijo que ella estaba en casa. No quería que lo echara o desapareciera antes de tener la oportunidad de hablar con ella.

Connor se sorprendió al sentir el corazón acelerado. Nunca había experimentado semejante emoción al contactar con ninguno de sus entrevistados.

A Connor no le gustaba aquella sensación. Ni siquiera sabía qué le iba a decir cuando la viera. No sabía cómo iba a reaccionar. No podía dejar de pensar que fuera lo que fuera lo que le depararan los próximos minutos, sería diferente a cualquier otra experiencia anterior.

En los pasados dos años, Maxie se había convertido en una auténtica fan de los atardeceres. Nunca se perdía uno si podía evitarlo. Posiblemente, le ocurría porque, durante mucho tiempo, no había tenido ocasión de observar un atardecer, rodeada siempre de luces de neón y eléctricas, flases de fotógrafos, brillantes y cegadoras.

Donde estuviera un buen atardecer que se quitara todo. Viendo aquel espectáculo se daba cuenta de lo pequeña e inexistente que era y de lo poco que, realmente, había sabido el mundo de ella.

¿Cuánto tiempo tardaría la gente como Connor en darse cuenta de que Glitter Baby ya no existía? Su desvanecimiento era lo mejor que le había sucedido a Maxie Calhoon. Había dejado de ser aquella mujer neurótica que lloraba cuando se le rompía una uña o se pesaba tres veces al día.

La nueva mujer que era comía normalmente, dormía y trabajaba con las manos, la mente y el corazón. Aquel viaje para conocerse a sí misma estaba resultando francamente edificante. ¿Por qué tenía que aparecer un Connor que lo arruinara todo? ¿No tenía nada mejor que hacer que fastidiarle la vida a una pobre granjera?

De pronto, oyó unos pasos resonar sobre la gravilla. Se dio la vuelta y se dio cuenta de que lo tenía allí delante y que podía preguntárselo directamente.

Connor se dirigía hacia el corral, con las manos metidas en los bolsillos de los vaqueros. Ya no llevaba la gorra y dejaba al descubierto un bonito pelo que se agitaba con la brisa. Tenía la cabeza ligeramente inclinada, como en un gesto interrogante.

Boo, ese maldito traidor, iba a su lado, como complacido con la compañía.

Maxie no sabía qué hacer, no tenía posibilidad alguna de esconderse, así que optó por recibirlo cordialmente.

–¡Vaya sorpresa! –dijo–. No esperaba volver a verlo. ¿Se ha perdido?

–Te puedes evitar lo del acento de campo –le sugirió Connor–. Se nota que es falso. Se te ha olvidado el fertilizante, «Maxie». Robby me dio tu dirección, así que pensé que podía traerlo.

–Qué buen samaritano –Maxie forzó una sonrisa–. ¿Qué le ha dado a Robby a cambio de mi dirección?

–Una foto... –dijo él–. Tuya.

Connor no sabía qué milagro o prodigio le permitía hablar en aquel momento, pues, a pesar de haber estado frente a muchas celebridades, aquello era diferente. Estaba ante Glitter Baby.

Aquellos dos años la habían cambiado. Llevaba el pelo largo, de color castaño, sin ningún corte de estilo como solía. Pero sus labios seguían siendo los mismos, gruesos y bien dibujados, inspiradores de fantasías masculinas. ¿Cómo podía haber pasado desapercibida? ¿Es que todo el mundo estaba ciego en aquella ciudad?

Maxie lo trató con la frialdad de quien está habituado a que lo observen, mientras él la miraba de arriba a abajo.

–Su madre debería haberlo educado un poco mejor. ¿No sabe que no es correcto mirar así?

–Mi madre era la mujer de un político y pagaba a la gente para que la mirara. Le hacía sentir bien. Además, no creo que pueda preocuparte mucho, teniendo en cuenta que durante ocho años fuiste el foco de todas las miradas.

–No sé de qué demonios está hablando.

Connor sonrió.

–Lo sabes perfectamente.

–Creo que está confundido. ¿Cuántos años tiene? ¿Cuarenta y cinco o así? Es usted demasiado joven para empezar a estar senil.

–Tengo treinta y cuatro –le dijo Connor–. Y aún no he perdido ningún diente.

Maxie se encogió de hombros.

–Pues parece mucho más viejo en persona que en la televisión.

–¿Sabes quién soy? –preguntó él y se cruzó de brazos satisfecho–. Estoy impresionado. ¿Por qué no me dijiste algo cuando nos encontramos en la tienda.

–He dicho que lo conozco, no que sea una fan suya –dijo Maxie –. Gracias por traerme el fertilizante. Ahora, lo acompañaré al coche y le diré adiós.

–Algo me dice que no soy bien recibido aquí –Connor iba detrás de ella, que se había puesto en marcha hacia la casa–. Tenemos que hablar. ¿No puedes dedicarme un minuto? Te aseguro que puede valer la pena.

–Mi madre me dijo que no hablara con extraños.

–Me parece que ahora no soy yo el maleducado. Por favor, es solo un momento. ¿Me concederías un momento, por favor?

Ella se volvió y se lo encontró de rodillas.

Boo estaba al lado de él, sentado, tratando de imitar la pose.

–¿Qué demonios está haciendo?

Él levantó la cabeza y señaló con el dedo la huerta.

–Acabo de ver un conejo.

–¿Y?

–Me ha parecido que tuviera las orejas rotas o algo así. Era la cosa más rara que he visto en mi vida. Se metió entre los repollos.

Maxie hizo un gesto de impaciencia.

–Ese es el aspecto normal de sus orejas. Es Harvey y vive aquí. No sale mucho de su ciudad, ¿verdad?

Él se levantó completamente ruborizado.

–Ninguno de mis amigos cría conejos. Al verlo, pensé que estaba herido o algo así. ¿Se llama Harvey?

–Soy una fan absoluta de Jimmy Stewart.

–¿Y por qué no lo has llamado Jimmy?

–¿Nunca ha visto la obra *Harvey*, o la película? Jimmy Stewart tiene un conejo imaginario... –de pronto se dio cuenta de que le estaba dando conversación al enemigo–. Da igual. Estoy segura de que no le interesa nada que le hable de un conejo.

–No me importa. ¿Por qué no me llamas de tú?

–Yo trato a todo el mundo de avanzada edad con el respeto que se merecen, señor Garret. Será mejor que se vaya. Hace frío y me está entreteniendo. Tengo ganas de cenar.

Connor la siguió.

–Lo siento, pero... tengo un problema –dijo él.

–¿Qué problema?

Él señaló el coche que estaba aparcado allí. El deportivo amarillo lucía ridículo junto a la camioneta de ella.

Maxie se dio cuenta de que las llaves estaban puestas en el contacto, mientras que los seguros estaban bajados.

–¡No me lo puedo creer! ¿Qué tipo de idiota se deja las llaves dentro y cierra?

–Lo siento... –dijo Connor en un fingido tono de pena–. No querrás decir que me las he dejado dentro a propósito. Realmente, tienes un grave problema de ego si piensas que sería capaz de algo tan estúpido solo por conseguir una historia.

–¿Y el techo? Quizá se puede bajar.

Connor negó.

–Está roto. Ya tenía pensado quejarme a esa maldita compañía de alquiler. Me aseguraron que el coche estaba en perfectas condiciones.

–¡Vamos, ya está bien! –lo miró con ojos de querer asesinarlo–. Seguramente esto es todo un montaje para conseguir lo que quiere.

–No me voy a rebajar respondiendo a semejante acusación –Connor trató de abrir las dos puertas, pero estaban cerradas–. Se trata de un golpe de suerte.

—La suerte no tiene nada que ver con esto.

—Tengo que llamar a un cerrajero. ¿Te importa que use tu teléfono?

Maxie empezaba a sentir un fuerte dolor de cabeza, el primero en dos años.

—Le diré una cosa, señor Garret, aunque fuera esa maldita modelo que busca, que no lo soy, nunca consentiría hacer una entrevista con un oportunista reptil grasiento como usted.

—¿Grasiento? —podía admitir lo de «oportunista», podía admitir lo de «reptil», pero lo de grasiento era demasiado y atacaba directamente a su higiene personal—. Ese ha sido un golpe bajo, ¿sabes? Me estoy empezando a arrepentir de haber venido. Si tuviera las llaves del coche, me iría ahora mismo.

Maxie sintió no haber entrenado a Boo para que fuera un perro asesino. ¿Cómo se podía haber estropeado todo así en tan poco tiempo?

Las cosas se habían complicado en cuestión de horas. Aquella misma mañana, le habían concedido el crédito que necesitaba para poner en marcha su granja. Estaba optimista y feliz cuando entró en la tienda a comprar abono. Saber que tanto ella como sus vacas tendrían suficiente comida durante el invierno era un alivio.

De pronto, había aparecido Connor con aquella maldita foto y todo había empezado a derrumbarse.

—No me gusta usted, Garret —le dijo ella con el ceño fruncido.

—No me conoces —dijo Connor—. Creo que me estás prejuzgando.

—Créame, sé que no me gusta.

Él sonrió lentamente.

—¿Hacemos apuestas?

Connor llamó al cerrajero, pero tuvo que dejar un mensaje en el contestador porque no estaba.

Maxie lo miró indignada.

—¿Es culpa mía que solo haya un cerrajero en Oakley? Me llamará en cuanto le sea posible —miró a través de la ventana de la cocina y dijo—: Supongo que podría esperar fuera. Parece que va a empezar a llover. Eso sí, no quiero hacerte sentir incómoda. Puedo esperar en el columpio del porche. Con un poco de suerte, el cerrajero escuchará el mensaje antes de que haya muerto congelado. Te dejaré en paz, no quiero molestar...

Su patética actuación no tuvo ningún efecto sobre ella. Lo empujó hasta la puerta principal, agarró una manta que había sobre el sofá y se la dio.

—Así no se congelará de frío —le dijo.

La expresión jocosa que Connor tenía en el rostro se evaporó de inmediato.

—¿De verdad que esperas que me quede fuera?

–Ha sido idea suya, Garret –respondió ella–. Encenderé la luz del porche para que no tenga miedo de los conejos mutantes. Adiós.

–Espera un mi...

Cerro la puerta sin piedad y sin que su protesta le diera ningún cargo de conciencia. Con una sonrisa malévola, encendió la luz del porche, tal y como había prometido.

Volvió a la cocina, agarró una manzana y la mordió. Sacó de la nevera un poco de pollo asado y lo metió en el microondas.

Se llevó la cena al salón y encendió la televisión. Le encantaba la programación de los viernes. Había un programa que se llamaba *Un día en la vida de un veterinario*. Era muy educativo.

Después de un rato de escuchar las explicaciones del especialista, se dignó a mirar hacia fuera. Lo vio por la ventana. Tenía un intencionado aspecto patético, envuelto en aquella manta.

De pronto, Maxie oyó las primeras gotas de lluvia. ¡Maldición! No podía dejar a aquel hombre allí, bajo la lluvia. Ya le costaba bastante dejar a la pobres vacas.

Le hizo un gesto de que entrara. Él saltó a toda prisa del columpio, como si fuera un niño travieso que hubiera estado castigado y entró.

Al abrir la puerta, una ráfaga helada de viento y lluvia entró en el salón.

–¡Parece que hubiera un huracán ahí afuera! –dijo con los labios morados–. Supongo que estarás contenta.

–No, claro que no lo estoy –respondió Maxie–. Odio ver sufrir a los animales.

Farfullando su protesta entre dientes le dejó sitio en el sofá.

–Si quiere, puede sentarse. Le traeré una taza de café.

Connor se dejó caer entre los mullidos cojines del sofá.

–Has comido pollo –afirmó él.

–¿Te dedicas a la investigación privada?

–Me encanta el pollo.

–Me lo he comido todo.

–Claro, como no –murmuró él.

Maxie lo miró.

–¿Qué quiere decir con eso?

–Nada. Nada en absoluto. No te preocupes por darme algo de comer, puedo permitirme el perder unos cuantos kilos.

Ella respiró profundamente.

–Le encanta hacerse el mártir, ¿verdad? ¿Cómo puede ser que un alma tan delicada como la suya pudiera dedicarse al fútbol profesional?

Su mirada resplandeció.

–¡Me has visto jugar!

–Nunca. Pero oí que antes de ser reportero era futbolista.

–La verdad es que no jugué mucho –admitió él–. Enseguida me lesioné la rodilla y...

–Bueno, quiere comer algo o no. Si está realmente hambriento, le prepararé... algo.

Él sonrió levemente.

–Antes de irte, ¿te importaría taparme con la manta? Todavía estoy helado.

–Sí, por supuesto. Le quitó la manta de entre las manos y se la puso encima–. Ya está, señor Garret, todo cobijadito y a gusto. ¿Hay algo más que pueda hacer por usted? ¿Quiere una botella de agua caliente? ¿Una bufanda? ¿Unos guantes?

–No tendrás un poco de brandy, ¿verdad?

–¿Brandy? Pero si apenas tengo para comprar la paja a mis vacas.

–No te pongas así conmigo –dijo él–. Supongo que lo que te ocurre es que estás cansada. Cuando duermas tendrás mejor carácter.

–Siento decirle que esto es lo mejor de mí.

–Es suficientemente bueno –murmuró él.

Ella se dio la vuelta y se dirigió hacia la cocina. Él siguió con la mirada el sensual movimiento de sus caderas, imaginándosela con uno de esos vestidos que empiezan demasiado abajo y acaban demasiado arriba.

De pronto, aquel hombre que había estado una hora bajo un frío helador, estaba a punto de sofocarse de «calor».

Capítulo Tres

Mientras ella estaba en la cocina, él aprovechó la oportunidad para husmear por la casa. Aparte de una fotografía encima de la repisa de la chimenea, no había ningún objeto personal, y nada que remitiera a la antigua vida de Maxie.

La fotografía, ligeramente amarilla, era de un novio y una novia, delante de una pequeña iglesia.

El novio parecía realmente incómodo y acartonado, mientras que la novia sonreía complacida a su nuevo esposo. Como Maxie, tenía un rostro muy hermoso, de pómulos pronunciados y boca generosa. Madre e hija eran iguales.

—¿Qué está haciendo? —preguntó Maxie.

Connor se volvió rápidamente y no pudo evitar ruborizarse.

—Nada —respondió con demasiada prisa.

—Está husmeando en mis cosas.

—No digas tonterías. ¿Para qué pones una foto sobre la chimenea si no quieres que nadie la mire?

Maxie dejó la bandeja de golpe sobre la mesa.

–La he puesto ahí para verla yo, nadie más.

–Son tu padre y tu madre, ¿verdad? –dijo Connor–. Tu madre era una mujer muy hermosa.

–Mi madre sigue siendo una mujer muy hermosa. Pero eso no es asunto suyo.

–¿Es así como tratas a todas las visitas? No es un modo muy hospitalario.

–Nunca he tenido... –se detuvo de golpe.

Connor la miró con incredulidad.

–¿Nunca has tenido visitas? Eso es difícil de admitir. Glitter Baby no tenía precisamente fama de ser una solitaria. ¿Cuánto tiempo llevas viviendo aquí?

Maxie cerró los ojos y contó hasta tres. Intentaba llegar hasta diez, pero perdió los nervios.

–El tiempo que yo lleve aquí no es asunto suyo, yo no soy asunto suyo y mis fotos tampoco. Y ahora, cómase estos malditos espaguetis antes de que le tire el plato a la cara.

–¡Increíble! Realmente, me has preparado todo un plato de espaguetis de sobre. Si pienso en ti en la cocina, con una sartén delante, la imaginación se dispara.

–Sí, supongo que ese es un requisito indispensable para su trabajo.

–¿Qué quieres decir con ese comentario despectivo?

–Usted no se basa en hechos, sino que se «imagina» historias para captar el interés de la audiencia.

Connor se encogió de hombros.

–Si tú lo dices. Me da la sensación de que estás a la defensiva. Ahora entiendo por qué nunca tienes visitas. ¿Tienes pimienta?

–¿Para qué demonios quiere pimienta? –Maxie se levantó indignada–. Bueno, da igual. Ahora vuelvo.

En el momento en que ella desapareció, le puso el plato a Boo para que se lo comiera todo. Se lo quitó antes de que ella entrara.

–Al final, me los he comido sin pimienta. Estaban deliciosos...

–¡Vamos, ahórrese la mentira! –lo interrumpió Maxie con impaciencia–. Boo tiene el hocico lleno de espaguetis. Me debía haber imaginado que era un cursi comiendo en el momento en que he visto sus pantalones vaqueros.

–¿Mis vaqueros? ¿Qué tienen de malo?

–Están planchados. Nadie plancha los vaqueros.

–Yo no plancho mis vaqueros –dijo Connor, obviando que era su asistenta la que lo hacía.

Maxi arrugó la nariz.

–Seguro que almidona la ropa interior.

–¡Claro que no almidono mi ropa interior! ¿Por quién me has tomado? Además, se supone que soy yo el que hace las preguntas, no tú.

–Puede preguntar lo que quiera, yo no pienso responder a nada.

Se miraron durante unos segundos en silencio, desafiantes. De pronto, Connor decidió jugárselo todo a una carta.

–Un cuarto de millón de dólares si me dejas grabar una pequeña entrevista. No sé cuánto cuesta la paja, pero supongo que eso cubrirá unos cuantos kilos.

Maxie decidió no dejarse impresionar.

–No, gracias. Prefiero hipotecar mi tierra antes que vender mi alma. Además, ¿por qué quiere entrevistar a una oscura granjera? Todo el mundo se reiría de usted.

Esta vez fue Connor el que tuvo que contar hasta diez.

–Sé quién eres y tú también. ¿Por qué sigues jugando a este estúpido juego?

–Tiene razón, es un juego estúpido y no quiero jugar más. Voy por una chaqueta. Lo llevaré a la ciudad. Puede organizar el que alguien venga a recoger su coche mañana. Ya no hay nada más que discutir.

Maxie dejó la habitación en un arrebato de ira. Él la siguió con la mirada. Luego, se dirigió al armario de la entrada, donde estaban los abrigos y sacó una percha de metal. Salió y abrió la puerta de su coche en menos de dos minutos. Entró de nuevo en la casa al mismo tiempo que ella.

–¿Adónde ha ido? –preguntó ella con tono de sospecha.

–Se me ocurrió que podía intentar abrir la puerta con esto. Ha funcionado. Es increíble,

31

¿verdad? Además, ha dejado de llover. Creo que mi suerte ha cambiado.

–Me alegro por usted. Pero, ¿por qué no intentó abrir esa maldita puerta antes?

–Por que no quería –dijo él con una sonrisa.

En cuestión de segundos, la atmósfera de la habitación había cambiado. Lo impersonal se había convertido de repente en algo muy personal. Maxie tenía problemas para respirar. Miraba a aquel hombre, con cara de muchacho travieso, con el pelo rubio cayéndole sobre la frente y los vaqueros ajustados a la altura de la cadera. Un pensamiento sensual la asaltó por sorpresa.

–Quiero que se vaya ahora mismo –dijo ella.

Connor asintió.

–Vas a convertir esto en una batalla, ¿verdad?

–No. Voy a hacer de esto algo imposible para ti. No quiero ninguna entrevista, ni ahora, ni nunca.

–No me estaba refiriendo a la entrevista –le tocó la punta de la nariz con el dedo–. Eres encantadora, tienes mal carácter, pero eres encantadora.

Maxie abrió la boca para decir algo, pero la cerró otra vez.

–Estoy en el motel Oakley. Me quedaré allí durante un par de días. Si cambias de opinión respecto a lo de la entrevista, me llamas...

–No lo haré.

–Toma –se aproximó a ella y Maxie retrocedió–. Solo quería darte la percha. Te la dejaré en el sofá, ¿vale?

–Vete.

Connor se dirigió hacia la puerta y se detuvo antes de salir.

–Eres Glitter Baby, ¿verdad? –le preguntó sin volverse hacia ella.

Maxie tuvo que contener las lágrimas. No importaba lo lejos que se marchara. Su otro ego la seguiría siempre. Nunca la valorarían por sus propios méritos. Lo único que importaba era Glitter Baby.

–No soy nadie especial –dijo ella con la voz quebrada.

Connor dudó un segundo y , al final, salió, cerrando la puerta detrás de él.

Connor llamó a Morris en cuanto estuvo en el motel.

–La he encontrado –le dijo sin preámbulo.

–¿Tienes idea de la hora que es? ¿Qué has dicho?

–Que la he encontrado.

–Espero no estar soñando –dijo Morris.

–No te hagas ilusiones aún. No está dispuesta a tener una entrevista.

–¿Qué quieres decir?

–Me llamó «oportunista» y «grasiento».

–¿Grasiento? Eso sí que es un golpe bajo. ¿Y el dinero que le ofreciste no le interesó?

–No, lo cual me sorprendió, porque está

muy claro que lo necesita. Dijo algo de hipotecar la casa.

—Maldita sea. Debe de haber algo más que podamos hacer.

—Lo intentaré otra vez mañana, pero lo veo realmente difícil.

—¿Cómo es? —preguntó Morris curioso—. ¿Es como en las fotos?

—Es realmente alucinante. Ninguna foto le hace justicia.

—¡Qué suerte tienes! ¡Lo que daría yo por pasar una noche con ella!

—Es tarde —le dijo Connor abruptamente. Por algún motivo, no quería oír sus fantasías sexuales con Maxie Calhoon—. Intentaré conquistármela mañana, y veremos qué pasa.

—¿Intentarás conquistártela? ¿Lo dices en serio?

—Me refiero a que trataré de ganármela, nada más. No me extraña que la mujer desapareciera. Seguramente trataba de librarse de hombres como tú. Te llamaré mañana.

Connor puso sobre la cama unas cuantas fotografías sin razón aparente y las estudió con detenimiento. Ningún hombre de verdad podía aclamar ser inmune al magnetismo de aquella mujer. Pero, de pronto, Connor estaba viendo a alguien más: alguien frágil, real, con sus miedos. La imagen era aún más atrayente. Había oído su suave voz, y cómo se quebraba cuando algo la emocionaba. Había visto el movimiento de sus caderas al andar y cómo los ojos de color violeta se transformaban en un azul oscuro cuando se enfadaba. Sabía que no era solo una cara bonita y un cuerpo elegante. Era una dama que podía vestirse con vaqueros y parecer un ángel. No buscaba la admiración ni la aprobación de nadie. Le gustaban los espaguetis de sobre y adoraba a los animales. Era independiente y quería seguir siéndolo. Además, conducía una camioneta. ¡No conocía ninguna otra mujer que condujera una camioneta!

Cuanto más sabía de ella, más lo intrigaba. ¿Qué sería lo que le había hecho rechazar un mundo de gloria y una ascendente carrera? Todavía más fascinante era el tipo de vida que se había creado para sí misma. Sin duda, tenía problemas económicos, pero no estaba dispuesta a ceder para quitarse ese peso.

Connor se preguntó si habría tenido alguna vez el valor de hacer las cosas solo. Aunque había tenido que dejar el fútbol, su padrino había estado allí para conseguirle un bonito trabajo con un estupendo cheque mensual.

La verdad era que, desde el día en que nació, Connor había sido malcriado. Hijo único, había tenido siempre todo cuanto quería. No recordaba ningún momento en su vida en que hubiera deseado algo que no hubiera tenido, menos aún, haber trabajado por ello.

Connor sacudió la cabeza, perturbado por el tipo de pensamientos que lo estaban asaltando. ¿Qué le pasaba? El que la vida le hubiera resultado fácil no significaba que careciera de sentido. Había hecho alguna que otra cosa importante, como entrevistar a un premio Nobel que había logrado clonar una oveja. Eso tenía que ser importante. También había logrado destapar a una iglesia evangelista que no tenía buenas intenciones. Eso era un servicio público.

¿Por qué de pronto se sentía tan inadecuado? ¿Qué había en Maxie Calhoon que lo hacía dudar de sus propios valores?

Miró una vez más las fotografías que tenía sobre la cama. Era una mujer realmente atractiva. Y, sin embargo, lo que realmente lo había cautivado eran aquellos pequeños detalles: las pecas que el sol había provocado en su nariz, la huerta con aquel conejo desorejado... Había ido hasta allí para buscar a un fenómeno llamado Glitter Baby y se había encontrado con un alma de verdad llamada Maxie Calhoon.

Morris tenía razón. Era realmente afortunado de haberla conocido.

A la mañana siguiente, Maxie recorrió la casa en pijama, como si perteneciera a un comando de guerra. Iba mirando por cada ventana. No había nadie.

Pero si una persona había podido encontrarla, muchas otras podrían, eso sin mencionar que Connor Garret podía volver en cualquier momento.

Durante la noche, había tenido sueños e imágenes sobre tiempos pasados, sobre fotógrafos que la perseguían, y fans que la acuciaban.

Pero su vida había cambiado y era otra cosa. Necesitaba dar de comer al ganado y a Boo. Tenía que limpiar los platos que estaban en el fregadero.

A medio día, debía ir al banco a firmar los papeles del crédito. No podía dejar que un hecho concreto y superficial la distrajera.

Se puso manos a la obra e hizo todo lo que tenía que hacer.

Aquello hizo que se sintiera mucho más optimista y feliz. La vida era estupenda.

Se vistió con un pantalón caqui y un jersey. Se peinó con una coleta atrás y sonrió al pensar lo que sus llamados amigos habrían dicho de ella de haberla visto así.

Se dirigió al banco, un pequeño establecimiento, como todo en la ciudad.

Al entrar, saludó animadamente.

—Estoy aquí para firmar lo que me dará la vida, señor Beasley —dijo feliz—. Deme un boli y apártese.

El señor Beasley no sonrió. Le indicó a Maxie que se sentara.

—Hay un problema —dijo él—. Como ya le dije, siempre hacemos una comprobación final. Resulta que han hecho una retención a cargo de su propiedad por diez mil dólares.

Maxie lo miró sorprendida.

–¿De qué está hablando? No tengo ninguna deuda. Ni siquiera tengo tarjeta de crédito.

El señor Beasley miró una lista.

–La retención ha sido hecha por A&E Managment. Eso es todo lo que yo sé.

Aquella había sido la primera agencia con la que había trabajado. Tras descubrir que se llevaban el doble de la suma pactada, Maxie les había propuesto no denunciarlos si la liberaban del contrato. No había oído nada de ellos hasta entonces.

Sabía que si Connor Garret la había encontrado, muchos otros podrían.

–Me estoy poniendo enferma –dijo ella.

El señor Beasley la miró alarmado.

–El servicio está al final del pasillo.

–Señor Beasley, todo aquello por lo que he trabajado en los últimos años se está desmoronando.

–Tengo las manos atadas. Lo más que he podido hacer ha sido llamar a A&E para intentar ver cuál es el problema. Me han dicho que cualquier cosa tenía que hablarla con su abogado. Quizás debería contratar a un abogado.

–Si tuviera dinero para un abogado, no tendría que pedir un crédito.

–De verdad que lo siento, pero no hay nada que yo pueda hacer. Quizás alguien pueda echarle una mano.

–Solo tengo a mi madre, y no está en situación de prestarme nada –Maxie se levantó, con los ojos llenos de lágrimas.

Una vez fuera, Maxie se quedó indecisa, sin saber adónde ir, preguntándose qué había sucedido con su maravilloso día.

El sol seguía brillando con intensidad y el jersey de cachemir de Calvin Klein que se había puesto picaba, a pesar de que su diseñador lo hubiera negado todo. Maxie maldijo a Calvin Klein, Connor Garret y A&E Managment... y al señor Beasley también.

Caminó por la calle principal, con las manos en los bolsillos y la cabeza baja. Pasó de largo la tienda de su madre. No podía pedirle dinero cuando ella apenas si tenía para sí.

Sin el crédito, estaba muerta. Su granja no empezaría a darle beneficios hasta el año siguiente. Todos sus sueños se desvanecían, todo aquello por lo que había luchado de verdad.

Se detuvo en «La esquina de Drug», lugar conocido por su vieja fuente de soda y el helado casero. Maxi era una devota creyente del poder mágico del azúcar para combatir la depresión, así es que entró y se pidió un gigantesco «banana split». Si iba a estar abatida, al menos lo haría con el estómago lleno.

–¿Quién está cuidando de la vacas? –dijo una voz masculina detrás de ella.

Maxie juró entre dientes y se volvió hacia la voz del extraño que, como había imaginado, era Connor Garret.

–No quiero que usted también forme parte de este nefasto día.

–No siempre se consigue lo que uno quiere.

Eso es algo que aprendí ayer –se encogió de hombros. Estaba muy guapo, con una camiseta de golf blanca que contrastaba con su piel tostada. Llevaba de nuevo unos vaqueros perfectamente planchados y unos deportivos negros, absolutamente impecables, por supuesto.

–¿Usted nunca se ensucia? –le pregunto Maxie, irritada por lo impoluto que iba.

Connor recapacitó sobre la pregunta durante diez segundos.

–Sí, una vez, cuando era muy joven. No me gustó.

–Es usted muy extraño –Maxi hizo un gesto de desagrado y se dio la vuelta.

Él se sentó en el asiento de al lado y pidió una bebida *light*.

–Me gusta cuidar mi figura –dijo él–. Supongo que recuerdas cómo se hacía eso.

–¿Esta diciéndome que me encuentra gorda?

–No, claro que no.

Maxi le puso el dedo en el pecho en un gesto amenazante.

–Porque le aseguro que, si es así, me importa un rábano.

–No, claro que no te estoy llamando gorda –la miró divertido por su reacción–. ¿Cómo puede alguien ser tan increíblemente hermoso y estar tan totalmente perdido al mismo tiempo? No se me ocurriría decir que estás gorda. Tienes buen apetito, eso es todo. Además, como bien has dicho, «te importa un rábano».

—Me da igual lo que piense la gente. Además, el azúcar está recomendada para la depresión.

–¿Quién ha dicho eso?

–Yo –Maxie aprovechó y pidió un batido de fresa.

Connor asintió, como si lo que acabara de decir fuera completamente razonable.

–¿Y por qué estás deprimida, si no te importa decírmelo?

–Sí me importa decírselo. Es usted un completo extraño.

–Yo tampoco diría que soy tan completo, pero tienes derecho a opinar lo que te parezca –Connor sonrió–. ¡Claro, ya sé por qué estás así hoy! Estás triste porque tengo que regresar a Los Ángeles.

–¡Y encima es un comediante! –Maxie resopló impaciente–. Mire, no soy muy buena compañía ahora mismo. Si no le importa...

–Tiene gracia pero, aunque anoche tampoco eras buena compañía, no recuerdo un momento en que me lo haya pasado mejor.

Maxi lo miró incrédula.

–¿Pretende hacerme creer que su vida es aburrida?

–Predecible, lo que, posiblemente, es lo mismo.

–Pues haga algo impredecible de vez en cuando. Problema resuelto.

Ella se dio la vuelta y se sumergió en el deleite de su batido.

Molesto porque había dirigido su atención hacia el plato y lo había olvidado a él, se levantó y agarró una pajita de la barra, la sopló y le dio con el papel directamente en la oreja.

Ella se sobresaltó y lo miró.

Connor sonrió.

—Me has dicho que haga algo impredecible.

—No a mí —protestó ella—. Váyase a hacer algo impredecible a otra persona. Yo estoy en crisis.

—No me extraña, tienes bigote —dijo él y le quitó la espuma del batido del labio superior.

Aquel gesto le causó una curiosa sensación, un sentimiento cálido y reconfortante completamente desconocido. Tardó unos segundos en ponerle nombre, pero al fin lo consiguió.

Ternura.

La había tomado completamente por sorpresa, y la había desubicado absolutamente. La sonrisa de Connor se desvaneció por completo y su mirada se perdió en la de Maxie.

Maxie señaló la mancha que le había dejado sobre la camisa al limpiarle el labio.

—Le he dejado mi marca —dijo ella.

—Lo sé —respondió Connor—. Lo sé desde hace un tiempo, pero no hay nada que pueda hacer al respecto.

Maxie bajó los párpados, tratando de ocultar su desconcierto. Connor había mostrado una parte de él que la había desconcertado, una vulnerabilidad que la asustaba mucho más que su despliegue de prepotencia.

Era una suerte que ser marchara al día siguiente.

–¿Para qué ha venido?

–¿Para qué he venido? –se quedó pensativo un momento–. Pues... para comprar maquinillas de afeitar, eso es... Encontrarme contigo ha sido un regalo divino. ¿Por qué no me cuentas qué te ocurre?

–Es personal.

–Personal o no, soy un tipo que sabe escuchar.

Maxie se encogió de hombros.

–Se supone que iba a firmar los papeles de un crédito hoy, pero no lo he conseguido. Hay ciertos impedimentos. Ya se me ocurrirá algo para solucionarlo.

–Siento que las cosas no hayan ido bien –Connor no quiso forzarla a que se explicara–. Quizá te ayudara a relajarte salir conmigo a cenar esta noche.

–Lo siento, pero dudo que cenar con usted sea una buena idea. Creo que sería como lanzarme de cabeza a la cazuela de aceite hirviendo –la verdad era que no había tenido ni una sola cita en dos años y la oferta resultaba tentadora. Pero sabía qué motivos tenía Connor para llevarla a cenar.

–¿Aunque prometa que no voy a hacer preguntas?

–No cumpliría su promesa. Su trabajo consiste en diseccionar a la gente. Luego les pone un alfiler en la tripa y los cuelga en su vitrina, como si se tratara de una colección de mariposas.

Indignado, Connor abrió la boca para responder, pero se dio cuenta de que tenía razón: diseccionaba a la gente. La verdad era que, dicho de ese modo, no le parecía una profesión precisamente admirable.

–No pienso dedicarme a esto toda la vida. He estado pensando en escribir algo. Pero supongo que eso es lo que todos querríamos: escribir una gran novela.

–¿Cuándo decidió eso?

–Llevo algún tiempo pensándolo. Últimamente, he descubierto que me gusta la investigación. Quizá podría escribir una biografía. Pero no es más que una idea.

–Es una buena idea –dijo Maxie y sonrió por primera vez–. Así podrá demostrarle al mundo que es algo más que una cara guapa.

–¡Ahora sí que me siento mejor! ¿Piensas que soy guapo?

–Lo es –respondió Maxie–. Tiene las pestañas más largas que he visto en toda mi vida. Se diría que lleva rímel.

–No sigas.

–Y esa camiseta de golf resalta la musculatura de su tórax....

–Ya está....

–¿No le gustan los cumplidos?

–Me gusta más darlos que recibirlos. A pesar de todo, si cenas conmigo esta noche te dejaré que me digas todos los piropos que te parezcan oportunos. Puede que incluso me ponga una camiseta más ajustada.

—La propuesta es tentadora, Connor, pero no puedo. Es demasiado complicado —estaba surgiendo entre ellos una extraña e inoportuna amistad. No podía permitirse algo así.

Connor sonrió.

—¿Es definitivo?

—Lo es —Maxie se levantó y él le tocó el brazo para detenerla.

—Estaré aquí hasta mañana. Si cambias de opinión...

—Adiós, Connor.

—¡Espera! —tenía la sensación de que en el momento en que saliera por la puerta, no volvería a verla jamás—. Tengo una última pregunta.

Ella lo miró con un gesto de desazón.

—Era de suponer.

—Bueno... Supongamos que eres esa mujer que un día se llamó Glitter Baby. ¿Cómo es que si tu nombre era Francis Calhoon, ahora te llamas Maxie?

—Supongamos que soy esa mujer, lo que es mucho suponer. Piense que, tal vez, tenía un segundo nombre —lo miró con una sonrisa serena—. Pero es solo una suposición.

Connor la miró mientras se alejaba. Así que Maxie era su segundo nombre, así de simple.

—¿Señor? ¿Quiere algo más? —le preguntó la camarera.

Connor la miró y sonrió desganado.

–No –le dijo–. Nada que pueda tener.

Connor llamó a Morris en el momento en que regresó a su habitación de hotel.

–¿Cómo puede ser que no supiéramos que su nombre era Maxie?

–No lo sé. ¿De la respuesta depende mi cheque de final de mes?

–Además, está en el listín telefónico con el nombre de Maxie Calhoon.

Se hizo un silencio. Luego Morris continuó preguntando.

–Sí, deberíamos haber sabido eso. ¿Cómo te has enterado?

–Ella misma me lo ha dicho –respondió Connor–. Parece el único modo de conseguir información fiable.

Morris carraspeó.

–Eso no es jugar limpio. Claro que tampoco lo hacemos nosotros.

–¿Qué quieres decir con eso?

–Nada... solo me refiero a la naturaleza de nuestro trabajo.

–Lo que sea. Le he dado hasta mañana por si cambia de opinión, pero sé que no va a ocurrir.

–Nunca digas nunca jamás. Los milagros existen. Además, ya he hablado con Alan Greenspan por si acaso y creo que podríamos llegar a un acuerdo. Si lo de Glitter Baby no sale, estamos cubiertos. Seguimos adelante y se acabó.

Sam miró a la mesa sobre la que había varias fotos de Maxie. Ninguna de aquellas imágenes le hacía justicia, ninguna lograba captar la esencia de aquella mujer. Ella había penetrado dentro de él, hasta sus entrañas; era como una droga poderosa, que calentaba su sangre, que despertaba en él una necesidad desconocida y desconcertante.

–No puedo –dijo suavemente–. No puedo.

Capítulo Cuatro

Maxie caminó calle abajo en dirección a la tienda de su madre.

Al llegar, abrió la puerta y un escandaloso sonido la sorprendió.

–¿Qué demonios...?

–Maxie, ¿eres tú? Lo siento, cariño –Natalie salió de la parte trasera, con el pelo recogido con un pañuelo. Tenía la barbilla manchada, como de costumbre, y las manos llenas de pintura verde–. Ralph Henley me ha puesto esa cosa horrible en la puerta esta mañana. Dice que todos los tenderos deberíamos tenerlo por seguridad. Tengo intenciones de romperlo accidentalmente esta misma noche.

–¡Tú y tus novios! –le dijo Maxie con sorna y abrazó a su madre. Todos los viudos y solteros maduros de Oakley se habían rendido a sus pies desde el día en que había llegado allí.

–Ralph no es mi novio –dijo Natalie–. No es más que un buen tipo que inventa cosas horrorosas. Cariño, ráscame la nariz, que tengo las manos llenas de pintura.

–¿En qué estás trabajando?

–¡He tenido una suerte increíble hoy! Me he encontrado un tocador y lo estoy restaurando. Me está quedando precioso. Ven, que te lo voy a enseñar.

–La verdad es que tenemos que hablar –Maxie resopló resignada. No le gustaba darle malas noticias a su madre–. Ayer tuve una desagradable sorpresa y he venido a ver si tú me puedes aconsejar.

Natalie observó a su hija un momento.

–Espera aquí. Voy a lavarme las manos y enseguida vuelvo.

Maxie dio una vuelta por la tienda de su madre. Era un lugar mágico, lleno de cosas antiguas. Durante veinte años, Natalie había sido la introvertida esposa de un granjero, sin posibilidades de realizar sus sueños. En el momento en que se quedó viuda, había empezado a vivir. Como Maxie, Natalie también se había convertido en una superviviente.

–He traído un refresco –Natalie llevaba una lata para cada una–. Ven, siéntate y cuéntamelo todo.

Treinta minutos después ya todo estaba dicho. Natalie se quedó pensativa y luego rompió el silencio.

–Si quieres mi honesta opinión, te la daré.

–Sí, claro que la quiero.

–Considero que esa entrevista con Connor Garret sería algo bueno. Con el dinero que te está ofreciendo, pondrías la granja en marcha y pagarías esa deuda.

Maxie la miró perpleja.

—¿Después de todo lo que he hecho para empezar una nueva vida, quieres que resucite a Glitter Baby?

—Glitter Baby ya no puede hacerte ningún daño —dijo Natalie con total calma—. Hubo un momento en el que necesitaste el anonimato para conseguir alejarte de aquel mundo. Eso ya está hecho. Ya eres mucho más fuerte. Te gusta tu nueva vida y ni Connor Garret ni nadie puede quitarte eso.

—Me cuesta creerlo —murmuró Maxie. No se le había ocurrido pensar que en algún momento podría llegar a reconciliar su pasado con su futuro—. ¿De verdad piensas que debo de ir a la entrevista?

—¿Por qué no? —dijo Natalie—. Muéstrale al mundo que Maxie Calhoon no solo ha sobrevivido, sino que es mucho más feliz.

—Pero, después de eso, mi casa se llenará de fotógrafos y reporteros.

Natalie se encogió de hombros.

—Sí, pero será durante muy poco tiempo. Criar vacas no es algo que atraiga al público. Te has convertido en un ser... «vulgar y corriente».

Maxie sonrió y la sonrisa se convirtió en una carcajada.

—¡Dios santo! Tienes toda la razón. Soy un ser «vulgar y corriente». ¡Es maravilloso!

Entre risas, Natalie abrazó a su hija.

–Pobre Connor Garret. No sabe dónde se ha metido.

Aquello, sin duda, era el lejano Oeste.

Abrió las puertas del bar y vio dos cosas. Una, que Maxie Calhoon no había llegado. La otra, que era el único que no llevaba un sombrero vaquero.

Maldijo el momento en que había decidido ponerse una camisa de color salmón. Ese atuendo estaba bien para un restaurante japonés en Los Angeles, pero no para un lugar en el que todos los hombres vestían como Clint Eastwood.

Se sentó en un rincón apartado y pidió un whisky, en lugar de su martini de siempre. No bebía nunca whisky, pero John Wayne siempre lo bebía.

La primera vez que se llevó el vaso a los labios no pudo contener el gesto de repugnancia. No dejó de beber, a pesar de todo, hasta que el calor que le producía el líquido comenzó a resultarle agradable. Se fue relajando. Había estado en tensión desde el momento en que Maxie lo había llamado.

Al preguntarle el motivo de su llamada ella solo había respondido:

–No voy a seducirte, si es eso lo que me preguntas.

Connor no sabía qué le estaba pasando. Se sentía fuera de su elemento, sin saber qué esperaba. Podía manejar a políticos, actores, escritores, estrellas del rock, pero Maxie era otra cosa.

Connor se volvió al oír la puerta. Allí estaba Maxie, de pie, iluminada por el neón de la puerta. No iba vestida de granjera, no se había recogido el pelo, ni se había puesto botas. Llevaba unos vaqueros negros, ajustados, y un jersey turquesa que destacaba cada curva de su cuerpo. Se había dejado el pelo suelto y le caía sobre los hombros.

Connor sintió que la garganta se le secaba y el corazón se le aceleraba. Le dio un último trago a su whisky y pensó: «Tengo graves problemas con esta mujer».

Ella alzó la mano y la agitó al verlo al otro extremo del bar. Atravesó la sala esquivando las mesas y las sillas. Connor se dio cuenta de que todos los vaqueros del lugar miraban a la encantadora criatura. Se sintió satisfecho de que se estuviera dirigiendo hacia él.

—Ni siquiera te has dado cuenta, ¿verdad?

—¿De qué?

Maxi agarró una silla y se sentó a su lado.

—Todas las miradas están dirigidas a ti, y tú ni siquiera parpadeas.

—Eso son viejas heridas de guerra adquiridas después de haber desfilado por demasiadas pasarelas. Lo que aprendes es a no pensar en nada más que en ir del punto A al punto B sin tropezar.

—Así es que por fin lo admites —murmuró Connor—. Encantado de conocerla, señora mía. Yo soy Connor Garret, ¿y usted?

Ella dudó un momento pero, por fin, le dio la mano.

—Frances Maxie Calhoon —respondió—. Pero puedes llamarme Maxie.

Él sintió un placer especial al ver que había bajado todas las barreras.

—¿Y a qué te dedicas ahora, Maxie?

Ella sonrió.

—A las vacas. Las ordeño.

—¡Qué creativo! ¿Y te gusta?

—Sí, mucho —respondió ella y miró la mano que él todavía tenía entre las suyas—. ¿Connor?

—¿Sí?

—Mi mano. Me podrías devolver mi mano.

Él carraspeó y la soltó.

—Lo siento. No todos los días conoce uno a una granjera —eso era absolutamente cierto.

Connor estaba perdido en las sensaciones que llenaban el espacio, perdido en sus curvas, en sus largas pestañas y en sus ojos de color violeta.

El camarero se plantó directamente delante de Maxie.

La miró fijamente durante unos segundos antes de poder preguntarle lo que quería con voz temblorosa.

—Una piña colada —respondió ella, pero el camarero permaneció inmóvil en su sitio—. ¿Hay algún problema?

—Todavía no lo hay —intervino Connor, en un tono de voz que trataba de ocultar su indignación—. Pero lo va a ver si este tipo no se larga ahora mismo a buscar tu piña colada.

El camarero parpadeó y volvió en sí. Por fin, se dio la vuelta y se fue a buscar lo que le habían pedido.

—¿Qué demonios te ocurre, Connor? Ese no ha sido un trato muy cordial.

Connor se encogió de hombros.

—Teniendo en cuenta lo que realmente querría haberle hecho, te aseguro que he sido extremadamente amable.

A Maxie la sorprendió aquella reacción. Connor no era lo que parecía.

—No eres para nada lo que aparentas ser —dijo ella.

—¿Y quién sí? Todos nos ponemos diferentes máscaras para ocasiones diferentes.

—Eso es así en tu mundo —respondió Maxie—. En el mío ya no. Pero no hay felicidad en una vida que no es más que una mentira.

Connor se dio cuenta de que le costaba llegar a aquel grado de sinceridad.

—¿Por qué me has llamado, Maxie? ¿A qué se debe este cambio de opinión?

Ella agitó la cabeza antes de responder.

—Digamos que me encuentro entre la espada y la pared. Tal y como están las cosas, la única solución que encuentro es hacer la entrevista.

—¿Estás segura?

—Estoy segura de que eso es exactamente lo que «no quiero», pero no tengo elección. Haré la entrevista, siempre y cuando cumplas una serie de reglas: no revelarás el lugar exacto en el que me encuentro. Puedes decir que estoy en el Oeste, eso es todo, sin especificar. Ya no tengo agente, ni guardaespaldas, ni un portero. Estoy yo sola contra el mundo y debo tener cuidado.

Connor pensó en lo que debía de haber sido su vida dos años atrás, siempre perseguida por los fotógrafos, por los fans obsesionados y los novios celosos. Connor estaba familiarizado con la popularidad, pero ni mucho menos hasta el extremo en que lo estaba Maxie.

—Una cosa más —continuó ella, con esa sonrisa confiada que tienen los veteranos en negociaciones—. Quiero trescientos cincuenta mil dólares.

Connor exclamó, consciente de que ese dinero saldría de su bolsillo si era necesario.

—¡Vaya! Eres muy joven para negociar con tanta dureza. ¿Algo más?

Ella se encogió de hombros y dirigió su atención a la copa que tenía delante.

—No. Lo creas o no, no se trata de ambición. Sencillamente, tengo una granja que me va a costar mucho dinero hasta que empiece a dar beneficios. También necesito un semental para mis queridas vacas, y la buena raza no es barata.

Connor la miró sin saber qué responder a algo así.

—Eres única —comentó—. Antes de entrar en detalles sobre el arte de criar toros y vacas, ¿te gustaría bailar conmigo?

La pregunta la desconcertó. Había tenido

perfecto control de la situación hasta aquel instante.

–Por favor –insistió él–. Si vamos a trabajar juntos, será mejor que tomemos confianza. Debemos estar a gusto el uno con el otro.

–Yo me siento muy a gusto ahora mismo –mintió ella, pues desde el momento en que había entrado en el bar, no había podido evitar sentirse nerviosa ante el poder de atracción de aquel hombre. Con su aspecto de chico guapo americano, Connor tenía la facultad de desubicarla cada vez que la miraba. Su pelo castaño dorado, largo hasta tocar el cuello de una camisa que dejaba adivinar su torso musculoso, y los vaqueros que le caían a la altura de la cadera hacían de él un semental perfecto. Ella soltó una carcajada al tomar conciencia de sus pensamientos.

–¿Qué pasa? –preguntó él confuso.

–Llevo tanto tiempo con mis vacas que me he vuelto un poco extraña –dijo entre carcajadas.

–Más que un poco –se levantó y le dio unos golpecitos en el hombro–. Vamos, extraña mujer. O bailas conmigo o con ese vaquero que viene dispuesto a pedirte que lo hagas.

Alzó la vista y vio que un hombre no demasiado guapo se dirigía hacia ella.

–Se me había olvidado cómo eran los bares –se levantó–. Espero que sepas bailar.

Connor miró a los otros danzantes con cierta aprensión.

Connor logró seguir a los demás, y bailó como siempre, con un movimiento contenido y conservador. Sin embargo, Maxie se movía con un ritmo especial, primitivo, balanceando las caderas, con los ojos medio cerrados y concentrada solo en la música. Parecía completamente absorta, perdida en el baile. No lo hacía para nadie, sino para ella. Connor se imaginaba cuántas veces habría bailado así en épocas pasadas, cuando aquel era el único momento en que se podía perder en sí misma. De pronto, sintió celos de todos los hombres que la habían visto bailar así con anterioridad.

–¡Que el cielo me ayude!

–¿Qué? No te oigo, la música está demasiado fuerte.

Él sonrió, y decidió disfrutar de la libertad de poder decir lo que quisiera sin que ella pudiera oírlo.

–Te deseo, Maxie.

–No te oigo, ¿me lo podrías decir más tarde?

Connor asintió con una sonrisa.

«Claro que sí» , pensó. «Claro que sí».

Ya era más de media noche cuando Connor y Maxie se despedían junto a la camioneta de ella. El aire frío de la noche golpeaba insistente su piel acalorada por el deseo. Connor no pudo evitar notar los senos endurecidos bajo la camiseta de Maxie.

–Deberías haber traído un abrigo –le dijo, feliz de que no lo hubiera hecho.

–No esperaba que se nos hiciera tan tarde –la luz de una farola iluminaba su rostro–. Es la primera vez en dos años que no me acuesto antes de las diez. Mañana, cuando me levante a ordeñar, me voy a odiar a mí misma por haber trasnochado.

–No me negarás que te has divertido.

–La verdad es que hacía mucho que no me relajaba y reconozco que me ha gustado esto de vestirme como una chica otra vez.

–¿Estás pensando en cambiar tu atuendo vaquero por faldas y zapatos de tacón?

–Definitivamente, no –le lanzó una maravillosa sonrisa que lo tomó completamente por sorpresa–. He aprendido algo en este último año. Mucho de cualquier cosa llega a aburrir. Por eso, lo mejor es lograr un equilibrio entre una vida vulgar y ordinaria, que se aderezar, ocasionalmente, con un poco de diversión.

Los ojos de aquella mujer eran embrujadores. Connor quería tocarla. Pero, dadas las circunstancias, decidió que mejor se conformaba con un ligero roce en la punta de la nariz.

–Tienes mucha sabiduría para ser tan joven.

–No soy tan joven. Tengo veinticuatro años. Tengo los pies sobre la tierra y he conseguido entender que lo único realmente importante es disfrutar de las cosas pequeñas.

A Connor le gustaba verla animada y feliz.

–¿Cómo por ejemplo?

–Una puesta de sol, el sabor de una limonada fresca o el olor a lluvia, o un buen pastel de chocolate –ella se puso en jarras al oír su carcajada–. ¿Qué he dicho para que te rías así?

–Todo y nada. Es la forma en que lo dices –le puso las manos sobre los hombros–. Haces que todas esas cosas revivan, sean nuevas para mí. Creía que lo había visto todo, pero no te conocía a ti.

Maxie sonrió. Aquel hombre era guapo, pero nunca le había parecido tan atractivo como le parecía en aquel momento.

De pronto, la sonrisa se borró del rostro de Connor. Maxie notó el cambio y se quedó sin respiración.

–No, por favor...

No sabía qué la había impulsado a decir aquello, quizás había bebido demasiado. Sus labios se entreabrieron y él fijó la vista en ellos. Un coche que estaba saliendo del aparcamiento alumbró el rostro de Connor y ella pudo ver que sus ojos estaban cargados de deseo. Se acercó a ella, la tomó de las caderas y la atrajo hacia él. Maxie sintió un cosquilleo en el estómago.

–No tengas miedo –dijo él, mientras le acariciaba el labio inferior con el dedo.

–Esto no es... –comenzó a decir ella, temblorosa.

–¿Qué? –preguntó él y aproximó su boca a la de ella.

–No deberías...

Detuvo sus palabras con un leve roce de sus labios contra los de ella. Con la lengua, recorrió los bordes, memorizando la pecaminosa forma de su boca.

En un alarde de fuerza de voluntad se apartó de ella.

–Gracias –dijo él.

Maxie se apoyó en el camión, con las piernas temblorosas.

–¿Por qué?

–Por haberme llamado, por haber bailado conmigo –él abrió la puerta de la camioneta–. Será mejor que nos vayamos, mientras pueda mantener las formas y comportarme como es debido.

Maxie se metió en su vehículo.

–Ponte el cinturón de seguridad –le dijo.

Ella obedeció.

–Y ahora, vete a casa –dijo él con cierta tensión–. Mañana hablamos.

Durante un segundo se quedó mirándolo, mientras sentía su corazón palpitar a toda prisa. Hacía mucho que no había experimentado el poder que tenía como mujer. Aquella noche, lo estaba volviendo a sentir.

–Ahora –insistió él y algo en su mirada le dijo a Maxi que era mejor que se fuera.

Connor cerró la puerta con cuidado de no volver a mirarla. Era demasiado consciente de sus propios límites. Por eso, se dio media vuelta y se alejó sin volver la vista atrás.

Capítulo Cinco

Mientras ordeñaba a la mañana siguiente, Maxie utilizaba a sus vacas como público para todos los posibles saludos que podía usar al ver a Connor.

Después de varios intentos, decidió dejarse llevar cuando llegara el momento. Trató de convencerse de que no estaba tan ansiosa como en realidad estaba, pero la verdad era que Connor se las había arreglado para alterar su vida, tentarla y encima lograr que todo aquello le gustara.

Se le ponía la «carne de gallina» al recordar la sensación que le había causado su tacto. Tenía la sensación de que algo que estaba dormido dentro de ella se hubiera despertado.

Pasó el mediodía y Connor todavía no había dado señales de vida. Maxie empezaba a sentirse incómoda con el modo en que aquel hombre empezaba a afectar a su rutina.

Había sido completamente feliz hasta aquel momento, pero dudaba de que eso siguiera siendo así una vez que él se marchara.

Salió al jardín y se puso a remover la tierra con feroz energía. Se hizo una nube de tierra que Boo quiso evitar quitándose de en medio. Su ama estaba otra vez con aquel estado de ánimo y no quería saber nada.

Ya había destrozado parte del jardín cuando oyó un coche que se aproximaba. Tuvo la tentación de peinarse con los dedos, pero no lo hizo, consciente de que sus manos no estaban en las mejores condiciones. Se recordó a sí misma que no tenía que estar siempre guapa, como antaño.

El coche entró en la parcela y se detuvo.

Ella comenzó a lanzar semillas desenfrenadamente, como si no supiera qué hacer con ellas.

La puerta del coche se cerró y se oyeron las pisadas sobre la gravilla.

Connor estaba de espaldas al sol, y lo rodeaba un alo de luz.

—Tienes tierra en la nariz —dijo él con una sonrisa.

Maxie se tocó con los guantes sucios.

—Vaya, si eres tú. Había olvidado que vendrías.

Connor sonrió, demostrando que no era fácil engañarlo.

—Supongo que debería haber llamado antes. Mi mala educación... Si quieres, me vuelvo a la ciudad y te llamo desde allí.

—Muy gracioso. Te merecerías que te dijera que lo hicieras —de pronto reparó en su atuendo—. ¡Cielo santo! Te has convertido en John Wayne.

—He decidido que tenía que cambiar de aspecto —dijo Connor—. ¿Te gusta?

Ella se levantó y lo miró de arriba abajo. Su aspecto de chico de California había desaparecido.

—Tú no eres Connor Garret. ¿Quién eres tú y qué has hecho con él?

Él sonrió.

—Mira —señaló una arruga en el pantalón—. No está planchado. Hace mucho calor hoy para llevar chaqueta, pero quería que me vieras al completo. Solo me falta el caballo.

—Lo siento, no tengo caballos —dijo ella, fascinada por lo bien que le sentaba su nuevo atuendo. Los vaqueros no dejaban nada a la imaginación y la camisa tampoco. ¿Qué les pasaba a las mujeres con los traseros masculinos que las hacían perder el sentido? Tenía que admitir que despertaba todos sus instintos. Claro que eso solo lo admitiría para sí.

—Bueno, ¿qué piensas?

—Que pareces uno de nuestros vaqueros. Solo te falta el bigote y la barriga de bebedor de cerveza.

—Con la entrevista, no sé si me quedará tiempo para tanto.

La entrevista. Aquella palabra logró enfriar el calor de la mirada de Maxie. Durante un momento había olvidado que estaba allí solo por negocios. Quien realmente le interesaba no era Maxie Calhoon. Si quería mantener su corazón intacto, tendría que recordar eso.

—¿Cuándo empezamos? –preguntó ella con frialdad.

Connor la miró interrogante. Un minuto antes se estaba comportando de un modo amable y natural. Un segundo después, parecía otra persona.

—Estábamos estupendamente y, de pronto, te has vuelto fría. ¿Qué he dicho para hacerte cambiar así?

Ella se encogió de hombros, pero no quiso responder.

—Bueno, parece que vamos dando un paso adelante y varios hacia atrás –Connor suspiró–. He tenido una gran idea, es casi una revelación.

—¿Una revelación? Lo dudo.

—Dudas de todo. Eso es algo que vamos a tener que solucionar... Verás, los cámaras no llegaran hasta dentro de un par de días. Me parece interesante que tratemos de conocernos mejor durante estos dos días, para que te sientas más a gusto durante la entrevista.

Maxie comenzó a dibujar círculos con la punta de la bota sobre la tierra.

—No te preocupes por mí. He hecho cientos de entrevistas. No tendré dificultad para hacer una más.

Connor respiró profundamente.

—Bueno, pues, entonces, ¿qué me dices de un nuevo amigo? ¿O es que Maxie Calhoon tiene todos los amigos que necesita?

Maxie lo miró con la cabeza ligeramente inclinada.

–¿Estás seguro de que es a Maxie Calhoon a quien quieres conocer?

–Maxie Calhoon, granjera, amante de los conejos de orejas rotas y de sus vacas. Sí, esa es la mujer que yo quiero conocer.

Ella se quitó los guantes sin mirarlo a los ojos.

–Puede que te decepcione. No es más que un ser vulgar.

–Es cualquier cosa menos vulgar –dijo él y le puso las manos sobre los hombros. Sintió su tensión. Comenzó a darle ligeros masajes–. Me acabo de dar cuenta de que a veces hablamos de Maxie como si fuera una tercera persona, como si tú misma no la conocieras bien.

–Quizá sea así –dijo Maxie con la voz temblorosa. Se preguntó si Connor tendría alguna idea de lo que le provocaba su tacto–. Hasta hace un par de años me era completamente desconocida.

Connor notó el tono nervioso de su voz. Esperaba que aquello fuera un signo de su respuesta hacia él.

Le quedaban solo dos días hasta que su equipo lo llenara todo y había muchas cosas que quería, que necesitaba saber sobre aquella mujer.

Se inclinó sobre ella y le susurró algo al oído.

–Tengo comida en el coche. Un picnic completo —dijo él—. Pero no es un picnic cualquiera, sino un picnic de chocolate.

—Nunca he tomado un picnic de chocolate —susurró ella, con las rodillas cada vez más temblorosas.

Maxie miró por encima del hombro de Connor. Nada había cambiado a su alrededor: la granja era la misma, las vacas seguían en su sitio y, sin embargo, todo parecía distinto.

—Estoy dispuesto a robarte un poco de tiempo. Demasiado trabajo llega a arruinar la salud. Además, no puedes decir que has vivido, hasta que no pruebas un picnic de chocolate.

Ella se apartó lo suficiente como para poder mirarlo directamente a los ojos.

—¿Tú lo has hecho?

—¿Vivir?

—No, disfrutar de un picnic de chocolate.

—No —Connor le besó la frente y se apartó de ella. Aun sin maquillaje, aquella mujer era realmente hermosa—. Supongo que eso quiere decir que realmente no he vivido hasta el día de hoy.

El otoño era la época del año favorita de Maxie. Todo lucía más vívido y hermoso. El hecho de que el Otoño fuera además tan fugaz le apasionaba.

Connor conducía despacio de camino a ningún lugar en especial. Los sonidos del campo eran particularmente ricos y hermosos, completamente ajenos a unos oídos habituados a los ruidos de la ciudad. Al principio de cambiarse al campo, Maxie se había sentido perturbada por aquellos ruidos extraños. Los grillos la despertaban por la noche y los gallos empezaban a cantar demasiado pronto por la mañana. Poco a poco, no solo se había ido acostumbrando, sino que, de algún modo, aquellos sonidos la reconfortaban.

—Escucha —le dijo a Connor—. Escucha y dime lo que oyes.

Él frunció el ceño perplejo.

—No hay mucho que escuchar aquí. Es un campo de trigo y, normalmente, el trigo no habla.

Maxie agitó la cabeza frustrada. Quería compartir con él la magia de aquel lugar.

—¿Solo eres capaz de oír eso?

—No me subestimes aún, déjame pensar: oigo tu voz, el motor del coche y la china que acaba de golpear el parabrisas del coche. Dime, ¿qué se supone que debo oír?

—Hay todo un mundo de sonidos, pero no estás acostumbrado a él. La gente que vive en las grandes ciudades está habituada a bloquear los sonidos: sirenas, bocinas, vecinos con la música alta. Pero aquí... —hizo una pausa—. Aquí no hay nada de eso. No hay ninguna razón para andar a la desesperada tratando de agradar a los extraños. No hay flases ni *glamour*. Aquí no necesitas fingir, todo es real. Uno forma parte del mundo. Te puedes relajar y hundirte en la vida como en un baño de espuma.

–Esa idea sí que me gusta: tú, metida en un baño de espuma, con la piel mojada, aunque...

–Estoy tratando de educarte –le recordó, sin poder evitar ruborizarse–. Antes de trasladarme aquí, me pasaba el tiempo esperando llegar a la siguiente esquina por ver si algo diferente ocurría. No sabía lo que estaba buscando, solo sabía que no lo tenía.

–Esa es la condición humana –murmuró Connor–. Nos pasamos buscando el paraíso perdido. Al menos eso es lo que dicen.

–Pero no tiene por qué ser así –dijo Maxie con luz en los ojos–. ¿No te das cuenta? Somos parte de la naturaleza. A veces, perdemos de vista que necesitamos estar en contacto con el mundo, no aislarnos de él.

Connor estaba fascinado por su sinceridad, aquel modo casi infantil de disfrutar de su nueva vida. Le llegaba al corazón el que quisiera compartir todo aquello con él.

–Serías una estupenda misionera. Podrías ir por ahí salvando almas, empezando por la mía.

Maxie lo miró fascinada, preguntándose si él tendría conciencia del aura que proyectaba.

–Dime algo, Connor, ¿eres feliz?

–¿En este momento? –miró de un lado a otro y detuvo el coche a un lado del camino. Su expresión era relajada, pero Maxie apreció cierto fuego incandescente en sus ojos–. Estoy pasando una tarde con alguien que me parece absolutamente fascinante, alguien que me hace sonreír. Sí, en este momento, soy feliz.

Maxie sintió la caricia de sus dedos sobre la nuca y no pudo contener la respuesta de su cuerpo. Se necesitaban con urgencia.

—¿Y mañana?

—Si me preocupo de mañana, puede que deje de disfrutar lo que está sucediendo hoy —continuó deslizando el dedo por su nuca—. ¿Y tú? ¿Estás feliz hoy, Maxie?

Maxie se mordió el labio inferior.

—Sí —dijo suavemente y lo miró—. Sí, estoy muy feliz.

Connor se quedó en silencio, mirándola con inusual intensidad. Algo lo impulsaba a tomarla en sus brazos, pero estaban en un coche pequeño con muy poca cabida para la espontaneidad. Se contentó con tomar sus manos y besarle las palmas.

Ella se estremeció.

—Picnic —dijo él con determinación.

Ella sonrió y asintió.

—Picnic.

Salieron del coche y se colocaron junto a una hilera de árboles que proporcionaban suficiente sombra.

Él sacó del coche una nevera que debía de contener el famoso picnic de chocolate.

No había llevado una manta, así que extendió su nueva chaqueta vaquera.

—Vamos a tener que sentarnos muy juntos

–dijo–. Espero que te comportes como es debido.

Lo miró con una sonrisa.

–Te aseguro que seré una santa.

La única respuesta que se le ocurrió a Connor fue una sonrisa. La agarró de la muñeca y le pidió que se sentara. La proximidad de sus cuerpos provocaba en ambos todo tipo de reacciones.

Él abrió la nevera y sacó unas servilletas, que extendió abiertas sobre el regazo de ella como si fuera un mantel. Luego, sacó todo tipo de chocolates y bombones.

–¡Esto es maravilloso! –dijo Maxie emocionada al ver aquella gran cantidad de chocolate–. Nunca nadie me había llevado a un picnic de chocolate. Lo que le falta en elementos nutricionales lo compensa con originalidad. ¡Estoy realmente impresionada!

–Gracias –dijo él, realmente contento con la reacción de ella–. Sabía que te gustaría. Me faltan algunas clases de bombones, pero es lo máximo que he podido conseguir aquí.

–No se puede tener todo.

–¿Por qué no? ¿Quién ha hecho esa regla?

–Creo que estás mal acostumbrado.

–Puede. Siempre consigo todo lo que quiero.

Algo en su tono de voz hizo que ella lo mirara, justo antes de meterse una lujuriosa fresa en la boca. Había en la mirada de Connor una gran carga de sensualidad, que iba penetrando dentro de ella.

–Supongo que así es. Hasta has conseguido tu entrevista.

–No estaba hablando de eso.

–Yo sí.

Connor notó un tono susurrante que lo satisfizo. Allí estaba él, tomando un picnic con Glitter Baby, un sueño que cualquier hombre habría querido hacer realidad.

Le quitó la fresa de chocolate y se la comió.

–El que duda, pierde, Maxie. Come, Maxie. Te sentará bien.

Pero Maxie había perdido el apetito, se sentía intoxicada por aquella sonrisa masculina y aquella mirada.

–No estás comiendo mucho –dijo él–. O estás enferma o es demasiado de algo bueno y eso no te gusta, como me dijiste.

«Más bien, no lo suficiente», pensó ella.

–Algo así –respondió Maxie, sin poder apartar la vista de sus piernas musculosas, cubiertas por los pantalones vaqueros. Habría sido un estupendo vaquero.

–Podemos dejar lo que ha sobrado para hacer feliz a algún Elfo.

Maxie tragó saliva y se levantó. Se puso a recoger los restos de la comida, mientras él apilaba las chocolatinas sobrantes junto al árbol.

–Esto hará las delicias de alguna ardilla –dijo él con los ojos tan brillantes que de no haber estado con él, Maxie habría podido pensar que había bebido.

–Seguramente, la matará –dijo Maxie, mirando de un lado a otro, a ver si encontraba algo que limpiar–. No sé si su organismo tolerará el chocolate.

–Ya no puedo más –dijo él de repente.

–¿No puedes más? ¿A qué te refieres?

–Ya no puedo seguir siendo bueno –le agarró el tobillo–. Venga, siéntate aquí conmigo. Estás demasiado lejos de mí. Y deja de morderte el labio, va a terminar por salirte sangre.

–Esto no estaba en la agenda.

–Sería en la tuya, porque en la mía sí estaba –con una gran sonrisa, comenzó a subir con dos dedos hacia arriba, mientras tarareaba una canción infantil–. «Periquito araña sube el canalón...»

Maxie no pudo evitarlo: emitió un sonido que era una mezcla de gemido y gruñido y se echó hacia atrás. Aquel hombre estaba armado hasta los dientes con la mejor munición para vencer al sexo opuesto. Era divertido, era inteligente, era fácil de llevar y, además, elevaba su temperatura corporal.

–No sé por qué permito que me hagas esto –dijo ella, mientras daba la vuelta alrededor de él–. Me estoy haciendo vieja, supongo. Este tipo de cosas no me importaba antes.

–¿Qué tipo de cosas? –preguntó él con una sonrisa en la mirada–. ¿Comer chocolate? ¿Sentarte en la hierba? ¿Dar de comer a las ardillas?

Maxie resopló frustrada.

–Eres muy gracioso, realmente entretenido. Tú eres ese «tipo de cosas» a que me refiero.

–Yo no estoy haciendo nada, me estoy comportando como un santo.

–No importa, olvídalo.

–No voy a olvidarlo. ¿Eso te ocurre con todos los hombres?

–No, claro que no.

–¿De verdad que no?

–No te emociones, que esto no tiene que ver contigo, sino conmigo. Hace dos años que no tengo contacto con ningún hombre y estoy... fuera de práctica.

Connor se levantó lentamente.

–Lo que quieres decir es que tu modo de reaccionar no tiene absolutamente nada que ver conmigo.

Maxie asintió.

–Exactamente.

–El eterno misterio de la lógica femenina. Tú sabes que yo no soy un ególatra. Desde luego, no espero que te sientas atraída por mí solo porque yo si me siento atraído por ti.

–Yo no estaba diciendo que tú...

–Después de todo, tú eres la celebridad aquí –se aproximó lentamente hacia ella, con los pulgares en los bolsillos–. ¿Te has planteado alguna vez lo frustrante que debe de ser para un hombre perseguir a una mujer que tiene un club de fans?

–«Tenía»

–Lo que sea. La idea me resulta aterradora.

No parecía en absoluto aterrado, sino más bien divertido y confiado con la situación. Ella dio un paso hacia atrás.

—Por suerte, no persigues una relación, sino solo una entrevista, ¿verdad?

La punta de sus botas de vaquero besaron las de ella.

—No, el haber conseguido la entrevista no es más que un regalo extra.

—¿De verdad?

—Sí. En realidad, a quien estoy persiguiendo es a ti —Connor sonrió y le puso las manos sobre los hombros—. Sí, así es.

—Bueno pues, de tanto perseguirme, vas a lograr que me choque con el árbol —a Maxie se le aceleró la respiración al ver que posaba su frente en la de ella.

—Te pones adorable cuando te ves acorralada. ¿Sabes cuántas celebridades he entrevistado en los últimos años?

—No. ¿Cuántas?

—Cientos. ¿Y sabes lo que te diferencia de todas ellas?

—¿Qué?

—Esto —sus labios estuvieron sobre los de ella antes de que pudiera decir nada.

Su beso era cálido y suave como la seda, capaz de provocar miles de sensaciones que no sabía identificar. Las manos de Maxie recobraron vida por sí mismas y se asieron con fuerza a la camisa de Connor. Nunca nadie la había besado así. Sentía sus dedos entre el pelo, sus palmas acariciando los largos mechones. Como una marioneta, ella respondía a cada contacto, como si tuviera hilos invisibles. Se sentía poseída por la necesidad de apretar su pecho contra el de él, sus caderas contra las suyas.

Connor abandonó su boca para explorar su barbilla, su cuello. Ella se estremeció y él busco su labio inferior. Sabía a albaricoques madurados bajo el sol del verano.

Él se apartó lentamente para mirarla con ojos hambrientos y apasionados. Le tocó el labio con un dedo tembloroso.

–Chico encuentra chica –le susurró–. Y todo el mundo se pone patas arriba.

–¿Qué?

La miró confuso durante un momento.

–No sé lo que iba a decir, Maxie...

Esa vez sus labios estaban curvados en una curiosa sonrisa, y continuó sonriendo mientras le besaba las comisuras de los labios.

–Tu piel me sabe a rosas. Y tu boca, esa boca de ángel caído me ha estado trayendo loco durante mucho tiempo.

Ella gimió al sentir su aliento detrás de la oreja.

–Connor...

Sus manos exploraron sus senos e, inmediatamente, los pezones se le endurecieron. Dentro de él crecía el ansia de poseerla, había una absoluta fiereza dentro de él, un fuego desgarrador. Se sentía movido por una fuerza de atracción hacia ella mayor que ninguna otra cosa en el mundo.

–Así eres tú: Connor –lo agarró de los hombros–. Me gusta decir tu nombre y me gusta tu sonrisa. Sonríes con los ojos. La gente con la que solía relacionarme nunca sonreía con los ojos, de modo que no te podías fiar de ellos.

Había algo que hablaba de un alma solitaria. Connor pensó en la vida que ella había llevado durante mucho tiempo, rodeada de ricos y famosos. Él, al fin y al cabo, había nacido en un entorno que le facilitaba moverse en esos medios. Pero la pequeña Frances Maxie Calhoon no había tenido semejante oportunidad. Al menos, había podido escapar de aquel mundo sin cicatrices, lo cual no dejaba de ser extraño, si se tenía en cuenta que ella había sido la envidia de todas las chicas de América. ¡Qué diferencia había entre el mito y la realidad!

Cerró los ojos. Odiaba la idea de que una persona como aquella hubiera sufrido tanto.

–¿Qué pasa? –preguntó ella alarmada.

Él se apartó ligeramente y se preguntó qué tipo de expresión sería la que tenía en el rostro. No quería asustarla.

Tampoco quería asustarse él, pero las emociones que sentía eran muy reales. Cada célula de su cuerpo le pedía tenerla cerca. La necesitaba hasta extremos que no había experimentado nunca.

—No pasa nada malo —la besó de nuevo—. Solo que no me puedo separar de ti.

Maxie le hundió los dedos entre el cabello sedoso.

—Pues nos vamos a enfriar aquí.

Él sonrió.

—Yo puedo mantenerte caliente.

—No me cabe duda —dijo ella y le besó la mandíbula—. Pero tenemos que irnos ahora mismo, señor Garret.

Se volvió e hizo un puchero.

—¿Y por qué?

Ella se dirigía ya hacia el coche. Se volvió hacia él y sonrió.

—Porque no quiero hacerlo.

Comenzó a correr en dirección al coche dejándolo atrás.

Capítulo Seis

Maxie había pasado ocho largos años fingiendo ser alguien que realmente no era. Había posado tal y como le habían dicho que lo hiciera, andaba de cierto modo, se vestía como la gente esperaba que lo hiciera. Había sido una invención de otros, vestida y pintada para adecuarse al cliente que la contrataba. Nadie admiraba a la mujer que estaba detrás de la máscara, a nadie le interesaba conocerla...

Pero Connor Garret había logrado llegar hasta ella.

Al principio, como tantos otros, había buscado a Glitter Baby, pero la mujer con la que se había encontrado había sido Maxie Calhoon. Nada de aura ni de *glamour*.

A pesar de todo, si no se equivocaba, le parecía que él prefería la realidad al mito.

Todavía pisaba con precaución, pero cada vez le resultaba más difícil negar lo que sentía.

Volvió la cabeza hacia Connor, que conducía de vuelta al rancho. Su perfil era casi perfecto. Ella sonrió.

—¿Me he perdido algo? —preguntó Connor con curiosidad.

–No –dijo Maxie, aún sonriente–. Estaba pensando en otra cosa.

Él se aclaró la garganta. ¿Por qué sigues mirándome así? Me estás poniendo nervioso.

Maxie se encogió de hombros y volvió la vista hacia la carretera.

–¿Quién hizo la regla de que las mujeres no pueden mirar a los hombres? Serías un vaquero muy atractivo.

–Vamos, vamos, no empieces otra vez.

–¿Sabías que se te ponen las orejas rojas cuando te avergüenzas de algo? –soltó una carcajada y echó la cabeza para atrás.

Él protestó.

–Lo siento –dijo ella riéndose aún. Maxie apoyó la cabeza en el asiento y pensó que aquella había sido una tarde absolutamente maravillosa, a pesar del estado de excitación que le provocaba aquel desmesurado deseo. Le parecía extraño aquel vínculo que se había creado con otro ser humano. Se había pasado demasiado tiempo aislándose precisamente de eso.

Se preguntó si debía invitarlo a cenar. No quería parecer insistente, pero tampoco quería decirle adiós.

Sentía una euforia desconocida, intoxicante, pero debía de tirarla por la ventana. Era mucho más interesante sentarse, relajarse y esperar a lo que ocurriera.

Y lo que ocurrió inmediatamente después resultó una sorpresa para ambos.

Connor tomó el camino que conducía hasta la casa, decidido a no resultar pesado. Había hecho bastantes progresos en su relación con ella y no quería estropearlo. Era muy importante hacer las cosas bien, pues jamás había sentido semejante fascinación por ninguna mujer. Si presionaba demasiado tal vez podría asustarla. Todo cuanto había dicho Maxie le resultaba importante a él.

–¿Qué vas a hacer esta noche? –preguntó él, sin conseguir un tono casual–. ¿Tienes planes?

–Sabes lo que hago cada noche: trabajar –«¿Debería invitarlo a cenar esta noche?»

–Me lo he pasado muy bien hoy. Odio ver que se aproxima el final.

–Yo también –dijo ella y lo miró a los ojos–. No te he dado las gracias por el picnic. Te has molestado tanto por...

Se detuvo de golpe y miró al Toyota que estaba aparcado delante de su casa.

–Mi madre –dijo ella.

Él la miró perplejo, preguntándose qué era lo que se había perdido entre medias.

–¿Tu madre? ¿Crees que he hecho todo eso por tu madre?

–No. Quiero decir que mi madre... –Maxie tragó saliva y señaló a la mujer que saludaba animadamente desde el porche–. Esa es mi madre.

Ni en los peores sueños, Connor habría podido anticipar que acabaría encontrándose a la madre de Maxie cuando su cuerpo estaba aún ardiendo de pasión y lo único que quería era tener a Maxie en sus brazos.

–Qué estupendo... Ahí está, en el porche...

–Sí, ahí está... –repitió Maxie. Se miró en el espejo del retrovisor. Tenía los labios aún hinchados por los besos y las mejillas demasiado sonrosadas–. Bueno... ¿quieres pasar y conocer a mi madre?

Era la invitación que había esperado tener algún día, pero no en semejantes circunstancias.

–Esperaba que me lo preguntaras.

Natalie estaba tan contenta que no podía ocultar su gozo.

Estaba viendo una cara de su hija que realmente la fascinaba. Se había preguntado muchas veces cuánto tiempo tardaría Maxie en curarse de las pasadas heridas, cuánto tiempo pasaría antes de que su soledad se convirtiera en algo más doloroso que reconfortante. Lo que más deseaba en el mundo era que su hija lograra tener una vida normal, sobre todo porque se sentía responsable de haber permitido que empezara su carrera demasiado pronto.

–Así que os habéis ido de picnic –le dijo Natalie a Connor que estaba obviamente tenso, sentado con las manos unidas sobre las piernas y la espalda tan derecha que parecía de madera–. No sabes cuánto me alegro. Maxie debería salir un poco más y ha hecho un día precioso.

–Muy caliente –dijo él, mientras esperaba a que Maxie volviera. Se había cambiado de ropa y había ido a dar de comer a las vacas–. Su hija es una maravillosa compañía, señora Calhoon.

–Por favor, llámame Natalie. Maxie me contó cómo has llegado hasta ella. Tu tenacidad me sorprende. Nadie la había buscado en estos dos años.

–La verdad es que mi búsqueda empezó porque quería lograr una entrevista con Glitter Baby. Pero la mujer que me he encontrado y con la que he pasado un día maravilloso ha sido Maxie Calhoon. Es una mujer increíble.

Natalie sonrió.

–Lo sé. Y te aseguro que ella tampoco habría pasado tanto tiempo contigo de no ser porque le interesas de verdad. Aprendió mucho, viviendo en un mundo de lobos.

–Pareces realmente feliz de su carrera acabada.

–Más de lo que puedas imaginarte. El padre de Maxie era un hombre difícil. Yo tenía miedo de que, en ese ambiente, la confianza de Maxie nunca podría subir mucho, a menos que dejáramos que se fuera. Pero cometí un grave error –una sombra de arrepentimiento cruzó su rostro–. Casi no sobrevive. Cuando volvió a casa no quedaba nada de ella. Tuvo que aprender a comer, aprender a dormir y me culpaba a mí misma por ello.

–Pero debes de estar muy orgullosa de ella. Parece que adora la vida que se ha construido para ella –dijo él.

Natalie asintió.

–Sí, eso parece y nunca la había visto tan feliz. No me gustaría que nadie le hiciera daño.

Se entendían perfectamente. Connor asintió con una sonrisa.

–Yo tampoco, Natalie. Nunca permitiría que nada le hiciera daño.

Natalie se quedó en silencio durante un momento, mientras elegía las palabras adecuadas.

–Estoy segura de que nunca le harías daño intencionadamente. Pero lo que quizá no sepas sobre mi hija es que para algunas cosas es aún muy inexperta. Maxie nunca fue al instituto, ni a la universidad. Nunca ha tenido un novio serio. Se ha perdido todo eso. Mientras otras chicas de su edad iban al centro comercial a comprarse un vestido para una fiesta de fin de curso, ella estaba desfilando en las pasarelas de París. Nunca ha tenido amores adolescentes, ni ha salido con sus amigos a tomar un batido al centro comercial. Nunca ha tenido experiencias como esas. Mientras que las fotos muestran a una celebridad pulida, hecha y derecha, la realidad es muy otra.

Natalie observó a su interlocutor. Generalmente, sabía juzgar bien a la gente a primera vista, y Connor Garret le parecía un hombre sincero. Pero era precavida. Su hija era un ser humano muy especial y era obvio que Connor había logrado traspasar sus defensas.

Se miraron unos segundos.

—¿Me estás preguntando si mis intenciones son honorables?

—Lo que estoy diciendo es que mi hija no es como todo el mundo. Cuando le entregue su corazón a alguien, será por primera y última vez.

Connor sonrió.

—Ya veo que eres como tu hija: directa, sincera y clara. No conozco a mucha gente así en el mundo en que me muevo.

—A alguna gente le molesta mucho. Te pediría que no le digas nada de nuestra conversación a Maxie.

Connor asintió y se imaginó la reacción de Maxie si hubiera podido escuchar la conversación.

—Valoro notablemente mi vida. No me arriesgaría a algo así.

—Me alegro —dijo ella

Todavía se estaban riendo cuando entró Maxie.

—¡Y yo toda preocupada por si os sentíais incómodos! —dijo ella, mirando con curiosidad a su madre y a Connor.

—Mamá, ¿qué has hecho esta vez?

—Nada —dijo Natalie con fingida indignación—. Solo manteníamos una conversación.

—Tu madre ha sido muy amable conmigo —dijo Connor.

–¿Y de qué os reíais? –insistió Maxie.

–Le he contado un chiste –respondió ella y se levantó, dispuesta a marcharse–. Me alegro de haberte visto.

–Pero si apenas me has visto. Quédate a cenar por lo menos.

–No puedo, cariño. Otro día será –sonrió a Connor–. Adiós. Ha sido un placer conocerte. Y gracias por reírte de mis chistes.

–No, gracias a ti –respondió él.

Maxie cerró la puerta y se volvió directamente hacia él.

–Conozco a mi madre y sé que no cuenta chistes.

Connor se encogió de hombros.

–Sí, claro que los cuenta. Debería dedicarse a la comedia. ¿Qué tal las vacas?

–Muy bien, gracias –Maxie sonrió con dulzura, mientras se quitaba las botas de goma–. Me encantan los chistes buenos, cuéntame uno, Connor.

Él la miró sin saber qué decir.

–Que te cuente....

–Sí, el chiste de mi madre.

–¡Tengo tan mala memoria! –suspiró–. Perdóname, no soy más que un necio jugador de fútbol... o al menos lo fui. ¿Te he dicho alguna vez lo atractiva que estás con ese peto con tirantes?

Maxie se puso las manos en la cadera y comenzó a caminar como si estuviera en una pasarela.

–Aquí, el último modelo para ordeñar con estilo.

La sonrisa de Connor surgió lenta, sensual, ligeramente pícara, y dibujada desde las comisuras de los labios. Aun haciendo una parodia de sí misma, podía elevar su temperatura corporal unos cuantos grados.

–Solo tú puedes conseguir que un atuendo así resulte sugerente.

Ella se rio.

–Huelo directamente a vaca, así que si me das un minuto para ducharme, prepararé algo de cena. ¿Qué te parece?

Él la miró fijamente.

–¿De verdad quieres que te responda a eso?

–No sé cómo es el mundo del que usted viene, señor, pero aquí tratamos a las vaqueras con respeto –Maxie volvió a reírse y se encaminó hacia el dormitorio–. Dame diez minutos para cambiarme y después, vaquero, te demostraré lo que es que te traten bien. ¿Qué sabes de la hospitalidad del Oeste?

Connor la miró esperanzado.

–Solo rumores.

Maxie levantó una ceja haciendo burla de un gesto de vaquero.

–Espera y verás.

–Te falta una letra para «lencería», lo siento –dijo Maxie.

–¿Qué letra?

–La «a».

–¡Si casi no se nota! –dijo él en broma.

Estaban tumbados en el suelo del salón jugando al «Scrable». Maxie tenía los codos sobre la moqueta y la barbilla en las manos, y trataba de contener su sonrisa de satisfacción.

–Con que la hospitalidad del Oeste –farfulló él–. ¡Ya nadie juega a esto!

Ella se rio y la miró pensantivo.

Le estaba costando mucho concentrarse en el juego. Ella había salido de la habitación oliendo a manzana y vestida con unos vaqueros ajustados. Mientras preparaba la cena y comían había mantenido la calma, pero al tenerla a su lado, tendida en el suelo, la tentación iba creciendo.

Llevaba treinta minutos tratando de controlarse y, de pronto, decidió que era más que suficiente.

–¡Oh, mira lo que he hecho! He metido la pata por completo. Supongo que este es el final del juego.

Ella lo miró con los párpados entrecerrados.

–Algo me dice que no quieres jugar más a esto –dijo ella

La expresión de su rostro lo cautivaba.

–Tienes toda la razón, chica guapa –levantó la mano y tocó el suave mechón de cabello–. Cuando se juega a un juego, alguien tiene que ganar y alguien tiene que perder.

Maxie suspiró y él recorrió con el dedo sus labios.

–¿Qué haces? –preguntó ella.

–Desde luego, no estoy jugando –dijo él con una sonrisa tan sincera que ningún espectador le había visto jamás.

–Ni a ti ni a tu sonrisa os debía de estar permitido salir después de que anochece –dijo Maxie–. Eres una verdadera amenaza para las mujeres virtuosas.

–¿De verdad? –preguntó él–. Yo solo quiero ser para una mujer.

Sus años de entrenamiento en el fútbol le dieron la agilidad suficiente para ponerse de pie, tomarla en sus brazos y besarla como un hombre hambriento. Se sentía como si hiciera años que la hubiera besado con anterioridad. Aquellos labios carnosos parecían encender todo tipo de pasiones dentro de él. Era como besar a una flor, todavía húmeda por el rocío de la mañana.

Cuando después de un rato alzó la mirada, sus ojos ardían de deseo. Le acarició la mejilla con un dedo tembloroso.

–Pareces un ángel –susurró él–. Que ha sido enviado a mí para ser besado.

Ella sonrió.

–Pues yo no me siento como un ángel –respondió ella en tono insinuante.

–Dime, ¿cómo prefieres que te bese? Así, suavemente... –cubrió sus labios con un beso leve y sutil–. O prefieres algo más salvaje.

Una vez más, tomó sus labios e imprimió sobre ellos un beso apasionado y poderosamente erótico.

–Eso no ha sido tan salvaje –susurró ella y lo agarró de los hombros.

–Todavía no te he mostrado ni la mitad de lo que soy capaz –le besó el cuello–. ¿Siempre eres tan impaciente?

Maxie gimió, al sentir su mano sobre su seno. Con la lengua, dibujaba pequeños círculos sobre la suave piel de su cuello. La húmeda suavidad de su acción la estaba llevando casi a un estado de éxtasis. Maxie tenía la sensación de que, de un momento a otro, podría morir de placer y, sin duda, sería una estupenda forma de hacerlo.

–¿Te estoy haciendo daño? –él levantó la mirada, y la clavó en ella–. ¿Maxie?

–No quiero hablar –susurró. Sus manos se movían hambrientas sobre sus hombros. Después se deslizaron hacia abajo, hasta el final de la espalda y agarró sus glúteos turgentes–. Tu cuerpo es maravilloso. ¿Qué haces?

Con los ojos fijos en los de ella comenzó a moverse con un ritmo ancestral. Ella alzó la mano y se tocó los pezones, endurecidos por su tacto. Aquel sensual acto lo tomó desprevenido. No estaba preparado para controlar lo que le provocaba verla tocarse a sí misma. El resultado fue tan devastador que estuvo a punto de llegar al clímax allí mismo. Nunca jamás se había sentido tan absolutamente fuera de control, y eso que todavía llevaban la ropa puesta.

Connor se detuvo, para poder controlarse.

–Sería una buena idea que bajáramos un poco el ritmo –dijo él con los ojos cerrados y tratando de conjugar toda su fuerza de voluntad.

–¿Por qué? –pregunto Maxie–. ¿He hecho algo mal?

–No, claro que no –mientras abría poco a poco los ojos. Miró a la hermosa mujer que resplandecía delante de él.

De pronto, algo le recordó las palabras de Natalie Calhoon.

«Cuando mi hija dé su corazón, será por primera y última vez en su vida».

–¿Maxie? Seguramente esta será una pregunta absurda. Pero, cuando me preguntas si has hecho algo mal...

Lo miró de un modo extraño.

–¿Qué?

–Lo dices como si nunca antes... como si...

Maxie respiró profundamente. La había descubierto, lo que era todo un escándalo, considerando su fama de «mujer salvaje».

–Difícil de creer, ¿verdad? –dijo ella–. Veinticuatro años y todavía... intacta.

Connor se quedó anonadado. Nunca se le había ocurrido pensar que Maxie pudiera ser virgen.

Se quitó de encima de ella y se tumbó a su lado. Esperó unos segundos a que se le ocurriera algo racional que decir.

–Estoy un poco confuso.

Ella se ruborizó.

–Lo siento. Quizá debería haberte dicho algo. Pero no estaba segura de qué decir exactamente en una situación así. Especialmente, si consideras mi pasado. Jamás he confiado en nadie. Porque sabía que nadie quería a Maxie Calhoon, sino a Glitter Baby... Bueno, lo siento en cualquier caso...

Él le tomó la mano.

–No tienes nada que sentir. Si yo lo hubiera sabido, habría sido un poco más cuidadoso.

Ella lo miró claramente impresionada.

–¿Más aún? ¿Podrías haber sido aún más cuidadoso?

–Al menos, puedo intentarlo –le dijo Connor–. Maxie, cuando ocurra entre nosotros, y ten por seguro que ocurrirá, no será en el suelo del salón. Me he dejado llevar, pero no va a volver a pasar.

–¿No?

La mirada desconcertada de Maxie lo hizo sonreír.

–Lo que quiero decir es que, cuando algún día en el futuro pienses en lo sucedido, no quiero que te puedas arrepentir de nada.

De pronto, sin que Maxie encontrara una verdadera razón, se echó a reír, una risa abierta y sincera que, al principio, dejó a Connor completamente anonadado. Luego, empezó a reírse con ella. Se rieron hasta que les dolió el estómago y no les quedaba ya respiración.

Finalmente, Maxie pudo decir algo.

—En realidad, esto no tiene ninguna gracia. Aquí estoy yo, una «jubilada», nada menos, con una virginidad que·sigue pendiendo sobre mi cuello como una losa. Nadie podría creérselo, ¿verdad?

—Me importa muy poco lo que el resto de la humanidad pueda creer o pensar —dijo él—. Lo único que me importa eres tú, Maxie.

Ella sonrió.

—Es mutuo —le susurró.

Ella pensó que tal vez volvería a besarla, pero no. Haciendo acopio de toda su fuerza de voluntad, se puso en pie y la ayudó a levantarse.

—Hay una ducha fría esperándome en el motel.

—Pero no tienes por qué irte.

—Sí, tengo que irme. No tengo ninguna fuerza de voluntad cuando te tengo cerca.

La miró durante unos segundos, mientras estaba allí, de pie junto a él.

Era perfecta, era, exactamente, lo que siempre había necesitado.

Sonrió con tanta ternura que a ella se le inundaron los ojos de lágrimas.

Él se dirigió hacia la puerta y se marchó.

Capítulo Siete

Mientras Connor conducía hacia el motel, fue recordando cada instante que había pasado en compañía de Maxie, desde el primer día en la tienda.

Cuando ya no pudo más, sacó el móvil del bolsillo y la llamó.

—¿Diga?

—Soy yo —respondió él—. ¿Estás en el agua?

—Sí, me estoy dando un baño. Hay gente que se da duchas frías y gente que se da baños calientes con el mismo propósito.

—¡Ojalá no te hubiera oído decir eso! Es francamente contraproducente. Te he llamado porque echaba de menos tu voz. ¿Te he dicho alguna vez que es muy sexy? Suena un poco cadenciosa.

—Connor, ¿estás bien?

—Sí. Tengo cierto síndrome de ausencia. Me lo provoca el no estar contigo. Bueno, en cualquier caso, ten cuidado. No se te ocurra usar el secador o el cepillo de dientes mientras estás ahí dentro —se preguntó de inmediato por qué había dicho aquello—. Voy a tener que colgar antes de seguir diciendo más tonterías.

Todavía se estaba lamentando de su propia estupidez, cuando llegó a la avenida principal.

Aquel viernes por la noche la ciudad estaba particularmente animada y, al pasar por el instituto, vio un anuncio del baile de la escuela.

Inmediatamente, agarró el móvil y volvió a llamarla.

—Hola, soy yo otra vez. ¿Sigues en la bañera?

—No, me estoy secando.

—¡Vaya! No me lo pones fácil, ¿eh? —Connor cerró los ojos y se imaginó la escena—. Luego volvió en sí—. Maxie, esta vez te llamo para preguntarte si quieres salir conmigo mañana por la noche.

—¿Me llamas para pedirme una cita?

—Sí. Mi padre me ha dicho que me presta el coche.

Ella soltó una carcajada, y fue el sonido más dulce del mundo a oídos de Garret.

—Iré encantada.

Al día siguiente, el primer paquete llegó antes del mediodía. Maxie tenía la cara azul, después de haberse aplicado lo que le quedaba de una prohibitiva mascarilla que guardaba desde sus tiempos de modelo.

Abrió la puerta.

—¿Sí?

El hombre sonrió y, de pronto, retrocedió sobresaltado.

–¡Dios santo! Quiero decir... buenos días. Traigo un paquete para Maxie Calhoon. ¿Puede firmar aquí?

Maxie firmó y el hombre desapareció a toda prisa.

Maxie agarró el paquete y se fue a la cocina.

Abrió la caja y sacó un bonito vestido de satén, de color lavanda, sin mangas. Dentro había una nota que decía: *Póntelo esta noche.*

No había ningún nombre en la tarjeta, pero no hacía falta.

Una hora más tarde, recibió los zapatos, que resultaron ser unas sandalias plateadas. No sabía cómo Connor había averiguado su talla, pero le quedaban perfectamente.

Una hora antes de que él llegara, recibió una delicada gargantilla de plata, tan frágil que parecía hecha de hilos de plata.

Maxie se preguntó si Connor sabía que no había ningún lugar en cien kilómetros a la redonda al que se pudiera ir vestida de aquel modo. Pero, en cualquier caso, se lo había pasado estupendamente, componiendo su atuendo, maquillándose y peinándose. Hacía dos años que no lo hacía, y el que no fuera parte de su trabajo la hizo darse cuenta de que era divertido.

El timbre sonó a las siete en punto. Maxie se miró por última vez al espejo antes de ir a abrir.

–¡Dios mio, qué...! –Connor la miraba de arriba abajo admirado. Se puso la mano sobre el corazón como si necesitara cierta ayuda para que continuara latiendo–. Estás... estás...

Ella se miró el vestido, mientras se mordía el labio inferior.

–¿Qué?

–No tengo palabras para describir lo que siento –la miraba de arriba abajo–. Estás más hermosa de lo que jamás te haya visto en ninguna fotografía.

Ella sonrió, mientras lo miraba, vestido con un traje negro, y una camisa blanca que contrastaba con su piel oscura.

–Tú tampoco estás nada mal –dijo ella con una gran sonrisa–. Les vas a encantar cuando te vean así vestido en la bolera.

–¿La bolera? ¿Quién ha dicho que vamos a la bolera?

–Es el único sitio que está abierto el sábado por la noche –dijo ella, pero él no parecía dispuesto a explicar nada. Sacó una flor que llevaba en una pequeña bolsa–. Yo pensaba haberte comprado una orquídea, pero la señora de la floristería me ha dicho que todo el mundo llevaba margaritas.

–¿Todo el mundo? ¿Quién es todo el mundo?

–Estás muy preguntona esta noche –Connor la miró de nuevo–. Estás tan guapa, que casi me duele mirarte.

–No te he dado las gracias por los regalos. Tienes un gusto excelente. ¿Cómo sabías mi talla?

–Ya sabes, tengo mis fuentes.

–Gracias. No me había sentido así desde... bueno desde hace mucho.

–Yo tampoco –dijo él–. Y cada vez va a mejor... ¿Estás lista?

–Me niego a ir sin que me digas adónde.

–Bien, pues me iré solo.

–Eres un cabezota –Maxie hizo un cómico gesto y se volvió hacia la puerta–. De acuerdo, te sigo.

Él abrió la puerta y le hizo un gesto de que pasara.

–Prefiero que vayas delante, la vista es mucho mejor.

Al llegar al aparcamiento del instituto se preguntó si realmente aquello había sido una buena idea. Estaba sentado junto a Glitter Baby, la mujer que más veces había sido portada de las revistas de moda y la llevaba a una fiesta de colegio.

Observó con cierta ansiedad el modo en que ella miraba de un lado a otro.

–Tú madre me dijo ayer que nunca habías estado en una fiesta de instituto, así que pensé que quizá te gustaría disfrutar de algo que no tuviste.

–Connor...

–Sí, ya sé que es una estupidez, especialmente para alguien que se ha recorrido el mundo entero, pero...

Se volvió y lo besó tiernamente en la mejilla.

Lo que él vio fue como una visión celestial: una nube de cabellos enmarcando aquel rostro hermoso, sus ojos de color violeta llenos de lágrimas y aquellos labios que lo dejaban sin habla y sin razón.

–Nunca nadie ha hecho nada como esto por mí en toda mi vida –las lágrimas se deslizaban por sus mejillas.

Connor todavía no sabía si era algo bueno o algo malo.

–¿Entonces, está bien la idea?

–¡No sabes hasta qué punto está bien! –susurró, consciente de un nuevo sentimiento que acababa de surgir dentro de ella. Ningún hombre le había hablado con el corazón jamás, nadie lo había intentado.

Connor por fin se relajó. Ella lo había entendido. Aquella noche estaba dedicada a todos sus deseos infantiles y sueños medio olvidados. Él quería hacer que se convirtieran en realidad.

–Vayámonos, Cenicienta, es hora de ir al baile.

Maxie se había preguntado muchas veces cómo sería un baile de instituto. Ya lo sabía y, sin duda, estaba disfrutando mucho más de lo que habría disfrutado en aquel entonces.

El baile tenía lugar en el gimnasio del colegio. El techo estaba repleto de globos y abundaban los vestidos rosa.

Maxie y Connor eran objeto de muchas miradas, pero, por primera vez, no le importaba.

Lo más probable era que ninguno de aquellos adolescentes jamás hubieran oído hablar de Glitter Baby, lo que le parecía maravilloso.

Bailaron sin parar, disfrutaron de las galletas y el ponche y volvieron a bailar.

Maxie no sabía qué música sonaba, pues su atención estaba centrada en el olor de Connor, en la sensación que le provocaba estar cerca de él, su mejilla contra la de ella. Luego su risa, cuando habían salido a disfrutar de la brisa de la noche, y más tarde su beso, dado a escondidas, como un adolescente.

Cuando la última pieza del baile terminó, eran justo las doce.

Él miró el reloj.

—Bueno, jovencita. ¿No deberías de estar en casa a medianoche?

Maxie lo miró fijamente durante un rato, sabiendo a la perfección lo que sentía su corazón y lo que decían sus ojos.

—Me lo he pasado maravillosamente bien —le dijo—. Nunca te daré suficientemente las gracias por esta noche. Pero ahora quiero que te vengas a casa conmigo y me dejes seducirte.

Él se quedó anonadado, sin saber cómo responder durante unos segundos.

—Esto nunca me ocurrió a mí en el instituto.

Ella sonrió.

—Soy una descarada, ¿verdad? Por favor, vente a casa conmigo.

Connor decidió que si estaba soñando, no quería volver a despertar jamás.

Capítulo Ocho

La casa de Maxie reposaba entre sombras. El único ruido que se oía en varias millas a la redonda procedía de una esquina del salón.

—Es Boo —le explicó Maxie, al ver que se detenía después de dar tres pasos—. Tiene asma y ronca, por eso le hago dormir aquí en lugar de hacerlo en mi habitación.

Connor tomó nota. No volvería a roncar jamás.

—Ni siquiera se ha despertado al oírnos llegar. De no ser porque ronca, no sabría que estaba aquí. ¿No se supone que este es tu perro guardián?

—Sí, pero no es su turno. Le toca al conejo Harvey mantener la guardia —encendió la luz y se volvió hacia él. Connor la miraba fascinado. La suave luz le daba una belleza etérea y mágica.

—Estás muy callado, ¿te ocurre algo?

—Es que tengo la sensación de que esto no puede estar ocurriéndome a mí, que debe de ser un sueño.

—¿Eso es lo que hay entre nosotros? ¿Solo un sueño?

–No puede ser –Connor se quitó la chaqueta. Llevaba el botón del cuello de la camisa abierto y las mangas subidas. Maxie intuía que no estaba tan relajada como fingía estar.

Se aproximó a ella y la agarró de la cintura, como si aquello fuera todo lo que había deseado en su vida.

–Maxie Calhoon, después de esta noche el mundo no te volverá a ver igual.

–Me importa muy poco el mundo –le susurró ella–. Lo único que me importa eres tú.

Connor la besó suavemente, moviendo su boca contra la húmeda sensualidad de la de ella. Le encantaban sus labios, no se cansaba de ellos. Cuando el beso comenzó a convertirse en algo salvaje, él se apartó de ella y la tomó en sus brazos.

Ruborizada y hambrienta de él, dejó que la llevara hasta el dormitorio. Se sentaron juntos en la cama y comenzaron a acariciarse. Se besaron hasta que sus respiraciones se hicieron urgentes y entrecortadas.

Se tumbaron y Connor colocó a Maxie encima de él. Con ropa o no, la postura era provocativa. Sus besos fueron creciendo cada vez más, cada vez más desesperados. Ella hundió los dedos en su pelo y apretó los senos contra su pecho, ansiosa por tenerlo todo de él.

Connor quería besarla aún más, moviendo la cabeza de lado a lado. Podía sentir sus cabellos sobre el rostro, el movimiento instintivo de su pelvis. Su hambre era el más potente afrodisíaco. Lo deseaba con la misma fuerza con que él la deseaba a ella.

—Tengo que advertirte... —le susurró él. Ella susurró al sentir las manos de él sobre sus senos a través del satén—. Te voy a quitar este vestido.

Connor le bajó la cremallera y le quitó el vestido. Él la miró de arriba abajo y ella se quitó la ropa interior.

Le desabrochó el cinturón del pantalón y los botones de la camisa. Necesitaba verlo, necesitaba sentirlo y lo que vio y sintió fue mucho mejor de lo que había imaginado. Su piel estaba bronceada y tenía una musculatura fuerte y poderosa. Era realmente hermoso.

Connor la deseaba con una urgencia completamente desconocida para él

La única luz que había procedía de la luna llena que se colaba por la ventana. Los bañaba en frías sombras e iluminaba sus rostros y sus cuerpos justo lo que era necesario.

Maxie solo llevaba la gargantilla plateada, y su piel relucía bajo los rayos como si fuera marfil. Tenía una sonrisa amorosa y feliz en los labios, el pelo le caía como un velo hasta los hombros. No había duda, ni miedo en ella. Lo quería todo y confiaba plenamente en él.

Cuanto más cerca estaban el uno del otro, más cerca necesitaban estar.

Maxie no podía aguantar más el extraño y cálido deseo que se había encendido entre sus piernas.

–Necesito... Quiero... –no podía terminar las frases–. Ayúdame.

–Lo voy a hacer, cariño –Connor carraspeó, tratando de respirar, de pensar y de sentir, todo al mismo tiempo–. Tengo que ser cuidadoso y usar algún tipo de protección.

–No hace falta. Llevo dos años tomando pastillas, esperando que algún día encontraría alguien como tú. Así que puedes...

–Bien, ya sé –sus manos recorrieron y acariciaron sus brazos, sus senos. Luego bajaron y bajaron, hasta el lugar secreto. Ella se estremeció.

Tenía los ojos muy abiertos y se agarró a sus hombros como si en ello le fuera la vida. Él sabía lo que ella necesitaba.

–¿Qué quieres? –le susurró–. Dímelo.

–Lo sabes. Te quiero dentro de mí, Connor –estaba casi gritando. En un delirio de pasión, enroscó las piernas a su cuerpo, tratando de acercarse más a él–. Te quiero, te necesito dentro de mí, ya.

Nunca en su vida había visto Connor una belleza igual.

–No sabes lo que significa que me digas eso. Eres un ángel...

Ella se mordió el labio.

–Connor, ¿estás tardando deliberadamente?

–Sí.

–Pues no lo hagas, porque ya no puedo más. Me voy a volver loca.

La besó suavemente en los labios y lentamente se abrió paso dentro de ella. A pesar de ser la primera vez, no hubo casi dolor, solo el placer del alivio. Sus labios se entreabrieron.

–¡Oh!

–¡Esto es maravilloso! –susurró Connor, tratando de controlarse con toda la fuerza de voluntad que tenía.

–Sí, lo es –susurró Maxi, que quería todo de él. Poco a poco fue relajando los músculos–. Puedes entrar más.

–¿Estás bien? –le preguntó él, con la respiración acelerada.

–Sí... ¡No! Necesito más, por favor –le encantaba la sensación de tenerlo dentro de ella.

Connor comenzó a moverse lentamente, para mantener el control y cada vez el placer era mayor, hasta que, al fin, oyó su grito de placer en un clímax único. Él también gimió y hundió los dedos en el pelo de ella.

El éxtasis no parecía tener fin, era tan poderoso, único, que Connor se sintió como si hubiera muerto y hubiera resucitado de nuevo.

Dos de la madrugada.

–¿Connor? ¿Estás dormido?

–Más o menos –farfulló él. ¿Qué pasa?

–He tenido un mal sueño –dijo ella y le besó un hombro–. Hazme sentir mejor.

Cuatro de la madrugada.

–¿Maxie, cariño?

–¿Sí?

–Tengo frío –pasó el dedo por el provocador valle de entre sus senos–. ¿Puedo entrar dentro de ti?

–Sí, por favor.

Connor abrió los ojos en una habitación completamente inundada de luz. Lo sorprendió descubrir que no era un sueño, después de todo. Ella estaba allí, tendida a su lado, durmiendo profundamente.

Pobrecita. Había llegado a agotarla. Él también estaba exhausto.

La miró fascinado. Solo le venía una palabra a la mente para describir la imagen de lo que tenía delante: preciosa.

Se sentía como un hombre nuevo, que por fin había encontrado la felicidad. A diferencia de lo que habían sido todas sus otras relaciones, aquella no le había dejado ninguna sensación de soledad, ni de desilusión. Algo permanecía ardiendo en su piel.

Por primera vez en su vida, Connor había entendido la diferencia entre hacer el amor y amar. Era su corazón el que regía, y la vida ya no volvería a ser igual. Antes de aquello, antes de conocer a Maxie, todo había sido una gran farsa, una mentira. Había habido sueños de deseo, ilusiones en las que parecía que había necesidad, pero nunca había habido verdadero amor.

–¿Por qué has tardado tanto en dar conmigo? –le susurró, a pesar de saber que estaba dormida y que debía dejarla, pero con la esperanza de que se despertara. Él suspiró, al sentir que ella farfullaba algo ininteligible.

Si se quedaba allí, junto a ella, a su lado, no podría evitar volver a hacerle el amor.

Se levantó y buscó en el armario una bata. Había una de color rosa que parecía casi un edredón. La agarró y se la puso. Luego salió de la habitación.

El perro estaba roncando. La familia Calhoon dormía.

Su intención era hacer el desayuno y llevárselo a la cama, luego seguirla por todo el rancho, mientras ella hacía sus tareas. También tenía maravillosas fantasías sobre lo que podrían hacer en el pajar, aunque no sabía si habría un pajar.

Nunca se había sentido tan feliz en toda su vida.

Boo levantó la cabeza cuando Connor pasó por el salón. El perro abrió la boca y se desperezó, dispuesto a seguir durmiendo. El mínimo esfuerzo parecía agotarlo.

Connor se dirigió a la puerta principal.

–Sal, haz tus cosas y cuando vuelvas te habré preparado un estupendo desayuno –le dijo al perro.

Connor abrió la puerta y se quedó petrificado al ver a Morris, su ayudante, que se disponía a llamar. Pero lo peor era que Morris no estaba solo. Había varios vehículos aparcados en la carretera, la mayoría de ellos con logotipos de televisión. Gran parte de los ocupantes estaban fuera, con las cámaras apuntadas hacia Connor. Todo el mundo empezó a hablar a la vez, lanzando preguntas sobre Glitter Baby.

—¿Qué demonios es todo esto?

Connor agarró a Morris de la camisa, lo metió en la casa y cerró la puerta.

—¿Qué demonios es esto? ¿Has traído tú a toda esta gente?

—No, claro que no. Yo tengo un coche diminuto, no caben todos.

—Sabes lo que quiero decir, Morris. ¿Cómo demonios me has encontrado?

Morris parpadeó confuso.

—Soy un reportero, ¿lo has olvidado? Fui a tu hotel y no estabas, así que miré en la guía la dirección de Maxie Calhoon. Tal y como tú me dijiste, ahí estaba.

—¿Y los demás?

—Glitter Baby es una gran noticia. Sabes tan bien como yo que era solo una cuestión de tiempo el que llegaras a encontrarla. Míralo por el lado bueno. Gracias a mi ingenio conseguimos la entrevista.

—Un momento, Morris. ¿Qué es eso de que lo conseguimos gracias a tu ingenio? ¿Qué has hecho?

Morris resplandeció, convencido de que

aquella era su oportunidad de demostrar su valía.

—Simplemente me aseguré de que consiguieras la entrevista. ¿Has sufrido alguna mutación de personalidad o qué te pasa? Me dijiste que tenía problemas financieros y que iba a pedir una hipoteca. Me ocupé de que no se la dieran.

—¡Dios santo! —Connor se sentó y hundió la cabeza entre las manos—. Debería de haberme imaginado algo así.

Morris estaba incluso un poco molesto.

—¿Por qué me contaste lo de ese crédito si no querías que hiciera nada con ello? Tú sabes cómo se juega a este juego, no eres ningún novato, Connor.

—Así que, después de que te contara lo del crédito... —la voz de Connor sonaba como un susurro casi inaudible—. ¿Qué hiciste exactamente?

—Fui a una agencia de Nueva York que clama que Glitter Baby tiene una deuda con ellos y los incentivé para que pusieran una denuncia y le bloquearan la cuenta. No tienen intenciones de llegar a los tribunales, pero para cuando ella descubra eso, ya habremos conseguido lo que queremos. Ha funcionado exactamente del modo en que yo lo había previsto —Morris hizo una pausa, esperando la respuesta de Connor—. Tú querías una entrevista con ella. Eso es lo que te he conseguido.

Cada vez las cosas iban a peor.

Connor echó la cabeza hacia atrás. Aquello iba a causarle a Maxie un dolor innecesario y todo era culpa suya.

—Tienes razón, Morris, no soy un novato. Debería de haber sabido que esto ocurriría.

—Te estás comportando como si todo esto fuera un problema, cuando eso era lo que queríamos.

—Sí, claro, esto no es más que un sueño hecho realidad —dijo Connor triste y desconcertado—. ¿Dónde está el equipo?

—Están en la habitación de tu motel. He tenido que chantajear al recepcionista para que nos dejara entrar. A las seis de la mañana ya no había ni una sola habitación libre en toda la ciudad. Está todo lleno de cámaras.

El teléfono empezó a sonar. Connor maldijo entre dientes. Maxie se iba a despertar en mitad de aquel zoo.

—¿Qué voy a decirle?

—No lo sé. Pero, si yo fuera tú, me pondría otra cosa. Hay una docena de fotógrafos dispuestos a fotografiar a Connor Garret con una bata rosa y no es un color que te siente bien.

—¡Yo le he hecho esto a Maxie! —dijo Connor—. No era así como yo quería que fueran las cosas.

—Por cierto, hablando de cómo han sido las cosas, ¿ha ocurrido algo entre vosotros?

—Eso no es asunto tuyo.

Morris silbó admirado.

—¡No me lo puedo creer! Lo has conseguido, ¿verdad? Te admiro. Cualquier hombre en América desearía acostarse con Glitter Baby, ¡y tú lo has conseguido!

Antes de que Connor pudiera decidir si le iba a partir la cara o no, vio que Maxie estaba en la habitación, vestida con camisa blanca. Por el gesto de su rostro, estaba claro que había oído demasiado.

–Maxie –dijo él con urgencia–. Al menos, dame la oportunidad de explicarme...

–¿Quién es usted? –le preguntó a Morris.

Morris estaba atónito, mirando a Maxie, a lo que contribuía su escaso atuendo. Movió la boca para responder, pero no logró articular sonido alguno.

–Se llama Morris y es parte del equipo de reporteros. Ha venido a advertirnos. Escucha, está todo lleno de periodistas. No sé cómo te han encontrado, pero...

Maxie se sentó en el borde del sofá. Sus movimientos eran rígidos, como si realmente estuviera dolorida.

–No importa.

–¿Qué quieres decir con eso de que no importa?

Lo miró como si fuera la primera vez que lo veía.

–Lo único importante es que has conseguido acostarte con Glitter Baby.

Capítulo Nueve

Maxie se había dormido sumergida en un sueño y se había despertado en una pesadilla.

Claro que la pesadilla no le era ajena. La conocía demasiado bien: el teléfono tendría que estar descolgado, las cortinas corridas. Connor había pedido ayuda al sheriff, que envió a dos de sus ayudantes para evitar que los fotógrafos y reporteros se acercaran a la casa.

Por desgracia, no había forma de hacer que dejaran la calle, pues no existía ningún impedimento legal para que estuvieran allí. Maxie se sentía atrapada, con el enemigo metido dentro de su casa.

–Tienes que hablar conmigo –le dijo Connor–. Maxie, por Dios, tú sabes lo que siento por ti. Por «ti», no por un producto del marketing como Glitter Baby. No puedo evitar que Morris sea un necio y que su boca siempre diga cosas incongruentes. No deberías de haber oído nada.

–Supongo que no –dijo Maxie, sin moverse de su posición fetal, sentada en la cama con las rodillas abrazadas, y mirando por la ventana–. Lárgate de aquí, Connor.

Connor protestó y se golpeó ligeramente la cabeza contra la puerta.

—Maxie, voy a cancelar la entrevista, despediré a Morris y dejaré mi trabajo, si eso es lo que tú quieres. Haré cualquier cosa, pero, por favor, vamos a hablar. Dime cómo puedo ayudarte.

—No necesito tu ayuda —Maxie no pudo evitar un río de lágrimas. Trataba de combatirlas, pero no podía. Sin embargo, no estaba dispuesta a dejarse abatir. Había pasado por situaciones parecidas otras veces—. Tengo práctica en este tipo de cosas. Ya me han mentido, utilizado y perseguido. Puedo arreglármelas.

Connor sabía que todo aquello había sido culpa suya. Claro que no era un novato en la profesión y debería de haber previsto aquello. Pero se había enamorado y había perdido la noción de lo que iba a ocurrir.

Además, jamás se lo había dicho, jamás le había confesado que la amaba.

Se sentó en el suelo y apoyó la espalda en la puerta del dormitorio. Se había quitado la bata rosa y se había puesto el elegante traje negro de la noche anterior, todo arrugado, que le daba un aspecto igual de estúpido.

¿Cómo había sucedido todo aquello? ¿Cómo podía todo haberse derrumbado a tal velocidad? Había echado a Maxie a los lobos y había dejado de confiar en él.

—¿Maxie? —había un tono de sentida culpabilidad en su voz—. Escúchame, por favor. No tienes que decir nada. Sé que debería de haberte protegido, pero, en lugar de eso... ¡Maldita sea! Lo tenías todo antes de que yo apareciera: tus vacas, Harvey, tu tierra, tu jardín. Y, entonces, vine yo y lo estropeé todo, todo por lo que has luchado. Yo no quería que esto ocurriera, créeme...

La puerta de la habitación se abrió de repente. Al alzar la vista, vio a Maxie con su pantalón de peto. Parecía recobrada y dispuesta a todo.

–¿Adónde vas? –preguntó Connor.

Maxie pasó por encima de él con desprecio, como si fuera un insecto.

–¿Has visto mis botas de goma?

–¿Las botas de goma?

–Sí.

–Están junto a la puerta –Connor se levantó y la siguió hasta el salón–. Maxie, ¿adónde vas?

–Tengo muchas cosas que hacer, ya has visto que aquí hay mucho trabajo.

Connor vio sorprendido cómo se ponía las botas de goma.

–¿Vas a salir?

–Connor, lárgate muy lejos.

–Puedes decirme que me vaya, pero yo no lo voy a hacer. No pienso dejarte sola ante toda esta locura. Me necesitas y voy a quedarme a tu lado.

–¿Estás de broma? –Maxie soltó una carcajada cínica–. Connor, no te sobrevalores. No te necesito para nada. No he perdido nada, más allá de mi virginidad, pero eso lo he hecho porque he querido, y no te sientas culpable, porque me lo he pasado muy bien.

113

Connor cerró los ojos dolido.

—Maxie, tú sabes que ha sido mucho más que eso. Sé que estás dolida, pero no conviertas todo en algo sórdido.

—Nunca he dicho que fuera algo sórdido. Ha sido una diversión. Quizá consigas un aumento de suelo por haberme encontrado. La maniobra del banco fue impresionante.

—Ya te he dicho que eso fue idea de Morris.

—¿Y quién le dijo a Morris lo de mi crédito?

—Yo.

Maxie se encogió de hombros.

—Como ya he dicho, seguramente conseguirás un aumento de suelo. ¿Has visto mis guantes?

—Sí, están en el porche –le dijo Connor–. ¿Qué vas a hacer ahora? ¿Vas a salir así vestida delante de todos esos fotógrafos?

Ella lo miró, como si no pudiera creer lo que estaba oyendo.

—Estoy así vestida porque tengo que ordeñar a mis vacas antes de que exploten. Seguramente estaría mejor ante las cámaras con el vestido que me compraste, pero no sería muy práctico y, además, no creo que quedara bien con las botas de goma. Voy a salir tal y como salgo cada mañana. Me importa muy poco que mi atuendo no esté a la altura de Glitter Baby.

—¡Me importa un rábano Glitter Baby! –Connor trató de abrazarla, pero ella se apartó–. De acuerdo, tú consideras que tienes que salir así para dejar constancia de algo ante esos reporteros. Pues yo iré contigo.

–¡Un momento! –Maxie no quería malentendidos. Más que nunca necesitaba que él supiera cuál era su postura–. No te necesito. No tengo ningún miedo a salir así, no me importa lo que el mundo opine. Puede que no entiendas que estoy orgullosa de ser quien soy. Cuando me miro al espejo me siento feliz de ver lo que veo. ¿Puedes tú decir lo mismo?

–¿Y nosotros?

–¿Nosotros? –repitió Maxie–. No hay nada parecido a «nosotros». No sé con quien te acostaste anoche, pero no era Maxie. Así es que, obviamente, no hay «nosotros».

–No me hagas esto, Maxie. Tú sabes muy bien con quién estuve anoche.

–No, no lo sé y eso no me gusta. Ya no me comprometo con nada ni con nadie. No vale el precio que te hace pagar. Si tengo que estar sola, lo estaré.

Aparecieron lágrimas en sus ojos y ella decidió no luchar contra ellas.

–No me apartes, Maxie. Déjame que te ayude.

–¿Ayudarme? –Maxie se aproximó a la ventana–. ¿Tú crees que yo necesito ayuda para esto? No, Connor. Esto es un juego de niños para mí. Sí, admito que he tenido un momento de debilidad, pero ya está superado. Mi cabeza está en su sito, tengo el corazón herido, pero no roto. No necesito a nadie y menos a ti. Cuando regrese, no quiero verte aquí, Connor.

–¿Qué?

Lo miró directamente a los ojos con total frialdad.

–No vuelvas jamás.

Connor vio cómo salía en dirección al establo. Un montón de preguntas comenzaron a resonar. Cerró la puerta y la miró desde la ventana.

Aquella mujer era todo lo que siempre había buscado. Estaba preocupado por ella y sus propias emociones comenzaban a atormentarlo.

Cerró los ojos y respiró profundamente. Le dolía cada célula de su cuerpo. No podía escaparse de aquella orden maldita que se repetía una y otra vez dentro de su cabeza.

«No vuelvas jamás».

Sentía que se le acababan de cerrar las puertas del cielo.

Cuando Maxie regresó de ordeñar a las vacas, los periodistas seguían allí, pero Connor se había ido. Lo que no pudo anticipar fue la sensación de vacío que su ausencia le iba a provocar al entrar en la casa. Estaba llena de cosas que le recordaban a él, signos de su tiempo juntos por todas partes: las sábanas revueltas, el vestido de la noche anterior, las dos entradas del baile. Aquí y allí detectaba su aroma y le evocaba poderosos y sensuales recuerdos.

Pero para él lo único realmente importante era que se había acostado con Glitter Baby.

A pesar de la entereza que había mostrado hasta entonces, se echó a llorar. Le dolía el alma como no le había dolido jamás. Fueran cuales fueran sus sentimientos por Connor, y temía que se tratara de amor, no podía fiarse de él. Todo había sido una trampa para atraparla.

Había llegado a creer que quien realmente le gustaba era Maxie Calhoon, pero se había llegado a dar cuenta de que no era así. Por lo que había dicho Morris, para Connor acostarse con Glitter Baby era un verdadero trofeo a obtener.

Llamó a su madre y le contó todo lo sucedido.

—¿Qué quieres decir con «cuando nos levantamos»? —preguntó Natalie—. ¿Qué significa exactamente ese «nos»?

Sin duda su madre sería una estupenda espía.

—Quería decir «cuando me levanté».

—No te creo, Maxie. Siempre sé cuándo me mientes. Anoche ocurrió algo, ¿verdad? Después de que Connor te llevara al baile...

—Mamá, no estamos hablando de mi vida amorosa ahora. ¿Me quieres escuchar?

—No sabía que tuvieras una vida amorosa, esto es muy interesante.

—Lo que tenga o deje de tener no es lo que importa. De lo que te hablo es de que ya no hay secreto, mi casa ha sido tomada por asalto y Connor Garret no es diferente a los demás. Quería utilizar a Glitter Baby para su beneficio y yo se lo he permitido.

—Pues, fíjate, pero mi intuición femenina

me llegó a decir que tú y él podríais llegar a... Supongo que estaba equivocada.

–Supongo que yo también –dijo Maxie y se quitó las lágrimas con impaciencia. Se recordó a sí misma que no era una víctima. Se había encontrado con una piedra en el camino, eso era todo–. No sé lo que voy a hacer. Estoy de nuevo donde estaba hace unos días. No tengo dinero, no tengo crédito y no tengo a Con... no tengo opciones.

–Bueno –dijo Natalie–. Al menos puedes alegrarte de no estar en la ciudad. El lugar está literalmente infestado de cámaras. ¿Sabes lo que voy a hacer? Voy a agarrar la maleta y me voy a ir para tu casa. Compraré comida de camino hacia allí.

–Me parece estupendo. Que no se te olvide traer una buena provisión de espaguetis de sobre, y chocolate, y...

–Sí, ya sé. La caballería va de camino, cariño.

Maxie colgó el teléfono y regresó a su dormitorio. Se tumbó en posición fetal. Se suponía que eso era algo terapéutico, pero ella cada vez se sentía más exhausta y dolida.

Lo echaba de menos.

Las primeras fotografías de la prensa amarilla aparecieron al día siguiente. Connor sintió ganas de darle a más de uno una paliza.

Maxie aparecía en una vestida con su ropa

de trabajo y un titular que decía: *Glitter Baby reaparece convertida en el viejo McDonald.*

En otra, había una foto en la que aparecía él con la bata rosa y ella llorando: *La tragedia de Baby Glitter. Detalles en el interior.*

Morris tenía razón, el rosa no le sentaba bien. Quizás, en otras circunstancias todo aquello le habría resultado francamente divertido, pero en la situación dada no lo era.

Seguía en el motel Oakley, compartiendo su habitación con los miembros del equipo y con Morris.

Ya había dejado de intentar contactar con Maxie. Tenía el teléfono descolgado desde el día anterior, lo cual era comprensible. No le extrañaba que estuviera furiosa con él, pero sí le echaba en cara el que no le hubiera dado la oportunidad de explicarse.

La gente del equipo empezaba a sentirse nerviosa, pues cuando preguntaban si podían irse a casa obtenían un rotundo no.

Morris empezó a hablar de Alan Greespan de nuevo y casi se llevó algo aún más «rotundo» que un «no».

La verdad era que Morris no había hecho nada fuera de lo común, pero hasta entonces a Connor no lo había molestado.

Alrededor del mediodía se oyó una llamada en la puerta. Connor pensó que quizá pudiera ser Maxie.

Pero no. Era Jacob Stephens.

—Eres tú —dijo Connor.

Jacob levantó su canosa ceja.

–Por tu reacción intuyo que esperabas a otra persona.

Connor forzó una sonrisa.

–No siempre aparece lo que uno espera.

Jacob miró de un lado a otro de la habitación y se puso a contar cabezas.

–¡Cuánta gente hay aquí! Por favor, ¿podríais salir todos un momento?

Jacob era un hombre de naturaleza tranquila, pero con autoridad. Nunca daba una orden dos veces. La habitación se limpió a toda velocidad. Connor se sentó al borde de la cama y Jacob acercó una silla.

–Siento que el lugar sea tan pequeño. No hay otra habitación en toda la ciudad.

–Cuando me llamaste anoche, mi dijiste que haber encontrado a Glitter Baby era como haber encontrado oro. Todo el mundo quiere la oportunidad de obtener un beneficio.

–No la llames Glitter Baby. Se llama Maxie Calhoon.

Jacob observó a su reportero con extrañeza. Su actitud desenfadada había desaparecido. Parecía cansado y tenso. No se había afeitado y la camisa que llevaba estaba arrugada, como si hubiera dormido con ella.

–Tienes mal aspecto –le dijo.

–Estoy bien.

–Llevas calcetines de dos colores diferentes.

Connor se miró los pies.

–Empezaré una nueva moda.

—Como la de llevar batas rosa.

Connor lo miró.

—Mis antiguos compañeros de fútbol se van a reír un montón a mi costa. Jacob, lo siento, sé que lo he estropeado todo. También sé que necesitaba esa entrevista.

—Vamos a tener esa entrevista —respondió Jacob.

Connor lo miró interrogante.

—¿Qué quieres decir? Si ayer me echó de su casa...

—Bien, te lo diré de otro modo. Yo voy a entrevistarla. Maxie Calhoon me llamó anoche. Quiere que sigamos adelante con la entrevista, siempre y cuando no seas tú el que le haga las preguntas.

—Ya —Connor tardó unos segundos en recobrarse de la noticia—. Supongo que no puede culparla. ¿La vas a entrevistar tú?

—Eso fue lo que ella sugirió —respondió Jacob—. Me comentó que necesita el dinero, pero que ese no era su único motivo. Quiere dejar claras una serie de cosas frente a las cámaras.

—Sí, supongo que será por eso, entonces. Sabe muy bien lo que quiere —Connor apretó la mandíbula.

Jacob lo miró pensativo.

—¿Recuerdas lo que te he dicho tantas veces sobre no dejar que el placer se mezcle con el trabajo?

Connor se ruborizó.

—¿Sí?

—¿Es eso lo que ha ocurrido?

—No exactamente. Se trata de mucho más que placer. Digamos que es más bien «amor» lo que está interfiriendo.

Jacob silbó sorprendido.

—¡Vaya! Pensaba que nunca llegarías a encontrar a nadie realmente especial.

—Pues te puedo asegurar que lo he encontrado. Pero creo que ella no opina lo mismo, ni siente lo mismo por mí.

Jacob se levantó y se dirigió hacia la ventana.

—¿Estás seguro de eso?

—Me lo ha dejado muy claro —afirmó Connor.

Jacob se volvió hacia él.

—He estado hablando con Morris y me lo ha contado más o menos todo. Lo que ha ocurrido no ha sido culpa tuya.

Connor sintió que algo dentro de él se estaba rompiendo.

—Ahí es donde te equivocas. Yo conozco este negocio, Jacob, sabía lo que iba a suceder y, a pesar de todo, dejé que pasara. Traté de estar el mayor tiempo posible con ella, sin pensar en los riesgos. Ahora es ella la que tendrá que pagar por todo.

Jacob lo miró con una medio sonrisa.

—Estoy francamente impresionado. Nunca jamás te había visto sentir remordimientos, especialmente cuando se trataba de alguien que apenas conocías.

–¿Tan malo he sido?

–No, claro que no. Siempre estabas de buen humor. Por eso me preocupas ahora. Durante toda tu vida, las cosas te han resultado siempre demasiado fáciles. Nunca te ha importado nadie lo suficiente como para arriesgar tu cuello. Sin ese tipo de vulnerabilidad el amor no puede existir.

–Pues ahora realmente me importa alguien.

–¿Preferirías que no siguiéramos adelante con la historia?

Connor sentía cierto resentimiento de que Maxie no quisiera hacer la entrevista con él.

–Ya no tiene nada que ver conmigo. Ha sido a ti a quien ha llamado.

–¿Qué quieres decir? Tú has estado en esto desde el principio.

–Pues ya no –dijo Connor repentinamente–. Voy a deshacer el entuerto que he formado y, después, me marcharé a casa. Siento que esto te haya puesto en una mala posición. Haré lo que sea necesario por ayudarte, pero no puedo seguir adelante como si nada hubiera sucedido.

Jacob le puso la mano sobre el hombro.

–No estoy preocupado por la entrevista. He sido reportero durante veinte años y puedo arreglármelas.

–Bien –dijo Connor–. Entonces todo está organizado.

–Me gustaría que me hicieras un favor. Quiero que te quedes por aquí hasta que la entrevista haya terminado. Después de eso, aceptaré tu renuncia.

Connor sonrió forzadamente.

—No me vas a necesitar, Jacob. Tú eres un profesional.

—No me hagas reír.

Connor se encogió de hombros.

—Bueno, después de todo lo que has hecho por mí, supongo que eso es lo mínimo que yo puedo hacer por ti. Pero quiero que sepas que me dijo que no volviera a aparecer por allí.

»Pero yo no puedo dejar de pensar en ella, y tampoco quiero que deje de importarme. Es alguien muy especial.

—Viéndote y oyéndote, se llega a la conclusión de que debe de ser así —dijo Jacob con una mirada infinitamente amable—. No desesperes, muchacho. Nunca se sabe lo que nos deparará el destino. Eso es parte de la emoción de la vida.

—¿Parte de la emoción o parte del dolor?

—Es curioso que toda esta historia haya terminado por convertirte en un cínico. Date una ducha. Te esperaré abajo con el equipo dispuesto para rodar. Ella me espera en su casa a mediodía.

—Te espera a ti —dijo Connor—. Yo voy a ser una verdadera sorpresa.

—Sí es así —respondió Jacob mientras se dirigía hacia la puerta— esto va a resultar muy divertido.

Capítulo Diez

En su vida había ocurrido una catástrofe pues, no solo tenía el corazón herido, sino que había perdido el apetito.

—Tienes que comer —le dijo Natalie, mientras miraba a su hija desde el otro lado de la mesa— . Te he hecho sopa de pollo, que ya sabes que lo cura todo. Pero no te va a ayudar si no te la comes.

—Nada va a curarme —dijo Maxie, mientras le daba vueltas en círculo a la sopa con la cuchara—. El daño es permanente.

Natalie suspiró.

—Cariño, eres mucho más fuerte de lo que tú crees. Si no quieres la sopa, come chocolate. Siempre te ha levantado el ánimo.

—Lo sé, pero por culpa de ese hombre ya ni siquiera puedo comer chocolate.

—Entonces sí que es un monstruo. Si lo tuviera delante le pegaría un puñetazo.

Maxie parpadeó confusa.

—¿Un puñetazo?

—Sí, por haberte engañado de ese modo. No hay palabras para describir a hombres como él. Y eso que parece alguien en quien se puede confiar. ¿No estás contenta de que haya desaparecido de tu vida?

–Feliz...

–Si yo fuera tú, lo denunciaría.

–Mamá, creo que te estás pasando un poco. No me ha secuestrado, solo me ha engañado emocionalmente.

–¡Un monstruo! Cualquier hombre que miente a una mujer para acercarse a ella solo porque es famosa es un monstruo.

–Yo nunca he dicho que me mintiera, simplemente no me dijo la verdad.

–¿La verdad respecto a qué? –Natalie miró a su hija.

–Bueno... –Maxie se quedó en blanco, incapaz de saber qué decir. Se sentía cada vez más frustrada–. No importa, yo sé lo que hizo y no quiero hablar de eso más. Me voy a cambiar de ropa. Jacob Stephens llegará enseguida.

–¿Qué te vas a poner?

Maxie se encogió de hombros.

–Vaqueros, supongo. Ya no soy Glitter Baby. No necesito preocuparme por la imagen que voy a dar.

–Podrías recogerte el pelo –dijo su madre.

–No, no me importa cómo esté mi pelo –Maxie no trataba de poner dificultades sino que, sencillamente, no quería interesarse por su aspecto–. Lo siento, mamá. Sé que no estoy siendo precisamente divertida en este momento. Solo quiero que esta entrevista pase a toda prisa.

–Eres increíble, cariño. Tienes un coraje único –dijo Natalie.

–No, no soy increíble. Como tú me has dicho, me he convertido en un ser «vulgar y corriente». Solo quiero que el mundo entero lo sepa –de pronto, los ojos se le llenaron de lágrimas–. ¡No sé qué me pasa! Pensé que ya había pagado el precio de ser quien fui, creí que había logrado dejar a Glitter Baby atrás. Pero cuando por fin encuentro a alguien...

Se puso a llorar desconsoladamente y no por primera vez en ese día.

–Eres mucho más fuerte de lo que crees, Maxie –le dijo Natalie, mientras la abrazaba–. El resto de tu vida empieza hoy. Créeme cuando te digo que todo va a ir bien.

–Estaba tan segura de que cuando él me miraba realmente me veía a mí. Ahora siento un vacío espantoso.

Natalie le acarició el pelo a su hija.

–Si sigues llorando así, vas a tener un aspecto horrible delante de las cámaras –de pronto, Natalie miró por encima del hombre de su hija y a través de la ventana–. ¡Dios santo!

–¿Qué pasa? –se quitó las lágrimas y se volvió hacia la ventana. Abrió los ojos asustada al ver a un hombre calvo, con chaqueta de cuadros que se encaminaba hacia la casa, acompañado de otro de cabello castaño claro, con el gesto tenso.

–¡Le dije que no volviera a aparecer por aquí!

–Pues no te escuchó –Natalie suspiró y miró a su hija de arriba abajo–. Estás un poco «zarrapastrosa», cariño. Quizá quieras arreglar un poco ese aspecto desastroso que tienes. Claro que, tal vez, así le demuestres que te importa muy poco lo que piense de ti.

–Entretenlos un rato –le dijo Maxie de camino hacia la habitación–. Diles que acabo de ordeñar.

–Pensé que no te importaba tu aspecto –dijo Natalie.

–No, no me importa –gritó su hija desde el otro extremo.

Natalie oyó que la puerta de la habitación se cerraba. Casi al mismo tiempo, sonó el timbre.

–Esto va ser interesante –murmuró, con una pequeña sonrisa–. ¿Quién dijo que la vida en el campo era aburrida?

Connor estaba muy nervioso. Quería desesperadamente ver a Maxie, pero no de aquel modo, no con su jefe y la madre de ella delante. Aquella no era una situación fácil y se arrepentía de haberse dejado convencer para ir hasta allí.

–¿Tardará mucho su hija? –preguntó Jacob–. Quiero hacer algunas tomas fuera mientras haya luz.

–Acaba de ordeñar –mintió Natalie obedientemente–. Se está lavando un poco. ¿Sabe, señor Stephens? No es usted para nada como yo me esperaba.

–¿Sí? –Jacob sonrió cortésmente–. ¿Qué esperaba?

Natalie agitó la mano en el aire.

–Bueno, pues, ya sabe, alguien que... impusiera más.

–¿Quizás alguien más alto? –preguntó él.

Natalie sonrió.

–Nunca se me ocurriría decir algo así.

–Supongo que lo de la estatura también debe de ser difícil para usted, siendo tan excesivamente alta debe de mirar por encima del hombro a todo el mundo.

–No a todo el mundo –respondió ella, manteniendo un fingido tono jovial–. Solo a los bajitos.

Connor sintió que su pánico iba en aumento.

Si aquella conversación continuaba por los mismos derroteros, temía que pudiera acabar muy mal. Connor intervino.

–Ustedes dos tienen un interés común: las antigüedades.

–¿Le interesan las antigüedades, señora Calhoon?

–Algo así –respondió ella–. Tengo una tienda en la ciudad. Un *hobby*, nada más.

Connor forzó una sonrisa y se puso entre los dos, para evitar que el conflicto fuera más lejos.

–Natalie, quizá podría ir a ver por qué tarda tanto su hija.

—Mi hija saldrá cuando pueda. Como puedes imaginarte, Connor, no le ha hecho ninguna gracia verte aquí.

—Ha venido por petición mía –dijo Jacob–. Hace mucho que no me pongo delante de una cámara y no puede haber nadie mejor que Connor para guiarme en mi trabajo.

En ese momento, Maxie salió de la habitación.

—Encantada de conocerlo, señor Stephens. Soy Maxie Calhoon.

La impresionante presencia de Maxie lo dejó aturdido. Se había puesto unos pantalones blancos de lino con un jersey blanco ajustado. Llevaba el pelo suelto enmarcándole el rostro y se había maquillado con maestría.

—Bien –dijo él al fin–. Ahora entiendo el porqué de todo este revuelo. No me extraña que tengas problemas para que los periodistas dejen de perseguirte. Con la excepción de tu madre, eres la mujer más hermosa que he visto.

Maxie negó con la cabeza.

—Es solo el arte de los espejos, señor Stephens.

—Llámame Jacob. Si queremos que la entrevista funcione, tienes que sentirte cómoda. Haré todo lo que esté en mi mano para que sea así.

—Estás preciosa, Maxie. Pero me gustas más con tu ropa de trabajo, me resulta más fácil acercarme a ti –intervino Connor.

—Como no te vas a acercar, no hay ningún

problema –dijo Maxie sin ni siquiera mirarlo–. ¿Podemos empezar ya, Jacob? He pensado que lo mejor sería que te enseñara mi granja mientras charlamos. Luego, podemos venir aquí y tener una conversación más formal. Pregúntame lo que quieras.

Connor no pudo evitar volver a intervenir, en un afán por proteger a Maxie.

–No me parece buena idea –dijo–. Sería mejor que miraras la lista de preguntas. Es mejor que sepas lo que va a ocurrir.

Maxie se volvió y lo miró.

–Tienes razón –le dijo fríamente–. De haber tenido eso en cuenta cuando entraste en mi vida, me habría evitado muchos problemas. ¿Qué estás haciendo aquí, Connor?

–Lo he traído yo –Jacob intervino rápidamente–. Pensé que quizá podría ser útil. ¿Por qué no empezamos?

Jacob y Maxie salieron sin mirar a Connor. Él se acercó a la ventana y vio cómo Jacob presentaba a Maxie a todos los miembros del equipo. Todos la miraron admirados.

–Consigue aturdir a un hombre solo con una sonrisa –comentó Connor–. Pero nadie es capaz de ver la verdadera belleza, la que tiene en el corazón. Maxie es un milagro.

–Por lo que me ha dicho, tú no estabas realmente interesado en ella. Era Glitter Baby a quien buscabas.

–No, nunca fue Glitter Baby –respondió Connor con vehemencia–. Desde el primer día fue Maxie la que me interesó. Me dejó ver su alma, su corazón y me he enamorado por primera vez en mi vida. Pero ella no se lo cree y nunca se lo creerá.

Natalie se quedó pensativa durante un momento.

—Mi hija se pasó ocho años llevando una máscara, Connor. A nadie le interesaba ella realmente. Todo aquello le hizo muchísimo daño. No tenía identidad, ni confianza en sí misma. Nunca salió con nadie seriamente.

—Lo sé —susurró Connor—. Temía que no pudieran quererla de verdad y lo que le sucede es que teme que yo tampoco la quiera. Es tan vulnerable.

Natalie se relajó. Le puso a Connor una mano en el hombro.

—Veo que lo entiendes, y eso me agrada. Maxie ya ha sufrido cuanto tenía que sufrir. Todo lo que ella quiere ahora es tener su propio lugar a salvo en la vida. Yo creo que sería maravilloso que tuviera a alguien con quien compartir eso. Lleva demasiado tiempo sola.

—¿Cómo puedo convencerla? ¿Cómo puedo lograr que entienda que a mí Glitter Baby no me interesa? —la miró una vez más. Habría deseado salir fuera, haberla tomado en sus brazos. Sentía que iba perdiéndola cada vez más—. Créeme, Natalie, no quiero nada de tu hija, solo su amor.

—Te creo —dijo la mujer—. Ahora a quien tienes que convencer es a ella. Tiene un espíritu guerrero.

Él sonrió.

—Como su madre —dijo—. Menudo repaso que acaba de darle a Jacob.

—He sido mala, ¿verdad? Vamos fuera, que ahora sí me voy a portar bien.

—Maxie no quiere que esté cerca.

Natalie sonrió.

—Pues yo pienso que mi hija está enamorada de ti. He estado tratando de averiguar lo que sentía antes de que vinierais. No me permitía que dijera nada malo de ti.

—Bueno, al menos eso es algo —dijo él—. Si me quedo atrás y dejo que Jacob haga la entrevista, a lo mejor ella no se molesta.

—Nunca se sabe. Cosas más extrañas han sucedido —respondió Natalie—. Pero yo no contaría con eso. Vamos.

No fue una buena idea.

Las cosas fueron bien durante los primeros minutos, hasta que se empezó a rodar.

Jacob se ajustó la corbata, le dio una palmadita en el hombro a Maxie y se enfrentó a la cámara.

—Decir que esta entrevista es algo muy especial sería, sin duda, quedarse muy corto. Estoy aquí, de pie, en este maravilloso paraje, junto a Glitter Baby, la modelo que desapareció...

—¡Corten! —gritó Connor.

—¿Cómo que «corten»? ¡Tú no eres el realizador!

Connor se ruborizó pero continuó.

—Jacob, tú estás diciendo que Maxie es Glitter Baby. No puedes hacer eso, es mentira. Si haces eso nunca la dejarán en paz.

Jacob gruño.

—De acuerdo, recojo tu opinión. ¿Puedo seguir? Vamos —señaló al cámara y comenzó otra vez—. Estoy aquí, en este maravilloso paraje, a unas pocas millas al Norte de Oakley, Wyoming...

—¡Corten! —Connor pasó entre las cámaras—. ¿Por qué no sacas un mapa, para que todo el mundo sepa la localización exacta? También puedes dar su dirección y su número de teléfono. ¡No puedes ponerte ahí y soltar todo eso!

—¿Te has vuelto loco? —preguntó Jacob—. Si no te callas tendré que pedir que te amordacen.

Maxi miraba a Connor boquiabierta. Los miembros del equipo se miraban entre sí.

Natalie se cubrió la boca para reprimir la risa.

—¿Has terminado? ¿Alguna instrucción más?

—No —dijo Connor, consciente de que se estaba comportando como un idiota. Sin duda el amor era un infierno en el que se perdía completamente la dignidad—. Pero ten cuidado con ella.

Connor desapareció detrás de las cámaras y se ocultó entre las sombras.

–La verdad es que me has sorprendido –dijo Natalie–. ¿Siempre te tomas un interés tan personal en la gente a la que entrevistas?

–No.

–Eso me parecía, si no tu carrera habría sido realmente corta.

Connor se encogió de hombros.

–Da igual lo que haga. Antes de llegar aquí he renunciado a mi puesto.

–¿Qué has hecho?

–He renunciado a mi puesto. Si no Jacob ya me habría despedido por hacer lo que acabo de hacer. No sé qué me ocurre. No sé si de repente he perdido el juicio o es que estoy loco de amor. Da lo mismo. He hecho lo que tenía que hacer.

–Me gustaría saber qué opina Maxie al respecto.

–Supongo que le da igual –Connor se frotó el cuello–. Lo siento, pero no puedo sobreponerme a todo esto, Natalie. Supongo que estoy logrando que todo parezca más difícil de lo que es. Tengo que salir de aquí. Me vuelvo a casa.

–Dale un poco de tiempo –le rogó Natalie–. No hagas nada definitivo todavía. Dale la oportunidad de recapacitar.

–Maxie sabe muy bien lo que está haciendo. Ya no es una víctima. Tiene control absoluto sobre su vida... Dígale...

–¿Qué? –preguntó Natalie con una mirada intensa.

–No sé –dijo Connor mirando fijamente a la hermosa mujer que estaba ante las cámaras. Hablaba animadamente con Jacob. Era la criatura más increíble del mundo.

–Dígale que estoy orgulloso de ella.

Capítulo Once

–Lo siento, va a haber un pequeño retraso en el vuelo –le dijo la señorita en el mostrador de billetes–. Hay un alce en la pista de despegue.

Connor no estaba de humor para aguantar aquello. Había conducido cuatro horas desde Oakley hasta Jackson Hole, y había llegado allí a las doce de la noche, para que le dijeran que no había ningún vuelo hasta las ocho de la mañana del día siguiente.

Se había metido en un bar, donde había acabado tomando tequila. Después, se había dirigido a la terminal, y se había acurrucado en una silla, dispuesto a esperar a la hora de partida de su vuelo. Cuando se despertó, varias horas más tarde, le dolían todos los huesos. También tenía una tremenda resaca.

–¿Qué clase de aeropuerto permite que los alces corran sueltos por las pistas de despegue? –preguntó en el mostrador al cabo de un rato–. Esto nunca sucede en Los Angeles.

La mujer que lo atendía sonrió.

–Todo el mundo sabe que en las grandes ciudades no hay alces.

—Lo único que sé es que tengo un terrible dolor de cabeza —murmuró Connor—. ¿Dónde puedo conseguir una aspirina?

Ella se rio. Al parecer lo encontraba todo tremendamente divertido.

—Parece que está de mal humor —dijo la mujer rubia y agitó enérgicamente los rizos de la cabeza—. Puede comprar aspirinas en la tienda que hay al final del pasillo. Para cuando regrese, será hora de embarcar. ¿Hay algo más que pueda hacer por usted?

—No —gruñó él. Su estómago empezaba a querer vengarse por todo el tequila que le había echado dentro. Connor nunca solía beber y no le gustaba. La idea del tequila había sido motivada por su intento de paliar la depresión, pero había sido peor. A partir de aquel momento, se convertiría, definitivamente, en un bebedor de leche. Eso le hacía pensar en vacas y las vacas le hacían pensar en Maxie, lo que aún lo deprimió más.

Se sentía realmente desesperado y dolido. Ya sabía lo que era estar con Maxie y no sabía cómo iba a sobrevivir sin ella.

Lo primero que vio en la tienda fue la prensa amarilla, que exhibía en sus portadas a Glitter Baby.

Connor se preguntó cómo iba a conseguir olvidarla, si su foto estaba en todas partes. ¿Por qué su único amor tenía que ser la cara más fotografiada de América? Connor no quería pensar más en eso. Buscó las aspirinas y se puso a la cola. Estaba cansado de complicaciones.

Accidentalmente, escuchó una conversación de dos jóvenes que estaban detrás de él.

–Es lo más caliente que hay en el planeta. Siempre que estoy con una mujer, me imagino que estoy con ella. Así es que, visto así, me he acostado con Glitter Baby un millón de veces.

–¿Y quién no? Con solo mirar las fotos, te das cuenta de que es una ninfómana.

–Me gustaría ser yo el que la satisficiera.

Aquello fue demasiado ya. Connor se volvió en un movimiento fluido. Tenía el rostro inflamado por la rabia.

–Ya está bien. Será mejor que cerréis vuestras repugnantes bocas.

–¿De qué va oiga? ¿Qué es usted, un misionero?

–Sí –Connor sonrió–. Y, ahora mismo, os voy a mandar al cielo.

Sin pensárselo dos veces, le asestó un tremendo puñetazo a uno de ellos y sintió que, por lo menos, se había roto dos nudillos. Inmediatamente después, se volvió hacia el otro y realizó la misma operación. El hombre agitó la cabeza un momento y, acto seguido, se lanzó sobre Connor, pero cayó sobre el mostrador de caramelos. Una mujer gritó, llamando a los de seguridad. Connor evitó un puñetazo y golpeó de nuevo a su oponente, que cayó al suelo entre un montón de paquetes de caramelos.

Alguien más entró entonces en la pelea, alguien que le decía que se calmara y que trataba de agarrarlo de atrás. Y, justo antes de que sacudiera a este último, un guarda de seguridad sacó la porra y lo golpeó en la cabeza.

En ese instante, las luces se apagaron.

Una vez que se hizo del dominio público que Jacob Stephens había hecho una entrevista en exclusiva a Glitter Baby, los reporteros empezaron a retirarse y todo fue volviendo a la normalidad. Maxie se sentía aliviada. Ya no tenía más secretos que guardar. Jacob había sido maravilloso con ella después de que Connor se había marchado. La había guiado hacia oscuras partes de su pasado, como aquella época en que sufrió de anorexia y le dio la oportunidad y el coraje suficientes para hablar de ello en público. Dio su opinión clara y sincera sobre lo absurdo de una moda impuesta donde se veneran los cuerpos escuálidos y una belleza absolutamente superficial. Lo que el mundo pensara de ella le importaba ya muy poco. Solo esperaba que hubiera alguien que pudiera aprender algo de sus errores.

Maxie se comportaba como una auténtica profesional delante de las cámaras. Aunque los que la conocían notaban las ojeras que no podía cubrir el maquillaje, lo que el público podía ver era a alguien de fuertes convicciones. Maxie se mantuvo firme y fuerte durante toda la entrevista, luego, también durante la cena, con su madre, hablando de todo en el mundo menos de Connor Garret.

A la hora de dormir, Maxie le cedió el dormitorio a su madre y ella durmió en el salón donde, al fin sola, dio rienda suelta a su tristeza, sin poder conciliar el sueño en toda la noche.

A la mañana siguiente, Natalie notó los ojos hinchados de su hija y se ofreció a quedarse todo el día con ella.

–No hace falta, mamá. Tengo muchísimas cosas que hacer –Maxie acompañó a su madre hasta fuera y la despidió saludándola con la mano–. Cuando vengas, tráete unos donuts o algo.

Natalie se marchó y Maxie se metió en la casa. Sí, claro que tenía muchas cosas que hacer, pero no podía. Estaba absolutamente agotada, así es que se echó en el sofá y se quedó dormida. Pero aún en sus sueños, veía continuamente imágenes de Connor y de aquella noche que habían pasado juntos. Su cuerpo echaba de menos su tacto.

Entre sueños, oyó de repente que alguien llamaba a la puerta y se despertó. Inmediatamente, pensó que, tal vez, sería él.

Se animó. Quizá su historia de amor no había acabado aún.

Pero pronto llegó la decepción pues, al abrir la puerta, se encontró a alguien muy distinto.

–Morrie –dijo ella.

–Bueno, en realidad me llamo Morris, pero dadas las circunstancias me puede llamar como quiera –dijo él nerviosamente y se empujó las gafas con el dedo–. ¿Puedo pasar ? Necesito hablar con usted.

–¿Es sobre la entrevista?

–No. Es sobre Connor. Ha habido un malentendido. Si me permitiera explicarme, se lo agradecería y prometo no volver a molestarla.

Maxie estuvo tentada de mandarlo al infierno, pero no lo hizo.

–Entra –dijo ella con hostilidad–. Pero tienes dos minutos.

Morris pasó al salón.

–Seré rápido –dijo él–. Soy una mala persona. No lo he sabido hasta ahora, pero lo soy por lo que les he hecho a usted y a Connor.

Maxie lo miró confusa.

–No sé qué quieres decir. ¿Tú lo sabes ?

–Sí, claro que lo sé –murmuró Morris–. Cuando Connor me dijo que no podía obtener la entrevista, yo hice lo que un buen asistente de producción debe hacer: arreglar las cosas para que usted dijera que sí.

–¿Y qué fue lo que hiciste ?

–Soy el responsable de la hipoteca impuesta sobre su casa. Fui yo, no Connor el que convenció a la agencia. Aunque, realmente, no van a llevarla a juicio ni nada por el estilo. Ellos saben que están andando sobre terreno resbaladizo. Pensé que el fin justificaba los medios, solo que esta vez me equivoqué.

A Maxie le empezaron a temblar las piernas. Se sentó en el sofá incapaz de hablar.

–Soy un completo idiota. Connor siempre ha sido un gran jefe y todo lo que he aprendido lo he aprendido de él. Pero esta vez he cometido un gran error y, además, contra él –Morris inclinó la cabeza–. Cuando vi lo que sucedió entre ustedes, cómo reaccionó usted con él, me di cuenta de que había cometido un terrible error. A él le importaba muy poco la entrevista. Lo único que quería Connor era protegerla a usted. Sabe que ha renunciado a su trabajo, ¿verdad?

–Sí, pero pensé que lo había hecho porque había perdido la entrevista.

–No, no fue por eso. Lo hizo porque no quería ser parte de algo que podía hacerle daño a usted. Se marchó a Jackson Hole anoche, con la intención de subirse a un avión.

–¿Se ha ido?

Morris se alegró de que estuviera sentada, pues la noticia que iba a darle podía afectarla.

–No. Está en la cárcel.

–¿En la cárcel? ¿Qué quiere decir en la cárcel?

Morris se explicó.

–Al parecer, un par de tipos en el aeropuerto la vieron en la portada de los periódicos y empezaron a hacer comentarios indeseables sobre usted. A Connor no le gustó. Los dejó sin sentido a los dos, hasta que el guarda de seguridad lo dejó sin sentido a él. Me voy ahora a la cárcel por él. Solo quería contárselo todo antes de irme.

Maxie suspiró.

—¡Cielo santo, qué idiota!

—Sí, sé que soy un idiota —dijo Morris—. Pero quería...

—No me refiero a ti —respondió Maxie—. Sino a mí.

Morris se animó.

—Estaba muy equivocada respecto a él. Quizá podrían hablar. Ahora que se han encontrado, sería una lástima que dejaran escapar esta oportunidad.

Maxie ya no estaba escuchando a Morris. Escuchaba solo a su inexperto corazón que le decía que tantos años de desconfiar de la gente la habían obligado a levantar un muro ante el mundo, para que no le hicieran daño. Pero aquel capítulo de su vida había concluido, no se tenía que esconder más y sabía que el amor implicaba un riesgo que valía la pena correr. Connor era un riesgo que valía la pena correr.

—Así que peleó por mi honor —dijo ella.

—Sí. Si quiere que se lo traiga, iré ahora mismo a rescatarlo.

—No hace falta —respondió ella—. Yo misma iré a rescatarlo.

Morris la miró dudoso.

–No creo que ese sea el mejor lugar para un reencuentro.

–Él me rescató a mí, yo lo rescataré a él.

Las cosas no podían ponerse peor.

Connor estaba tendido en el duro banco de cemento de la celda en la estación de policía de Jackson Hole. Era la primera vez en su vida que lo habían arrestado. Su avión se había marchado sin él y nadie aparecía por allí con intención alguna de sacarlo.

La resaca iba remitiendo, pero tenía los nudillos hinchados y un bonito ojo morado.

De pronto, se oyó una conmoción en la comisaría. Quizá sería Morris.

Connor cerró los ojos y reprimió una náusea. Esperaba que su estómago no le jugara una mala pasada.

Pero al abrir los ojos se encontró una visión angelical. Maxie Calhoon en persona se dirigía hacia su celda, escoltada por cuatro policías.

–Muchas gracias a todos –dijo Maxie y se puso la mano en el corazón–. ¿Qué habría hecho sin su colaboración?

–De nada –repitieron todos a coro.

Maxie se detuvo delante de la celda de Connor y lo miró de arriba abajo.

–Tienes un aspecto terrible –le dijo–. Según parece, te has portado mal.

–Tú estás estupenda –respondió él. Llevaba unos vaqueros y una camisa vaquera. No se había puesto ni gafas ni sombrero para ocultarse y no parecía importarle que los hombres la miraran.

—Morris ha venido esta mañana y me lo ha contado todo. Me ha dicho que te habían arrestado por perturbar la paz.

—Sí, así es —respondió él. Deseaba desesperadamente tocarla—. Maxie, verte aquí es lo único bueno que me ha sucedido desde la última vez que te vi. Te agradezco que hayas venido a visitarme. Pero esto puede provocar más publicidad.

—No he venido a visitarte —le dijo—. Soy tu caballero de la armadura y he venido a rescatarte. Ya me importa muy poco la publicidad.

Connor abrió la boca para decir algo, pero la volvió a cerrar.

—¿Te ha comido la lengua el gato ? —bromeó ella—. Parece que esta vez soy yo la que tiene que hablar. He oído que has dejado tu trabajo.

—Sí —dijo Connor, que estaba cada vez más confuso con aquella situación.

—Pero te gustaba.

—Me dejó de gustar hace cuatro días.

Ella inclinó la cabeza y estudió al hombre que se había adueñado de su corazón. Tenía el pelo revuelto y un ojo hinchado, llevaba la camisa medio desabrochada a falta de dos botones.

Era el hombre más guapo que había visto en su vida.

—¿Qué vas a hacer? —preguntó ella.

–No tengo ni idea –respondió–. Maxie... ¿por qué has venido?

Sus ojos se encendieron y sonrió llena de vida.

–Porque eres el primer amor de mi vida y quiero que también seas el último.

Los policías se quedaron petrificados ante aquella sincera declaración de amor. Aquella era Glitter Baby y estaban presenciando un hecho histórico.

–Siento no haber confiado en ti antes –dijo ella y se agarró a las barras de metal–. Soy demasiado precavida, y por algunas cosas uno se debe arriesgar. Ayer, cuando interrumpías la grabación, tuve la sensación de que no lo hacías por Glitter Baby, sino por Maxie Calhoon. Luego la confesión de Morris me hizo ver que tú nunca me harías daño.

Connor le agarró la mano, sintiendo entre ellos una conexión que iba más allá de lo físico.

–Dame toda la vida y te lo probaré. Te quiero, Maxie, te he querido desde el principio. Si tú no me dejas pasar contigo el resto de mi tiempo aquí, no sé lo que voy a hacer –sus ojos estaban hambrientos de ella–. Hemos estado separados dos días, y mira dónde he acabado: en la cárcel. Estoy perdido si no tengo tu amor.

Maxie se acercó a los barrotes para poder estar todo lo cerca que aquella barrera les permitía.

–Puedo enfrentarme a todo si te tengo a mi

lado. Me das seguridad. Perdóname por haber dudado de ti, Connor. No tengo mucha experiencia en esto del amor incondicional.

En el rostro de Connor había amor, humildad y sorpresa.

–Nunca jamás te habría hecho daño. Sería capaz de remover el cielo y la tierra para protegerte y para hacerte feliz.

Maxie sonrió pícaramente.

–¿Qué más harías, Connor?

Uno de los policías se sentó. Parecía estar sufriendo de hiperventilación.

–Consigue que me saquen de aquí y te lo demostraré personalmente –le lanzó una sonrisa de complicidad–. Nos iremos al hotel más próximo y no saldremos hasta que estemos completamente agotados de tanto hacer el amor.

Otro de los policías se sentó también.

–Durante toda mi vida solo existirás tú y tú –susurró Maxie–. Quiero tener bebes contigo, ver el atardecer contigo, despertarme cada mañana a tu lado. Si necesitas trabajar en Los Angeles, me iré contigo. Nunca vas a libarte de mí, Garret, y tengo la mala costumbre de conseguir siempre lo que quiero.

Connor necesitaba salir de aquella maldita celda y tomarla en sus brazos. Se estaba quedando sin oxígeno.

–No me gusta Los Angeles –dijo–. Me encanta esto y querría intentar escribir y criar vacas contigo y hacer muchos, muchos bebés.

Sin apartar la mirada de Connor, se dirigió a los policías.

—Oficiales, o lo dejan salir a él o me dejan entrar a mí. No me importa dónde estoy con tal de poder estar con él.

Las llaves resonaron en la mano de un policía.

—Es usted un hombre afortunado —le dijo—. Muy afortunado.

En cuanto se abrió la puerta, se lanzaron el uno en brazos del otro sin ningún tipo de recato. Cuando ya estaban a punto de rozar el límite de su fuerza de voluntad, se apartaron y él tomó su rostro entre las manos.

—Estaremos juntos para siempre desde el día de hoy.

Ella asintió solo con la mirada.

Los policías los condujeron hasta la recepción de la comisaría, donde los reporteros se agolpaban impacientes. A pesar de todo, nada podría vencer su euforia.

—Tu sola presencia en la comisaría le ha alegrado la existencia a estos cuatro hombres —dijo Connor.

—Tengo que advertirte de que, en más de una ocasión, oirás a la gente decir cosas de mí. Espero que no te dediques a golpear a todos. Algún día el teléfono dejará de sonar y el mundo se olvidará por completo de Glitter Baby. Pero, hasta entonces, debemos ser pacientes.

Connor asintió.

–Sí, amor mío, lo que tú digas.

Maxie sonrió sensualmente.

–¿Y me vas a dejar amarte para siempre, con todo mi corazón, todo mi cuerpo y toda mi alma?

Todos los sueños que Connor había tenido en su vida se estaban haciendo realidad. Sentía ternura y un amor infinito y poderoso.

–Sí, amor mío, claro que sí.

A unas doscientas millas hacia el Sur, Jacob Stephens y Natalie Calhoon estaban en la heladería disfrutando de un «banana split».

–¿Tú crees que deberíamos decírselo? –preguntó Natalie.

–¿Decir qué a quién? –dijo Jacob con fingida inocencia.

La mirada de Natalie decía claramente que no la podía engañar.

–Decirles la verdad.

–¡Eso! –dijo él–. ¿Y para qué?

Natalie se mordió el labio inferior.

–Puede que algún día lo descubran. Pueden llegar a sentirse manipulados.

–No hicimos nada malo –afirmó Jacob–. Yo entré completamente por accidente en tu tienda hace dos meses. Si resulta que hablamos de Maxie y Connor y decidimos que debían conocerse, eso es asunto nuestro. Lo de enamorarse ha sido trabajo suyo.

–¿Y lo otro? ¿Qué pasará cuando descubran

que estamos juntos? ¿No deberíamos decírselo?

Jacob sonrió.

No nos creerían. Hicimos una actuación es-
telar el otro día. Te lo aseguro, no nos creerían. Soy demasiado bajito para ti.

–Y yo demasiado alta para ti –respondió ella
y suspiró–. En fin. ¿Qué te parece si vamos al
cine esta noche? Después podemos ir a mi casa
y te enseñaré mis «antigüedades».

«Soy un hombre afortunado», pensó Jacob.
«Sin duda ha valido la pena esperar».

–Sí, claro que sí –respondió él.

Epílogo

Había en la habitación una única fotografía, pequeña, además, pero que ocupaba un lugar predominante en la pared del dormitorio. Había dos personas en la foto, ambas bronceadas por el sol, ambas sonrientes. Estaban descalzas sobre la arena, con un bonito fondo de olas azules y blancas. Había habido una boda. La novia llevaba un sencillo vestido blanco y un ramo de flores. La brisa agitaba su largo cabello. El novio iba con un esmoquin negro. Un arco iris coronaba aquel precioso momento.

−¿Estás despierta? −preguntó Connor, mientras miraba la fotografía de su esposa, a la que tenía a su lado.

Ella no respondió y él aprovechó para observarla.

−Maxie, ¿estás despierta?

−Sí −respondió ella somnolienta−. Un poco dormida...

Connor sonrió, consciente de sus motivos para estar exhausta.

−Cariño, despierta, esto es muy importante.

Maxie bostezó y se dio media vuelta. Su rostro estaba relajado, sus labios carnosos entreabiertos y Connor sintió una vez más un arrebato de pasión.

–Tengo algo importante que preguntarte. ¿Estás despierta?

–Déjame pensar –dijo ella y alzó los brazos sobre la cabeza, dejando los senos medio al descubierto. Le encantaba mirar a Connor por las mañanas. Su aspecto le recordaba al que él tenía cuando hacían el amor–. Puede que sí. Te quiero, Connor.

–Yo también te quiero –dijo él y sonrió. Sabía que aquella mujer había puesto toda su confianza en él y Connor le daba todo lo que le daba ella: amor, confianza, felicidad. Su amor se había duplicado y seguía duplicándose cada instante que estaban juntos. Eran una familia y sus destinos estaban unidos para siempre–. Me he dado cuenta de una cosa. No sé de qué color será el pelo de nuestros hijos.

–¿El pelo de nuestros hijos? –repitió Maxie somnolienta–. Ahora sí que me he perdido.

–Aquí estamos, casados y no sé de qué color es realmente tu pelo. Cuando eras modelo lo llevabas rubio ceniza, pero ahora es castaño. Estarías bien hasta con el pelo verde, pero me gustaría saber cuál es el auténtico.

–Me lo aclaré cuando trabajaba, pero siempre he sido castaña. Así es que cuando me retiré, volví a mis orígenes. Ya sabes todos mis secretos.

Ella no podía saber hasta que punto era hermosa de cualquier forma.

–Entonces nuestras niñas tendrán el pelo oscuro.

–Y nuestros niños serán encantadores y seductores como su padre. A menos que el destino nos haga trampa. A veces sucede –dijo ella, acercándose a él y comenzando un sugerente movimiento con la pelvis–. ¿Cuántos vas a querer?

Connor observó los incitantes movimientos de su hermoso cuerpo.

–¿Cuántos qué?

–Niños –dijo ella y le acarició el torso. Adoraba aquel fuego único que se encendía en los ojos de Connor–. ¿Querrías más de dos?

–¿De dos qué? –Connor sentía la falta de oxígeno en la habitación–. Maxie, me vas a matar. Mi control tiene un límite.

–Yo querría cuatro –continuó ella, mientras exploraba eróticamente su cuerpo, y un sentimiento nuevo y salvaje se despertaba en ella–. Esto es fantástico. ¿Sabes qué?

–¿Qué?

–Tengo hambre.

–¿Hambre?

Ella asintió.

–Pero no de comida –le besó la comisura de los labios–. Tengo hambre de ti. Me da igual no volver a comer en mi vida, siempre y cuando te tenga a ti y te pueda amar a ti, día tras día.

–No hagas promesas que no puedes cumplir.

—Ven aquí —dijo ella—. Necesito besarte.

En lugar de obedecer, agarró la sábana blanca que la cubría y se la retiró. Cada centímetro de su cuerpo que aparecía era más provocativo y sugerente—. Amor mío eres tan...

—¿Tan qué? —preguntó ella impaciente.

—Preciosa —le dijo. La estiró, le agarró las manos y se las sujetó por encima de la cabeza. Estaba excitado y ella gimió al sentir su masculinidad entre las piernas.

—Ya me tienes. ¿Qué me vas a hacer ahora? —preguntó ella.

—Me sería más fácil decirte lo que no te voy a hacer.

Maxie adoraba sus besos, sus caricias, sus manos recorriéndole todo.

Connor sonrió.

—Te encanta esto, ¿verdad?

—Me encantas tú...

—¿Y esto? —el pulso de Connor se empezaba a desbocar—. ¿Y esto?

—Todo —respondió ella.

A Maxie le encantaba aquello, cuando sabía que podía llegar a hacer que perdiera el control.

Cada vez lo necesitaba más, necesitaba tenerlo dentro.

Connor levantó la cabeza.

—Mírame —le susurró—. Quiero que me estés mirando para que lleguemos juntos. Así lo hizo.

Poco a poco se abrió paso en ella. El ritmo al principio era lento, acompasado. Pero fue creciendo hasta la ferocidad y, al fin, juntos, llegaron al éxtasis. Y juntos encontraron el milagro de la comprensión y de la entrega eterna.

Después, permanecieron tumbados durante un rato. Connor le acariciaba el pelo a Maxie, mientras miraba fijamente sus labios apetitosos. A veces parecía mayor de lo que era, pero en aquel instante yacía tan confiada y feliz que parecía mucho menor.

—Verte es amarte —dijo él—. Eres mi amor, mi esposa, mi amiga, todo lo que necesito en la tierra lo tengo en ti.

Ella sonrió.

—Dime, Connor, ¿te sientes bien casado conmigo?

—Sí, y ya me sentía así incluso antes de estarlo, creo que desde la primera vez que te vi.

—¿Connor?

—¿Sí?

—Tengo hambre.

Él levantó la cabeza sobresaltado.

—Maxie, solo soy un hombre.

—No me refiero a eso —dijo ella—. Me refiero a hambre de comida. Después tendré otra vez energía para el otro tipo de hambre. ¿Quieres unas tostadas, con mantequilla y mermelada?

—¿Podemos desayunar en la cama?

Maxie podía ser una novata en el tema sexual, pero sabía dónde había una buena propuesta.

—Eso ya se me había ocurrido a mí.

DESEO

BJ JAMES
DULCE RETORNO

Adams había vuelto a Belle Terre para salvar la plantación familiar, pero al ver a Eden Claibourne de nuevo, tuvo que luchar contra el deseo por su antiguo amor.

Pero Eden merecía a un hombre que pudiera ofrecerle algo más que una aventura. ¿Serían sus besos lo suficientemente convincentes como para que aquel hombre hastiado y solitario bajara la guardia?

LIZ IRELAND
LLENA DE SUEÑOS

Natalie Winthrop iba a recuperar su fortuna, pero el premio que había ganado, una mansión en ruinas, amenazaba su sueño de construir un hotel. Cuando empezaron los problemas, apareció Cal Tucker, un huraño excomisario, que parecía decidido a rescatarla. Pero ¿sería Natalie quien pudiera rescatarlo a él?

N.º 574

RYANNE COREY
UNA MUJER CON PASADO

Desde su huida del mundo de la moda, Maxie Calhoon se había apartado de la opinión pública. Hasta que un reportero se empeñó en conseguir una exclusiva de la supermodelo.

Connor Garret era tenaz y siempre conseguía lo que quería, así es que cuando la exmodelo le dijo que no quería una entrevista, algo se encendió dentro de él. Claro que no sabía hasta qué punto acabaría deseando tenerla a su lado el resto de su vida.

DESEO
SARA ORWIG

NO SOLO NEGOCIOS

Noah Brand la había comprado, en cuerpo y alma. La subasta benéfica le había dado la oportunidad perfecta para hacer que Faith Cabrera cayera rendida a sus pies. Durante un día… y una noche, la tendría a su merced, y estaba seguro de que eso sería un auténtico placer para los dos.

Pero Faith sabía que una noche de pasión no llevaba a una vida de felicidad, y no estaba dispuesta a dejar que el implacable magnate se apoderara de la empresa de su familia.

N.º 573

NEGOCIOS… Y AMOR

Jeff Brand necesitaba casarse de inmediato. Y su nueva ayudante le serviría. Al fin y al cabo, la atracción entre Holly Lombard y él estaba empezando a resultar imposible de resistir. Además, a ambos les convenía un matrimonio sin ataduras.

Sin embargo, tan pronto como le puso el anillo en el dedo, Jeff se dio cuenta de que se había metido en un lío. Sabía montar un potro salvaje, dirigir un negocio multimillonario y conquistar a cualquier mujer que se propusiera, pero… ¿mantener sus sentimientos fuera de aquella unión? Con una esposa como Holly, Jeff se enfrentaba al desafío más difícil de su vida.

BIANCA™

AIMEE CARSON
CÓMO ROMPER UN CORAZÓN

Hunter Philips, el rompecorazones de Miami, puso en marcha el olfato periodístico de Carly Wolfe. ¿Qué clase de individuo sin corazón era capaz de inventar algo como El Desintegrador, una aplicación para romper relaciones? Pero, cuando lo retó a un duelo en televisión, no supuso que el azul helado de su mirada y su carisma arrebatador acelerarían de aquella forma su corazón...

Después de que un escándalo profesional le hiciera perder su trabajo, Carly se había olvidado del amor. Una relación con Hunter podía llevarle a romper su regla de oro de no implicarse emocionalmente, pero ¿no eran, al fin y al cabo, gajes del oficio?

ELIZABETH POWER
UN ENGAÑO DELICIOSO

Rayne Hardwicke tenía una vieja cuenta que saldar con Kingsley Clayborne, el *playboy* arrogante y despiadado que había construido un negocio multimillonario a costa de su padre. Quería justicia... pero una parte de ella también quería algo más...

N.º 509

Siete años antes, cuando solo era una adolescente, lo había amado en silencio. Y aún seguía adorándolo. Si sucumbía a sus impulsos, se delataría sin remedio, pero si no lo hacía corría el riesgo de perder la razón.

¡YA EN TU PUNTO DE VENTA!

BIANCA™

Atrapados por una tormenta de nieve.
Reunidos por las consecuencias

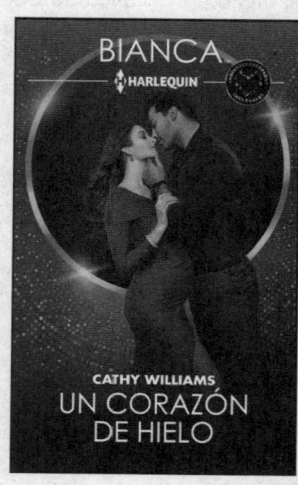

UN CORAZÓN DE HIELO

CATHY WILLIAMS

N.º 3201

Una tormenta de nieve obligó a Alice Reynolds a buscar refugio en casa de un desconocido, aunque no se esperaba un recibimiento tan gélido. Estaba muy claro que Mateo Ricci no quería compañía, pero la nieve los tenía bloqueados y los enfrentamientos entre ambos llegaron hasta el punto de explotar. Alice era una mujer de naturaleza cauta, pero fue incapaz de resistirse y se deshizo de toda cautela....

La experiencia le había demostrado a Mateo que el compromiso siempre conllevaba dolor, pero cuando Alice acudió en su busca varias semanas después de su encierro, Mateo sintió la tentación de continuar la aventura con aquella mujer cuyo inalterable optimismo había dejado huella en su endurecido corazón. Hasta que Alice dejó caer la bomba que le reservaba: ¡estaba embarazada!

¡YA EN TU PUNTO DE VENTA!

BIANCA™

¿Un millonario para las Navidades?
¿O para toda la vida?

LA HERMANA
DE SU AMIGO

DANI COLLINS

N.º 3202

Para Konstantin Galanis, Eloise Martin siempre había sido terreno prohibido. Era demasiado joven, demasiado inocente y, por si eso fuera poco, la hermana de su mejor amigo. Pero, años después, se la encontró en Manhattan, disfrazada de elfa, y descubrió que, entre casarse con un hombre al que no quería y vivir en la pobreza, había elegido vivir en la pobreza. A partir de ese momento, el duro magnate se sintió obligado a ayudarla haciéndole su propia propuesta navideña.

En cuanto a Eloise, el beso que se habían dado años atrás aún la turbaba. Aceptar su anillo de compromiso era un acto de desesperación, y cada minuto que estaba con él aumentaba su incontrolable deseo. ¿La habría salvado Konstantin del frío para condenarla a vivir abrasada por su pasión?

¡YA EN TU PUNTO DE VENTA!

BIANCA™

Atrapada por la nieve con su jefe
y su deseo prohibido

DE JEFE
A AMANTE

MICHELLE SMART

N.º 3203

La secretaria Victoria Cusack estaba harta del exigente multimillonario Marcello Guardiola. Después de que él la hubiera
llamado de madrugada para que fuera a su casa, ella decidió
dejar el trabajo, pero se vio atrapada por una nevada. Aislada
con el hombre que ya no era su jefe, no le resultó difícil olvidar
que él era terreno prohibido.

Para Marcello, la prioridad era su trabajo, sobre todo después de haber sufrido una terrible pérdida, y exigía lo mismo
de Victoria. Como no estaba acostumbrado a que le dijeran
que no, se juró que, gracias a su encanto, haría que ella
volviera al trabajo. Pero la química abrasadora entre ambos
los condujo a una situación muy distinta.

BIANCA.

*Una proposición inesperada:
quiero que seas mi esposa*

UN ACUERDO
MUY CONVENIENTE

MILLIE ADAMS

N.º 3204

¿Cómo terminó Noelle Holiday, dueña de un vivero de árboles de Navidad y un pequeño hotel, aislada por la nieve con un atractivo millonario italiano?

Rocco Moretti, implacable promotor inmobiliario, había viajado hasta Snowflake Falls para comprar lo único de lo que Noelle no deseaba desprenderse: su adorado negocio familiar.

Tras una noche de pasión, Rocco añadió una nueva clausula a las negociaciones: Noelle podría mantener sus negocios si se casaba con él y tenían un hijo juntos.

La vida de Noelle cambió en el momento en el que se subió al avión privado de Rocco con un anillo de compromiso en el dedo. Él le ofrecía lujo y comodidades, pero, aquella Navidad, Noelle encontró algo que deseaba mucho más que aquel acuerdo por conveniencia…

¡YA EN TU PUNTO DE VENTA!

BIANCA™

¿Una razón por la que quedarse?

UN BESO BAJO LAS ESTRELLAS DEL NORTE

SUSAN CARLISLE

N.º 3205

Cuando la doctora Trice Shell se trasladó al extremo norte de Islandia, estaba deseando lanzarse de cabeza al trabajo y olvidar su doloroso pasado. Estaba nerviosa, pero su compañero temporal, el doctor Drake Stevansson, se mostró dispuesto a enseñarle los entresijos del puesto.

Drake tenía el aspecto de un guerrero vikingo y una forma de ser que hizo que Trice se sintiera más segura que nunca. La atracción que había entre ellos, capaz de derretir la nieve, era innegable, pero Drake tenía intención de marcharse.

¿Qué pasaría cuando las miradas furtivas se convirtieran en besos apasionados que amenazaban con hacer descarrilar todos sus objetivos?